アトランティスへの旅

失われた大陸を求めて

マーク・アダムス
Mark Adams

森 夏樹✣訳

Meet me in Atlantis

My Obsessive Quest to Find the Sunken City

青土社

アトランティスへの旅　目次

アトランティスへの旅　失われた大陸を求めて

キャスリーン・マクマホン・アダムスのために

「数多くの町を訪ねて民を見、その心根も知り分けた」
――ホメロス『オデュッセイア』

プロローグ　遺失物取扱い所？――モロッコ、アガディール近辺

　二人は先週ボンで出会ったばかりだった。新たに知り合いになったドイツ人と私の二人だ。暑い木曜日の朝、ここアフリカの西海岸に二人はいて、砂漠の真ん中で海底都市を探していた。目指したのは、ほとんど人目を引かない先史時代の遺跡だ。ミヒャエル・ヒュブナーと私をモロッコに向かわせたのは、二人がともに抱いていた関心で、それはわれわれに共通するたった一つのこと、つまりアトランティス大陸への関心である。どうやらこのモロッコ行きは、いかにも落ち着かない、二人の二度目のデートのようだった。ヒュブナーはまちがいなくアトランティスを見つけたと言う。

　こんな確信を抱いていたのは、けっしてヒュブナー一人だけではない。私はこれまでにも、たくさんの熱狂的なアトランティスの探索者たちに出会った。彼らはルネサンスの地図や曖昧模糊としたバビロニアの神話、それにローマ法王庁（バチカン）の未公開秘密文書などから集めた情報を手掛かりに、アトランティスの想定場所を突きとめようとしていた。が、アトランティスのありかについては、今なお彼らの間で意見の一致を見ていないようだ。失われた伝説の都市アトランティス、この都市を探し求める人々を訪ねて、私は三つの大陸を渡り歩いた。モロッコは私が訪れた八番目の国である。彼らがアトラ

ンティスの探索に魅了されているように、私はそれを探索する人々に興味をそそられた。この一カ月間というもの、妻や子供たちには会っていない。

ヒュブナーのユニークな探索方法は、データを分析することにあった。アトランティスについて書かれたものは、目に入るかぎり、あらゆる古代の文献を徹底的に調べた。そしてそのデータを、あまりに複雑すぎて、私のような数学の門外漢には理解しがたいアルゴリズムの中に詰め込んだ。が、彼が出した結論ははっきりとしていた。彼の計算と確率の法則によると、アトランティスの中心都市は、われわれが今向かいつつある、わずか数百フィート先の、GPS座標の中心にまちがいなく存在するという。「一連の指標がたまたま一つの場所を指し示すことなど、本当に起こりえないことなんだ」。すでに彼はこの言葉を何度も繰り返している。その抑揚のない声には一片の疑いさえ感じられなかった。

それはどうかなと私は思った。われわれがいるのはアトラス山脈の麓の小さな丘だ。ぐるっと見回したところ風景を特徴づけているのは、水の完全な欠如だった。ここへ来る間に二度ほど運転手が急ブレーキをかけた。道路を横切るラクダの群れに衝突しそうになったからだ。アトランティスの伝説で誰もが知っているのは、それが海底に没してしまったことだ。

ヒュブナーは水に関するこの食い違いについて、即座に説明を返した。大西洋で起きた地震がその原因だと言う。われわれが歩いていた場所から、西へ数マイル先の海で、地震が発生し津波を引き起こした。そして、津波はモロッコの海岸地方を水浸しにして、そのあとで引いていった。古代の洪水物語は数世代にわたって語り継がれたが、その間に事実がゆがめられてしまっただけの話だと言う。

数カ月前だったら、こんなヒュブナーの説明もばかばかしく思えたにちがいない。が、今の私にはとても親しみのあるものに感じられた。アトランティスの在所については、これまでにも数多くの仮説を耳にした。それを支えていたのは津波やその他、いかにもありそうにない要因だった。それは火山の噴火、「出エジプト記」の十の災厄、小惑星の衝突、ギリシア神話の青銅時代に、大西洋を横断して行なわれたコカインの密売、ピュタゴラスの三平方の定理などだ。

このような考えを私の前に披瀝して見せたのは、知的で真摯な人々だった。彼らは人生の大半を費やして、高名な科学者たちが、根も葉もないおとぎ話だと退けてしまった伝説の都市を探し続けていた。私がアトランティスについて訊きたいと思って、近づいた大学の専門家たちは、そのほとんどが、アトランティスを探すことは、虹の片隅にレプラカーン（アイルランド伝説の妖精）が残した、金の壺を探し当てるのと同じくらい、くだらないことだと見なしていた。しかし私は今、あまりにも長く家を留守にしすぎたと思いはじめている——というのも、このようなアトランティスの探索者たちの多くに会えば会うほど、彼らの語る大洪水の仮説が、ますます道理にかなっていると思えてくるからだ。

ミヒャエル・ヒュブナー。アトランティスの物語で描かれたディテールを統計学的に分析。その結果、アトランティスの島はモロッコの大西洋沿岸近くで沈没したと結論づけた。

おそらくアトランティスの、もっともよく知られた第二の特徴は、円形をした都市の形だろう。それは陸地と水とが交互に周りを取り囲んでいるアイランドシティだ。伝説を追っていくと、このような輪の中心には、ギリシアの神ポセイドンに捧げられた巨大な神殿が建っていて、一番内側の島は高い文明を誇っていた。が、その文明は突如襲った洪水によって崩壊したという。都市の痕跡はアトランティスを探索する者なら誰しも、まず一番はじめに見つけ出したいと思うものだ。

信じがたいことだが、この伝説的な島の大きさは、神殿の寸法や、都市から海までの距離とともに、西洋史上もっとも偉大な思想家の一人、哲学者プラトンから延々と語り継がれてきた。アトランティスの謎を解くこの手掛かりは、二〇〇〇年以上もの間、誰もが利用できるものだった。それなのに今なお、誰一人として納得のいく答えを見つけていない。ヒュブナーが出した計算によると、これからわれわれが向かおうとしている場所の大きさは、プラトンの残した寸法に限りなく近いと言う。

ヒュブナーはとくに話好きというわけではない。そのためにわれわれは、黙々として重い足取りで斜面を登った。耳に聞こえてくるのは、日に焼けた地面をごしごしこするわれわれの靴音と、群れから外れたヤギたちが、ときどき立てるメーメーという鳴き声だけだ。やっと傾斜が平らになったと思ったら、前方に大きな地質上のくぼみが開けてきた。それは四方を取り囲まれた砂漠の盆地のようだった。私は葉の落ちた木にもたれて両目のまわりの汗をぬぐった。

「この間、衛星写真を見せたけど、覚えている？　輪のようだったろう」とヒュブナーは、手で全景を指差しながら言った。「あれがこの土地なんだ」

もちろん覚えていた。コンピューターのスクリーンで彼が見せてくれた画像は、アトランティスの場所を示す宝物の地図のようだった。私をモロッコに行く気持ちにさせたのもあの地図である。私は地平線を左から右へと見回した。そしてゆっくりとだが、われわれは今自然に作られた、ほとんど完全な円形の鉢の上に立っていることが理解できた。鉢の真ん中には、やはり円形をした大きな丘がある――輪の中の輪。

「真ん中にある丘の上で、巨大な神殿の遺跡を見つけたんだ」とヒュブナーは言う。「大きさを測って見るといい。アトランティスの物語に書かれていた寸法とほとんど同じだよ」。彼は水筒の水を一口飲んだ。「この場所をあんたに見てほしかったんだ。あそこへ降りてみないか？」

1

あの無力感——ニューヨーク州ニューヨーク

数年前、当時はおそらく筋の通った理由があったのだろう、人気のある女性誌で働いていた友だちから、頼みごとを持ちかけられた。少し風変わりなレポートを作成してみないかと言う。歴史上もっとも偉大な哲学者たちのリストを作り、彼らの著作がアメリカで働く女性たちと、なぜ関係があるのか、その点を分かりやすく説明してほしいという依頼だ。こんな仕事に興味はないかと打診された。

大学で哲学コースの履修登録はしたものの、結局、講座の受講を途中でやめてしまったために、私は哲学についてはほとんど知識がない。が、フリーランスのライターにとって、楽に手に入るお金など、めったにお目にかかれるものではない。仕事はいかにも簡単そうに見えた。ひとまず引き受けた私は、名の通った大学をいくつか訪ねて教授たちに接触し、史上トップテンに入る哲学者の名前を挙げてほしいと頼んだ。驚いたことに、ツートップとして挙げられた人物については、誰一人異論を差しはさむ者がいなかった。電話とメールで解答を寄せた教授の誰もが、ナンバーワンとして挙げたのが、古代ギリシアの哲学者プラトンで、その次に指名したのが弟子のアリストテレスだった。

アリストテレスについては私も多少は知っている。子供用百科事典の*Aa—Ar*の巻末に、ぽつりと名前が記されていたからだ。この事典は母が買ってくれたもので、土曜日にスーパーマーケットへ出かけたときに、母が買い物をしている間、これでも読んで静かにしているようにと渡された――この事典を使って何度か小学校の新聞に、ツチブタ（aardvarks）とアリクイ（anteaters）の違いについて書いたことがある。今日の読者には、アリストテレスの天才ぶりは歴然としていて、われわれが哲学と考えているものは、彼の著作とおおむね一致している。彼は倫理学や論理学について多くを語っているし、専門的な術語や自然のように、ごたごたとしたテーマを選別する分類学の大家でもある。たしかに彼の著作は少々退屈だが、「演繹的推理を考え出した」のはたいへんすばらしい業績で、彼の履歴を書くときには、誰もがきまってこれを記している。

アリストテレスの師であるプラトンは、多くの点で彼とは真逆だ。アリストテレスの著作が科学の教科書のように、味気がなく理性的であるのに対して、プラトンの哲学は読む者を楽しませてくれるし、比喩に富んでいる。プラトンの著作は登場人物の対話によって展開し、しばしば実在の人物が登場する。が、プラトンが真剣に、あるいは皮肉をまじえて語るときでも、つねに彼の表現は明快というわけにはいかない。しかし、プラトンの及ぼした影響は大きく、すぐれたイギリスの論理学者アルフレッド・ノース・ホワイトヘッドはかつて次のように述べている。西洋の哲学は「プラトンの脚注にすぎない」――これはレポートの取材中、何度も耳にした言葉だ。

当初、簡単にできると思っていたレポートの作成も、調べている内にいつしか数週間が過ぎてしまった。その間、心を奪うような、それでいて把握しにくいプラトンの考えを理解しようと私は必死に努力した。ある日の午後、ジュリア・アナスが書いたプラトンの入門概説書を読んでいたときに、一瞬おやっと思う一文に行き当たった。二度ほど読み返して、やっとその意味が理解できた。それくらい以下のフレーズは印象的だった。「きわめて多くの人々に影響を及ぼしたという点で、おそらくプラトンが書いたものの中で一番なのは、最後まで描かれることのなかったアトランティスの物語だろう」。これを言い換えると、史上もっとも有名な哲学者によって打ち出された、もっともインパクトの強い構想が、波の下に沈んだ失われた文明の、名高いストーリーということになる。

アトランティスの――心霊者やUFO観察者《スポッター》や陰謀説論者にことのほか気に入られた――物語が、歴史上もっとも偉大な精神から飛び出してきたことに、私は控えめに言っても、やや奇異な感じに襲われた。それはまるで、ウィトゲンシュタインが月面着陸をでっち上げる手助けをした、とニュースで聞いた気分だった。

ちょうどこの時期に、グーグル社がグーグル・アースのオーシャン機能を拡張しはじめた。すると、それとほぼ同時に、アトランティスを探し求める人々がいっせいにインターネットに殺到した。カナリア諸島付近の海底にアトランティスがあったと言う。しかし、当初、巨大な海底都市の市街図のように見えたものは、実は船の超音波探知機によるグリッドパターンだったことが判明した。数日後、興奮は一気に萎えてしぼんだ。こんなことのあとでは、探索者たちの注目も、ふたたびビッグ・フット探しのように、さらに重要度の高い方へと戻っていくのだろうなどと私は思っていた。

しかし、アトランティスはウイルスのようだった。このウイルスに自分もさらされていたことに、私はまったく気づいていなかった。

一九七〇年代の後半に公開されて、大きな興行収益を上げた三部作の映画がある。これがある世代のアメリカの少年たちの人生を変えた。三つの映画は古代の神話や、遠い昔に遠い土地で起こった戦いからヒントを得て作られた、信じがたいほどすばらしい旅の物語だった。それは郊外に住み、想像力だけは過剰なまでにあふれているが、運動能力はたかがしれている、思春期直前の若者にとっては「映画のキャットニップ」のような働きをした（キャットニップはイヌハッカで、文字通りの意味は「猫が噛む草」。猫を興奮させる物質が含まれている）。子供の頃のもっとも楽しい思い出は、一番仲のよかった友だちと二人で、地元のレイク・シアターに出かけては、映画館のシートで期待に胸をふくらませていたことだ。登場する人物のやりとりがあまりに紋切り型だったり、最後はいつも決まりきったように、善玉が悪玉をやっつけるところで終わったが、そんなことはどうでもよかった。今でも、この三つの大作映画――『In Search of Noah's Ark』（邦題『ノアの箱舟――忘却からの帰還』）『Beyond and Back』『In Search of Historic Jesus』――のタイトルを見ただけでも体がぞくぞくする。それはルーク・スカイウォーカー（『スター・ウォーズ』の登場人物）の行なった冒険の比ではない。

このような映画とその最愛の兄弟姉妹ともいうべき、レナード・ニモイがホスト役をつとめたテレビショー「In Search of ...」（……を探し求めて）が、これほどまでに見る者を引きつけた魅力とは、いったい何だったのだろう。それは当時「謎の現象」とされていたことを、歴史や神話の世界を闊歩することで、困難をいとわずに探索しようとした、映画作品やテレビ番組の意気込みだったのかもしれない。私が通っていたカトリックの学校では、定義上、善悪両方に属するような曖昧さは許されなかった。それにくらべてこのような映画やテレビ番組は、真偽をことごとく明らかにするのではなく、結論が出ないままに物事をそっとしておいた（汚れたテーブルクロスのようなこの布が、はたして本当にイエスの聖骸布なのだろうか？　おそらくそうではないだろう――が、もしかしたらそうかもしれない）。私が映画やテレビで見たものは、その多くがばかばかしいものだった――一〇歳の私でさえ、火星人が出てきたり、植物と話をしたと言われれば、これは少し怪しいと疑問に思う。しかし、いつもエンドロールが出る頃になると、自分でも何か自分のミステリーを解き明かして見たい、という抑えきれない衝動を感じた。図書館の中で十分な時間を過ごしたり、冷静な考古学者が持つブラシを手にすれば、必ずや自分も、ノアの箱舟を見つけることができるし、ストーンヘンジの意味を解き明かすことだってできるはずだ。どうしてできないことなどありえよう。

アトランティスは恐るべき伝染病だ。これに対抗できる自然の免疫力が自分にないことを、私は当然知っておくべきだった。が、この病はゆっくりと私にも忍び寄ってきた。赤ちゃんが欲しいと思いはじめたカップルが、突然、街角のいたるところで妊婦に目を向けはじめるのと同じように、私もネット上やテレビに出てくるアトランティスの名前に、ことさら注意を向けるようになった。アトランティスが大西洋の真ん中で沈んだという、これまで世間に広まった考えは、もはや今では時代遅れとなっていたようだ。BBSのドキュメンタリーでは、ギリシアのサントリーニ島が本来のアトランティスだと言っていた。また、ディスカバリー・チャンネル（アメリカの民放テレビ局。ドキュメンタリーの放映が多い）の特別番組では、失われた都市が南極にあったと強調している。数カ月後、別の仕事でレポートを一つ書き上げた私は、代替健康療法によって、信じがたい医学的成果を挙げたという人々の晩餐会に招かれた。その席上で私は、会話を切り出す話題にと、最近興味を持ちはじめたことを、食事をともにした人々に話しはじめた。するとホメオパシー医師とアロマセラピストの間で口論が起こり、あわや殴り合いの喧嘩になりそうになった。一人が、アトランティスはたしかにバハマにあった、これは疑いのないところだと言うと、もう一人は、地中海以外の場所でアトランティスを探すなど、愚か者の所業だと腹立ちまぎれに言い放った。

アトランティスに対する興味が強くなるにつれて、ますますはっきりとしてきたのは、アトランティスの探索（それも積極果敢な探索だ）——ときにこれは「アトランティス学」（アトラントロジー）のように一学問として呼ばれることもある——は何か成長産業に似ているということだ。プラトンの対話篇に埋め込まれたヒントを頼りに、「アトランティス研究家」（アトラントロジスト）たちはプラトンの失われた帝国の場所を、スカンジナビアやアラスカやインドネシアに、そして大きな水域に接している、ほとんどあらゆる国々に「想定した」。ボリビアのように、陸地に囲まれた山国を支持する説さえ、若干ではあるが現れた。これはアトランティスが海に沈んだことから考えても、ちょっとむりな高望みの感じがする。私が目にした説を数え上げたかぎりでは、プラトンの失われた文明の場所について、より真剣な仮説が提起されている数は、プラトンがアテナイの通りを歩いていたはるか二四〇〇年前より、むしろ最近の一〇年間の方が多い。

実際、このようなアトランティスの候補地を見つけているのは、エネルギッシュなアマチュアの探偵家たちである。まじめな歴史家や考古学者は、いやいやながら、ともかくアトランティスについて考えるときには、つねにプラトンの話を、ややこしい彼の政治哲学を説明するために作り出されたフィクションとして受けとめていた。少なくとも洗練された人々はそんな風に解釈をした。が、考古学や古代史の専門家たちは、本の全ページを割いて、アトランティスを見つけようとする衝動を一種の精神疾患だと書いた。

しかし、アトランティスを信じる者も信じない者も、ほぼ例外なく一様に同意しているのは、プラトンがアトランティスを真実味のある話にするために、二つのことをした点だ。一つは彼がこの物語に、たくさんの正確な情報を埋め込んでいること。それは例えば長さや大きさの寸法、それにランドマーク、そして既知の場所に比較ができる位置関係など――同じようなディテールはこれまでも、他の失われた都市を見つけるのに役立ってきた。二つ目としては、プラトンが繰り返し何度も、この物語は真実だと語っていること。そしてこの言質はさらなる疑惑を呼び起こした。つねに真実を述べようとする彼の正直さは、幻想的な物語をよりいっそう現実のものと思わせるために、賢明な哲学者プラトンが仕掛けたトリックなのだろうか？　プラトンはかつてアトランティスが存在したことを、本当に信じていたのだろうか？　プラトンはこの物語を信じていた、しかし、その彼が手にしていた情報に偽りがあった、などということがはたしてありうるのだろうか？　プラトンのオリジナル原稿は存在していない。何世紀にもわたって繰り返し書き写されてきた間に、彼の著作は多くのまちがいで汚されてしまったのだろうか？　あるいは一部で信じられているように、プラトンが自分の著作の中に暗号化されたメッセージを残し、それが解読されるのを待っているということなのだろうか？

アトランティスの物語については、唯一の情報源がプラトンであるために、紀元前三四七年にプラトンが死んでからというもの、都市の崩壊の物語がはたして真実なのか偽りなのか、その真偽を巡って激しい議論が交わされてきた。学者たちはおおむね、冷静なアリストテレスに締めくくりの言葉を任せた。伝えるところによるとアリストテレスは、「それ（アトランティス）を作り出した彼（プラトン）が、それをまた破壊した」という言葉で、プラトンの水没した王国を退けている。

アトランティスの物語が真実であることの証明ができれば、それはテレビ番組の「In Search of . . . 」にも大いに役立つが、それだけではない。古代史の最大の謎のいくつかを解明することにも役に立つ。青銅時代の末期に、地中海の先進社会が突如崩壊したのは、類を見ない一連の自然災害と、黙示録さながらの飢饉によるものだったが、アトランティスに突然訪れた破壊の詳細は、この謎を解く助けとなるかもしれない。中にはきちんと理由を述べて、プラトンのアトランティス物語の詳細が、旧約聖書と密接に関係していると考える者もいる。

ウィルスは増殖し続けた。私はeメールニュースでアラートを「アトランティスとプラトン」に設定した。すると一週間に一度の割合で、新しいアトランティスの場所を思いついたという通知を受けた。それはたいてい、ギザの大ピラミッドやバーミューダ三角《トライアングル》海域のように、正確な場所を示した報告だった。

福島で壊滅的な津波――その描写は不気味なほど、アトランティスを破壊したとプラトンが伝える「激しい地震と洪水」に反響し合っていた――が起きた翌日、オフィスに座っていると、コンピューターのアラートがピンボール・マシンのような音を立てた。どうやら今度は本当に、誰かが失われた大陸を見つけたようだ。少なくとも世界中のまじめなメディアの支局が、最新の発見をニュースとして扱っている。

私の気持ちは引き裂かれた。頭の半分では論理的思考のアリストテレスが話しかける。そんなことは土台ありえないことなんだ、アトランティスをいくら探してみても、結局は途方もない骨折り損に終わるだけだと。しかし残り半分では、夢想するプラトンが、想像の及ばないものなど何一つないと告げている。おそらくこれは、さらに詳しく調査しなければ、埒のあかないものなのだろうと私は思った。そこで、以前に読んだことのあるプラトンの『メノン』で、アンダーラインを引いていた一文を探し出した。そこでは、登場人物たちが知識の限界について議論している。一人の哲学者（ソクラテス）がもう一人（メノン）に向かって言う。「何かを知らないときには、それを調べるべきだと思った方が、知らないものは発見もできなければ、調べてもむだだと思うより、われわれはより優れた者や勇気ある者になれるし、無力感にとらわれることも少なくなるだろう」

これをバンパー・ステッカー用の文句に直すと「質問をしなければ、けっして答えは見つからない」となる。

2 哲学一〇一問（哲学入門）――フォーダム大学ローエンスタイン・アカデミック・ビル

アトランティス神話の情報源がプラトンだと分かったとき、私の頭に浮かんだのは、テレビ番組の「サタデー・モーニング・カトゥーン」で見たあのアトランティスだった。それは、海中で空気を閉じ込めたバブルハウスに住む、ハイパーインテリジェントな人々の都市である。どうやらプラトンのオリジナル・バージョンは、これにくらべるとやや複雑で、はるかに興味深いもののようだ。

アトランティスの話は、プラトンが晩年に書いた『ティマイオス』と『クリティアス』の二つの作品にまたがって展開されている。が、博士号でも取ったアトランティス研究家でないかぎり、これらの対話篇に親しみを感じる者はほとんどいない。それには正当な理由がある。ともかく二作品はそろって、飛び切り風変わりなのだ。しかし、この二作品はまた、プラトンのもっとも有名な対話篇『国家』とも深いつながりがある。世論調査で、歴史上一番影響力の強かった哲学作品は何かと質問すると、決まって一番になるのがこの『国家』だった。論理的で説得力があり、取り上げている範囲が広く――キリスト教とファシズムの両方から、基本的なテクストと呼ばれている本はそれほど多くない――、その中には、すばらしいアイディアや過激な思想が内包されている。

『ティマイオス』はプラトンが『国家』の続篇として書いた対話篇で、これによりアトランティスは世界に紹介された。この本は中身がごちゃごちゃと入り組んでいて分かりにくい。論じられているのは、数学、宇宙論、自然科学、時間が存在する理由の説明、人間は生まれ変わったときどんな動物に変身するかという、見方によってはかなり皮肉な物思い、それに哲学者バートランド・ラッセルが冷ややかに書き留めていたように、「(プラトンの)他の著作で見られるものにくらべて、ただ単に愚かしいこと」などなど。一方、アトランティスを探すために使われている、大半のディテールを提供しているのが『クリティアス』だが、この本は中学生によって書き直されたギリシア神話のようにして読むことができる。書き直しの出来具合はどうなのか、その成績はもっぱら、たくさんの数字とたくさんの形容詞を使用したかどうかに掛かっている。『クリティアス』は結論が出ないまま中途で終わっていた。

『ティマイオス』と『クリティアス』をゆっくりと苦労しながら読み進むという、手間のかかる試みによって私が確信したのは、どうしてもこれを読むには道案内が必要だということだ。フォーダム大学でプラトンの入門コースを教えている、ブライアン・ジョンソンの名前をコンピューターに入力してみた。そして、私は心が揺さぶられる思いを経験した。それは教授の評価が載っているサイトで、ジョンソンの受けたほとんど完璧と言ってよい評価を目にしたときだ。そこには「だいたい哲学なんて、退屈なしろものだと思っていたが、彼(教授)はそれをおもしろいものにしてくれる」といった、教師にとっては何とも励みになるコメントが寄せられていた。マンハッタンのウエストサイドにある高層ビルの八階。窓のない小さな研究室にジョンソンは私を招き入れた。彼はスリムで、眼鏡をかけた陽気な人物だった。われわれは大学のカフェテリアで大きなコーヒーを買って、今しがた哲学科研究室の静けさの中に戻ってきたところだ。

『ティマイオス』の内容が、これほど入り組んでいる理由をジョンソンは説明した。それはプラトンが自分自身に課した、人をひるませるような課題にあったのだと言う。その課題とは、既知と未知とにかかわらず、存在するあらゆるものを説明する理論を打ち立てることだった。「あなたが読むことのできる本で、これくらい整然としたものはありません。自然の法則を説明してくれるからです」とジョンソンは言った。「プラトンの関心は知識の根拠にありました。彼は混沌とした世界の中で、ある規則性を探しているんです。『ティマイオス』の試みは、あらゆるものを数に結びつけて考えることでした」とジョンソン。「それはある神学的な説明をする試みで、すべてのものに、何か自然の幾何学的論理に似たものを与えることでした」。伝説によると、プラトンがアテナイに設立したアカデメイアの入口には、「幾何学を知らざる者は、ここに入るべからず」といった言葉が刻まれていたという。

プラトンは地球を回転する球体としてとらえた。それは球体がもっとも完全な形で、回転がもっとも完全な運動だったからだ。自然界のあらゆるものは、火、空気、水、土の四つの元素に分解できるという。この四つの元素が順次四つの立体を構成していく。正四面体、正六面体、正八面体、正二十面体。五番目の正十二面体が宇宙を表わしていた。ジョンソンはコンピューターのスクリーンに、プラトンの立体のいきいきとした図形を映し出した。その図形はロール・プレイングゲームの「ダンジョンズ・アンド・ドラゴンズ」に出てくる多面体のサイコロのようだった。『ティマイオス』によると、この五つの立体はさらに細かく、二つのタイプの三角形（二等辺三角形と直角三角形）に分けることができるという。二つの三角形はともに、ピュタゴラスの定理（$A^2+B^2=C^2$）に対応している。

『ティマイオス』は、世界がただ一人の神によって創造されたことを強調したために、キリスト教やイスラム教の考え方に大きな影響を及ぼした。そしてその発展を促しもした。この宇宙《コスモス》は神の制作者デミウルゴスがただ一人で、混沌からこしらえ上げたものだ、と登場人物の一人ティマイオスが説明する。創造者デミウルゴスは善である。したがってこの世界も善だった。これは信仰に厚い現代の家庭で育った者には、聞き覚えのある見方だろう。が、伝統的なギリシアの神々からすると、かなり激しくかけ離れた考え方だった。ギリシアの神々と言えば、酒を飲み、喧嘩をしては性的な歓楽に溺れ、気まぐれを起こしては、ちょいちょい人間たちの事件に口を挟む。旧約聖書の神と違って、プラトンが語る神の工匠は、まったくの無から宇宙を創造するわけではない。理想とする青写真を使いはするが、材料については、世界が彼に提供する不完全なものを使って仕事をしなくてはならない。それがしばしば、世界が数学的な完全性に達していない理由でもあった。

宇宙の創造についてプラトンが述べた理論は、アトランティスの話の合間に挟まれている。この奇妙な構成については、プラトンの死後すぐに議論され、意見が交換された。同時に、彼がはたして、アトランティスの物語を真実のつもりで話しているのか、あるいは嘘だと思って語っているのかについても、議論が交わされた。私はジョンソンに、アリストテレスがアトランティスの物語を退けた話は有名だがと言うと、ジョンソンはその通りだとうなずいた。アリストテレスは二〇年間、プラトンのアカデメイアで勉強をした。アカデメイアは世界ではじめてできた大学である。そこで過ごした期間中も、そこを出たあとも、アリストテレスはプラトンの考え方をしばしば拒絶していたようだ。あるメロドラマ風な古代のゴシップによると、プラトンが死んだあとでプラトンの優等生(アリストテレス)は、師に代わって、当然、自分がアカデメイアの学頭に推挙されると思っていた。が、その候補から外されたために、怒りに打ち震えたという。ジョンソンは私に、ある作家がのちに次のようなプラトンの話を伝えていると言った。それはアリストテレスのことを、「乳があまりに出すぎたときに、母親の腹を蹴る子馬のようだ」とプラトンが話していたというのだ。[1]

アトランティスのような話は、プラトンの書いたものの中にしばしば出てくるのだろうか? 私が好

ラファエロの『アテナイの学堂』。中央左がプラトン、右隣りが彼の優等生アリストテレス。プラトンは左手に、アトランティス物語の一次資料『ティマイオス』を持っている。定説では、左下に座っている人物がピュタゴラスとされる。ひざまずいて書いている石板はミステリアスな数字を示していて、それはプラトンの著作に大きな影響を与えた。

奇心をそそられたのもこの点だった。「実はこれがプラトンの典型的なスタイルなんです」とジョンソン。「物語中の物語。これこそプラトンのいつものやり方で、自分を事実に即したものから引き離す。そうすることで、プラトンは少し自由になれたんでしょう」。プラトンはたしかに、神話を対話篇に挿入することを好んでいた。『国家』は「エルの物語」で終わっている。これは戦場で死んで、火葬用の薪の上で息を吹き返した戦士の物語だった。「戦士は魂の転生を見たと言っていますとジョンソンは話す。「つまり、われわれは来世を選択することができるということです」。この神話によれば、正しい生き方を選んだ者は天国へ行き、金や権力を求めた者は糾弾されて、悲惨な目に追いやられる。

「一つ気づいたのですが、プラトンは繰り返し何度も、アトランティスの物語は真実だと言ってますね」と私は尋ねた。

「あなたはたぶん『高貴な嘘《ノーブル・ライ》』という言葉をお聞きになったことがあるでしょう」

たしかに聞いたことがあった。これはプラトンが『国家』の中で出した指令だった。理想社会に必要な階級組織を維持するために、この組織が神によって整備されたものだということを、支配者は下層階級の人々に話す必要があるという。このようにして賢者は指導を続け、下層の者たちは自分たちの生活状況に満足する。

「プラトンがしつこく、アトランティスの話は本当だと言うときには、たぶんその話は、どちらかと言えば『高貴な嘘』なのかもしれません」とジョンソンは言った。彼は手を伸ばすと、分厚いプラトン全集を手に取って、目を通しながら人差し指で文字を追っている。「彼の著作でもう一つ特徴的なのは、物語がいつも自然災害で終わりを告げることです。『法律』のここにもそれが書かれています」。『法律』はプラトンの晩年の作で、『国家』で概要を述べた社会の青写真を作成しようとした試みだ。この作品の評判がひどく悪いのは、『ティマイオス』にくらべてはるかに理解が困難なことと、驚くほど退屈だからである。「古代の哲学を学んだ人々でさえ、『法律』を丸ごと読むことはせずに、どちらかと言えば、さっと読み飛ばしてしまう傾向があります」とジョンソンは認めた。

彼は声に出して『法律』のその箇所を読み上げた。「人類は繰り返し、洪水や疫病やその他の災厄によって根こそぎにされた。そのために、生き残ることのできた者はほんのわずかにすぎなかった」

この記述は非常にアトランティスに似ている。『ティマイオス』では、エジプトの神官がギリシアからやってきた訪問者（ソロン）に次のように語っている。「人類が被った破壊はこれまでにも、いろいろの形で数多くあり、今後もあるだろうが、その最大のものは、火と水によって引き起こされた。他にも数え切れないほど多くの原因によってもたらされたが、それはさほど大きな破壊ではない」。『国家』で提案したような理想国家は堕落したために、こうして神々によって懲罰を受けなければならなかった。そんな理想国家を示すために、プラトンがこしらえ上げた物語がアトランティスだったのだろうか？

「いいえ、それはまるで的外れの仮説です」とジョンソンは本を閉じながら言った。「アトランティスの神話はいかにも、『国家』のアイディアを利用しているように見えます。が、あなたはギリシア神話の『金の時代』について耳にされたことはありませんか？」

たしかに聞いたことがある。ギリシア人は「古きよき時代」を心から信じている人々だった。いくぶん気取り屋のプラトンにとって、古きよき時代と言えばそれは、アテナイが幾何学も知らない無知蒙昧な民衆にではなく、賢明な貴族たちの手によって統治されていた想像上の時代だったのだろう。

「アトランティスは本来なら、プラトンの哲学王のモデル国家となるはずでした。が、自然災害によってそれは破壊されてしまった。そんな風に私は推測しています」とジョンソンは言った。『国家』でプラトンは、望みうる最良のリーダーは哲学王だろうと提案している。哲学王は哲学的な教養、とくに数学で訓練されていたので、賢明な統治をすることができるからだと言う。「プラトンは理想的な国家は長続きできないと言っています。国家の失墜は自然のシステムの中に組み込まれていると考えていたようです」

研究室の壁にはすばらしいポスターが貼られていた。一見すると、アトランティスの同心円のように見えた。が、それが映画『Time Bandits』（邦題『バンデットQ』）の地図を作り直したものだと分かると、私はがっかりしてしまった。しかしその時点では、しきりに映画を思い出していたような気がする。映画は少年が古代ギリシアに魅惑されることからはじまり、それが長い入り組んだ旅へと続いていく。しかし、それもおそらくは、頼りにならない資料に基づいた旅だったのだろう。が、この映画がハッピーエンドで終わったかどうかは覚えていない。

「アトランティスは哲学の専門的な人々の間では、あんまり議論されてないんじゃないですか？」と私は尋ねた。

「たしかに、アトランティスについては議論されていません。議論はこれ以降、『この神話からどんな哲学を引き出すことができるのか』という問いかけになっていくと思います」

「あなたは、アトランティスがかつて存在したかもしれないとお考えですか？」と私は尋ねた。が、これから自分はそれを探しにいくつもりだ、とは一言も言わなかった。

ジョンソンが答えを考えている間、二人は黙って座っていた。彼は同情するような面持ちを見せた。それは学校のクラス討論で、明らかに生徒たちが課題図書を理解していないと分かっていても、それでも討論を続けさせたい、そんな風に先生が思ったときに浮かべる表情だった。プラトンの五つの立体は、コンピューターのスクリーンで楽しげに回転している。

ジョンソンはやっとのことで口を開いた。「筋が通っているかぎり、私はアトランティスの考えを受け入れてもいいと思っています」

3 「深海に消えた」——エジプト、サイス（紀元前六〇〇〇年頃）

本書は探偵小説のような進め方をする。古代ギリシアからスタートして、ファラオのエジプト、ナチのドイツ、セントポール市のあるミネソタ州（ここでは二、三の場所をリストアップするだけにとどめる）など、曲がりくねった道を通り抜けていく。上質の探偵小説はどれもそうだが、この本もまた入手しうるかぎり、アトランティスの証拠をことごとく集め、その整理を手助けする。

物語は『ティマイオス』からはじまる。この対話篇のタイトルは登場人物の名前から取られていて、万物の本質について思いを巡らせたティマイオスの複雑な思考が、二〇〇〇年にわたって文献学者を一年中多忙にさせた。プラトンの対話篇ではよくあることだが、この対話篇でも、プラトンが個人的によく知る歴史上の人物が話し手の中に何人かいる。ソクラテスもそうで、実生活ではプラトンの敬愛する哲学上の師だ。そのソクラテスが冒頭で、前日、理想的な都市《ポリス》について演説した——論じたのはプラトンの『国家』ついてだった——ことを、登場人物たちに思い出させて、ひとまずこの場の状況を説明する。そしてソクラテスは三人の仲間——ティマイオス、クリティアス、ヘルモクラテス——に、今度はそれぞれが自分の理想的な国家観を述べるように、そしてその好例となる話をするようにと促す。するとヘルモクラテスがクリティアスに、彼が「ずいぶん昔に聞いたという話」をここでもう一度話してみてはどうかと提案する。

プラトンの親戚筋に当たるクリティアスは、これは「なんとも奇妙な話なのですが、しかしそれでも、一言一句はすべて真実です」と前置きをした。話の真実性をさかんに強調しながら、この話は年老いた祖父から聞いたものだと説明する。祖父はまたその親から聞いたという。それに加えて、話の出所は申し分のないものだった。情報の発信源は、アテナイの歴史上もっとも偉大な政治家の一人で、プラトンの何代も前の祖父に当たるソロンだったからだ。クリティアスが登場人物たちに話したのは、アテナイが歴史上遭遇した、重大な時期に関する詳しい物語で、「われわれの都市が成し遂げたもっとも大きな偉業」の物語だった。

さて、読者のみなさん、ここまでは理解してもらえましたでしょうか？　ソクラテスとクリティアスという二人の実在の人物が、プラトンの先祖から伝えられた、おそらくは真実と思われる物語について、右のような会話をたぶんしたのではないかということです。さて、さらに先へと進みます。

遠い昔――と、クリティアスがその場の仲間たちに話す――ソロンはエジプトの都市サイスを訪問した。そして、古代の歴史をよく知る神官たちに賓客として迎えられた。ある日、ソロンは主人役の神官たちと、古いギリシアの人々について話をしはじめた。しかし、一人の神官は彼の話をさえぎって言った。「おおソロン、ソロンよ。あなた方ギリシア人は、いつでも子供以外の者であった試しがない。老人が一人もいないのだから」。ギリシア社会は繰り返し何度も、洪水や火に見舞われて根こそぎにされた。が、エジプトはこのような災害から免れることができた。ギリシア人は共有した歴史や文化のほとんどを、何度もぬぐい消され、そのたびに文盲で無教養な人々だけが生き残った。したがって――と神官はソロンに言った――ギリシア人には、「あらゆる人類の中でもっとも立派で、もっともすぐれた者たちが、その昔、あなたの国土に住んでいた」という記憶が失われてしまっている。が、それとは違って、大惨事を避けることのできたエジプト人は、アテナイの人々を含めて、あらゆる人々の壮大で立派な行ないを記録し、それを神殿で保存してきた。

洪水による最大の破壊に見舞われる以前のアテナイは――と神官は説明した――法律においても、戦争においても、もっとも卓越した国家として知られていた。それは遠い昔の九〇〇〇年も前の話だ。あらゆるアテナイの偉業の中で、最大のものは――と神官は続ける――、アトランティスと呼ばれた広大な海軍国家の侵入を阻止したことだ。アトランティスは横柄にも、ヨーロッパやアジアの全域に攻撃をしかけた。その帝国はリビア（リュビア）とアジアを合わせたほど大きかった。アトランティスが位置していたのは、果てしのない大西洋の島で、その島は「ヘラクレスの柱」[2]とギリシア人が呼んでいた海峡のはるか前方にあった。アトランティスは何の理由もなく、一方的にエジプトやティレニアにいたるまで、あらゆる土地を征服した。そしてこの勢力が一丸となって、神官たちのエジプトやギリシア、それに地中海周辺のあらゆる国々を力ずくで制圧し、隷属しようとした。そんなときに、他のギリシア諸都市が次々と離反していく中、高貴なアテナイ人は孤軍の戦いを強いられたが、首尾よく侵入者たちを打ち負かして撃退した。こうしてアテナイ人は「ヘラクレスの境界内」のすべての人々を解放したのである。

神官から伝えられた話を、プラトンは古典的な英雄譚へと引き延ばす――つまり、とても勝ち目のなさそうな人々が、強力で邪悪な帝国を打ち負かした。サンダル履きの『スター・ウォーズ』といったところだろうか。しかし、プラトンはアトランティスの物語に新しい工夫を加えて、この話を不朽のものに書き変えている。アテナイが勝利を勝ち取ったあとで――神官の話は続く――「激しい地震と大洪水が起きた。そして不幸にも、一昼夜の間に（アテナイの）戦士たちはことごとく大地に呑み込まれ、アトランティスの島も同じように海中へと没して姿を消した。そのために、今もあのあたりは航海ができず、船を近づけることもできない。泥土の浅瀬が船の通り道をふさいでいるからだ。この泥土は島の陥没によって生じたもので、それが航海を妨げていた」

さて、物語がちょうど盛り上がってきたときに、クリティアスは一休みしてソクラテスに、本当ははじめにティマイオスが話をすべきではなかったのかと言う。それは彼の話が全宇宙の創造に関するものだったからだ。ティマイオスはイタリア出身のピュタゴラス学派の哲学者で、非常にプラトン的な質問――「つねにあり、生成をしないものとは何か？　またつねに生成していて、けっしてあることのないものとは何か？」――を投げかけることで、この対話を引き受けた。そして長々と、万華鏡のようなプラトンの科学的な推論を説明しはじめた。それはまずはじめに、宇宙の秩序についての、そして分子レベルでは、すべてのものが小さな三角形からできているという推論だった。[3]

さて、ここまでアトランティスの物語を追ってきたが、それでもまだわれわれは、話の中途でとどまっている――物語が見せる、信じられないような創作の神業には、とても到達したとは言いがたい。が、しかし、すでにプラトンの登場人物が話していることは、テレビ番組に出てくる判事なら、信憑性のないものと判断するたぐいの内容だった。だいたい、ソロンからプラトンまで六世代にわたって、まったく誤りのない情報が伝達されたこと自体、とても考えられない。それに残念だが、プラトンもまた物語の出所について、矛盾したことを言っている。『ティマイオス』の中でクリティアスは、祖父から聞いた話をもっぱら自分の記憶に頼って話しているので、夜通し寝ないで、物語の詳細を思い出すのはつらいと言う。が、しかし『クリティアス』では、話し手のクリティアスが、自分はソロンの書いた原文を持っていると語る。それはソロンがサイスでエジプトの神官と話したときに、ソロン自らその内容を書き留めたものだった。

ここではひとまずすべてを信じて、ソロンがサイスであたかもICレコーダーを使い、神官との会話を忠実に書き写したとしよう。が、それでも疑問は残る。エジプトの神官自身がはたして信頼に足る情報源だったのだろうか？　神官はソロン――ほとんどの専門家が、彼のエジプト訪問は歴史的事実だったと認めている――に、古代の大事件はエジプトの神殿の石に刻み込まれていたと言う。神殿は実際に存在していた。サイスははるか昔に消失したが、それがかつて存在した地域では、今もなお研究者たちが、神殿の考古学上の手掛かりを掘り出しつつある。が、しかしそれにしても、ソロンはエジプトの言葉を話さなかったし、ヒエログリフも読めなかったのは確かなようだ。そうしてみると、考えられる最良のシナリオは、二〇〇年もの間、二人の仲介者を経て伝えられた情報――エジプトを訪問した賓客と、彼に好印象を与えたいと思った一人の神官を中継して伝えられたもの――をプラトンは手にしていたということだ。だが、これは厳密に言うと、必ずしも大陪審に持っていきたいと思うような証拠ではない。

次に問題となるのは、プラトンの時代に正確な情報とはいったい何だったのかということだ。紀元前四世紀の時点における歴史的記録と言えば、それはかなり近年、つまり紀元前四世紀に近い時点で考え出されたものだった。「歴史の父」とキケロに誉め称えられたヘロドトスが、目撃談に基づいた歴史物語を集めて編集しはじめたときは、ソロンが死んですでに一世紀以上の歳月が経っていた。それより以前は、心に残る出来事が『イリアス』や『オデュッセイア』のように、物語という形で口承によって語り継がれた。プラトン自身、書くという形で情報を保存する、比較的新しいテクノロジーに対しては、相反する感情を持っていた。プラトンは対話篇『パイドロス』の中で、書くことに不信感を抱くソクラテスを描いている。ソクラテスは、書くことが記憶にくらべて一段劣るもので、とても信頼できないと言う。というのも書かれたものは、問いかけによって徹底的に調べることができないからだ。したがって書かれた情報は、「見た目には知恵のある外見をしていても、それは真実の知恵からほど遠いものだ」

プラトンが持ち出すアトランティスの証拠は、質的にはたしかに議論の余地がある。が、その量については けっして物惜しみをしたものではない。『ティマイオス』の続篇の『クリティアス』では、タイトルの名前となった話し手のクリティアスが、ソロンに由来する――と彼が言う――物語をふたたび取り上げる。今度はプラトンも、失われた島の王国について、さらに詳細な情報を登場人物に語らせているので、好奇心をそそられた読者は、当然のことながら、この島のありかを知りたいと思いはじめる。

クリティアスは、ふたたび要点を繰り返すことからはじめて、さらに以下のような細目を加えた。「ヘラクレスの柱」の外側に住む人々と、その内側に住む人々との間で戦争が勃発してから、すでにおよそ九〇〇〇年の歳月が過ぎている。アトランティスは沈没して、「ここから彼方の海へ船出しようとしても、泥土の障害に阻まれて航行できなくなった」。クリティアスの説明では、アテナイの歴史に残る偉大な人物たちの中には、遠い昔から、その名前が語り継がれてきた者もいるが、彼らの偉業の詳細は何度か起きた大災害によって、その大半が消し去られてしまったという。これはエジプトの神官が話していた通りだ。そして、度重なる大災害を生き延びたのは、読み書きのできない山岳の住人たちだけだった。彼らは生き残ることに精一杯で、とても過去の出来事に気を配る余裕などなかった。それがアトランティスの物語が忘れ去られてしまった理由である。

ここでクリティアスは、まずちょっとしたヒントを出す。それは道楽で数秘術をかじった古典学教授――つまりアトランティス研究家だ――ならしっかりと目に留めるたぐいのヒントだ。クリティアスは説明する。ギリシアの全土は土地がよく肥えていたが、度重なる大雨によって、大量の土砂が海へと押し流されてしまい、あとには「骸骨のような土地だけ」が残った。また同時に「地震が起き、それにともなって桁外れの洪水が発生した。それはデウカリオンの恐ろしい破壊から三つ前の大洪水だった」。デウカリオンはギリシア神話に登場する人物で、デウカリオンの洪水はおそらく歴史上の出来事に基づいて作られた話だろう。ノアの箱舟と多くの点で一致している。とくに注目すべきは、神の怒りによって引き起こされた大洪水を、二つの話がともに、善人が木の舟を作ることで免れたことだ。ソロンの時代から九〇〇〇年前と言えば、マンモスや剣歯虎《けんしこ》（漸新世後期から更新世にかけて栄えたネコ科の食肉獣）が地上をうろついていた時代だ。さしあたりここでは、この日付は重要だが、なお問題があり疑わしいとだけ言っておこう。

　アテナイのアクロポリスは、のちにその頂上にパルテノン神殿が建てられた岩山だが、はるか昔は、今よりさらに大きくて緑豊かな山だった。今は、ギリシアの軽食レストランに貼られたポスターで見られるように、廃墟を戴いた骸骨のような岩山になってしまった。当時はアテナイの戦士階級が、このアクロポリスの北面に建てられた、簡素な建物の中で共同生活をしていた。泉が一つしかなかったが、水はそれで十分にまかなわれた。が、地震による瓦礫のために泉がふさがれてしまう。アテナイの戦士年齢の人口は、つねにほぼ二万人ほどに保たれていた。そして、アクロポリスの表土は一夜の嵐のために、すべて海へと洗い流されてしまった。

　プラトンが作り出した、このおびただしいディテールは驚くべきものだが、われわれはまだ本当に奇妙な内容には到達さえしていない。

　アトランティスについては、それが実際にどのような名前で呼ばれていたのか分からない、とクリティアスは言う。というのも、オリジナルのストーリーに出てくる名前は、すべてはるか昔にエジプトの言葉に翻訳されていたからだ。そしてそれをソロンがギリシア語に訳し直した。これは重要なポイントだ。アトランティスの市民たちはこの島を、アトランティスとは呼んでいなかった。プラトンはここから、詳細なアトランティスの特殊事情を積み重ねていく。アトランティスは美しい島で、ポセイドン神の支配下にあった。島の真ん中には大きな、地味の肥えた平原がある。平原の近くには、それほど高くない山があり、そこには、ポセイドンの子供たちを生んだ人間のクレイトーが住んでいた。この山の周りを切り開いて、ポセイドンは陸地と海水が交互に同心円を描く環状帯を作った――二つの陸地と三つの海水。環状帯はたがいに完全な等間隔に作られていて、まるで「コンパスと轆轤《ろくろ》を使って」こしらえたかのようだった（三つの海水の同心円を忘れないでいただきたい）。ポセイドンは二つの泉を設けた。一つは温水、一つは冷水の泉だ。クレイトーは五組の双子の男の子を生んだ。アトランティス島は一〇の地域に分けられ、それぞれの息子は各地域の支配権を受理した。もっとも肥沃な地域を得たのは最年長のアトラスで、母親が所有していた中央平原の土地を相続した。二番目に地味の肥えた土地を受け取ったのは、アトラスと双子のエウメロスだ。彼はアトランティスの言葉でガデイロスと呼ばれた。彼の土地は島の「ヘラクレスの柱」側にあり、今日はカディスとして知られている大西洋岸の地方に面していた。おそらくこの名前は、エウメロスの現地語ガデイロスにちなんでつけられたものだろう。

アトランティスはこれまで知られている中でも、もっとも豊かな王国だった。クリティアスは続ける。この王国が自給できないものはそれほど多くなかったが、それらの品々は交易によって手に入れた。アトランティスはオレイカルコスに恵まれていた。これは金に次いで貴重なキラキラと光る金属だ（銅系の合金）。果物、花、栽培化した穀類作物もよく育ち、島に繁茂する植物が、象をはじめ多くの野生動物の生息を助けた。

このあたりから、プラトンは哲学者というより、むしろ都市計画立案者《アーバン・プランナー》のような印象を与えはじめる。三つの海水の輪を貫いて水路が掘られ、それを使って船が中心部へ向かうことができた。水路は幅が三プレトロン（三〇〇フィート＝約九一・四メートル）、深さが一プレトロン（一〇〇フィート＝約三〇・五メートル）、長さが五〇スタディオン（一スタディオン＝六〇〇フィート。したがって六〇マイル弱＝九一四四メートル弱）ある。水帯には橋が架けられていて、橋の脇には三段櫂船（オールを備えた軍船）が一隻通れるほどの広さの、小さな水路が陸地の環状帯に掘られていた。アトランティスの中央島は直径が五スタディオン（九一四・四メートル）あった。周囲は石壁で囲まれている。石は中央島や他の環状帯の採石場から切り出された――白、黒、赤の色をしている（三色からなる石、これもご記憶願いたい）。石を切り出したあとのスペースは、船が出入りできる、石の屋根のついた波止場として使われた。外側の陸帯を囲む石壁は真鍮や錫で飾られていたが、中央のアクロポリスを囲む石壁は「オレイカルコスの赤い光で輝いていた」

　ここでちょっと考えていただきたい。ソロンや彼のアシスタントはこの話をすべて走り書きしていた。それにしても、手がくたびれてしまわないものなのだろうか？

　同心円の輪のもっとも内側の輪の中に、アトランティスの王たちが豪壮な宮殿を建てていた。それは「大きさや美しさから言っても驚くべきもの」だった。そこにはまた、ポセイドンと妻のクレイトーの神殿があり、金の壁で囲まれていた。神殿は長さが一スタディオン、幅が半スタディオンある（おおよそ六〇〇×三〇〇フィート＝約一八二・九×九一・四メートル）。そして、この神殿は「一風風変わりな、どこか異国風の外観」をしていた。壁と床は貴金属や象牙で被われていて、神殿の中には金で作られた像がいくつも安置されている。その一つに、ポセイドンが戦車に乗って、翼を持つ六頭の馬を御している像があり、それは天井に届くほど大きかった。神殿の外には、美しく作られた祭壇が立っている。近くには二つの泉があり、温泉と冷泉で、両方の泉から湧き出た水はポセイドンの林を潤していた。林には「あらゆる種類の木々が茂り、不思議なほど大きく、美しく」育っている。

　アトランティスは、島全体が船の出入りの激しい海港だった。巨大な海軍はオールで漕ぐ三段櫂船を

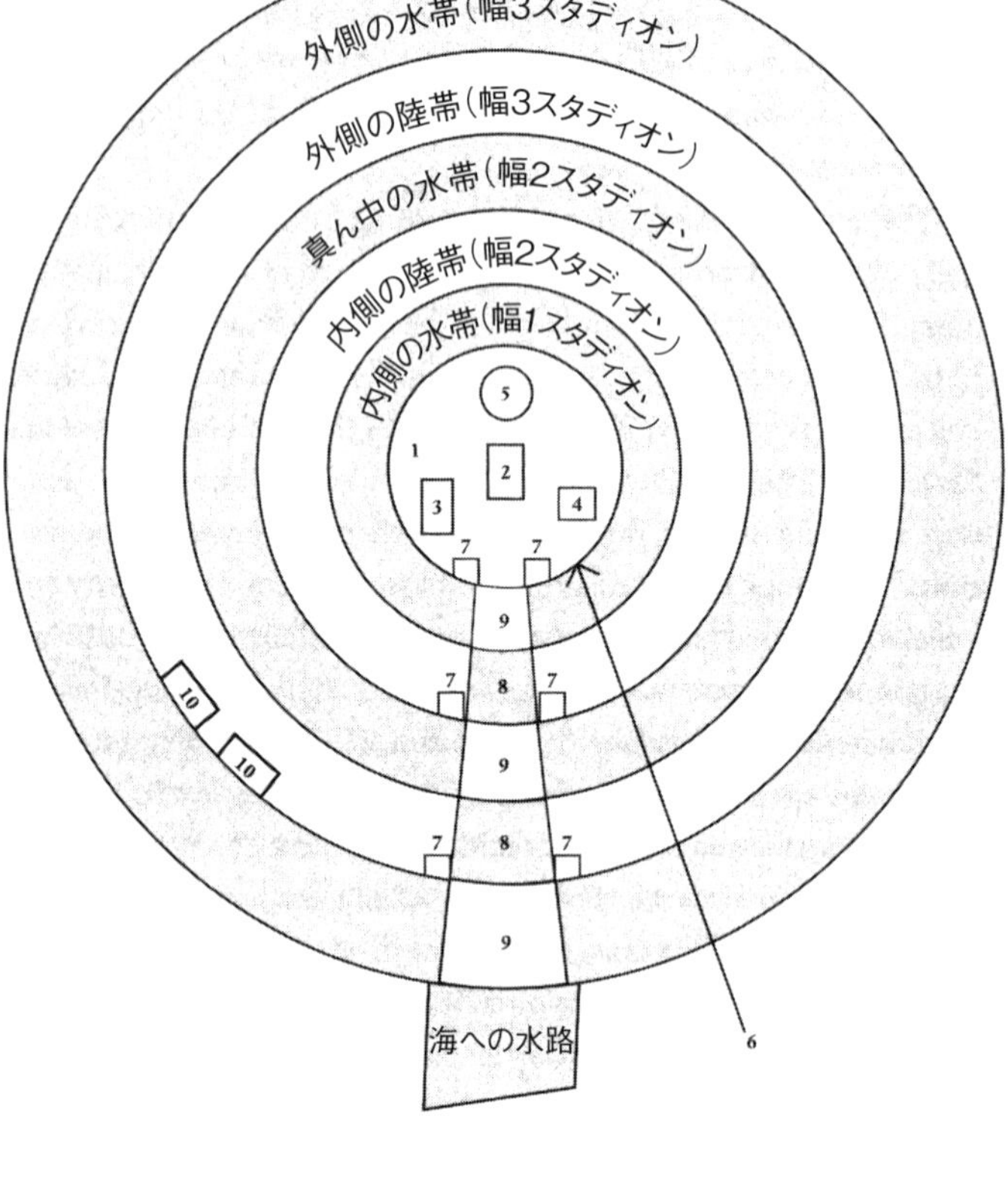

1. 中央島（幅 5 スタディオン）
2. ポセイドンとクレイトーの神殿
3. 宮殿
4. 温泉と冷泉
5. ポセイドンの林
6. オレイカルコスで装飾が施された石壁
7. 塔と門
8. 覆いのある水路
9. 橋
10. 岩をくりぬいた波止場

使って航海した。一番外側の水帯から五〇スタディオン（約六マイル）離れたところに、中心の環状帯を取り巻くように壁が作られていた。そして、その壁の内側には人口の密集した商業社会が形成されていて、波止場は「昼夜にかかわりなく、話し声やさまざまな騒音で賑わいを見せていた」

　アトランティスの首都は、長方形をした平原に隣接している。平原の大きさは三〇〇〇×二〇〇〇スタディオン（約三四〇×二三〇マイル）。島全体が海に向かって南に傾斜していて、中央の平原は四方を山々に囲まれている。山々は「その大きさといい、美しさといい、現在あるどの山々をも凌駕して、当時の人々から称賛を浴びていた」（平原と山々はのちにふたたび取り上げることになる）。このような連峰は、アトランティスの島を強い北風から守った。平原全体を大運河が取り囲んでいる。山々からは、平原を一〇〇スタディオン（一一マイル）間隔で縦横に交差する、格子縞模様の灌漑水路へと水が流れ落ちる。アトランティスでは年に二度の収穫があった。

　平原は六万の地区に分割され、それぞれの地区は一人の軍事指導者によって統治されていた。指導者は少なくとも二〇人を戦場に送り出さなくてはならない。その中には兵士が一〇人、水兵が四人、馬が四頭、騎手が四人含まれている。アトランティスの海軍は一二〇〇隻の船を擁していた。

（ここで思わず想像しそうになるのは、ティマイオスが指を折ってしきりに数を数えてみたり、半信半疑の様子で、ソクラテスに流し目を送ったりする姿だ）

　アトランティスの一〇人の王たちは、父祖から伝わる掟に従ってこの国を治めた。掟はポセイドンの神殿にあるオレイカルコスの柱に刻み込まれていた。王たちは五年か、あるときは六年毎に集まり、一〇人の中で聖なる掟を犯した者がいないかどうかを究明し、あらかじめ神殿内に解き放たれていた雄牛を捕らえる儀式に参列した。雄牛は（「鉄の道具は使わずに」）棒とロープだけで捕らえられ、犠牲として掟の刻まれた柱のところで屠《ほふ》られた。王たちは豪華な青い大礼服を着て判断を下し、掟を公正に遵守することを誓った。何にもまして彼らが誓ったのは、けっして王同士で戦いをしないことだ。もし彼らの一人が他の者を出し抜いて、王国をわがものにしようとすれば、残りの者たちは一致団結して、謀反に立ち向かうことを約束した。王たちは自分たちの富の大きさを十分に悟っていたし、それを重荷にさえ感じていた。

しかし、代々時代を経るにしたがって、アトランティスは堕落していった。「富への貪欲とよこしまな権力」が国中にはびこった。日ごとに美徳が衰えていくのを見て、アトランティスは処罰を受けるべきだとゼウスは考えた。「そこで彼は、世界を一望できるパンテオンに神々を呼び集めて、次のように言った。……」

ここで突如、プラトンは『クリティアス』の物語を中断する。それはまるで誰かが、蓄音機のコンセントをいきなり引き抜いたようだった。劇的な効果を狙ってプラトンが中断したのか、それとも注文のランチを手に、アリストテレスがやって来たためなのか、それはわれわれには分からない。

4

オコーネル氏のアトランティペディア――アイルランド、リートリム郡

哲学の教授たちに歴代思想家トップテンを選んでもらうことは、驚くほどたやすいことだった。が、このようなアカデミックな専門家たちに、アトランティスの探索について意見を訊いてみると、こちらの方はやや難しいことが判明した。ブライアン・ジョンソンは正しかった。教授たちはアトランティスについて書いてはいるが、それはおおむねアトランティスを、プラトンが自らの政治理念を説明するために作り上げたこしらえもの、あるいは文学的意匠として片付けてしまうのがつねだった。プラトンに関しては、おそらくアメリカでも傑出した専門家と言ってよいジュリア・アナスは、アトランティスの物語がフィクションだということが、「これまでまことしやかに立証されてきた」と言っている。インディアナ大学で開かれたシンポジウムのテーマは「アトランティス――事実かフィクションか?」だったが、圧倒的な支持を勝ちえたのは後者のフィクション説だった。私は繰り返し何度も、教育機関のためのドメイン、ドットエデュ(.edu)を末尾につけた宛先にメールを送ったのだが、返事はほとんどもらえなかった。私がコンタクトを取ったある著名な考古学者は、次のようなメッセージを送り返してきた。アトランティスの物語のどの部分でも、それを真実として受け入れるような者は、真摯な学者の中には

一人としていない。このような質問をしてくること自体、あなたは愚かしい。そして、彼女が最後に発した台詞は脅迫的なものだった。「あなたのライターとしての評判のためにも、私の話に耳を傾けることを望みます」

こうした研究者たちを、慎重すぎると言って非難することはできない。アトランティスに関する情報を手に入れようとして、オンラインで検索してみると、たちまち陰謀説の虫食い穴や、未開発の次元へ向かう魔法の扉へと吸い込まれてしまう。それに、何らかの資格を持つ者が、アトランティスの存在の可能性を思い切って受け入れたりしたら、十中八九、奇人変人たちがいっせいに彼のもとに殺到するにちがいない。

アトランティス関連の検索語をグーグルに打ち込むと、一つだけ例外的に目立ったサイトが、何度となく出てくる。サイトの名前は「アトランティペディア」。サイトへ行ってみると、何百という数の項目《エントリー》が並んでいる。そのどれもが公明正大な書きっぷりだ。必要なときには冷ややかとも思えるコメントを与えている（アトランティス人は宇宙旅行にも行けたし、レーザー光線も利用でき、クローンの作成も自由に行なうことができたと説く理論家に対して、サイトの作者は次のようなコメントをしている。「マリファナの吸引を悔い改めずに、突飛な意見を持ち出してきては、それで言い逃れをする。そんなことが許される皮肉屋がいるのかもしれない」）。コメントの調子は懐疑的だが、相手の意見を否定するものではない。テーマも多岐にわたっていて、あますところがない。アトランティスの場所に関する説もいくつか挙げられていて、それについても詳細な分析が加えられていた。アトランティペディアのサイトを作っているのが一人の人物で、アイルランド人の退職者トニー・オコーネル(4)であることが分かった。

私はトニーにメールを送り、いくつか質問をしたいのだが、それに答えてもらえるかどうかと尋ねた。彼は読んで役に立つ本のリストを教えてくれ、一度アイルランドに来てはどうか、そして、好きなだけ自分の家に逗留してはどうかと誘ってくれた。「単純な事実を言えば、こうした説はすべて正しいということはありえない。全部がまちがっていることだってありうるんだから」とトニーは警告した。「まあ、落ち着いてのんびりとやろうよ。さもないと、目が回ってくらくらしてしまうからね」

一カ月後、トニーと私はダブリン空港から西へ車を走らせていた。フロントガラスのワイパーが音を立てている中、トニーは、どうして自分がアトランティス学に深入りしてしまったのか、そのわけを話した。数年前まで、彼はダブリンで、小さなトラック輸送の会社を経営していた。こまごまとした小さな仕事を、数多く追いかけなくてはならない日々に忙殺されていた。その日も、トニーと長年つき合っているボーイフレンドのポールは、倉庫で夜を徹して仕事をしていた。次の日の早朝、強盗の一団が入ってきて、二人の首筋に拳銃をつきつけた。そんなことがあったあとで、トニーはポールに打ち明けた。「フォークリフトのてっぺんに座っていたときだった、もうこれ以上仕事をするのはむりだと思ったんだ」。彼はダブリンを離れて、リートリム郡の小さな村に移った。おそらくそこはアイルランドでも、もっとも人口の少ない地域として知られていたかもしれない。トニーの母親が認知症を患いはじめていたので、彼女もいっしょに移動した。「母の認知症がどんどんひどくなるにしたがって、何か自分にも気分転換のできるものが必要だと思ったんだ」とトニーは話した。そして、彼はアトランティスのエンサイクロペディアを立ち上げようと思った。

トニー・オコーネル。オンライン「アトランティペディア」の創設者。失われた都市に関する情報のエキスパート。

アトランティスの在所に関するさまざまな説について、その証拠が順次集まるにつれて、彼はプラトンの物語が十中八九真実に違いないと確信しはじめた。アトランティスのことを学習すればするほど、その島が存在したと思しい地域を、徐々に絞り込むことができるような気がしてきた。

トニーは村から一マイルほどの所に住んでいた。村にはパブが二軒、中世の僧院の廃墟が二つ、それに小学校と観光案内所があるだけだ。案内所は何度かその前を通るのだが、開いていたためしがない。トニーとポールは（しばらくの間ポールは、やはり病気で療養中の母親のもとへ引っ越していた）、一九五〇年代まで狭軌鉄道の駅だった家に住んでいる。この家は住み心地がよかった。二階にはベッドルームが二部屋、下には小さなオフィスが一つある。そしてそこには、トニーの集めたアトランティス関連の、すばらしいコレクションがあった。キッチンではスパイスとタバコの匂いがした。それもそのはずで、ポールは料理に情熱を燃やしていたし、タバコも大好きだった。アトランティスの仕事をするとき、トニーはもっぱら表側の居間でした。コーヒーテーブルの上にラップトップを置いて、キーボードを打つ。テレビは音を消して、BBCのニュースは流れるままにしていた。トニーは丸々としていて禿頭、痛風のために足を引きずって歩いた。目がいたずらっぽくキラリと光ると、誰かをからかっているかもしれないが、それはあなたではないと言っているようだった。何かに疑いを抱いたときには、いつもワイヤーフレームの眼鏡の上に眉をつり上げた。彼はよく笑ったが、そのときには体全体がゆさゆさと揺れた。私はそれを見ていると、デパートメントストアにいた非番のサンタクロースを思い出した。

ある一定の年齢に達すると、ほとんどの人がするようにトニーもまた、毎日決まったことをしていた。変化はほんの少ししかない。トニーとポールは生活のスタイルがまったく反対だった。トニーは早起きだが、二〇歳ほど年の離れたポールは夜型の人間のために、たいてい午後に目を覚ました。ポールが起きると、トニーは朝食をベッドまで運んでやった。夕食のあとではいつも、トニーがポールを二軒あるパブの一軒に送り届ける。ポールは夜中の二時頃に歩いて帰るために、あらかじめリフレクティブ・ベストを着込み、ペンライトを持って出かけた。彼の不倶戴天の敵は、ほんの数軒先に飼われている意地の悪いドーベルマンだ。「散歩に出かけたいと思ったら、別の方へ行った方がいいですよ」とポールは私に警告した。そして、気分を落ち着かせるためにさらに一本のタバコに火をつけた。

トニーは午前中、たいていオンラインでアトランティスの仕事をしていた。マグカップでお茶を飲みながら、バスローブを羽織ったままだ。それはまるで、起き抜けにウェブの中をうろつき回っているようだった。あとでアトランティペディアのサイトをのぞいてみると、私がキッチンで朝食のミューズリー（穀物、ナッツ、ドライフルーツなどを混ぜたシリアル）を食べている間に、すでにトニーは新しい記事を三つ書き上げていたことが分かった。アマチュアにとって、そしてときには、プロのアトランティス研究家にとっても、アトランティペディアは一種の情報センターの役割を果たしていた。「誰かがメソポタミアを、二つの川に囲まれた島だと特定した」と、ある朝トニーが居間から叫んだ。「メソポタミアと言ってもイラクのメソポタミアじゃないよ。それなら納得がいくけど、このメソポタミアはアルゼンチンの東北部にあるんだ」

昼近くになると、毎日、トニーと私は小さな州都キャリック・オン・シャノンへ車で出かけ、ショッピングをしたり、ポールのために場外馬券売り場で馬券を買ったりなど、いくつか用事をすませた。ある日などは、市民パートナーシップの手続きに必要な書類を受け取るために、地元の登記所のそばに車を止めた。トニーとポールは二〇年あまりカップルとして暮らしていたが、ここにきてやっと、たがいの関係を公にすることにした。何やかやと用事を済ませると、われわれはたいてい、コーヒーとケーキを求めて車を止めた。トニーはそこで私に、アトランティスを発見する方法ついて、肩肘の張らない個人指導をしてくれた。

　はじめに、なぜアトランティスの物語を真実だと思うのかとトニーに尋ねると、彼は一つの興味深い学術的なエッセーを教えてくれた。それはかつてNASAの科学者だった、今はなきA・N・コンタラトスが書いたもので、コンタラトスはそこで、アトランティスの物語の信憑性を立証する二二の実例を引用している。

「ソロンは非常に重要な立法者で、非常に公正な人物だったし、世評も高かった」とトニーはコーヒーショップで話した。店の派手な内装のために、「フレンズ」（NBCで放送されたテレビドラマ）のセットの中で、失われた都市について話をしているような気分になった。「プラトンがソロンを使ったのは、われわれが本を書いて、その情報源としてベンジャミン・フランクリンを引き合いに出すようなものなんだ。もしそれが真実でないとしたら、われわれはそんなことをするはずがないだろう。それに、これ以上に強力な証拠はないと思っているのは、プラトンが少し慎重な態度を示しているときだ――例えばそれは、平原のまわりに掘られた水路について述べているくだりなどだ。自分の論拠について語るときに、まさか難色を示す者などいないからね――そんなことをしたら、逆効果を招くだけだもの」

　その一方で、トニーは「ソロンが話をでっち上げたのではないかと問う人が、誰一人としていないし、エジプト人たちが客人を喜ばすために、話をこしらえ上げたのではないかと疑う人だっていない。あなたは注意に注意を重ねて、慎重に道を踏み固めながら進まないとダメだよ」と言う。

　しかし、トニーは物語の核心部分――つまり、強大な海運国が東方の地中海の国々に対して、戦争を仕掛けたこと――は真実だと信じていながら、他のことではそのほとんどに疑惑の目を向けている。とりわけ数と寸法に対しては。それは例えば、アトランティスはアジアとリビアを合わせた広さより、さらに大きな島だったという申し立てだ。ソロンの時代のリビアは、大西洋からエジプトへと伸びる、北アフリカの細長い沿岸地域だった。アジアは小アジアのことで、現在のトルコである。プラトンの時代のギリシア人たちは、内陸の広大な土地を測量する手段を持っていなかった。ギリシアの船乗りたちは、海岸に沿って船を進め、ランドマークや他のはっきりとした特徴を頼りに航海をした。それはヘロドトスの次のような記述でも明らかだ。「水深が一一尋《ひろ》になり、測鉛に水底の泥がついていたら、アレクサンドリアから丸一日旅をしたことになる」

「プラトンはアトランティスの大きさを知らなかったんじゃないかな」とトニーは小ばかにした。「彼は子供の頃に議論されていたことを覚えていたんだ」。トニーはまた、プラトンが物理的な大きさについて語っていることに納得していない。プラトンが使っている古代ギリシア語の「メイゾン」（「メガス」の比較級）は「greater」（より大きな）と訳されている。大半の読者はこの言葉を、アトランティスの島が巨大だという意味に取った。したがって誰もが、アトランティスは大西洋の真ん中を除いて、他にこれだけの大きさな島が存在する場所はないと思った。トニーは「メイゾン＝より大きな」によってプラトンが言っていたのは、アトランティスの持つ軍事力の強大さだったのではないかと主張した。

私は彼にアトランティスの場所について、その考えを訊いてみた。ここではふたたび、ある言葉の翻訳が多くの推論を招いた原因となっている。

「プラトンは島がヘラクレスの柱の前にあったと言っている」とトニー。プラトンが使ったギリシア語は「プロ」（―の前に）だ。「が、それは外側なのか内側なのか？　われわれは英語の翻訳（before）に頼らざるをえない。したがって、そこは十分に警戒が必要だ。手元にはプラトンの著作だけしかないんだから。他に証拠がない。みんなはインスピレーションを受けると、それに説をぴたりと合わせるんだ。自分のチェックリストを作り上げると、それと反対のものは都合よく除外してしまう。うまくマッチさせるために、一〇の中から九だけを取るのはまずいだろう。もちろん一〇番目だけを取ってみても使いものにはならないが」

NASAの科学者だったコンタラトスは、大陸のありかを「アトランティスの永眠の地」と名づけて、それを発見するために役立つ基準をリストアップしている。その基本となる要素は次の通りだ。

1 アトランティスは、島があるところ、あるいはかつて島があったところに位置している。
2 島はかつて、その全部かあるいは一部が沈没した。
3 島はプラトンがアトランティスについて書いた「独特な地形学」の記述に合致していなくてはならない。そこには同心円状の水帯、山々、大きな平原があった。
4 島は「冶金術を心得た学問のある人々」の住む場所だった。
5 島は地殻変動の自然災害に見舞われた。
6 島は「定期的にアテナイと連絡可能な」場所にあった。
7 地殻の大変動が起きたとき、島はアテナイと交戦中だった。
8 島は「ヘラクレスの柱」のすぐ外側にあった。
9 島は紀元前九六〇〇年頃に崩壊した。
10 島は大陸と同じくらいの大きさをしていたか、あるいはそれと同じ大きさの陸地とつながっていた。

これは非常に聡明な分別のあるチェックリストだ。が、徐々に学んでいくにつれて、ここに挙げられた基準のどれ一つを取ってみても、そのすべてが自由に解釈の可能なものであることが分かった。例えばコンタラトスは、アトランティスの輪がルイジアナ州のポヴァティ・ポイントにある、同心円状のマウンドからアイディアを得たものだと言う。ポヴァティ・ポイントは、ルイジアナ州の北東隅の陸地に囲まれた土地だ。が、こんな構造物のニュースがどのようにして、地中海まで旅をしてきたのだろう？それにどう見ても、ここが「定期的にアテナイと連絡可能な」場所とは思えない。アテナイどころか、ルイジアナ州のニューオーリンズとでさえ、定期的に行き来が可能だとは言いがたい。コンタラトスは、ヨーロッパの船乗りたちの手で、マウンドのアイディアがもたらされたと考えた。彼らはスペリオル湖の近くで見つかった、良質の銅の鉱脈を採掘するために、ミシシッピー川を遡ってきたと言うのだ。

「キュプロス（Cyprus）は銅（copper）に由来する地名だ」とトニーは言う。そして、トルコの海岸沖に浮かぶ鉱物の豊かな島について語った。プラトンの時代にはすでに、キュプロスは鉱山の島としてよく知られていた。「なぜ彼らはよりによってわざわざ、ミシシッピー川まで出かけなければならなかったのだろう？」

文献学上で議論の対象となった古代のギリシア語は「メイゾン」と「プロ」だけではない。例えば、アトランティス研究家の中にはギリシア語の「島」を表わす言葉が、四方を水に囲まれた土地以外に、何か別のものを意味しているのではないかと言う者もいる。アトランティスの在所について、驚くほどたくさんの説が出ているが、その原因の一つに「ヘラクレスの柱」を巡る解釈がある。ギリシア人はヘラクレスの柱という名称を、手当たり次第、地中海周辺の狭い水路にどっさりとつけている。そのために多くの説が溢《あふ》れ出た。したがってプラトンは必ずしも、ジブラルタル海峡に言及しているわけではない。トニーの考えはこうだ。ヘラクレスの柱は現実の場所を表わしたものではないかもしれない。むしろそれはプラトンの生きている間に、ギリシア人が踏査することの可能だった、もっとも遠い限界を表わしているのではないだろうか。

数日間にわたり、いろいろなデザートを食べながら、トニーと私は、おもだった説のよい点と悪い点をあれやこれやと言い立て、それぞれがプラトンの物語に、どのように比較しうるのか検討を重ねた。そして一週間後に、ようやく私は候補地を四つに絞った。

群を抜いて人気が高かったのは「ミノアの仮説」として知られているもの。これはプラトンが、ギリシアのテラ島（今はサントリーニ島と呼ばれている）の中心部で起きた火山の巨大噴火によって、ひらめきを与えられたという考えだ。アトランティスのように、サントリーニは円い形をしている。それはほとんど標的の中心部のようだ。一九六〇年代に考古学者たちがそこで、失われた都市を丸ごと発掘している。それは三五〇〇年の間、厚い灰の層の下に埋もれていた。この都市は驚くべき手工芸品や建築物であふれていた。そしてここには明らかに、洗練された技術を持つ人々が住んでいて、豪壮なクノッソス宮殿を建てたクレタ島のミノア人とも、密接なつながりを持っていた。しかし、トニーは納得していない。「思い出してみてよ。プラトンは地震だと言っていた。火山じゃない」と彼は眉毛をつり上げて言いながら、疑問を強調した。が、テラ島の噴火が津波を引き起こしたことは確実だ。それは、アトランティスを水没させた大洪水を論理的に説明している。学者の中には数人、テラ島の噴火を「出エジプト記」の大災厄と結びつける者さえいた。また理論家の中には、雄牛のモチーフを持つミノアの芸術品と、プラトンが描いた雄牛の供犠（アトランティスの王たちによって執り行なわれた）との類似性を大げさに騒ぎ立てる者もいた。トニーはこれにも懐疑的だった。「雄牛をめぐる物語はいたるところにある」とトニー。「ここアイルランドにもあるよ」

近年、にわかに脚光を浴びてきたもう一つの候補地は、スペイン南部の都市カディス近郊の海岸だ。地理的にはサントリーニより一段とアトランティスにマッチしている。まずジブラルタル海峡に立つヘラクレスの柱のすぐ外側に位置していて、大西洋に面していた。しかもプラトンはカディスの名前（ガディラ）を名指しで使っている。そして、この地域では銅が豊富に産出される。それは『クリティアス』で述べられていたオレイカルコスを説明するものだ。もう一つの有名な失われた都市タルテッソスが、かつてカディスの近くにあったことは、おおむね歴史家たちも認めている。タルテッソスは、プラトンがアトランティスのモデルとした町だったかもしれない。この地方は何度も地震と津波に見舞われている。今では沼地の自然保護区となった場所の下に、同心円を含む大きな形が埋もれていることを衛星写真が写し出していた。「しかし、そこは人口や海抜の数字から見ても、『WELCOME TO ATLANTIS』の看板が、はたしてぴったり似合うかどうかは疑問だ」とトニーは腕を組みながら言った。それにスペインの南部には大きな島がない。プラトンはアトランティスが島だったとはっきりと言っている。

次はマルタ島。マルタ島はアトランティスにふさわしい候補地だ。第一にそれは島で、シチリア島とイタリア本土の間にあるメッシナ海峡の真南に位置していて、トニーがヘラクレスの柱の位置から特定した、数多くのアトランティス候補地の一つだ。マルタは古代の海洋文化が栄えた島で、地球上で最古の、そしてもっとも理解されていない遺跡の所在地でもある。そこには、エジプトやアテナイの神殿よりはるかに古い、驚くべき石造の神殿がいくつもあった。その遺跡は、何世紀もの間に上昇した海水面のために今は水没している。考古学上の証拠が示しているのは、マルタの全人口が、プラトンの生まれるはるか以前に、突如として姿を消してしまったことだ。理由は分からない。概して、この島はミステリアスな場所だった。マルタには、岩の表面に彫りつけられた格子状の溝があり、好奇心をかき立てられる。これはもしかすると、プラトンに古代の灌漑水路のアイディアを与えたものかもしれない。しかし、マルタには山がない、それに大きな平原を擁するスペースもない。強力な海軍の船を浮かべる場所もない。

最後の候補地はダークホースのモロッコだ。もしトニーがこれまで目にしたものの中で、モロッコ説がもっとも説得力のある仮説だと言っていなければ、私はおそらくモロッコのことなど考えてもみなかっただろう。ボンのコンピューター・プログラマーが、『ティマイオス』と『クリティアス』に出てくる地理学上の情報――全部で五一ある――をリストにまとめた。そして精緻な統計分析を使って、その情報を地図の作成プログラムに当てはめた。こうして彼が手にした結果は、ともかく数字に現れたかぎりでは、議論の余地のないものだった。実質的には、プラトンが書き留めていたすべてのヒント――水陸環状帯、地震、象、ヘラクレスの柱の外側――が、モロッコの大西洋海岸（マラケシュの南西およそ一〇〇マイルの地点）にある、比較的目立たないスース＝マッサ平原の条件に合致した。しかし、この地域ではこれまで、考古学上の調査が一度も行なわれていない。

「私はまだ二つの点について、満足できないでいるんだ」とトニーは言った。「あなたはアトランティスの話を、プラトンが描いた山々の記述から読みはじめただろう」（『クリティアス』には「周囲の山々は、その大きさといい、美しさといい、現在あるどの山々をも凌駕して、当時の人々から称賛を浴びていた」と書かれていた）。「それは何だか、プラトンが旅行情報を書いていたように思えてならない」とトニーは言った。「山々でも無視できないのは、ヒマラヤ山脈、アルプス山脈、アトラス山脈だ。この山々をよく見てみるといい。みんな北から卓越風《たくえつふう》（ある地方である期間に吹く、もっとも頻度の高い風向きの風）が吹いている。あなたは候補地を少数に絞って、推理しやすい形にできるだろう。が、私は堂々巡りをするばかりで、ちっとも前に進まないんだよ」

トニーがこだわっているもう一つの点は、アトランティスが沈んだあとに残された泥の浅瀬のことで、船の通り抜けができなかったと書かれていた。これについてはほとんどの説が、都合の悪いものを隠すように軽く扱っている。私はそれに気づいていた。『通り抜けることができない』という言葉を取り上げてみよう」とトニー。「ここでは潮の流れを考慮に入れるべきだと思う。私が調べた三段櫂船の吃水は一メートルほどしかない。この吃水でも、一日の内のある時間は航行が不可能になる。丸一日不可能というわけではないけどね。つまり三段櫂船は外洋には向いていない。潮汐効果の非常に少ない海――地中海のような――を航海するための船なんだ」。トニーは危険な浅瀬の例として、シルティス（今のリビアのシルテ。ムアマル・カダフィの地元として知られている）の岸に近いバンクを挙げた。「アトランティスの浅瀬は、私に液状化を連想させる」とトニー。液状化は地震の際に起こる現象で、地震が湿った土壌を流砂《クイックサンド》のようなものに変えてしまう。このように地面が突然不安定なものに変化するために、その上に建っていた建造物はどんなものでも、崩れやすくなったり、沈没しやすくなる。他にもアトランティスの場所については、そのヒントとなる情報を、『ティマイオス』や『クリティアス』以外でも見つけることができる、とトニーは信じていた。が、私はその可能性について、考えてみたことがなかった。「プラトンはなかなか容易ならぬことを話していたんだ――『土壌がギリシアから洗い流されてしまったとき』と言ってたね」とトニーは言う。「洪水の物語を調べる必要があると思うよ。そして、その中から共通要素を探すんだ」。古代の文化は、そのほとんどが洪水神話を持っていたようだ。サイスの神官が言っていたデウカリオンの洪水は、アトランティスを沈没させた地殻の大変動のあとに起こっていた。それはノアの箱舟の物語や、メソポタミアの『ギルガメシュ叙事詩』に出てくる洪水伝説に驚くほどよく似ている。この三つの物語で共通しているのは、信仰に厚い人々が神の教えによって、船を建造し、それを水に浮かべて洪水を生き延びたことだ。このような洪水がなぜ起きたのか、それは古代の大きなミステリーの一つとなっている。「道理にかなうシナリオの一つとして考えられるのは、小惑星か彗星が地球に衝突して、大洋に落下したことだ。それが世界中に巨大な津波を送り届けた」。トニーはすぐにそれに付け加えるように言った。「明らかに、不可思議なことが起きているよ」。私がとっさに感じたのは次のようなことだった。アトランティスの物語を、古代の神話や、宇宙からの巨大な飛来物、あるいはおそらくは「創世記」などと結びつけることは、メインストリームを歩く学者たちに、前にもまして、私のメールに答えたくないと思わせるにちがいない。が、トニーは私以上に長くこのゲームにのめり込んでいった。私はあとで詳しく調べるために、彼の話をメモに書き留めた。

「結局、プラトンに戻って、もう一度読み直すことだよね」とトニーは言った。「彼の書いたものには、いくらかの信憑性があるということで、われわれは満足すべきじゃないのかな。そこから、あなたは自分で説を作り出せばいいんだから。山々、平原、浅瀬――これはみんなあなたの力を試す課題だよ」

プラトンも『国家』の中で「どんな仕事でも、はじめが一番大事」と書いていた。スペイン、マルタ、ギリシア、モロッコ――そこがスタートだった。

ある夜、トニーと私は、いつもの日課となっている型にはまった行動を破って、村へドライブに出かけた。そして一パイントのビールと、わずかな冗談《クラック》を求めて、二軒のパブへ寄った。私の知るかぎりでは、このユニークなアイルランドの贈り物《クラック》が自由な座談を誘い出す――ポールや、通りの向こうからやってきた仲のいい隣人のダイといっしょに、ほんの一パイントのビールを飲んでいる間に、話題はそれからそれへと脱線していく。有名なスヌーカー（ポケット・ビリヤード）の試合。この試合のチャンピオンは眼鏡を逆さまにかけていた。ポーランド人の便利屋が、地元の川の水を抜いて魚を捕るという困った問題。さらには、ポールがハロウィーンのときに、クルエラ・ド・ヴィル（映画『一〇一匹わんちゃん』に登場した悪女）のようにドレスアップしたこと。聖パトリックと関係のある山へ巡礼に行ったときに、ソーセージを焼くのは、罰当たりな行為なのかどうかという議論など。たしかに認めざるをえないことだが、私は若干トニーの隣人たちのことが気になった。彼らは一九九五年まで離婚が合法化されていなかったような、おそるべきカトリックの国の住人たちだ。その彼らが、はたしてゲイのカップルの近くに住むことについて、どんな考えを抱いているのだろう。おまけにカップルの年長者は、アトランティスの情報については宝庫のような人物だ。隣人たちは実際のところ、ゲイにもアトランティスにも強く心を引かれていた。大好きだった。自分たちは今、『アトランティペディア』のハードカバーが出たとき、その出版記念パーティーが開かれた、まさにそのパブに立っているんだ、と私は数人の者に話しかけられた。このパーティーは明らかに、伝説となった豪華なパーティーだったようだ。それはトルーマン・カポーティーが一九六六年に開いた、あの伝説的な舞踏パーティー「ブラック・アンド・ホワイト・ボール」にも比肩しうるものだったという。誰もがトニーとポールの、もうすぐやってくる民事婚のことをしゃべりたがった。「トニー・オコーネル、あなたいい年をして結婚するのね」と地元の既婚女性が、トニーをからかっていじめていた。この女性は『アトランティペディア』のサイン本を二冊持っていることが自慢だった。「ポールもついにあなたと結婚するのね」と別の女性が言った。「本当に年の離れた者同士のロマンスね。まるで映画のストーリーみたい」

週末になる頃には、私の頭はアトランティスの情報であふれんばかりだったし、頭以外のところは、パイやケーキ、ソーダブレッド、それにアイルランドの朝食とギネスでいっぱいだった。トニーは私をダブリンまで送る途中で、ニューグレンジを見せに連れて行ってくれた。これは世界でも有数の巨石記念物だ。プレヘレニック文明のときに建てられた、すばらしい建造物のほとんどがそうなのだが、この記念碑も誰かがいつの間にか、アトランティックの場所を特定する説に組み入れてしまった。スウェーデンの地理学者ウルフ・エルリングソンは、ニューグレンジと近隣の建造物は神殿だったという説を唱え、建造物群がプラトンの物語に着想を与えたと主張した。「エルリングソンはアトランティスがアイルランドにあったと言い、その確率は九九・九八パーセントだと見積もった」とトニー。トニーは誰もが一番に会いたいと思う、誇りの高いアイルランド人だったが、さすがに彼も、エルリングソンの説明にはまったく納得がいかなかった。「近くで石の鉢が見つかったんだが、エルリングソンはその石鉢に刻まれた同心円について、長い間くどくどと話すんだ」とトニーは、ニューグレンジ博物館の展示物の中を歩きながら言った。「ああ、あそこにある」。彼は彫刻が施された鉢を指差した。おそらくLP盤レコードくらいの大きさだろうか、鉢の側面に刻まれた輪がいくつか見える。

「これが彼の言う、アトランティスの確率九九・九八パーセントの証拠なんだ」とトニー。「情けないよね？」

5　素人演芸会――ミネソタ州ナイニンガーシティ（一八八二年頃）

　プラトンはアトランティスの物語の中で、たしかに頭をかきむしりたくなるような数字をいくつか使っている。とくに数字に深い尊敬の念を公言している人には、そう感じられるだろう。そこに出てくる日付が、古代の歴史にほんのわずかでさえ一致していることなどまったくないからだ。ソロンが紀元前六〇〇年からほど遠くない時期に、エジプトを訪問したことは十分に真実でありうる。が、そのあとでソロンは、アトランティスとアテナイが紀元前九六〇〇年頃に破壊されたという話を神官から聞く。しかし、歴史家たちが信じている歴史は次のようなものだ。アテナイにはじめて人が定住したのは、紀元前四〇〇〇年紀のある時期で、それから二〇〇〇年が経過しても、アテナイはとても都市と言えるような――二万人の兵士を擁する都市などは言うまでもない――大きさにはなっていない。最初のエジプト王朝が創建されたのも、およそ紀元前三一五〇年頃である。それにしても、このような数字の誇張は、プラトンの故意によるものなのか？　それとも、誰かビザンティンの寝ぼけた写字生の仕業なのか？

　プラトンはアトランティス人が一二〇〇隻の三段櫂船を保持していたと書いている。三段櫂船がはじめて歴史上の文献に登場したのは紀元前七世紀だった。が、プラトンやソロンが古い船について語るのに、その当時の用語を使用していたということはありうる。しかし、アトランティスの軍隊が一万台の戦車を所有していたとなると、これはちょっと納得しがたい。戦車は紀元前三〇〇〇年頃に、メソポタミアではじめて使われたと言われている。だいたいそれに戦車を引く馬が家畜化されたのが、遡ってもせいぜい紀元前五〇〇〇年紀である。プラトンはアトランティスの兵士の数を一二〇〇万と見積もっていたが、この軍隊が、アテナイのたかだか二万の守備隊に敗れたというのも、ありそうにない話だ。他の例と比較してみると、紀元前四八〇年に、ペルシアのクセルクセスがギリシアに攻め込んだとき、その大規模な陸海軍は総勢で一〇〇万を越していた、とヘロドトスは見積もった。が、これは今では、大幅に水増しされた数字だと信じられている。ディーデイ（D-Day, 一九四四年六月六日のノルマンディー上陸作戦開始日）には、一五万六〇〇〇人の連合国軍がイギリス海峡を渡り、ノルマンディーに侵攻した。トニー・オコーネルが説明していたように、アトランティスの物語の中で、もっとも異様な数字と言えば、それはクリティアスがややきまり悪そうに話していた、平原をぐるりと取り囲む巨大な水路のサイズだろう。

この水路の深さ、幅、長さは信じがたいほど驚くべきもので、他にも多くの仕事を成し遂げた上で、さらにこれほどの仕事が行なわれたとは、とても人間業とは思えない。しかし、ともかく聞いた話を私は伝えなければならない。水路は一プレトロン（一〇〇フィート）の深さに掘られ、その幅はどこでも一スタディオン（約六〇〇フィート）あった。これが平原全体を取り囲むように掘り巡らされていて、長さは一万スタディオン（一一〇〇マイル以上）に及んだ。

アトランティス人は、技術的にも最先端を走っていたと言う者がいて、それが先史時代の飛行船、ラジオ、電子レンジまで飛び出す、かなり突飛な説の火付け役となっていた。が、私の知るかぎりでは、アトランティス人がバックホーやブルドーザーを使っていたと言う者はいない。プラトンが書いていた水路を作るためには、一〇億立方メートルの土を掘り出さなくてはならない。が、あのパナマ運河のプロジェクトでさえ、取り除いた土は一億二〇〇〇万立方メートルだった。

一つにはこのように、数字があまりにも信用のできないものだったためもあるが、アトランティスの場所を推測することに、人々があまり興味を示すこともなく、ほぼ二〇〇〇年の歳月が過ぎた。そして一四九二年に、クリストファー・コロンブスが西へ航海し、（人々に人気のある解釈によると）プラトンが言っていたほぼその通りの場所で、かなり大きな陸塊を見つけた。ヨーロッパの探検家たちが船団を引き連れて、コロンブスのあとに続いた。それにつれてやがては、メソアメリカのマヤやアステカのような、新世界の最大で、もっとも洗練された文化を作り上げた者たちが、実はアトランティスを脱出したディアスポラの子孫だった、という説がさかんに叫ばれるようになった。フランスのビュフォン伯（ジョルジュ＝ルイ・ルクレール）やプロシアのアレクサンダー・フォン・フンボルトのような聡明な博物学者たちも、ネイティヴ・アメリカンとアトランティス人とのつながりについて、真剣にその可能性を探った。

しかし基本的には、このような仮説も知的な室内ゲームの域を出なかった。一九世紀の後半になるまで、アトランティスを懸命に探し出そうとした者は誰一人いない。が、一九世紀の後半になると、異常なまでに熱心な一人のアマチュア考古学者が、ホメロスの叙事詩に出てくる神話の都市トロイア（イリオス）を、物語中の証拠を使って見つけ出そうと思い立った。そして彼は実際にそれを発見した。

失われた文明を見つけ出すのに、専門家は古代の物語を使うことに懐疑的だが、厳密に言うとその傾向はそれほど新しいことではない。私がアトランティスの正典《カノン》と言われるものを熱心に研究しはじめたとき、しばしば遭遇したのは、歴史家や古典学者が、アトランティスの実在説を「エウヘメロス説」だとして、見下すように言及していた例だ。この言葉はギリシアの哲学者エウヘメロスに由来する。エウヘメロスは神話——とくにギリシアの神々の神話——の中には、歴史的な出来事に基づいたものがあるという仮説を立てた（オリュンポス山の神々たちは、古代のギリシア王から着想を得て作り出されたと彼は考えた）。紀元前三世紀の地理学者エラトステネス——彼はアレクサンドリア図書館の館長を務めた——は、エウヘメロス説に冷水を浴びせかけた最初の学者だったかもしれない。そのとき、彼は次のようなジョークを飛ばした。「風の皮袋を縫い合わせてくれる靴屋が見つかれば、オデュッセウスが転々とさまよった場所も見つかるだろう」（風神アイオロスはオデュッセウスをアイオリア島で歓待し、西風以外のすべての風を封じ込めた皮袋を彼に渡して、帰国させようとした。が、オデュッセウスの部下が袋を開けたために、船はまた島に逆戻りしてしまった）

二〇〇〇年以上経った一九世紀の中頃、考古学的発掘は比較的新しい分野だったが、まだアカデミックな専門家の一分野として確立されていなかった。そんなときに、ドイツの商人だったハインリヒ・シュリーマンはこの分野に興味を抱いた。シュリーマンは自力で大成した大金持ちで、独学の歴史家でもあった。彼はホメロスの叙事詩的神話『イリアス』や『オデュッセイア』を歴史として読み、アキレウスはトロイアのヘクトルと本当に戦ったと信じた。また、美しいヘレネ——のちに「千艘の船を海へ進水させたかんばせ」と謳われた——がスパルタから誘拐されて、トロイアへ連れて行かれたことも事実だと思った。親友パトロクロスの死の復讐だと言って、アキレウスがトロイアの城壁のまわりを、ヘクトルの屍を引きずって回るくだりを読んだとき、シュリーマンは、この城壁がかつて存在していただけではなく、これから発掘され、発見されるかもしれないと思った。プラトンのアトランティスと同じように、ホメロスもまた、トロイアが実際にその場所にあるのなら、それを特定するのに十分なほど詳細な情報を書き記していた。神殿や美しい家々のある富み栄えた都市トロイアは、ギリシアとトルコの間、スカマンドロス川とヘレスポントス（ダーダネルス海峡）の近くにあり、門のある堂々とした高い城壁に囲まれていて、近くには温泉と冷泉の二つの泉があった。

現代の考古学者ジョーゼフ・アレクサンダー・マギリブレーが、著書『ミノタウロス』の中で、ジョージ・グロートの「万人に受け入れられた」『ギリシア史』（一二巻）から引用している。引用箇所は歴史としてのホメロスについて、一八五〇年頃にグロートが書いた部分。「ギリシアの人々によって、文字通りに信じられたり、うやうやしく大切にされたり、過去の偉大な出来事の一つに数えられたりしているが、現代の目から見ると、それ（ホメロスの叙事詩）は本質的に伝説以外の何ものでもない」。シュリーマンはこれに異議を唱えた。彼はトロイアが、今まで調査が行なわれていた場所より、さらに北のヒサリクの村で必ずや発掘されると信じていた。一八七一年、シュリーマンは一〇〇人の人夫を雇った。人夫たちは現場を掘り、多数の工芸品を発見した。三シーズンの発掘作業が終わった頃、シュリーマンはトロイア王プリアモスの宮殿と思しい建物を見つけたと主張した。『イリアス』の中で、アキレウスがその外側でヘクトルを殺したスカイアイ門もあったし、金細工の隠し場所も発見された。この金細工をシュリーマンはこっそり国外に持ち出した。一八七二年一二月二九日付けの「シカゴ・デイリー・トリビューン」紙に掲載された、トロイア発見の顛末を知らせる記事の見出しは、報道機関の熱狂的な反応を示す典型的な例だった――「正しさが立証されたホメロス」

シュリーマンは、トロイアの発見に続いてさらにもう一つ、今度はギリシアの本土ですばらしい成功を収めている。ペロポネソス半島の北東部、ミュケナイの丘の頂上にあった要塞の遺跡でアガメムノン王の宮殿を探した。ホメロスによるとアガメムノンは、弟の妻であるヘレネの奪還を目指して、トロイ

ア と戦うために送り込まれたギリシア軍の総帥だったという。ミュケナイでシュリーマンは、前にもましてすばらしい遺物を発見した。その中には黄金のマスクをつけた五体の遺骸があった。

シュリーマンは才能のあるプロモーターだったが、考古学者としては欠点を持っていた。発見を報告する書類には矛盾点や嘘があふれていた。それに彼が発見したと主張する、もっとも重要な遺物の中には、彼と妻の手によって、あらかじめ埋め込まれたものがあったかもしれない。シュリーマンは、トロイア戦争時のトロイアの発見を急ぐあまり、人夫たちに数層に重なった石造の建造物の遺跡を、委細構わず掘り進み、ダイナマイトで爆破するように命じた。が、こうして生じた考古学上の塵芥は、多くの集落の存在を証明する証拠となった。その中にはホメロスが謳った実在の古代都市も含まれている。

いろいろな問題があったとはいえ、シュリーマンの行なった仕事は貴重な前例となった。プラトンの時代以来、慎重に築き上げられてきた、神話と歴史の間の壁に彼は風穴を開けた。アマチュアの考古学者が思い知ったのは、失われた都市を探すのに、もしかしたら、デスクを離れる必要などないのではないかということだ。必要とされるのは古典に親しむことと、豊かな想像力を持つことがそのすべてだった。

シュリーマンにもっとも刺激を与えられた人物の一人が、史上最初の偉大なアトランティス研究家で、ミネソタ州の進歩的政治家イグナティウス・ドネリーである。ドネリーもまた、複雑で入り組んだ遺産を残したが、それだけでは、彼の仕事に対する評価の違いを、ひどく軽んじてしまうことになる。ある記事は彼について「アメリカ史上もっとも偉大な無名の人物」と評している。また、別の記事は「彼のように失敗した人生を送った者はおそらくいないだろう」と書いた。

ドネリーは一八三一年にフィラデルフィアで生まれた。二五歳のとき、高度成長期のミネソタ準州で起こった土地の投機ブームに便乗しようと思い立ち、西へ向かった。彼が共同で設立したコミュニティーのナイニンガーシティ（ダコタ郡）は、一八五七年の恐慌がもたらした経済不況のあおりを受けて破綻した。破産から立ち直ったドネリーは、二八歳でミネソタ州の副知事となり、三〇歳のときにはアメリカの連邦議会議員になった。そして、急進的な共和党議員として、女性の参政権や新たに解放された奴隷の教育、それに移民の人権問題に取り組んだ。一八八〇年、ドネリーは政治活動をやめると、ナイニンガーシティに戻って、自分が不動産投機で失敗した空き地に、大きな家を建てて住んだ。四九歳のときの日記には、「希望はことごとく消え去ってしまった。実際、暗く陰鬱な未来が私の前に腰を下ろしている」と書かれている。が、それからほんの二、三週間後、ドネリーは同じ日記に楽観的な調子で、本を執筆しはじめた、そしてそれには、アトランティスというタイトルをつけるつもりだ、と走り書きをしている。彼がどこからインスピレーションを得たのか分からないが、ジュール・ヴェルヌが一八七〇年に書いた『海底二万マイ

イグナティウス・ドネリー。アメリカ連邦議会議員で歴史作家。彼の書いた『アトランティス――ノアの箱舟以前の世界』は、二番目に重要なアトランティス関連の書物とされている。

ル』から影響を受けたことは十分に考えられる。この小説の中でネモ船長は、プラトンの失われた都市が眠るすばらしい海底の遺跡へと、アロナックス教授を連れていく。もし『ティマイオス』と『クリティアス』を一つの媒体と見なせば、ドネリーの書いた本は、アトランティスの正典《カノン》として、二番目に重要な作品だと言っても過言ではないだろう。アトランティスを探し求めた、有数の年代記編者のドネリーが、「プラトンの旧約聖書に対して、アトランティズムの新約聖書」とでも言うべき本——最終的なタイトルは『アトランティス——ノアの洪水以前の世界』——を書いた。

ドネリーはこの本の冒頭で、自分は「今までにない、注目すべき提案をいくつかして」みたいと述べた。その最たるものが、プラトンのアトランティスは、神話などではなく事実そのものだという提案。ドネリーはアトランティスを「エデンの園」のようなユートピアだと考えた。そしてそれはまた、世界の偉大なすべての文明の淵源でもあると言う。エジプトはアトランティスの最古の植民地だった。青銅時代や鉄の時代に、そしてその後の時代にさえ、出現した技術——「弾薬の発明すらアトランティスまで遡ることは不可能ではない」——はすべて、もとを正せば、アルファベットや紙や農業などと同様、アトランティスに起源を持つ。アトランティスが、地球規模の破滅的な大洪水の犠牲となって、波の下に沈んだとき、生き延びたわずかの人々が船を櫂で漕いで遠くまで逃れ、インド・ヨーロッパ語族の国々だけでなく、セム族やおそらくはそれ以外の民族の国々をも創建した。

『アトランティス』のこの序章が、未来のアトランティス学に与えた衝撃の大きさは、いくら誇張しても誇張しすぎることはない。ある意味でそれは、のちのあらゆるアトランティス立地論の鋳型を作り上げたのだから。トニー・オコーネルは『アトランティペディア』の中で次のように書いている。「もしドネリーの本による刺激がなかったとしたら、アトランティスは比較的、ぼんやりとしたテーマのままでとどまった可能性が高い」。ドネリーは最初の偉大なアトランティスの原理主義者《ファンダメンタリスト》だった。ポセイドンのような超自然的な要素を除けば、プラトンの物語は事実として正確だと彼は信じていた。プラトンはアトランティスが「ヘラクレスの柱」の向かい側にあったと言っている。したがって、アトランティスはその昔、大西洋の真ん中にあったにちがいない、とドネリーは理論化した（プラトンを越えて、さらにいっそう彼は、アトランティスが大西洋に沈んだという通説に責任を持っている）。九〇〇〇年の歳月や三〇〇〇マイルに及ぶ水路のように、一見奇妙に見える日付や寸法も、ドネリーにとっては、アトランティス社会が異常なまでに進歩していた、という考えを後押しするための材料にすぎない。アトランティスが洪水に見舞われた顛末は、それを逃れた人々によって後世に伝えられた。そしてそれこそが、ヨーロッパ、アジア、アメリカなどの文化が、洪水神話を共有している理由だと言う。

一八八〇年代初頭はポピュラー・サイエンスの流行した時代だった。プラトンが『ティマイオス』の中で想像しようとした自然の神秘のいくつかが、ようやく、知識欲が旺盛で勤勉な人々の前に姿を現した。シュリーマンやトマス・エジソン、チャールズ・ダーウィンなどの名前が、定期的に新聞紙上で見られるようになった。ドネリーは賢明にも、自分の話に当時の科学的な衣装をまとわせて、いきいきと語り、未来のアトランティス研究家に手本を示した。彼はアトランティス研究にはまれなもの——科学的な証拠だ——を提供しさえしている。一八六〇年、アメリカ沿岸警備隊はメキシコ湾流《ガルフ・ストリーム》の総合的な海図をはじめて出版した。メキシコ湾流は、北大西洋の西端辺で形成され、時計まわりにぐるりと回る環流だ。なぜこの海流はこんな風に流れたのか？「湾流はアトランティスのあたりを流れていた。そしてそれはその島の存在によって、はじめて授けられた円運動を今もそのまま続けている」とドネリーは説明した。最近の水深測量によると、大西洋の真ん中をまっすぐに走る、大きな火山山脈の存在が波の下で確認された。ドネリーにとってはこれが、沈没した大陸の明々白々な証拠だった。アゾレス諸島こそが、姿を消した文明の向こうにそびえていた山々の、わずかに見ることのできる跡に他ならなかった。

「島の大部分は、海面下わずか数百尋のところに横たわっている」とドネリーは結論づけた。「プラトンの島から、ほんの一枚だけでも、文字の刻まれた石板が引き上げられれば、それはペルーの金やエジプトの記念碑、それにカルデアの大図書館から集められたテラコッタの破片にもまして、科学にとっては価値あるものになるし、人類の想像力をかき立てるものとなるだろう」

『アトランティス――ノアの箱舟以前の世界』に対する反応はすぐにあり、それは熱狂的なものだった。地元の「セントポール・ディスパッチ」紙は、「この一〇年間、いやこの一世紀の間に出版された本の中でも、注目に値する一冊」を書いた、当のドネリーを褒め称えた。イギリス首相のウィリアム・グラッドストーンは、ホメロスに関する大部な研究書を出版した著名な古典学者でもあったが、その彼がドネリーに条件付きの祝福の手紙を送っている。「あなたの提案は、そのすべてを受け入れることはできないかもしれない」と彼は書いた。「が、私は大いにアトランティスを信じたいと思っている」。ドネリーはグラッドストーンに返事を書いた。その中で、イギリス海軍にはさらに、大西洋の測深調査を進めてほしいと訴えた。グラッドストーンはこの要求をていねいに断った。

ドネリーはまたダーウィンにも一冊本を送った。ダーウィンは短い手紙で返事をよこした。そこには「興味深く読みました。が、正直に言いますと、かなり懐疑的な気持ちで読みました」と書かれていた。ダーウィンの熱意に欠けた返事は、既成の科学者たちの典型でもあり、それはますます盛んになりつつあった、アマチュアのアトランティス研究に対する、見下しと軽蔑のパターンのはじまりでもあった。ドネリーの説は、ダーウィンの進化の考え方とはまったく相反していた。『アトランティス――ノアの箱舟以前の世界』の「アトランティスは自然界の激変によって滅びた」という主張は、当時の科学思想から見てひどく時代遅れのものだったのである。

当時、アトランティス学を公然と非難する者は、ドネリーに一片の中傷を浴びせかけることで、はじめてその糾弾を完成した。したがって、エウヘメロス説の使用、あるいは乱用をいさめる訓話として、彼がしばしば引用されるのも理由のないことではなかった。天変地異説――自然の歴史はノアの洪水のような一連の大変動からなるという見方――で得られる瞬時の満足感、それに対するドネリーの信仰は、しばしばダーウィンの気高い漸進主義（つまり、地球は何百万歳の年齢に達していて、その間、気づかないほどゆっくりとしたペースで起こる、地質上の変化を経験してきたという考え）と対比される。しかし、専門家たちは彼をさらにいっそう重大な「伝播主義」、ときには格上げされて「超伝播主義」という、人聞きの悪い名前の犯罪を犯した者として選別した。考古学者のケネス・フェーダーは『詐欺、神話、神秘――考古学における科学と疑似科学』の中で、伝播主義を単なる憶測にすぎないとして退けている。その憶測とは次のようなものだ。「文化には基本的に発明の能力がなく、新しい考え方はごくわずかの、あるは単一の場所で発展する。そしてそれは震源域から出ていくか、『拡散』していく」

人類史上のあらゆる偉大な文化や大半の進歩は、ヨーロッパと北アメリカの中間地点で沈没した巨大な大陸へと遡ることができる――この信念こそがドネリーの議論の要だった。しかしそれはまた、十中八九、歴史家たちをイライラさせる要素でもあったのだろう。ドネリーのアトランティス論を公正な見方で論じた、もう一つの報告の中で、フェーダーはドネリーの拡張論を「まとまりのない主張や見せかけの証拠などが、ごちゃごちゃと入り込んだ沼地」のようだと言っている。しかし、アトランティス学の世界では、『ティマイオス』や『クリティアス』を除くと、すでに一世紀以上にわたって『アトランティス――ノアの箱舟以前の世界』は、もっとも影響力の大きな著作となっている。この本はさらに注意をして読まれる必要があるようだ。

6 失われた都市は双子の都市に出会う——ミネソタ州セントポール

セントポール市の繁華街にある歴史協会に着いたとき、私は少なからず驚かされた。というのも、イグナティウス・ドネリー自身に出迎えを受けたからだ。が、実を言うと、それはやや実物より大きい厚紙で作られたパネルで、二次元のドネリーが、シルクハットをかぶった元連邦議会議員の姿で立っていた。町に繰り出したベーブ・ルースといった感じだ。ドネリー説のあとを追いかけて、私は歴史協会の図書収集を担当している、パトリック・コールマンの事務所へとやってきた。コールマンは、ブロードウェイの配役責任者なら、まちがいなく、州立図書館の司書役を振り当てるような人物だった——白髪で背が高く、ネクタイを斜めに傾けている。彼のオフィスがまたおかしなことに、舞台装置としても完璧なできばえだった。古いハードカバーの本が不安定に積み重ねられていて、壁にはセピア色になったミネソタ州の地図が掛かっている。机の上にはフレームに入ったウォルター・フレデリック・モンディールの写真が飾られていた。私は最近、新聞の記事で、コールマンのインタビューを読んだことがある。ミネソタ州の歴史でもっとも興味のある人物は誰かという質問に、彼は躊躇することなく、それはイグナティウス・ドネリーだと答えていた。ボブ・ディランやF・スコット・フィッツジェラルドを候補から外したからには、それ相当の理由が何かあるのだろうか？

「ドネリーは変人として評判でした」とコールマンは言う。机の上に積み重ねられた革装の本の塊が二つ、その間にちょうど彼の頭が挟まれていて、それはまるで、神父が罪の告白を聴聞しているようだった。「変人というのは、彼の考え方をまともに表現した言葉ではありません。たまたま、彼はミネソタで一番の私用ライブラリーを持っていた。おそらくそれは、合衆国でも第一のものだったかもしれません。変人と言っても、ただそれだけのことなんです」。ドネリーのコレクションの一部は、コールマンの目の前にある本の山の中にあった。ドネリーは一九〇一年に六三歳で死んでいる。死の直前に二〇歳の秘書と結婚した。秘書はコールマンより六三年長生きをした。「彼女が亡くなったとき、私はまだティーンエイジャーでした」とコールマン。「彼女はドネリーのライブラリーにあった本をいくつか持っていて、その中に彼の訂正が入ったものがあったんです。私はそれを七五ドルで買い取りました」。コールマンが指差したのは二巻本のシェイクスピア全集だった。「私はミネアポリスでむさ苦しいアパートメントに住んでいました。この全集を使って、彼のシェークスピア研究の代表作『大いなる暗号』を書き上げた。アルミホイルで巻かれたアンテナつきの白黒テレビの上に置いていたんです」とコールマンは言う。「あるとき、賊が何人かで侵入し、二巻本を脇にどけてテレビを盗んでいった」。コールマンはのちに、この全集を一六〇〇〇ドルに値踏みしたという。

コールマンは政治活動に積極的な家庭で育った。彼の兄弟はセントポール市の市長になっている。当初コールマンは、ドネリーの政治的なものの見方を称賛していた。ドネリーはアメリカの金ピカ時代（一九世紀の後半、南北戦争の終結後に人口が増加し、経済が高い成長率を示した時代）に活躍した急進的な進歩主義者だった。「あの時代は今日とよく似ていて、金と権力が一握りの人々に集中していました」とコールマンは言う。そのうちに、彼はドネリーの知識の広さを称賛するようになった。「一九世紀は、地質学や天文学についてものを書くのに、学位などのいらない時代でした」と彼は言う。これは真実である。トマス・ジェファーソンのように博識な政治家たちは、広い範囲に関心を持っていることで有名だった。ドネリーのアトランティス論は十分に成熟したものではなかったために、現在では冷笑の対象になっている。が、「あの時代は、ルネサンス人でいることができた、最後の時代だったのです」

それを証明するためにコールマンは、ドネリーが住んでいた平原の「モンティチェロ」（アメリカ合衆国第三代大統領トマス・ジェファーソンの、邸宅とプランテーションがあった場所）のライブラリーに残っていたものを、私に見てもらいたいと言った。日の差し込んだアトリウムを歩き抜けながら、実は「ミネソタ歴史協会が、彼のライブラリーを保管している」ことをコールマンは明らかにした。それはライブラリーの部屋そのものの保管という意味だ。ナイニンガーでドネリーの打ち捨てられた家が解体されたとき、あるチームが「出かけていき、壁から化粧板をはぎ取って、それをここへ送ったんです」。利口な書籍商たちは何年もかけて、ドネリーの放棄された地所へ、ハンティングに出かけたという。ランチを食べ終わると、空っぽになったナップサックを、かつては膨大だったコレクションから抜き出した本で一杯にする。ドネリーの本で歴史協会が所有しているものはすべて、そのあとに残されたものだった。それでもそこには、何百というテーマの本が、それぞれのテーマにつき何百冊も収納されていた。

コールマンと私は行政部署を通り抜けて、階段を二階分降りた。コールマンはカードキーを取り出すと、スチールドアを開けるためにカードを読み取り機に差し入れた。中はスチールラックでいっぱいの、殺菌したような収納室だった。「ライブラリーによっては、収納された本が一度でも読まれたかどうか、分からないようなものもあります」とコールマンは、アイルランドの歴史書を引き出しながら言った。「が、ここにある本はすべて読まれています」

一九世紀の紙や膠《にかわ》の匂いを吸い込みながら、私は自分で集めた本を腕一杯に抱えて、さらにくわしく見るために上の階へと戻っていった。ページの傍らに添えられたドネリーの小さな傍注を、二日間読んでみてはっきりしたのは、あるミネソタ州の歴史家の意見が正しかったことだ。彼は次のように書いている。ドネリーは「真理を求める科学者の注意深さで書いたというより、むしろ、信念を守ろうとする者が持つ推進力で書いた」。ドネリーはただ単に、風の皮袋を縫い合わせようとしたのではない。彼自身が風の皮袋だったのだ。自分が手に入れたいと思う結果をよく知っていた。そのために手元の資料をくまなくかき回し、どんな合理的な疑いが生じても、いっさいそれに気を配らずに、目指す結果に合致する事実だけを探した。彼の手の中では、エジプトからペルー、インド、メソポタミアにいたるまで、それぞれの土地のピラミッドが、明らかにアトランティス起源を共有していた。各ピラミッドは数千年の歳月の間に、まったく異なったスタイルで建造されてきたにちがいないのだが。青銅の使用、死者のミイラ化、言語の類似などについても――寛大な「原アトランティス」が世界の隅々まで、その知恵を広げたという伝播主義的な考えを下支えするために、ドネリーは利用できるものはわずかな小片にいたるまで、あらゆる証拠を集めた。

自分がまちがっているかもしれない、そしてそこにはもしかして妥当な説明があるのではないか、と立ち止まって自分に問いかけることをしないで、何ページにもわたる証拠を次々に積み重ねていくことで、ドネリーは未来のアトランティス学の先導役となった。偶然の一致が彼の説を裏付ける証拠へと変形されていく。その頻度があまりにも高かった。典型的な例を挙げてみる。地中海東部の人々の間では割礼が普通に行なわれていた。それは人々が、アトランティスに住んでいた聡明な共通の先祖から、その習慣を受け継いできたからだと言う。ではどうしてそれが分かるのだろう？　それはアトランティスの王ウラヌスが、「人類にとってもっとも忌むべき懲罰」――おそらく梅毒だろう――の恐怖に気づいて、彼の全軍と同盟国の軍を使って、人々に割礼の儀式を強制的に受けさせたからだ。現代の生命保険の統計データは、ユダヤ人が平均を上回って健康であることを示している。それゆえに、アトランティスは実在していたと言うのだ。

ドネリーはおそらく、自分は今、ダーウィンの『ビーグル号航海記』に比肩しうるような本を書いていると思っていたのだろう。しかし、私が『アトランティス――ノアの箱舟以前の世界』を読んで思い出すのは、昔、不用品セール《ヤード》で買った本のことだ。その本には、何百という小さなヒントが寄せ集められていた。それは、ポール・マッカートニーがビートルズの全盛時に死んでいて、ひそかに瓜二つの替え玉と入れ替わっていたことを証明するヒントだった。

二日間、ドネリーのことを調べて過ごしたあとで、私はひどくアルコールが飲みたくなった。そんなときに、折よくコールマンが「ヒストリー・ハッピー・アワー」（お酒を飲んで、軽い食事をしながら、歴史や文化を学ぶ会）をセントポールのダウンタウンで催すと言う。今回はドネリーの生涯について話をすると言うのだ。私はコールマンに視覚教材を運ぶ手伝いをさせてほしいと申し入れた。日没の数時間前だというのに、ミネソタの空は、大洪水のテーマに合わせたようにすでに薄暗い。コールマンはドネリーの古い本を入れた箱を持ち、私は連邦議会議員の分身パネルを抱えると、二人で土砂降りとなった雨の中を、コールマンのスバルに駆け込んだ。会が行なわれる家はビクトリア風の豪邸で、かつてドネリーのボスだったミネソタ州知事アレクサンダー・ラムジーの住まいだった。部屋いっぱいに集まった人々は、雨のために湿気を帯びていたが、ビールを飲み、ミニハンバーガーをムシャムシャと食べていた。コールマンは大きな暖炉の前に立つと、ドネリーがミネソタ州で行なった政治上の冒険について話した。そして今度は、話題をアトランティスへと向けた。「ドネリーは変人だったという意見がありますが、私は自分の全人生をかけて、この意見に戦いを挑んできました」と彼は言った。はじめて私がコールマンから、世間に対する彼の非難を聞いたときにくらべると、世の中の評価もやむをえないという気持ちが、いくらか彼の言葉に表われていた。「ドネリーはそれほどまでに風変わりで、しかもすばらしい、創造的な心の持ち主でした。それを短く切り詰めることなどけっしてできません。私は今ここにいる人々に賭けをしてもいいと思っています。必ずやどなたかが、ドネリーの書いた『アトランティス』を手に持ち、地中海にボートを浮かべて、失われた都市を探しに出かけられることを」

会に出席した人のほとんどは、ドネリーの名前をはじめて耳にしたようだった。が、中には何人か、熱心なドネリー信奉者もいた。ドネリーが一八九二年に作成した、ポピュリスト党（一八九〇年代の人民党の別称）の有名な綱領の一文を、コールマンが引用したとき、少なくとも二人の出席者がコールマンに合わせて、綱領の言葉を口にしていたことに私は気がついた。それはまるで祈りを唱えているようだった。コールマンが引用した一文は以下の通り。「政府の不正という多産な子宮から生まれるのは、二つの大きな階級だ。それは浮浪者と大金持ちである」。次第に成功がおぼつかなくなっていったドネリーの著作物について、コールマンが話しはじめたときにも、それをクスクスと笑う者はいなかった。コールマンが取り上げた著作は、未来の一九八八年を舞台にして書かれたデストピアSFの『シーザーの柱』と、『ラグナロク——火と礫岩の時代』だ。『ラグナロク』は『アトランティス』の続篇とも言うべきもので、ドネリーはこの中で、天変地異説を熱心に語っていて、古代の神話は地球に衝突した彗星によって刺激を与えられ、作られたものだという説を打ち出している。

最後にコールマンは『大いなる暗号』について話した。彼がドネリーの「陰謀作品」と呼ぶ作品だ。おそらくこれは、人文学科のカクテル・パーティーで、みんなが酒を飲みながら、ばか笑いをしていたときに生まれたものかもしれない。『アトランティス』の六年後に書かれた本で、ドネリーが修正主義的歴史家から、完全な陰謀説提唱者へと変貌したことを知らせる作品となった。それは彼が「いわゆるシェイクスピアの戯曲」と名づけたものに、埋め込まれている暗号を解読する試みだった。イギリスの政治家で哲学者でもあったフランシス・ベーコン卿もまた、ひそかにシェイクスピアの全集を書いていた、というのがドネリーの説だった。ベーコンの生涯は桁外れのもので、大法官として役目を果たしながら、科学における経験的方法の発展に力を貸し、幾多の影響力のあるエッセーや本を書いた。その中にはユートピアの古典『ニュー・アトランティス』もある。英語で書かれたもっとも偉大な戯曲と言われるシェイクスピアの全集が、一人の手によって書かれたものでないとしたら、ベーコンもまた自分の正体を、作品の中に暗号でそれとなく埋め込んでいたにちがいない、とドネリーは言うのだ。

コールマンが話を終えたとき、私は部屋の前方へ行って、ドネリーが所有していたシェイクスピアの最初の作品集「ファースト・フォリオ」を見た。この書物は注釈付きのページを見開きにして置かれていた。それぞれのページには、一見オカルト的な計算のような、たくさんの数字が走り書きされていた。アンダーラインの引かれた箇所もあり、余白には支離滅裂なメモが記されている。この見開きページが一片の疑いもなく示しているのは、おそらく、九・一一事件が内部の者による犯行だということや、実はポール・マッカートニーの隠れた双子の兄弟が「ヘルター・スケルター」を書いていたことなどだろう。

それはつまり、事実を存分に曲げてしまえば、どんなことでも、自分に納得させることができるということだ。

7 ぶどう酒色をした海の秘密──地中海で

一九八二年、場所はトルコの南海岸カシュの沖合。岩だらけの岬近くで、スポンジ取りのトルコ人ダイバー、メフメト・チャキルが、奇妙な情報を持って水面に浮上してきた。およそ一五〇フィートほどの海底で、見たこともない「耳のついた金属のパンケーキ」のようなものが、積み重なっているのを見つけたと言う。チャキルのボスは最近、水中考古学という新しい分野の説明会に出席していたので、すぐにその正体が分かった。銅インゴット──海上を輸送するのに便利なように、均一の形状に鋳直した銅板の塊だった。チャキルが発見したのは青銅時代の難破船で、紀元前一三〇〇年頃に作られたものだ。のちにこの難破船は『サイエンティフィック・アメリカン』誌によって、「ウルブルン難破船」と名づけられ、二〇世紀のもっとも大きな考古学的発見の一つとされた。

発見を桁外れに驚くべきものとしたのは（おそらく船は岩にぶつかり座礁したのだろう）、そのときに運んでいた品物のあまりの豊富さだった。次の一〇年ほどの間に、ダイバーたちは難破船から一七トンの人工物を引き上げた。船荷は、地中海東岸のあらゆる港で荷積みされていた。船はシロ・パレスチナのものので、レバノン杉で作られている。操舵していたのは、レバノン沿岸に住んでいたフェニキア人の祖先たちだった。船に積まれていた一〇トンの銅はキュプロス島で採掘されたものだ。青銅を製造するために必要な、もう一つの鉱物の錫は一トンほど積まれていたが、これはアフガニスタン産のようだ。象牙やダチョウの卵はアフリカから送られていた。ミュケナイの陶磁器はギリシア本土からきている。金や銀の宝飾品はエジプトのツタンカーメン王時代のもので、その中には、エジプトの女王ネフェルティティの名が彫り込まれた黄金のスカラベもあった。一隻の難破船に、三つの大陸にわたって広がり、高度に発達していた古代の交易ネットワークを証明する十分な証拠がそろっていたのである。

ウルブルンの難破船は、現代の地理学者に貴重な物証を提供した。それは、人々がどこを旅していたのか、ギリシアの金の時代以前に、なぜそれが可能だったのかを教えてくれる物的証拠だった。ウルブルンの難破船が沈没したのは紀元前一三〇〇年頃で、それは情報が口承伝達から文書記録へと移行する以前の話だった。当時、エーゲ海を支配していたのはミュケナイ人である。彼らはサルデーニャ（サルジニア）、エジプト、小アジア、それにレバント地方などの間を行き来して、広範囲に交易を行なっていた。しかしそれも、紀元前一二世紀後半にミュケナイ帝国が、不可解な崩壊を遂げるまでのことだった。シチリア（古代名シケリア）やサルデーニャを越えて、地中海の西部へ遠征することを、率先して行なったのはフェニキアの商人たちで、彼らは（伝説によると）紀元前一一〇〇年から（考古学上の証拠によると）紀元前八〇〇年の間のある時期に、ジブラルタル海峡のヘラクレスの柱を船で通り抜けていた。そして、プラトンが『クリティアス』で言及していたガデイラに、交易のための植民地を建設した。ガデイラはのちにスペインのカディス市へと発展する。が、それより前に、イベリアの船乗りたちが、サルデーニャの海岸からやってきた商人たちに出会って、商品の情報を交換していた可能性は十分にある。

初期のギリシア人が、地中海西部へ遠征していた記録はほとんど知られていない。このギャップは次の二つの理由で、アトランティスを探索するためには重要だ。一つはヘラクレスの柱のある場所として、ジブラルタル海峡がもっとも有力な候補地になることだ。アトランティスの物語が本当に、ソロンのエジプト訪問によって伝えられたとすると、アトランティスの情報は、ウルブルン難破船が積み荷を集めた、交易ネットワークと同じ経路をたどって、サイスの神官のもとへやってきたのかもしれないからだ。二つ目の理由は、プラトンがアトランティスの物語を、シチリアのシュラクサイで船乗りから聞き取った可能性がある。紀元前三九九年にソクラテスが、アテナイの青年たちを堕落させた罪で死刑判決を受けたのだが、そのあとでプラトンは長い旅へ出かける。旅の途中で訪問した遠い国々の一つがシュラクサイだった。古代の地中海では、シュラクサイは東西の重要な合流点になっていた。

デュアン・ローラーはその魅力的な著書『ヘラクレスの柱を通って』の中で、ギリシア人たちは「探検」に該当する言葉を持っていなかったと指摘している。探検に乗り出すのは、軍事や交易に利用する情報を収集するためだった。したがって、このような重要な機密情報は、しっかりとガードされていたようだ。カルタゴ人は誰であれ、ヘラクレスの柱のありかを探そうとする者はすべて、水に沈めて溺れさせたと言われている。旅人たちが集めた情報はどんなものでも、外国の住人から手に入れたわけだが、外国の言語を翻訳することは難しかったし、往々にして誤訳しがちだった。それに、口頭で伝えられる情報はしばしば物語の形で伝達される。そんな理由から、『イリアス』や『オデュッセイア』で描かれている――「ぶどう酒色の海」を横切って、遠い国へと向かうすばらしい――船旅の話には、たいてい重要な地理的データと超自然的要素が結びついていたのかもしれない。

『オデュッセイア』の中でオデュッセウスは、故郷のイタケ（ホメロスが名づけたギリシアの土地は、その多くが実在するが、このイタケも実在の島）に戻ろうとするが、九日間、風に吹かれてロトパゴイ（ハスの実食い）の島にたどり着く。ここでは島民が花を咲かせる植物の、甘い実を食べて暮らしていた。その実が「あまりにおいしいために、それを食べた者たちは、故郷を思うことをやめてしまった」。ホメロスはロトパゴイの島を書くのに、チュニジアのジェルバ島を思い描いていたのかもしれない。この島ではナツメヤシがたくさん生い茂っていたし、今もそれを見ることができる。

ギリシアの草分け的地理学者マッシリアのピュテアスは、プラトンの死後、ほどなくして旅に出て、イギリスの島々やその先まで足を伸ばした。太陽が沈むときがないほど北まで旅をしたと報告している。航行ができないくらい凍結した海を見たとも言う。そしてスコットランドを越えて六日後には、ツーレという名の不思議な遠島を発見した。それはノルウェーかアイスランドだったかもしれない。のちにクリストファー・コロンブスは、新大陸に遭遇する途中で、ツーレに立ち寄ったと言っている。

ピュテアスは家に帰って旅の話をしたのだが、誰も信用する者はいなかった。のちの歴史家たちも、彼の話には疑いの目を投げかけた。とりわけツーレの話には。ギリシアの高名な地理学者で歴史家でもあったストラボンは、プラトンのアトランティスは真実の物語だと信じたのだが、ピュテアスのツーレの話については、彼が真っ赤な嘘をついていると非難した。それから一世紀以上のちに、世間の尊敬を集めた歴史家のパウサニアスが、遠い島々に住んでいるというサチュロス（人間の顔と体、ヤギの耳と角と脚をした、森に住む好色な牧神）のことを、ろくに証拠もないのにすっかり信じ込んで書き記した。「現代人の目から見ると、凍結した海にくらべれば、しっぽのついたこの赤毛の好色な牧神など、およそまじめに考えるような代物ではないだろう」とデュアン・ローラーは書き留めている。「しかし古代では、凍りついた海よりサチュロスの方が信用されたのである」

ギリシア人による西方への探検を示す情報は、断片ながらいくつかわれわれの手元にある。おそらく紀元前八世紀の頃だろう、ホメロスは『オデュッセイア』の中で、オデュッセウスがスキュラとカリュブディスの間――たぶんメッシナ海峡だろう――を通り抜けて西へ航海し、オケアノスに近づいたと書いている。オケアノスは地球全体を取り巻いて流れる深い川で、世界の果てを示していた。紀元前六三

○年頃には、サモス島のコライオスという者が、強烈な東風に吹かれるままに、ヘラクレスの柱を通り抜け、その先の大海へ達したと言い張った。ヘロドトスによると、コライオスはタルテッソスと呼ばれた土地で、莫大な銀を手にして故郷へ帰ってきたと言う。ヘロドトスはまた、エジプトのファラオ、ネコ二世（在位紀元前六一〇―五九五）の物語を語っている。ネコ二世はフェニキアの船乗りたちを、アフリカ大陸を周航する遠征に送り出した。遠征隊は紅海を通り抜けて南下した。三年の間海上をさまよい、「ヘラクレスの柱を迂回して」故郷へ向かったとヘロドトスは書いている。「家へ帰る途中で彼らは、リビア（リュビア）のあたりを航海しているときに、右手に太陽を見たと言っていた――私は彼らの言うことを信じていないが、他の者たちはおそらく信じているのかもしれない」。ヘロドトスには何が起こっていたのか、想像さえできなかったのだろう。遠征隊はこれまでに知られることのなかった南半球まで達して、喜望峰を迂回して帰ってきたのである。

既知の世界を地図に描く試みが、まだ初歩の段階だと考えられていたときに、『ティマイオス』で宇宙における地球の位置を図に示そうとしたプラトンの試みは、かなり大胆なものだった。紀元前六世紀に、ギリシアの哲学者アナクシマンドロスがはじめて、既知の世界の地図と呼べるものを描いた。そこでは地中海が世界の中心に置かれていて（たしかに地中海は、ラテン語でmediterraneus「大地の真ん中の海」と書く）、それをヨーロッパ、リビア、アジアの三大陸が取り囲んでいた。ナイル川は南へ流れて、世界を取り囲む外海の南部に注ぎ込んでいる。西方の海はアトランティックと名づけられていて、ヘラクレスの柱を通して地中海へとつながっていた。アナクシマンドロスは地球がシリンダーの形をしていたと考えた。円形をした地表の直径は高さの三倍あり、大まかに言うと、直径と高さの比率はツナ缶のような感じだった。それから一世紀以上ののちに登場したヘロドトスは、世界が平らであることには同意したが、すでにその頃までには、幾何学に狂っていた哲学者のピュタゴラスが――かなりのちの歴史によると

――地球は球体をしていると推測していたという。クリストファー・コロンブスの伝説に反して、教育を受けたギリシア人たちの多くは、地球の丸いことをすでに知っていた。プラトン自身も『ティマイオス』の中で、地球を宇宙の中心に据えている。そして、創造者は「どこを取っても、中心から端までの距離が等しい球形として、世界を作り上げた。これはすべての形の中で、もっとも完成した、もっとも自分自身に似た（どの部分も一様な）形だった」と書いていた。

紀元前六〇〇年頃から、ギリシア人は地中海の西部地方にマッサリアなどの植民地を作りはじめた。マッサリアはのちに、フランスのマルセイユへと発展していく商業の前哨基地である。ヘロドトスは地中海西部へ最初に足を踏み入れたギリシア人は、小アジアに住んでいた船乗りたちだったと言っている。「アドリアを世間に知らしめたのは彼らだったし、テュレニア（ティレニア）、イベリア、タルテッソスも同様だ」。アドリアはイタリアの北東海岸で、その名前をアドリア海と分け合っている。テュレニアはイタリア西海岸のエトルリア人の土地だったし、イベリアはスペイン半島の地中海側の海岸地方だ。

ヘロドトスが挙げた四番目のタルテッソスは、今日でもなおちょっとしたミステリーのままだ。タルテッソスの恍惚とさせるような財宝を持ち帰ってきたのは、ギリシア人のコライオスだけではない。アトランティスについて書いた作家はプラトンだけだったが、タルテッソスの名前を挙げている古代作家はたくさんいる。しかし、タルテッソスもアトランティスと同じように、その場所は発見されていない。

最初に西へ向かったギリシア人の船乗りたちは、時間をかけてゆっくりと前進したにちがいない、と歴史家のリース・カーペンターは説明している。最新式のペンテコンテロス（五十櫂船）を漕いで、彼らはテュレニアの海岸から、エルバ島やコルシカ島へと航海し、そこから南へ下ってサルデーニャへいたる。ここでギリシア人はイベリアの船乗りたちと遭遇したかもしれない。イベリアの船乗りはギリシアの船乗りに教えたのだろう。何も見えない海を三〇〇マイル横切って、バレアレス諸島まで航行すれば、イベリア半島にたどり着くことができると。

ギリシア人たちが海岸に沿って南へ航海して、一四〇〇フィートもの高さにそびえ立つ、ジブラルタルの岩の下を通り過ぎたときに、既知の世界からアトランティックの果てしない海原へと向かう最後のチェックポイントで、彼らがいったい何を考えていたのか、われわれにはとても見当がつかない。そこでは地中海の膨大な量の海水が、差し渡し七マイルの狭い海峡に押し込められている。海峡を通り抜けた船乗りたちは、潮と波の突然の変化に気がついたことだろう。そして「海の水がブルーから、穏やかさの消えたグリーンに変わっていくのを目にしただろう」とデュアン・ローラーは記している。しかし、水をはさんでそそり立つ二つの岩は、彼らの目には、すでに親しみやすいものになっていたにちがいない。というのも、ヘラクレスの柱を通り抜けることが、タルテッソスへと向かうただ一つの道だったからだ。危険に満ちた旅に出かける勇気のある者だけが、見つけることのできる銀の財宝、この宝物を秘めたタルテッソスは、果てしない大海原の先に存在していたのである。

8

テレビで見たままに――コネティカット州ハートフォード

アトランティスに興味を持ちはじめるだいぶ前のことだが、私はペルーのクスコへ行って、筋金入りの探検家にインタビューしたことがある。失われた都市を見つけることで評判の人物だった。彼は数カ月間アマゾンのジャングルにいて、つい最近そこから戻ってきたところだ。頬はこけてひげは伸び放題、たった今、エル・グレコの絵から抜け出てきたみたいだった。二人は古い記録に残されているが、今なお発見されていない古代の場所について少し話をした。私は一つ質問をした。消えてしまった場所の中で、あなたが一番見つけたいと思っているところはどこなのか？　彼は即座に答えた。「タルテッソスだ」

それから数年後、アトランティス発見を知らせる、あふれんばかりのニュース・アラートに突如見舞われたときだった。懐疑的な気持ちでスクロールしていると、思いがけない魔法の言葉が私の目を引いた――タルテッソス。

その報告は「アトランティス発見」というナショナル・ジオグラフィックのドキュメンタリーにリンクされていた。この番組ははっきりと、プラトンの失われた都市が、彼が言っていた通りの場所で、つ

リチャード・フロイント。考古学者。ドキュメンタリー「アトランティス発見」のホスト役をつとめた。指差しているのは、先史時代の石板に刻まれた同心円。

まりヘラクレスの柱の外側で発見されたと主張している。ドキュメンタリーの思いも寄らないスターは、ハートフォード大学の歴史学教授リチャード・フロイントだった。彼の丸い顔、細いメタルフレームの眼鏡、それに手入れの行き届いた口ひげなどを見ていると、海外で活躍する、向こう見ずな冒険家のヒーローというより、むしろ、コネティカット州の中年ラビ（ユダヤ教の律法学者）といった感じがする（現にフロイントのもう一つの顔はラビだった）。しかし、これ見よがしのところがないからと言って、彼の自信がぼんやりと霞んでいるわけではない。ドキュメンタリーの冒頭で、フロイントははっきりと視聴者に、今回の冒険の旅には莫大な掛け金を投じている、と言って自信のほどを見せた。「多くの者たちが、このアトランティスの都市（タルテッソス）を、エジプトやメソポタミア、イスラエルやヨーロッパ、それにこの地を基点にしてはじまった、他のあらゆる文明の母体と見なしている」と彼は説明した。これはイグナティウス・ドネリーの伝播説と共鳴し合う見方だった。「そしてもし本当に、文明がここからはじまっていたのだとしたら、人類にとってもっとも重要な唯一の場所を、われわれは今、目の当たりにすることになるかもしれない」。フロイントが立っていたのは、スペインの南西海岸にあるドニャーナ国立公園の中である。

フロイントの議論の基礎をなしていたのは、アトランティスの在所というテーマに対する、きわめて単純な結論だった。プラトンがアトランティスについて書くときに、彼が使うアトランティスという名前は、エジプト人の言葉をソロンが翻訳したものだ。さらにエジプト人はその言葉を、それ以前の資料の言葉から翻訳している。したがってプラトンが、自らアトランティスと呼んでいる王国について語るとき、実は彼は、アトランティスとは別の失われた都市、つまりタルテッソスについて述べているのだ。

たしかに歴史的文献は、アトランティスにくらべると、タルテッソスの方がはるかに広範囲に渡っている。ヘカタイオスは早い時期に古代ギリシアで活躍した地理学者だが、その著作はすでに失われていて断片しか残っていない。が、彼の「タルテッソスのポリス（都市国家）」に言及した断片が後世の作家によって引用されている。またプラトンより一世紀前に書いたヘロドトスは、タルテッソスが「ヘラクレスの柱の彼方」にあったとして、その王国は、アルガントニオスという富裕な国王によって統治されていたと言う。アルガントニオスは「銀の岩」を意味する（これは鉱物資源の豊かさと、王の高齢の両方に触れた名前かもしれない。ヘロドトスはアルガントニオスが、八〇年間国を統治して、一二〇歳で死んだと言っている）。アリストテレスはタルテッソスが川の名前だと書いた。川はイベリアとガリアの間のピレネー山脈から流れ出し、ヘラクレスの柱の外側にまで達していたという。ローマ時代の資料にも、タルテッソス川についての言及があり、それは今のカディス市に近いグアダルキビル川とされていた。グアダルキビル川は、ジブラルタル海峡の北西六〇マイルのところを流れているが、海へ流れ込む地点で、大きな島によって二手に分けられる。紀元二世紀の地理学者パウサニアスは『ギリシア案内記』の中で、この島にはやはりタルテッソスと呼ばれた都市があったと書いている。以上をまとめてみると——ヘラクレスの柱の向かい側に富裕な島の都市があった、そしてこの島は、まさしくプラトンが『クリティアス』で述べていたガディラ／カディスの地に存在したのである。

リチャード・フロイントは、タルテッソスがプラトンの言うアトランティスの発生源であることはもちろん、その他にも、旧約聖書に何度か出てくるタルシシュの土地の別名だと考えていた。おそらくそのもっとも有名なのは「ヨナ記」に出てくるタルシシュだ。ヨナが鯨と奇跡的な遭遇をする前に、彼が目指して出帆した遠方の土地がタルシシュだった。紀元前一〇世紀には、イスラエルのソロモン王が、ティルスのフェニキア人の王ヒラムと組んで船団を所有し、三年毎にそれをタルシシュへ派遣した。船団は「金、銀、象牙、類人猿、サル」などを持ち帰ってきた。ギリシアの歴史家ディオドロス・シクロスは、あるフェニキア商人たちのグループが、タルシシュで交換するために、オリーブオイルやその他の品々を持って出かけ、代わりに銀を受け取って帰ってきたと書いている。受け取った銀の量は、鉛に代えて新たに銀で碇を鋳造するほど莫大なものだった——「それでもなお大量の銀が残っていた」という。フロイントは彼の著書『歴史を掘る』の中で、紀元前八世紀頃の「イザヤ書」（二三－一四）に次のような一文があると記している。「泣き叫べ、タルシシュの船よ／お前たちの砦は破壊されてしまった」。タルシシュを襲った海の大災害は、もしかして、アトランティスを破壊した災害と関係があるのだろうか？

タルテッソスとアトランティスを結びつけたり、スペインの南西海岸に沿って、プラトンの失われた都市の場所を探したりした学者はフロイントだけではない。一九二二年にドイツの考古学者アドルフ・シュルテンが、タルテッソスとアトランティスはまったく同一だとする説を発表している。フランス生まれのイギリス人考古学者ジョルジュ・ボンソルとともに、シュルテンは数シーズン、今はドニャーナ国立公園の一部となっている地域（当時は湿地帯）を発掘した。この場所はフロイントのドキュメンタリーが撮影されたところだ。一九二三年、ボンソルとシュルテンはセロ・デル・トリゴ（小麦の丘）と呼ばれている場所を掘った。そこから古い石のブロックが出てきた。これが示していたのは、この場所がかつてはローマの植民地だったことだ。近辺に一つとして他に石がないことを発掘チームが見て取ると、ボンソルは、ローマ人が自分たちの建築資材として、古い住居で使われた石を再利用したにちがいないという説を打ち出した。さらに発掘を進めて、ローマ時代の遺跡の下に埋もれたものを見つけ出そうとしたが、ドニャーナの高い地下水面のためにそれはできなかった。どこに穴を掘ってみても、二、三フィート以上掘り進むと、すぐに水があふれ出てきた。その場所にどのような考古学上の秘密が埋まっていても、それに到達することは永遠にできそうもない。

シュルテンの発掘が結論の出ないままに中止されると、タルテッソスをアトランティスに見立てた仮説は、それから数十年というもの、おおむね休眠状態となった。その間、大西洋の中ほどにアトランティスがあるとする、根強いイグナティウス・ドネリー説によって、タルテッソス説はますます影が薄くなっていった。二〇〇四年、イギリスの有力な学術雑誌『アンティクイティ』が「『アトランティス』の場所？」というタイトルの短い記事を掲載した。著者はドイツのドルトムント大学の物理学者ライナー・キューネ博士。この記事の中で彼は、ドニャーナ地方の衛星写真を見ると、長方形をした二つの大きな建造物の輪郭が見て取れると書いた。おそらくそれはプラトンが述べていた、ポセイドンとクレイトーの壮麗な神殿の跡だろうと言う。長方形の建物は、直径約五スタディオン（三〇〇〇フィート）の土地の塊のように見えるものの上にあり、それはアトランティスの中央島として、プラトンが言及していたものと同じ大きさをしていた。(5)

アトランティスの新しい仮説が提案されたときは、いつものことだが——とくに著名な出版物がそれに暗黙の支持を与えたときはとりわけそうだ——、メディアは狂乱状態に陥った。BBCのインタビューでキューネは、丸い土地の微かな輪郭が長方形を取り囲んでいたことを指摘して、さらに詳細な情報を付け加えた。「写真には、プラトンが述べていたのと同じような同心円の輪が写っている」とキューネはリポーターに伝えた。驚くべきことに、同心円と二つの長方形の一つは、プラトンが『クリティアス』で記していた大きさにほぼ一致していた。

キューネ説に基づいて製作されたフロイントのドキュメンタリーは、その他にも、プラトンのアトランティスとドニャーナ公園との、まぎれもない類似点を数多く集めていた。スペイン南西部には、世界でもっとも大きな銅の鉱床があり、フェニキアの時代以来、引き続いて採掘が行なわれてきた。「アトランティス発見」のナレーターは、古代ギリシア語の「オレイカルコス」——プラトンが「赤い光で輝いた」と書いたミステリアスな金属——が、しばしば「山の銅《マウンテン・コパー》」と訳されていたことを指摘している。地質学は、科学者たちがときに「衝撃力の大きな出来事」と呼ぶものを、この地方が何度も耐え忍んだ証拠を示していた。よく知られたことだが、公園の真西を不安定なアゾレス＝ジブラルタル・トランスフォーム断層が走っていて、それが一昼夜の間に、海岸の王国を荒廃させるほどの津波を引き起こしたのかもしれない。ドニャーナのある場所では、地下数メートルのところでメタンガスの層が発見された。これも津波によって運ばれてきた瓦礫の下で、有機物——植物、ゴミ、人骨——が突如窒息させられ、閉じ込められて腐敗した証拠なのかもしれない。キューネが見たという輪の存在は、比抵抗映像法（ERT）——電流を使って地中の対象物の正体を突きとめる地球物理学的方法——によって確認されたようだ。

これほどまでに見事な証拠の山を集めながら、フロイントはさらに「アトランティス発見」のラスト近くになって、「動かぬ証拠」と彼が呼んだものを持ち出してきた。それは二つの小さな像で、キューネによって特定されたサークル・エリアの中で、探索中に発見されたものだ。「このような代物はたった一つ見つけるのでさえ、一生待ち続ける価値があります。それが二つも見つかったんです」とフロイントは、ドキュメンタリーの中で大喜びした。彼はこれらの像の正体を、古代の女神アシュタルテ（地中海各地で広く崇拝された、セム系の豊穣多産の女神）の可能性が高いとした。この女神はほとんど四〇〇〇年の長きにわたって、さまざまな形で崇拝されてきた。フロイントは二体の像に、フェニキア人とのつながりを見ていた。この海洋民族――現代のレバノンの内外に本拠地を置く――は紀元前二〇〇〇年紀から、ペルシアに征服される紀元前五三九年までの間、地中海全域に植民地を持つ巨大な商業帝国を築き上げていた。このような植民地の一つがガデス（ラテン語名）／カディスだった。フェニキア人はアルファベットの使用を広めたという功績を持つが、文書記録が何一つ残っていないために、彼らの歴史ははっきりとしていない。二体の小像の発見をもとに、歴史家たちが地中海の昔について、以下のような吟味をしたかもしれないとフロントは推測している――実はフェニキア人の出自はスペインにあり、その後、東へ移住したのではないか。スペインの南西海岸にあって、のちに消失したフェニキア人の植民地が、プラトンにアトランティスの物語を思いつかせる、ひらめきのもとだったのかもしれない。「以後、この物語によってアトランティスは、フェニキア人の他のあらゆる前哨基地のプロトタイプになる」とフロイントは彼の著作『歴史を掘る』で書いている。このような考え方は、西洋文明の年代学《クロノロジー》を書き換えることになるだろう。

いずれにしても、フロイントのドキュメンタリーに対する報道陣の反応は、キューネの『アンティクイティ』の記事にくらべてはるかに大きかった。クラカトア（ジャワ島とスマトラ島の間にあるインドネシアの小さな火山島）の地殻大変動と大西洋について、世評の高い本を書いた博物学者のサイモン・ウィンチェスターが「ニューヨーク・タイムズ」紙に、フロイントのアトランティス発見のことについて書いている。「新たな研究を考古学上の最大のミステリーに向けることで、非常に説得力のある証拠をもたらしたようだ。それは古代都市の遺跡が、今日のスペイン南西海岸にあるイノホスの大沼沢地で発見されうるという証拠だ」。それはウィンチェスターは読者に、GPS座標を入力して、グーグル・アースでその遺跡を見てほしいと誘った。「それは驚くべき遺跡だ。きっとあなたははっと息を飲むだろう」

私は位置情報を入れて目を細めて見た。が、褐色のしみのようなものしか見えない。はっと息を飲むこともなかった。フロイントは本当に、二四〇〇年にわたるミステリーを解決したのだろうか？　私はそれを見届けようと、ハートフォード大学まで車を走らせた。

フロイントのオフィスは、アイゼンハワー時代のレクリエーション・センターのような建物の地下にあった。アシスタントの机で待っていた間――フロイントはモーリス・グリーンバーグ・ユダヤ学研究所の所長だった――、私は彼が中東で発掘作業中に見つけた人工物の写真をながめては、しきりに感心していた。地下室の空気は湿っていて、除湿機が片隅でうなり声を上げている。奥のオフィスに通された。フロイントは散らかし放題の大きな机の向こうに座っていた。机の上には書類や、いくつもの言語で書かれた古めかしい書物が置かれている。フロイントは突然訪れた名声、世界でもっとも有名なアトランティス研究家としての名声を、あきらかに享受していた。

「五〇〇〇通もの e メールが来たんです」と彼は言って、私に分厚いフォルダーを手渡した。「ここにあるのは、その内から選んだ五〇〇通です。子供からも来ていますし、熱狂的なファンから来たものもあります。『ナショナル・ジオグラフィック』も顔負けでしょう」。フロイントは二、三通のメールを読み上げて、それも私に渡した。「あなたと私が協力すれば、これを使って何かできそうでしょう。『アトランティスとの往復書簡集』——本が一冊書けそうです」。優良株となりそうなものを、私が今、みすみす見逃している。フロイントは、それを私が自覚しているかどうかを確かめたかったようだ。前に『ニューヨーカー』誌のライターが彼に接触してきて、本をいっしょに書く気はないかと言ってきた。「アン・ライスのエージェントの話では、彼女が今、アトランティスについてノンフィクションを書こうとしていると言うんです」。また、ギリシアで三年に一度開かれるアトランティス会議の主催者が、ほとんど乞わんばかりに、彼に出席してくれと頼んできたこともあった。が、フロイントには、すでに事前に一つ計画が入っていた。イスラエルにある古代都市の港で、考古学上の発掘作業を監督しなければならなかった。

ドキュメンタリー「アトランティス発見」の反応は熱狂的なものだったが、すべてがすべて好意的というわけではなかった。ドキュメンタリーを見たかぎりでは、スペインの学者たちのチームが、トヨタのランドクルーザーに分乗して一団となり、ドニャーナの埃にまみれた風景の中を走り抜けていく。フロイントはそんなチームを引率する、いかにも断固とした調査隊のリーダーのように見えた。が、それを見たあとしばらくして、私はフロイントの役割が、ドキュメンタリーの念入りな演出の結果だったということに気がついた。スペイン人たちは、自国の国立研究協議会のために働いていた。フロイントがそこに招かれたのは、発掘に必要な高価な設備を、彼なら容易に入手できるという思惑が、スペイン側にあったからだ。スペイン人たちはドニャーナ公園で何年もの間働いてきた。が、フロイントが現場にいたのはわずかに一週間だけである。「アトランティス発見」のプロデューサーは、エイミー賞を受賞したことのあるシンハ・ヤコボヴィッチで、彼はセンセーショナルなドキュメンタリーを製作することで有名だった。ヤコボヴィッチの作る番組は、イエスの十字架からイエスの爪を見つけたと主張するような、主にヒストリー・チャンネル（歴史関係の番組のみを放映するアメリカの民放テレビ局）で放送されるものが多く、たいていは、メインストリームの学者たちが軽蔑するような作品ばかりだった。そして、アトランティスの名前が挙がったときにはいつもあることだが、プラトンのアトランティスはフィクションだから、フロイントがそれを発見することなどできるわけがないと批評家たちは遠吠えした。が、フロイントはなお、自分が本当のアトランティスの場所を見つけることに自信を持ち続けた。「これはタイタニック号やツタンカーメン王の墓を見つけるようなものなんです」と首を振りながら言った。「まちがいのない証拠が、無視できないほどたくさんあるんですから」。彼は指でその証拠を数え上げた――アシュタルテの小さな像、ERTの測定値（彼は「地面に応用したMRIの測定値」とそれを比較した）、衛星写真。それにしても、発掘チームが地下の測深をしたときに、なぜ石が出てこなかったのだろう？プラトンは赤や白や黒の色をした石壁が、一番奥の島を取り囲んでいたと述べているのに、これではプラトンの叙述と矛盾するように思うが、とフロイントに尋ねた。するとフロイントは、石がないのは実はいいことなんだ、それこそ、恐ろしい津波が場所の痕跡をすべて消し去り、あらゆるものを海へとぬぐい去ってしまった証拠だと説明した。海洋考古学者たちのチームが、グアダルキビル川の河口近く、カディス湾沖の海中で巨大な石壁の残骸を見つけている。

「それは海岸から、ずっと先へ流されてしまった瓦礫なんです」とフロイントは興奮気味に言った。「古代の壁や柱が沼地の前方で沈んでいるんです。それぞれ九、一一、一五、一八メートル下にね」

ライナー・キューネが見つけた、一番奥の輪――小さな像が見つかったところだ――の中からコア試料を採取して、炭素一四年代測定をしてみると、瓦礫の四〇フィート下に埋まっていた、地元のオークのサンプルが見つかった。おそらくそれは船の残骸だろう。これはフロイントにすれば、古代の植民地が津波による突然の大洪水によって、窒息させられたことを示していた。「取り出したコアの年代は、沼沢地のその部分だけが四〇〇〇年前になっていた」と彼は言う。それは紀元前二〇〇〇年頃に、大災害に見舞われたことを意味していた。

「それでは、プラトンが言っていた、アトランティス沈没とソロンのサイス旅行の間に横たわる、九〇〇〇年という数字との食い違いを、どのように説明するのですか？」と私は尋ねた。

「年数はエジプトの資料から翻訳する段階でまちがえたのでしょう」とフロイントは言う。「古代の資料ではよくあることです」。フロイントは彼の本の中で、古代のギリシア人にとって、九という数字は非常にパワフルで神話的な数だと書いていた。彼はそれを旧約聖書に使われた四〇という数字と比べている。ノアの箱舟は四〇日四〇夜、雨の降り続く中を航海した。モーセは十戒を手にするまで、四〇日間、シナイの山頂で過ごした。イスラエルの民は四〇年間、砂漠の中をさまよったなどなど。九〇〇〇年はプラトンが「昔々」を言うための彼の象徴的方法だと、フロイントは書物の中で述べていた。

すでにアシュタルテの小像という、動かぬ証拠を持ち出していたフロイントは、のちに彼自身「アトランティスの存在を証明する、もっとも抵抗しがたい証拠」と呼んだものを持ち出してきて、ドキュメンタリー「アトランティス発見」の最後の仕上げをした。フロイントが訪れたのはカンチョ・ロアノだ。ここはドニャーナから北へ一五〇マイルの地点にある遺跡で、儀式に使われていた場所のようだ。一九七八年にはじめて発掘された。ドニャーナ内の地域と違って、カンチョ・ロアノはタルテッソスの遺跡として広く認められている。それはかつて発見されたものの中で、もっとも状態のいい遺跡だ。儀式用に使用されたと思しい建物には、入口が一つあり、周囲を堀が取り囲んでいる。各部屋はそれぞれがまったく同じ形に作られていて、中心から放射線状に広がっている。フロイントにはこれが、プラトンの書いていた、一つしかない入口の水路、中央の島、そして同心円の輪などに共鳴しているように思えた。フロイントは現地の考古学博物館を訪ねて、青銅時代のステラ——彫刻が施された石の板で、標識や記念碑に使われた——のコレクションを見た。そのとき、彼は突然のひらめき——彼が「なるほどと思う瞬間」と呼んでいるもの――を感じた。ステラのいくつかには、同じデザインが彫り込まれていた。それは三つの同心円の隣りに立つ戦士の絵柄で、三つの同心円を一本の線が、外側から中心へ向けて二等分するかのように貫いていた。「そこへ私を連れてきてくれた考古学者に言ったんです。『ご覧になりましたか？　これはアトランティスの縮小バージョンですよ』」

そのあとで、フロイントは突然立ち上がると、地元のシナゴーグで、アトランティスの発表をするために、すぐに出かけなければいけないと言う。われわれは階段を上がって日差しの中に出た。ドキュメンタリーに出ていたスペイン人の仲間たちは、できあがった番組にどんな反応を示しているのかと私は尋ねた。

「ドニャーナの人々は全然喜んでいません」と、彼は肩をすくめて言った。「それが現実ですよ」

握手をして、私は彼の車を見送った。そのときにふと思った。もしフロイントがドニャーナを、歴史上もっとも重要な考古学的発見だと考えるのなら、なぜ今すぐにでも、スペインへ戻って行かないのだろう？

9 セカンド・オピニオン——スペイン、マドリッド

数ヵ月のちに、私はマドリッド郊外にある大きな庁舎の、人けのないホールの中をうろついていた。探していたのはホアン・ビリャリアス＝ロブレスである。ビリャリアスは高等科学研究院（CSIC）で働いている歴史家で、人類学者でもある。CSICはスミソニアン研究所に似た、スペインの学際的な研究委員会で、彼はそこでドニャーナ公園の研究プロジェクトをまとめる手助けをした。したがって、彼が発見から持ち帰ったものは、控えめに言っても、フロイントのものとは若干違っている。

私は書き留めていたルームナンバーのドアをノックした。出迎えてくれたのは、五〇代半ばの眼鏡をかけた、手入れの行き届いた口ひげの男性で、ネクタイを締めていた。ビリャリアスのオフィスはこぎれいで、広々としている。片側の壁は一面に書棚が並んでいて、書物がテーマごとに整理してあった。窓を通して、通りの向こうに建っている建物の、趣味の悪いマジックミラーが見える。「どうぞ、お掛けください」とビリャリアスは、たがいに向き合っている低めの椅子を手で示した。一九七〇年代の知的なトークショーで見るような椅子だ。私はこれから医者に、悪い知らせを言い渡される患者のような気分だった。

「アトランティス発見」のドキュメンタリー番組に、フロイントといっしょに出ていた人々のほとんど誰もが、この番組に満足していなかった。フロイントはドニャーナに一週間滞在して、番組の撮影をしたのだが、放映された番組を見るかぎり、彼がいかにも、大きな考古学上の発見を指揮した現代のシュリーマンといった感じが強く残り[6]、それがスペイン人たちの不満の一部となった。ビリャリアスとチームのメンバーたちはこれまで、イノホス・プロジェクトと彼らが呼ぶ計画を、二〇〇五年から六年間にわたって推進してきた。「アトランティス発見」の番組がはじめて放送されたあとすぐに、ビリャリアスは「ハートフォード・クーラント」紙のウェブサイトに一四〇〇ワードの厳しい反論を投稿した。この中で彼は、フロイントが彼らの研究プロジェクトに便乗して、アトランティスを発見したいきさつを、いけしゃあしゃあと話していると指摘した。

ホアン・ビリャリアス＝ロブレス。スペインの歴史学者、人類学者。学際的な彼のチームがキューネの仮説を実地調査した。

「もともと私たちの関心はタルテッソスにあったので、アトランティスではありませんでした」とビリャリアスは説明した。「われわれのもとへやってきたとき、フロイントはアトランティスにはまったく興味を抱いていませんでした。彼の関心はソロモン王にあったんです。われわれのプロジェクトを知ってフロイントは、われわれが紀元前一〇世紀頃まで遡るデータを手に入れるだろうと思ったんです——これは十分に妥当な考えでした。そしてそれは旧約聖書に出てくる、ソロモン王が船団を派遣したタルシシュという神秘に満ちた土地が、タルテッソスに他ならないことを裏付ける一つの証拠となりますからね」

たしかにこれは筋が通っている。何と言ってもフロイントは、もともとが聖書史を専門とした歴史家だったのだから。次に私が予期したのは、タルテッソスとアトランティスのテーマについては、さすがのビリャリアスも、スペイン人の言う「興をそぐ人《アグアフィエスタス》」になってしまうのではないか、ということだ。たしかに彼には不機嫌になる権利があった。が、フロイントに対しては、自分の主張を通したビリャリアスだが、失われた都市を発見する可能性について語ることには、強い関心を示した。

「タルテッソスはおそらく……『おそらく』です」――彼は指でエアクォーツをした（両手の人さし指と中指を出して、二回折り曲げるジェスチャー。英語のダブルクオテーションマークの意味）。「それはタルテッソスについて、われわれはまだ、多くを知っていないからです。おそらく青銅時代の社会でしょう。物質的にはギリシアやローマのようには進歩していません。が、おそらくは、紀元前一〇〇〇年頃まで遡る、地中海西部ではもっとも古い社会だったでしょう。いろいろ議論はありますが、私はタルテッソスとタルシシュは基本的に同一だと思っています」

「それをどのようにして証明するのですか？」と私は尋ねた。「そのためには、どんな証拠が必要なんですか？」

「基本的には物証です――紀元前一〇世紀のイスラエルかティルスの遺物です。紀元前一〇世紀頃に遡る陶器や人工物などがあれば証拠となります。おそらくソロモン王は言ったにちがいありません。『こちらからはすばらしい衣類や工芸品をやるので、代わりにタルシシュの金と銀をよこすように』と」。しかし、貴重な金属と豪華な品々を交換した証拠は、これまでのところ上がっていない。が、ビリャリアスは楽観的で、いつの日にか何かが出てくるかもしれないと考えていた。

ビリャリアスのイノホス・プロジェクトは一大事業だった。プロジェクトのチームは、地質学、地図製作、考古学の分野から集められた、九人のスペシャリストたち（いずれもスペイン人）で構成されている。チームが調査をしたのはタルテッソス＝アトランティスの仮説で、それは『アンティクイティ』誌に載ったライナー・キューネの記事と、それに添付されていた衛星写真によって提示されたものだった。ビリャリアスの友だちは、キューネの仮説のニュース記事を見て、ビリャリアスが卒業論文でタルテッソスについて書いていたのを思い出した。

「実はドイツ人学者は二人いたんです」とビリャリアスは、指を二本立ててはっきりと説明した。「キューネともう一人、ヴェルナー・ヴィックボルトです。二つの輪と二つの長方形を見つけたのはヴィックボルトでした」

ビリャリアスは、一九九〇年代、ヴィックボルトによって提示された衛星写真に興味をそそられたこと、そしてそれにはまた、複雑な気分を抱いたことも思い出した。彼の記憶しているかぎりでは、神殿と思しいものの映った写真の場所は、ローマ時代は湖だった。そしてそれ以前は、グアダルキビル川が大西洋と出会う大きな河口をなしていた。スペインのもっとも有名な地質学者が一九三〇年代に立証していたのだが、かつては、六〇マイルほど内陸にあった現在のセビリア市のあたりまで、沼地が広がっていたという。こんな巨大な沼地に、金や猿を交易する、堂々とした港町が建設されたとは、とても考えられないことだった。

しかし、ビリャリアスが地質学上の膨大なレポートを集めて、再検討をしていたとき、ある詩について言及したものに行き当たった。それはルフス・フェストゥス・アウィエヌスという名のローマ人が四世紀に書いたもので、「オラ・マリティマ」（海岸）というタイトルの詩だった。アトランティスの物語が、エジプトからプラトンへと伝達されたことと、アウィエヌスが、古代の資料を頼みにしたこととの類似点は興味深い。

アウィエヌスが大いに当てにしたのが、『マッサリオテ・ペリプルス』（マッサリア周航記）として知られている文書だった。これは紀元前六世紀頃に書かれて、その後長い間行方の知れなかった貿易商人のための案内書だ（歴史家のライス・カーペンターは、この周航記を次のように定義している。「所定の経路に沿って、とくに岬、川、港、町などを知らせる、航海者のための海の手引書で、韻文で書かれた偉大な文学的伝統の書」。簡単に言ってしまうと、それはランドマークを使いながら次々に指示が出される、一連の詩的な案内書だ）。「オラ・マリティマ」を通して伝えられた『マッサリオテ・ペリプルス』が描いているのは、イギリス海峡の近くのブルターニュから出帆して、イベリア半島の外周を反時計まわりに迂回し、マッサリア（現代のマルセイユ）へと向かう海洋航路だ。航海の途中で詩は、タルテッソス市の場所に関する情報を大量に提供している。

「それ（オラ・マリティマ）は詩の断片にすぎません。おそらく二〇ページほどのものでしょう」とビリャリアスは言った。われわれは立ち上がると、彼が画鋲で壁に留めていた、古代スペインの地図の方へ歩いて行った。「アドルフ・シュルテン――一九二〇年代にジョルジュ・ボンソルとともに、ドニャーナ公園で発掘をして、タルテッソスとアトランティスの証拠を見つけようとしたドイツ人の考古学者だ――が、アウィエヌスは何人か名前を挙げているので、おそらくは古いテクストを写しているのだろうと主張しています。中でも、ミレトスのヘカタイオスの『地球を巡る旅』（ゲス・ペリオドス）のような作品は、タルテッソスがまだ存在していた時代に書かれたものかもしれません。他にはローデス島のバコリスのように、誰だか分からない人物もいます」

歴史家のリース・カーペンターは、次のような説得力のある議論をした。詩の中に名前は挙げられていないが、アウィエノスの使用した第一資料は、ギリシアの草分け的な地理学者、マッシリアのピュテアスだろうと言う。ピュテアスは、プラトンが『ティマイオス』を書いた数十年後の、紀元前三二五年から三〇〇年の間に、北のどこか凍てついた地方へ長い航海に出かけていた。「オラ・マリティマ」の短い二つの部分には、タルテッソスの場所が書かれていて、そこにはまた、タルテッソスがヘカタイオスの「世界を巡る旅」の期間中に破壊されたという事実が記されていた。ヘカタイオスの『世界を巡る旅』はおそらく、それ以前の情報と、紀元前四世紀末のピュテアスの目撃談をもとにして書かれたものだろう。

……これはアトランティック湾、

そしてここはガデイラ、かつてはタルテッソスと呼ばれた。

ここにはまた、不屈のヘラクレスの柱が……

タルテッソス——その昔は、富み栄えて、

人にあふれた都市だった。が、今は見捨てられ、

ちっぽけで、ひとけのない、廃墟と化した土塁ばかり。

ビリャリアスは地図を指でなぞった。ガデス／カディスから、ドニャーナ国立公園を過ぎて、ジブラルタルでヘラクレスの柱を通り抜ける。「しかし、アウィエヌスには解釈が必要です」と彼は言った。「オラ・マリティマ」をランド・マクナリー社の地図として読むことができないのは、アトランティスの物語を純粋な歴史として読めないのと同じだ。アウィエヌスを読み解いたアドルフ・シュルテンは、セ

ロ・デル・トリゴにあったローマ時代の遺跡へ向かったが、高い地下水面のために古い廃墟を探索することができなかった。そしてそののちには、彼のあとに続く者もいなかった。一九六〇年代になると、古代のテクストを考古学的な資料として使うことは、もはや時代遅れとなり、放射性炭素年代測定やX線断層撮影法による調査、それに航空写真などの科学的方法が主流を占めるようになった。「オラ・マリティマ」はおおむね忘れ去られてしまった。

二〇〇五年に、ビリャリアスは学際的なチームを集めるのに一役買った。イノホス・プロジェクトには二つの単純な目標があった。一つは、ドイツ人のヴィックボルトとキューネが衛星写真で見た形が、（それが存在したとしての話だが）はたして、人間の作り出したものであるのかどうかを確かめること。第二に、もしこの形が人工だとしたら、それがどれほど古いものかを判断することが、はたして可能かどうか？　チームは一九五六年に撮影された詳細な航空写真を調べた。写真はフランシスコ・フランコ総統が、スペイン国内にアメリカ軍の基地建設を許可したのちに撮られたものだ。チームはまた知られているかぎりの古地図を集めた。一四世紀と言えば、経度の測定法の発見より数世紀も前になるが、その頃にまで遡って、カタロニアやイタリアの海図の収集につとめた。また、先史時代の花粉の試料を分析するために、生物学者を募集した。新たに撮影された航空写真も取り揃えた。このような努力の末、最初に上がってきた成果は興味をそそるものだった。ヴィックボルトとキューネは、沼地の下に隠れていた、二つの輪と二つの長方形を見つけたのだが、それと同じ場所でイノホス・チームは「一五個」の形を発見した。「その幾何学的な、よく均整の取れた輪郭のために」、ビリャリアス＝ロブレスは追跡調査報告の中で、その内の一〇個は「とりわけ人工の建造物を連想させる」と書いた。この前途有望な証拠は、さらに詳細な調査を進める価値が十分にあることを示した。

二〇〇九年、イノホス・チームはERT（比抵抗映像法）のテストを行なった。それはフロイントが

『歴史を掘る』で述べているように、「アトランティスの都心部の同心円があった場所に見られた、地面の際立った特徴」を確かめるためである。このような地面が見せるギャップは、しばしば、崩壊した古い建材の化学作用による「影」の存在を暗示するものだ。ERTの結果では、衛星写真で見られた円形が、実際にテストの画面上にも現れた。「誰もがみんな驚いた」と本の中でフロイントは語っている。「ERTが映し出す層に現れた断続的な裂け目は、数千年前に存在した青銅時代の壁の残骸だった」

「ともかくたいへんな興奮でした」とふたたび腰を掛けながら、ビリャリアスは言った。が、彼にはとくに興奮した様子がない。「問題なのは、炭素一四年代測定の結果でした。いっそう深いところからサンプルを取り、それで測定をしたのですが、このような例外的なものでさえ、二〇〇〇年をさらに遡るという結果は出ませんでした」。これを言い換えれば、プラトンの時代より、少なくとも四〇〇年は時代が下るということだ。ビリャリアスが出したもっとも妥当な推測は、衛星写真がとらえた形は動物の柵で、おそらくはコルドバのカリフが飼っていた牛や馬を囲い込んだものではないか、そしてそれは木材や日干しれんがのような、分解性の材料で作られていたにちがいないというものだった。「一三世紀にキリスト教徒によって再征服が行なわれると、この地域は劇的な人口の減少のために過疎化してしまったんです」と彼は言った。

「しかしそれでは、古代の小さな像はどうなんですか?」その発見が、古代の歴史を書き換えることになるかもしれないという、アシュタルテの像について私は尋ねた。「それがおかしな話なんです」とビリャリアスは言って、口ひげの下で、口の両端を少しつり上げた。小像はドキュメンタリーの撮影中に発見された。一つは歴史家のアンヘル・レオンによって、もう一つはスペインの代表的な考古学者で、タルテッソス文化の権威でもあるセバスティアン・セレスティノによって見つけられた。「リチャード・フロイントや撮影スタッフは大喜びでした。フロイントは、二つの小像がフェニキアの女神アシュタルテをかたどったもので、それはほぼローマの女神ウェヌス（ビーナス）に当たる、とまで言い出す始末でした。タルテッソスの時代にはたしかに、アシュタルテは非常に重要だったでしょう。二つの像はアシュタルテを表現したものだ、とフロイントは強調していましたが、その一方で、タルテッソスの文化のエキスパートで、フロイントより知識の豊富なセバスティアンは、小像を手にして私にスペイン語で話しました。『私はそうは思いません。この像は二つとも、あまりに丸みを帯びすぎています』。フェニキアの像はもっと直線が多いと言う。像は二体とも壊れていて、完全なものではない。が、同じように小さな彫像はアンダルシアでは、これまでにも発見されています。おそらくこの二体はローマ時代のものか、さらに下って、バロック時代のものかもしれません」。そうだとすると、この像はプラトンの死後、およそ二〇〇〇年後に作られたことになる。

「それをフロイントに伝えたのですか?」

「ドキュメンタリーの放映前に伝えようとしたのですが、プロデューサーたちに接触することができなかったんです。そのために番組は、フロイントがわれわれに確認しないままに放映されてしまったんです」

「ということは、カンチョ・ロアノの遺物もまた怪しいということですか?」と私は言った。アシュタルト像は、タルテッソスがアトランティスだったとするフロイントの、もっとも「有力な証拠」だった。

「カンチョ・ロアノはタルテッソスの遺跡です。このことについては、まったく疑問の余地がありません。セバスティアンはもう二〇年ほど、カンチョ・ロアノで作業をしてきました。この遺跡は紀元前六〇〇年頃のものです。それはちょうどタルテッソス史の後期に当たります。タルテッソスが島の上にあったこと、そしてむろん水に囲まれていたことは、アウィエヌスやギリシアの資料から知ることができます。フロイントは、カンチョ・ロアノが水に囲まれた都市のレプリカであり、その小宇宙的《ミクロコスミック》な表現だということ——これは聡明な考えだと思います——を思いついたんです。しかし、アトランティスをそこへ持ってくるのは、とてもとてもありえないことです」。一本の直線で二分された、石板の三つの同心円は、プラトンの失われた都市のシンボルなんかではなく、戦士の盾を象徴するものだった。そしてそれはヨーロッパのいたるところで見られた。

イノホス・プロジェクトが確認できたことの一つは、紀元前二〇〇〇年頃に、何らかの大変動がイベリア半島の南西海岸を襲ったこと、そしてそののちも、長年にわたってそれが繰り返されたことだ。そのモデルとしては、一七五五年にリスボンで起きた、壊滅的な地震と津波を挙げることができる。「わが国の地質学者は、それを津波と呼ぶことに躊躇します。扇情主義者のレッテルを貼られてしまうからです。が、私にとっては、それはまぎれもなく津波です」とビリャリアスは言った。

「記録を調べてみますと、リスボンを襲った大きな災害が、ちょうどそれより四〇〇年前の一三五六年に起きています。それ以前には八八一年に、さらにそれより前には四世紀に大災害が発生している。こんな具合に、三五〇年から四〇〇年毎に大惨事が起きています。しかし、人々はそれがまた起きるまで、すっかり忘れてしまっている。もしこの原則が正確なものだとしたら、次の大災害は二一五〇年頃にやってくると思います」

フロイントは潜水夫を雇って、グアダルキビル川河口の外側に広がるカディス湾で、沈殿した石を探させた。ビリャリアスもそれはいいアイディアだと思った。が、CSIC（高等科学研究院）のチームは、一連の地震のあとで、イノホス沼地の地盤がゆるみ、湿地と化しているので、失敗したスフレのように弱った地盤が海へと崩れ落ちてしまったと判断した。水もまた、石や死骸のような瓦礫とともに、外海へと押し流されるのではなく、むしろ河口でとらえられ滞ってしまっているのだろう。このようにして埋もれた有機物質が、そこで発生するメタンガスの原因となっているのかもしれない。これについては確かなことは分からない。毎年、雨の季節になると、グアダルキビル川が氾濫して、草原を水浸しにしたあとで、堆積物の層を残した。タルテッソスの痕跡――しかし、なぜアトランティスの痕跡ではないのか？――は、おそらく、何メートルもの沈泥《シルト》と粘土の層の下に埋もれているのだろう。たぶん永遠に。シュルテンとボンソルは、一九二〇年代に地下水面に打ち当たり、その時点であきらめてしまった。現在はどうなのか。分別のある官吏なら誰しも、自然保護区の真ん中で、大規模な発掘作業を行ないたいと願い出ても、それに許可を下すようなことはしないだろう。


アトランティスを見つけたという私の思いを、見事に打ち砕いたビリャリアスは、軽く食事をしませんかと私を誘ってくれた。われわれはマドリッドの繁華なアルカラ通りまで歩き、古風なカスティリアン・レストランのダイニングルームでテーブルについた。この店ではスペインの内乱以来、メニューを変えていない。客はわれわれの他には誰もいなかった（午後二時一五分。マドリッドではこれでもランチにはまだ早すぎる）。二人でワインを一杯ずつ飲んで、パエリアを注文した。アトランティス探しに興味を持つのは、アマチュアばかりだとビリャリアスは思っているが、それはなぜなのか、と私は彼に尋ねた。

「いつもそうだったわけではありません。一九六〇年代から遡ってみると、ルネサンスにいたるまで、シュルテンのようなまじめな学者の流れがあったんです」。彼はパンを二つにちぎった。「私もむろんアトランティス探しには興味があります。手前勝手な興味の持ち方ですが」

「えっ、そうなんですか？」彼が本気でアトランティスに興味を抱いているとは、思ってもみなかった。

「プラトンは考古学的に分析されるべきだと思いますよ。だいたいアトランティスの話は神話でしょうか？　プラトンが資料の名前を挙げているのには、好奇心をそそられます。なぜ彼はソロンのことを話しているのでしょう？　九〇〇〇年という数字などは、そのまま文字通りに受け取ることはできません」。彼はバターナイフを一振りして否定した。「考古学者たちは長い間、このような混入物質を取り除く作業に専念してきました。彼らが使用したのは聖書の『創世記』のストーリー、例えばソドムとゴモラや大洪水などに対して用いたのと同じ方法でした」

古代に粘土板に書かれたくさび形文字、これを読み解いた最近の解釈では、怒った神がソドムの住人たちに投げつけた火と硫黄（天罰）は、実際に命取りとなった瓦礫で、それは紀元前三一二三年に地上に衝突した彗星のものだったという。ノアの箱舟の探索にも、アトランティスの探求より多くのお金と時間が費やされた。一つのチームのあとには次のチームといった具合に、「創世記」から手掛かりをひろ思い出しては、聖書に書かれた洪水の証拠を見つけ出そうとして、次々とチームが、トルコのアララト山のスロープを登っていった。アポロ一五号の宇宙飛行士ジェームズ・アーウィンは、月面を歩くことでキリスト教の信仰を鼓舞され、その結果、のちに探検隊を率いてアララト山に、ノアの箱舟の痕跡を探しに二度も出かけた。この試みはともに成功しなかったが、公にはよく知られるところとなった。たしかに古代の洪水神話は途切れることなく次々とあった。

ビリャリアスは古代の神話に対処するための、考古学上の方法について説明をしてくれた。「プラトンの物語を分析するのは、物語がはたして実際に中核——歴史的情報のコア——の部分を持っているかどうかを見るためなんです」

コアの部分を探し求めるためには、まずアトランティスの話に出てくる要素の中で、プラトンの他の著作やヘロドトスのような先人たちの著作と、一致しているものを探し出すことだ、とビリャリアスは言う。このような資料のどれをもってしても説明のつかないものが残ったら、「それが何らかの歴史的事実を伝えているか、あるいはそれをコード化したものだと、支障なく推測することができるでしょう」。そして残されたコアの部分は、エジプトをはじめとした、古代世界の文学や哲学と比較されることになる。「そこに矛盾がないことが分かれば、その探索の結果は、少なくとも物語の中のエジプトに関する情報については、真実だということになるでしょう」。が、プラトンが真実を語っていて、ソロンがエジプトの神話を歴史と取り違えていなかったとしても、われわれが「結局のところ、アトランティス大陸は本当に存在していたと思える」方向へと、向かう道のりはなお長いものとなるのだろう。

10　洗い流された——スペイン、アンダルシア、ドニャーナ国立公園

一八時間のちに、セビリア行きの高速列車に乗った。レンタカーのフィアット・パンダを借りたのはよかったが、マニュアル・トランスミッションのギアの切り替えをどうすればいいのか、それを自分は知らなかったことに気がついたときには、すでに車が頭から壁にぶつかっていた。親切な人がバックする方法を教えてくれ、やっとのことでハイウェイに戻ることができた。予約したホテルを見つけようとして、セビリア空港の出発エリアを三度も車で通り抜けた。途切れ途切れだったが数時間眠った。暗くなってから南西へ三〇マイルほどドライブした。乗っていたのは、トヨタのランドクルーザーの助手席で、車は大西洋の打ち寄せる波を切り裂くように、ゆっくりと走った。それはまるで、ライトビールのコマーシャルに出てくる、浜辺のパーティーへ向かっているようだった。運転しているのは博物学者のホセ・マリア・ガラン。彼の半袖シャツには「PARQUE NACIONAL DE DOÑANA」（ドニャーナ国立公園）と書いてある。シャツに合わせてスカーフを巻き、イエローストーンのベースボール・キャップで決めている。彼は、最近訪れたオールドフェイスフル（アメリカのイエローストーン国立公園にある間欠泉）の規則性を、スペインの海岸を襲う地震と津波の予測の精度にたとえていた。「寄せてくる波をごらん

なさい」と、やってくる白波を指差しながら言った。「ちょっと想像してみてください。あの波が六〇メートルの高さになるんです」

イベリア半島といえば現在ではもう、地震活動を連想させるようなことはないが、その歴史を見ると、内陸の帝国を数時間の内に破壊するような、地質上の不安定さに何度も見舞われている。一七五五年一一月一日の午前九時四〇分、ドニャーナ国立公園の西方一二〇マイルの所で、二つの構造プレートに断層が生じた。その結果、リヒター・スケールでマグニチュード八・五から九・〇の地震が起きた（二〇一〇年のハイチ地震は、首都のポルトープランスを完全に破壊して、二〇万人の死者を出した。この地震がマグニチュード七・〇。マグニチュード九・〇の地震はこの一〇〇倍の強さがある）。ポルトガルのリスボンでは、ちょうど諸聖人の日を祝っていた三〇の教会を含めて、多くの建物が地震の揺れのために崩壊した。そして火は都市を焼き尽くした。地面には、幅二メートルもの亀裂が生じた。恐怖に襲われた市民は、大火を逃れようと港町の埠頭に群がった。この埠頭は新たに大理石で建造されたばかりだった。最初の衝撃から三〇分が経った頃、波止場にあふれた群衆は、驚くべき光景を目の当たりにする。海は波が引き、テージョ川は川底を見せている。そこでは、一方向に傾いた船があちらこちらに散らばり、泥の中ではまり込んだ魚がばたばたと音を立てていた。

牧師のチャールズ・デイヴィーが次に起きたことを記録している。「一瞬の内に、大きな水の塊がすぐ眼の前に現れて、山のように盛り上がった。そして泡を立てると、轟音を発しながら岸へ向かって突進してきた。そのあまりの猛烈さに、われわれはみんな時を移さず、命からがら全速力で駆け出した」。何千という人々が海の中に引きずられて行き、船に乗って逃げようとした人々も、まるで渦の中に巻き込まれるように、海へ飲み込まれてしまった。そして二度と姿を見せることはなかった。諸聖人の日を祝って灯されたロウソクの火で火事が起こり、リスボンに残っていた建造物の大半を焼いた。歴史の上で

1755年にリスボンを襲った地震は、ポルトガルの首都を破壊した。そのすさまじさは、プラトンの描いたアトランティスの最後を彷彿とさせる。巨大な津波のあとには壊滅的な洪水が押し寄せた。

洪水が起きたときに、しばしば見られることだが、大惨事は人間の不信心に腹を立てた神が、その復讐に企てた行為だと説明された。

現在のドニャーナは、大いに発展したスペインの海岸地方で、平和なオアシスの役割を果たしている。自然を愛する人々にとって、ドニャーナには見るべきものがたくさんある。鹿や狐がいるとガランは言う（ドニャーナはその昔、国王の狩り場だった）。さらに砂の上では、ジグザクに進む毒ヘビが残したかすかな痕跡も見られるという。しかし、失われた都市を探索する者にとっては、少し余計に想像力を働かせる必要がある。はるか昔には、ここでもたくさんの交易が行なわれた。「交易船がバラストとして岩を使い、不要になった岩を投げ捨てる。それが小さな岩の山を作っているんです」とガラン。あたりで眼に入るのは、いたるところで散乱している壊れた陶器の破片だ。それもあらゆる形や大きさのものが散らばっている。アウィエヌスの「ちっぽけで、ひとけのない、廃墟と化した土塁ばかり」という描写は今もなおその通りで変わりがない。小さくて同じ形をした砂の山は、陶器を作るために使われた窯の跡だと分かった。それぞれの山にはたくさんの陶器のかけらが埋まっている。そこでは、フェニキア人やローマ人やイスラム教徒たちのものが混ざり合っていた。車で走り去ろうとしたときに、はじめて砂山が等間隔で並んでいることに気がついた。「考古学は非常に微妙ですよ」とガラン。「極端に近づかなくてはならないときもあれば、遠くから眺めなければいけないときもあります」

われわれは車で数マイル内陸に入ったセロ・デル・トリゴに行った。ここはアドルフ・シュルテンが以前、アトランティスを見つけようとした所だ。古代ローマの壁がいくつか残っているが、壁を掘った溝の中には半分ほど水が溜まっている。「ここの発掘は一見簡単そうに見えます。が、五〇センチほど掘ると、もう水が出てくるんです」とガランは言うと、私が次の質問をするのを待っていた。ここでは地下だけではなく、地上でも水の問題がある。われわれはランド・クルーザーへ戻り、からからに乾いた砂と低木だけの土地を走った。一〇月になり秋雨の季節がやってくると、グアダルキビル川が公園のもっとも低い土地を水浸しにする。そして、ホアン・ビリャリアス＝ロブレスが書いていたように、大量の沈泥をもたらし、五月になるまでには巨大な湿地帯を作る。雨はわずか数週間の内に、砂漠のようなこの土地を内陸の海へと変えてしまう。雨が降りはじめると、ここでは水がどれくらいの深さになるのですか、と私はガランに尋ねた。「二月でこれくらいでしょうか」とウィンドウから手を出してガランは言った。五フィートほどの高さだった。

マリスマ・デ・イノホスで車を止めた。ここはヴィックボルトとキューネが指摘した輪と長方形が、衛星写真で撮影されていた場所だ。一面に乾き切った氾濫原が広がっている。アトランティスはこの乾燥した土地の下一〇〇フィートのところに、砂と粘土に閉じ込められて、埋まっているかもしれない。そんなことを思うと、私は奇妙な感覚に襲われた。ガランの仲間たちが、砂山を四つん這いになって登って行き、砂の中に埋もれた散弾銃のペレット（小弾丸）をひろっている。それは一世紀も前のものだが、絶滅寸前の鳥たちがそれを食べてしまわないようにひろい集める。私はかねがね、この地域の生息環境が、考古学の名の下に乱されることはないのかと思っていたが、ガランの仲間たちの様子を見ていて、それを改めて確認することができた。

公園の事務所へ戻る道すがら、砂の中にサソリの小さな足跡を見つけたガランは、それをくわしく見るために車を止めた。が、風が吹きはじめると、サソリの移動の跡は巻き上がった砂埃の中に消えてしまった。「しまいには、みんな自然が消し去ってしまうんですね」とガランは言って、スカーフを口に当てた。「これがアトランティス物語の本当のところじゃないでしょうか。どれほど巨大で、どれほど強力なものでも、こんな風にみんな消え去ってしまう」

11

真実は向こうにある——地図上のいたるところに

私はこのあたりで一つ打ち明けるべきかもしれない。実はアトランティスはすでに見つかっていたのである。場所はカディスの海岸、前にホセ・マリア・ガランとドライブをした、まさしくあの海辺の沖合だ。これを私が知っているのは「ボストン・グローブ」紙で読んでいたからだった。それは一九七三年の小さな記事で、アトランティスのことが書かれていた。この島国が沈んでいる場所がどこなのか、かすかなメッセージを求めて、ペパーダイン大学の講師マキシン・アッシャーが超能力を使ったという内容だった。信じがたいことだが、彼女が繰り出した調査隊（この中には単位を取得するために、自分で費用を負担して参加した学生もいた）のダイバーたちは、調査をはじめた当日に、失われた都市の有力な証拠を探し当てたという——それは同心円のデザインが見られる道路や柱だった。アッシャーは発見したものについて、大げさに言い立てることは控えた。「これはおそらく世界史上もっとも偉大な発見でしょう」と彼女は記者に話している。「そしてそれは、人類学、考古学、それに水中科学の研究において、新しい時代の到来を告げるものとなるでしょう」

が、その後まもなくして、アッシャーはスペインの役人たちによって国外へ退去させられた。教え子の一人が、証拠が発見される二日前に、アッシャーがタイプで打った、いかにも得意げなプレス・リリース用の原稿を見たと言ったからだ。そして、海中で発見したと言われていた道路や柱は、二度と目にすることができなかった。この情報を私に提供してくれたのはトニー・オコーネルである。が、しかし、アトランティスは超能力によってのみ発見できると申し立てたのは、アッシャーがはじめてではない（そして彼女が最後でもない）。おそらくそんな人物たちの中で、もっとも有名なのは「眠れる予言者」として知られた、ケンタッキー生まれの霊能者エドガー・ケイシーだろう。ケイシーは横になると、「超意識の」瞑想状態に入ることができると考えていた。そしてひとたび、森羅万象の集合知の中に没入すれば、個人的な問題はもとより、さらに深刻な問題にも解答を出すことができた。ケイシーは一九〇一年から一九四五年までの間に、一万四〇〇〇件以上のリーディングを行なった。リーディングとは彼が名づけた言葉で「催眠透視」のこと。ケイシーは催眠状態の中で過去や未来について語った。彼は自分自身を何よりもまず、代替医療のヒーラー（治療師）だと考えていたが、形はどうあれ、アトランティスについてリーディングをした記録は、およそ七〇〇件余りが残されている。支持者たちの話を聞くと、ケイシーはプラトンはおろか、イグナティウス・ドネリーの本も読んだことがない、したがって、アトランティスについて、彼らと類似した点が出てくれれば、それはまったくの偶然か、あるいは偉人たちが彼と同じように考えていた証拠だと言う。

今日、ケイシー財団（ARE）の本部はバージニアビーチにあり、そこには博物館、デイ・スパ、ホリスティック・ヒーリングの学校などを完備した、超能力のためのインスティチュートがある。ヨガや太極拳の授業を受けることもできる。図書館もあり、ケイシーのリーディング結果を記した、オリジナルのタイプ草稿が収蔵されていて、地図やアトランティス関連の資料を集めた個別の部屋もある。

アトランティスについて、ケイシーがどのような洞察を示したのか、私は電話で尋ねた。私の質問に

「多くの方々がリーディングを受け、ケイシーによって、前世をアトランティスで過ごしたと告げられました」と元気よく答えてくれたのは、有能な調査図書館員のローラだった。「大きな破壊が三度あったと言います。アトランティス人は『ツアオ・ストーン』という大きな水晶を持っていました」。ケイシーによると、その石が人々に癒しの力や、高性能の航空機や潜水艦を操縦するエネルギーを与えたという。「しかし、人々がこの石に動力を供給しすぎたんです」（ツアオ・ストーンはエネルギーを太陽、月、星の光線から吸収した）。そんな傲慢な行為が、世界中に、地質上の混乱を巻き起こすことになった。ケイシーが紀元前一万五〇〇〇年と定めた、最後の破壊が到来する前に、人間の歴史を記録した重要な人工物や石板などが、ひそかに三カ所の「記録ホール」に収納された。その場所はユカタン半島、エジプト（図書館員のローラは収納場所が「スフィンクスの前脚の下」だと明確に述べている）、それに、一九三三年にケイシーがリーディングをした「海水のどろどろしたヘドロの下──フロリダ海岸沖のビミニ諸島の近辺」だと言う。

ケイシーは過去を見ることができたが、同じように未来を見ることもできた。「アトランティスの一部であるポセイディアが、アトランティスがふたたび浮上するときには、最初に姿を見せる場所となるだろう」と、あるリーディングの最中に彼は叫んだ。「それ以外のところは一九六八年か一九六九年に再浮上する。いずれにしてもそれほど遠い未来ではない」

霊能力によるリーディングの記録は、大きなバインダーに保存してある。が、それがぜんそくや腎臓結石のリーディングばかりでは、独創性に乏しい考古学者が助成金の申請書を書きはじめようとしても、提出するのに十分な証拠とはならない。それでもビミニ──バハマ諸島の一部を成している諸島──に関するケイシーの予言は結果として、おそらく、アトランティス発見の努力を、その場所にもっとも集中させることになったのだろう。一九六〇年代末には、諸島の周辺で、何度か大規模な海中調査が行なわれた。その多くはAREの後援によるものだった。探査によって発見されたものの中で、もっとも有名なのは、一九六八年に発見された「ビミニ・ロード」と呼ばれたものだ。都合のいいことに発見したのは予言者の予告した年だった。発見当初それは、Jの形をした人工の道で、花崗岩でできていて三分の一マイルほど先へ続いていた。が、最終的には、自然に形成されたもので人工の道ではないと判明した。しかし、この証拠によって、AREが後援するプロジェクトへの熱意が軽減されることはなかった。そしてケイシーが言っていた、三つの「記録ホール」を探索する試みは今も続いている。二〇一一年には調査グループが以下のような発見の報告をした。ビミニ諸島の近辺で、地中構造壁から岩を採集し、その年代を放射性炭素によって測定したところ、紀元前二万年という結果が出た。が、このときはまたケイシーのチャネリングが、アトランティスの同類で、やはり海に沈んだミステリアスなムー大陸の情報を提示したばかりだった。ムー大陸はケイシーがレムリア大陸と交互に、よく取り上げていた名前だ。(7) AREはウェブサイトで、最近の遺伝子研究によって、紀元前五万年から二万八〇〇〇年の間に、ムー大陸から大量のディアスポラが発生したことが証明されるかもしれない、と結論づけている。が、結局、この意見は広く共有されるものではなかった。

さてもう一人、アトランティスについて、超能力を使った洞察で有名な作家がいる。一九世紀末にロシアで生まれたオカルティストのブラヴァツキー夫人(マダム・ブラヴァツキー)だ。その顔はたしかに、心霊研究のラシュモア山でケイシーの顔といっしょに、山肌に彫られてもおかしくないほどだ。彼女が主催した降霊術の会はよく知られていたし、神智学という名の、さまざまな要素の入り交じった精神運動をはじめたことでも有名だった。そのブラヴァツキーが世に広めた考えは、人間の認識能力をはるかに超えた超人種が、昔から住んでいた場所がアトランティスだったというものだ。彼女は自分の著書『秘密教義』(シークレット・ドクトリン)を、アトランティスで書かれたと言われている写本(『ドジアンの書』）をもとにして書いたと言う（典拠となった写本は、オリジナルの言語であるセンザル語で書かれていた）。ブラヴァツキーによると、アトランティスの最盛期は、紀元前八五万年（少なくとも最初のホモサピエンスが、アフリカ大陸から移動する五〇万年前）よりさらに前の時代だったという。アトランティスの住人たちは、電気や飛行船のような文明の利器――動力は「ヴリル」と呼ばれた超自然のエネルギーだ――を享受していた。思い返せば、アトランティスの凋落の原因は明らかだ、とブラヴァツキーは言う。黒魔術を使うグループが、ケンタウロスのような人間と動物のハイブリッドを作り出すことで、すべてを台なしにしてしまった。ハイブリッド人間は戦士や性奴隷として悪用された。

ブラヴァツキーの「宇宙進化」思想を、単に未来の「ニューエイジ」がアトランティスを夢想するのに役立てた材料として見てしまうと――実際、マンハッタンの西五三丁目にある神智学協会の書店では、選りすぐりのすばらしいタロットカードを見てまわることができる――、彼女はただの当たり障りのない変人として片付けられてしまうだろう。が、彼女の「根源人種」という考え方――人間を優良人種と劣等人種に分ける――は、ドイツの神秘主義者たちによって採用された。彼らは優れた北欧人種の系統をたどっていくと、伝説の島アトランティスにまで遡ることができる、という考えを立証することに情熱的な関心を抱いていた。ブラヴァツキーはアーリア人こそが、アトランティスの根源人種の中で、もっとも進歩した人種だと書いている。アーリアン（アーリア人）――サンスクリット語で「高貴な人」を意味する――は、もともと言語学者によって使われた言葉で、北ヨーロッパからインドにかけて広がった人々を指した。彼らの言語（インド・ヨーロッパ語）は共通の起源を持つ。一九三〇年代に国家社会主義が台頭すると、優れたアーリア人種こそが文化の基盤を築く責任を持つ、という考えを支持する理論なら、それがどんなものでも、ベルリンで暖かい歓迎を受けた。ドイツの栄光に満ちた過去を明らかにする科学的証拠を見つけて、それを広めること、このような目的のために特殊なナチの研究施設が作られ、「アーネンエルベ」と名づけられた。

アーネンエルベのリーダーとなったのはハインリヒ・ヒムラーで、彼はまたゲシュタポと親衛隊（SS）を率いた。自警の武装集団だった親衛隊は、アドルフ・ヒトラーが概要を示した「最終的解決」（ホロコースト）の実行に従事した。アーネンエルベでヒムラーの最高顧問を務めた人物は、ドイツ民族の起源はアトランティスにあると考え、アトランティスが大西洋で沈んだことを理論化した。ヘザー・プリングルが『マスター・プラン』の中で書いていることだが、ヒムラーは自ら後援者となって世界中に探検隊を送り込み、この失われたユートピアを探索させた。ある遠征隊はカナリア諸島に向かった。はじめに送られてきた報告書は、期待を抱かせる内容だった。一九三九年の末に、後続の大規模な調査隊の派遣が予定されていたが、同じ年の九月にドイツがポーランドに侵攻しはじめると、計画はすべて中止された。

アトランティスに関する推論で、ナチスがもっとも気に入っていたのは「氷宇宙論」で、それはオーストリア人の技術者ハンス・ヘルビガーが、突然の啓示を受けて考えついたものだった。ヘルビガーは宇宙が小さい氷の惑星で満たされていると想像した。地球はときどきその球体を捕らえては月にする。が、この月もいずれは大気を通って落下しはじめる。回転して落下する月の塊が引力を生み出し、その引力が大洋を赤道へと引きつけて、何千フィートもの高波を生じさせる原因となった。われわれが現在目にしている月を、地球が捕らえたときには大きな衝撃があった。地震が起きて、クラスト層に亀裂が生じ、溶解した地球の核が逃れようとして巨大な火山の噴火を引き起こした。大きな脱水槽が回転したときのように、地球の腰帯部分で大洋が一つに合体したとき、アトランティス文明は洗い流されてしまった。

ホアン・ビリャリアス＝ロブレスは、古代世界のもっとも名高い物語から混入物質を取り去る、人類学的分析について書いていた。それはたしかに賢明なことのような気がする。が、氷宇宙説は神話上のスーパーファンド用地だった（スーパーファンド法が適用される場所のこと。スーパーファンド法はアメリカの環境法規の一つ。土壌汚染に関わった関係者に、修復コストの負担を求める法律）。それがナチスにとって大きな魅力となったのは、科学性と数学性のあまりにもひどい欠如である。そのためにそれは、アルベルト・アインシュタインの相対性理論という「ユダヤ人の」理論に対する、釣り合いおもりとして役に立った。ヘルビガーが自らの非科学的な方法を弁護した有名な言葉――「計算は人を迷わせるだけだ」――はプラトンの文章中では、もっとも現れにくい言葉かもしれない。

「氷宇宙論」について調べていて、思わず考えてしまう人物が二人いる。一人はトニー・オコーネル。一度だけ彼が怒っているのを見たことがある。それはある日、コーヒーショップで質問をしたときだった。ケイシーとブラヴァツキーについて、彼らの通常と違ったやり方をどう思うかと尋ねた。「何一つ証拠がないのに、作り話をでっち上げる。ああいう手合いのことを考えるだけで、血圧が上がってしまう」と彼は真っ赤になりながら答えた。トニーはまたムー大陸の大ファンでもなかった。

私の頭に浮かんだもう一人の人物はランド・フレマスである。バンクーバー島の彼の自宅に電話をした。ここでみなさんに記憶していただくために、言っておきたいのは、彼がもっともナチスを嫌う人物だということだ。フレマスはのんびりとしたカナダの西海岸で、司書の仕事をしている。フレマスという不思議な名字は、彼の姓と奥さんの姓を合体させて作ったものだ。奥さんのローズもまた図書館の司書をしていて、ときにはフレマスの共著者となることがある。オンラインで彼の写真を見たが、そのときには魔法の森からやってきた、人懐っこい、毛皮で覆われた生き物みたいだと思った。

フレマスはいわゆる「地殻移動説」と言われている理論の有力な提唱者だった。この理論は早回しのプレート・テクトニクス理論のようなものだ。アトランティスは南極にあり、今でも氷と雪の下に埋もれていると考えていた。何冊か似たような本を書いて、その中でこの説を詳しく説明しているが、彼の理論はそのシンプルさと明快なところがすばらしい。この二点のために、彼はアトランティスのドキュメンタリーや、ラジオ番組などの常連となると同時に、疑似科学の正体を暴く人たちのケース・スタディーにもなっている。南極はこれまで、いつも寒かったわけではない、とフレマスは推測する。紀元前九六〇〇年頃、そこはまだアトランティスと呼ばれていたのだが、この大陸は熱帯地方に位置していた。ところがそれが突如南へ移動して、そこで凍結したという。

「氷宇宙論」を支持するグループは、アインシュタインの天才を見下すが、フレマスはしきりに、アインシュタインの名前を口にする。それというのも、南極大陸が緯度を変えたという自らの仮説をサポートするためだった。アインシュタインは一九五三年に、「地殻移動説」をはじめて提唱したチャールズ・ハプグッドに宛てて、一通の手紙を出している。手紙の中でアインシュタインは「あなたの説は非常にすばらしい。あなたの仮説に対して私は、正しいという印象を抱いています」と書いた。次の年、二〇世紀が生んだもっとも偉大な科学者は、ハプグッドの著書『地球の地殻変動』に序文を寄せている。

ハプグッドはニューハンプシャー州の大学で科学史の教授を務めている。彼の仮説は、地球の外殻がときどき激しく、しかも比較的短い期間で移動するというものだった。が、地球の二つの層——コア(核)とマントル——だけはそのままで変わらない(作家のポール・ジョーダンは、フレマスの理論は「おそらく、アトランティスに関して天変地異論者の出した、究極のビジョンだろう」と述べた。そのジョーダンがハプグッドの仮説の印象をみかんにたとえている。みかんの皮はむくことができるが、その場合も、中の袋は動かずにそのままの状態だ)。フレマスはハプグッドの理論を、丸ごとプラトンの物語に当てはめた。地殻が突然変動したことで、プラトンの言う地震や洪水を引き起こしたのはもちろんだが、それだけではない。地殻の変動は急速な気候の変化をもたらした。そして、この衝撃が神話として後世に伝えられたとフレマスは推測する。

「一つたしかなことは、紀元前九六〇〇年頃にきわめて多くのことが起こったということです」とフレマス。「地球の極地の氷が溶けはじめたんです。南北アメリカの氷河も消滅してしまうと、ほとんどそれと同時に、いくつかの大陸で農業がはじまった。作物はそれぞれの場所で違っています。私は地球規模で起きた、このような問題を解決できるのは、地殻移動という考え方しかないと思います」

ハプグッドは一九六六年に書いた『古代の海の王たちの地図』の中で、ルネサンス後期に作られた地図を何枚か使っている。それは、紀元前九六〇〇年頃に極地へ移動することになる南極大陸だが、実はそれ以前は南極大陸に、氷がなかったことを証明するためだった。中でも有名なのはおそらくピリ・レイスの地図だろう。これは一五一三年にオスマン帝国のトルコ人提督が作った、手書きの世界地図の大きな断片で、提督の名にちなんでピリ・レイス地図と呼ばれている。地図は長い間行方不明になっていたが、一九二九年に再発見された。それはかつて、オスマン帝国のスルタンが住んでいたイスタンブールの宮殿で、修復作業が行なわれた際に見つけ出されたものだ。地理学者たちはおおむね、ピリ・レイス地図を本物とする意見に同意していた。またこの地図がポルトラーノ（航海案内書）、プトレマイオスの古代地図、ポルトガルの船乗りたちが作った地図、クリストファー・コロンブスの新大陸発見の情報などをもとにして作成されたことについても、地理学者たちの意見は一致している。実際、この地図は、コロンブスが作成した地図の希少な写し――そのほとんどが散逸している――としても称賛されてきた。

アトランティス研究家たちの興味をもっとも引いたのが、この地図に描かれた最南端の部分だった。南極大陸は一八二〇年にはじめて人々の目に止まったのだが、それより三〇〇年も前に、ピリ・レイスは世界の底の部分に大きな大陸を描いていた。アリストテレスと同じほど昔の思想家たちは、地球の底

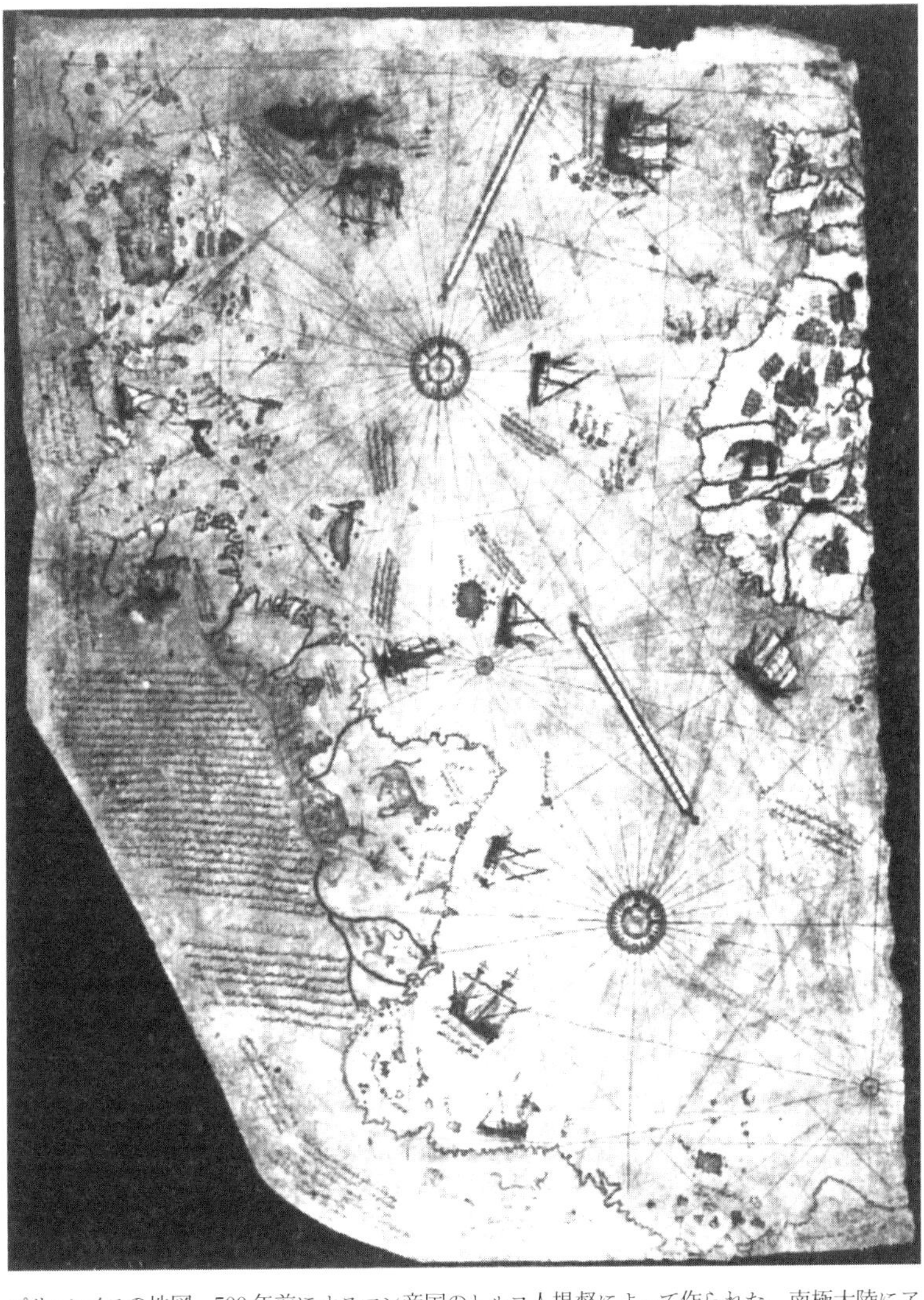

ピリ・レイスの地図。500年前にオスマン帝国のトルコ人提督によって作られた。南極大陸にアトランティスがあった証拠と見なされている。

部に陸塊の存在を仮定した。それは、北半球の陸地に釣り合うおもりの役目を果たしていた。しかしハプグッドは、世界の底に描かれたピリ・レイスの謎の大陸が、実際は、氷結していない時代の南極大陸の姿を描いたものだと信じた。というのも、そのおおよその形が、一九五〇年代に作られた、氷河下の南極大陸の地図と一致していたからだ。ハプグッドの推測によれば、ピリ・レイスは古代の地図をもとにして、自分の地図を製作したのではないかと言う。そして、もとになった地図はそののち消失してしまったにちがいないと。

ランド・フレマスが南極＝アトランティスを思いついたのは、地震学に関連してハプグッドが作った、氷河に埋もれた南極大陸の地図と、イエズス会の学者アタナシウス・キルヒャーが一六六四年に描いた、アトランティスの地図を比べてみたときだった、と彼は説明している。キルヒャーの地図では、アトランティスは大西洋の真ん中、ヨーロッパと南アメリカの間に描かれている。フレマスは、キルヒャーが彼の地図を、古代のエジプトの地図をもとに描いたと推測した。エジプトの地図はおそらく、ローマ人の手で盗まれたものだろうと言う。「キルヒャーの地図で描かれたアトランティスの形が」、現代の南極大陸の輪郭にぴたりと合致したとフレマスは言った。

しかし、それはどうかなと私は思った。まず第一に、フレマスの本に載っていたアトランティスのイラストでさえ、とても南極大陸に似ているとは言いがたい。それにフレマスが言う地図上の類似性にしても、キルヒャーがアトランティスの位置を正確に知っていれば、妥当と言えるかもしれない。だが、彼はどうしたわけなのか、スペインとアフリカの場所をいっしょにしてしまっている。見たところフレマスは、偶然の一致と確たる証拠を同等のものと見なす、イグナティウス・ドネリーの性向を共有しているようだった。子供たちの雪の日が、たまたまベビーシッターの非番の日に当たるからといって、ベビーシッターが天候をコントロールしているなどと言うことはできない。

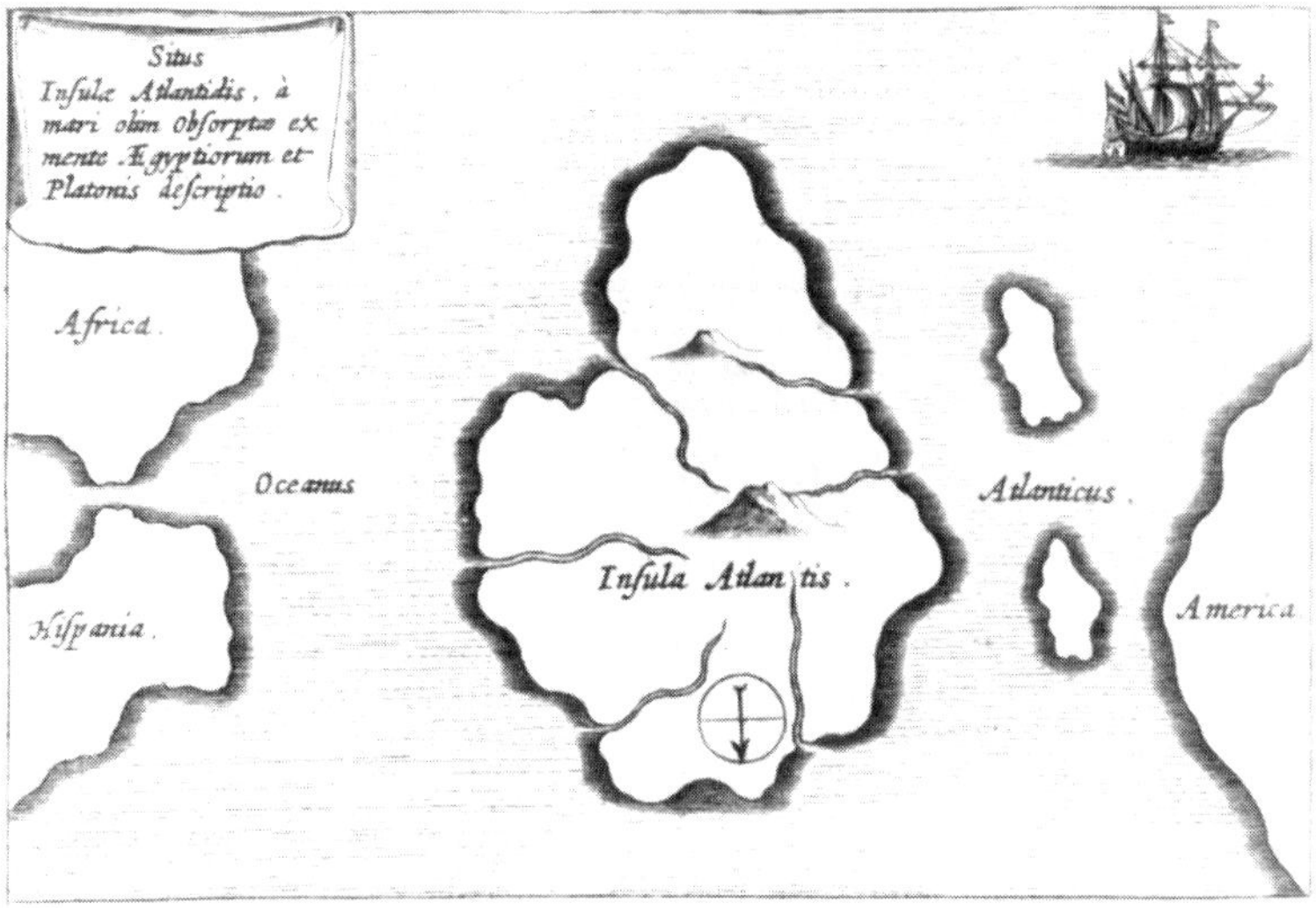

アタナシウス・キルヒャーが推測に基づいて描いた地図。『地下世界』(1666)より。古代の船乗りがアトランティスへ航海をした証拠として、しばしば引用される。

が、しかし、私は偏見を持たず、つねに人の意見を受け入れたいと思っていた。エジプト人はどこで地図を手に入れたのですか、とフレマスに尋ねた。

「アトランティスの崩壊を生き延びた人々が、舟に乗ったのだと思います。舟の上に持ち込めるものと言えばただ二つ、天文学と地図だけです」

たしかに一理はある。「それを証明する方法が何かありますか?」と私は尋ねた。

「ええ、もっとも簡便な方法は、南極大陸の氷の大半がはがれ落ちることです。そうすれば、氷の下から人間の作った建造物が現れてきます」

フレマスの理論について、私がもっとも大きな問題だと思うのは、彼の大胆不敵さではない。それはむしろ彼の揺るぎのない伝播論と天変地異説だった。フレマスの前向きの考え方はおおむね、『わが友原子力』(ウォルト・ディズニー社が原子力開発キャンペーンのために製作した映画)の時代から得た科学情報をもとにしている。ハプグッドの独創的な理論と、それに対するアインシュタインの曖昧な肯定が提示されたのは一九五〇年代で、大陸移動説が提唱されて間もない頃だった。が、フレマスはその当時を過ぎても、なお自分の証拠を最新の情報で改訂することをしなかった。私と話をしていても、彼が持ち出してくるデータは、つねに五〇年も前のものか、ときにはそれよりさらに古いものばかりだった。チチカカ湖近くの遺跡――氷宇宙論にとっては非常に重要な場所だ――は、一万年以上前に建造されたものの跡だ、と彼が話しはじめたときには、私もいらいらして、指でカチカチと机をたたきはじめた。というのも、これがあやまりであることは、これまでに何度も証明されていたからだ（この場所の建造物はプラトンの死後、数世紀して建てられたと見られている）。さらに、古代の神話によると、ペルーのマチュピチュは洪水を逃れる避難所として、インカ人によって建造されたとフレマスが話し出すと、さすがに私もしびれを切らしてしまった。

「ランド、あなたが私にしてくださった話はすべて限界を越えています。とても信用のできないものばかりです」

「ええ、おそらくそうでしょう。しかし、それは私の理論のきわめて重要な部分ではありません」と彼は言った。そして、彼の持ち出した資料が古かったことは認めた。が、地殻移動理論はなお、時代の先を行くものだと主張した。「私は科学者たちを飛び越して、一般読者のもとへ、それも二世代、三世代先の読者のもとへ到達できれば幸せだと思っています」と彼は言う。

『氷の下のアトランティス』という著書の最後で、フレマスは、いつか将来、起こるかもしれないあることを示唆している。「科学と神話は一つに融合するかもしれない」。これはプラトンが『クリティアス』を中途で終わらせて以来、長い間、流行とは縁のない考え方だった。このような科学と神話のパートナーシップが、すぐになど復活しそうになかったことは、アインシュタインのような人の力――あるいは、エドガー・ケイシーの未来を見通す洞察力――などなくても理解することができた。

12 ドクターのキューネさんですよね？——ドイツ、ブラウンシュヴァイク

タルテッソスの仮説については、リチャード・フロイントとホアン・ビリャリアスの二人から、まったく異なる意見を聞いた私は、ライナー・キューネとヴェルナー・ヴィックボルトに会って、もう少し深くこの問題を掘り下げてみるのも悪くないと思った。二人のドイツ人はドニャーナの衛星写真を分析して、アトランティスの探索熱を再燃させた。都合のいいことに二人は、古いドイツの東西境界線からそれほど遠くない、同じ中都市に住んでいた。が、しかし、都合の悪いことに二人は飛び切り仲が悪かった。私は予約していた飛行機でデュッセルドルフまで飛び、列車に四時間乗って、ブラウンシュヴァイクへと向かった。

ドイツへ到着する一週間前に、以前キューネが『アンティクイティ』誌に書いていた記事を読み直したり、キューネに約束を思い出してもらうために、確認のメールを出したりした。そして、現地へ着く前の日にも、もう一度メールを送って確認する旨を伝えた。二日後に「やあ、マーク」とキューネから返事がきた。「大学のコンピューターばかり使っているものですから、毎日、メールをチェックすることができません」。物理学の教授にしては少々奇妙だったので、これには私も驚かされた。ともかく、ブラ

ウンシュヴァイクの駅に着いた時点で、彼の自宅に連絡を入れることにした。季節は秋、今日は火曜日だ。だが、キューネは終日家にいると言っていた。

アパートメントの前でタクシーを下りた。ブザーを押すとキューネが出てきて、戸口で私を出迎えた。彼は四〇代前半といった感じで、恐ろしくやせていた。日焼けをした頬にはそばかすがある。赤みを帯びた髪の毛はボリュームがなく、ところどころに白いものが見える。縞模様の古いセーターをゆったりと着ている。アトランティス会議の主催者が言っていた言葉をなぜだか思い出した。「会議のたびに毎回、キューネに招待状を送るのですが、彼はいつもお金がないと言うんです」。キューネと私は握手を交わした。彼は私をワン・ベッドルームのアパートメントに招き入れた。前の晩遅くまで起きていて、今朝は夜明けに列車に飛び乗ったために、彼がコーヒーを一杯入れてくれるとありがたいのだが。そうすれば、一杯のコーヒーと軽いおしゃべりで体も暖まる。が、キューネは私に席へ座るようにと身振りで合図をして、これからチェスでもするかのように、私の真向かいに座った。

二人の間にはコーヒーテーブルがあり、その上に本や地図や書類が置かれている。それぞれの山はみごとに整頓されていて、まるで測量器具でも使って、きちんと並べたようだった。クリップボードにはペンと紙が添えられて、私のために用意されている。キューネはソファーの端で、背筋をまっすぐに伸ばし、手を膝の上に組んで座っていた。そして、クリップボードを私の方へ少しだけ押した。

「私のアトランティス説について、何かご質問があるんですね」と彼は言った。

「ええ。あなたはどうして、アトランティスに興味を持つようになられたのですか?」

「子供の頃です。一〇歳くらいでしょうか。マンガを読みました。アヒルの物語で、アヒルが深い海の中でアトランティスを発見したんです。ここにはまだその本があります。ちょっとお待ちください」。

彼は立ち上がると、二歩ほど歩いて書棚に近づいた。書棚の一段は丸ごと同じ装丁のものが並んでいる。

おそらく何か物理学の雑誌だろう。彼は「duck story」（アヒルの物語）と言ったのだろうか？　いや、もしかしたらduckではなくdüchだったのかもしれない。ドイツ語の意味はあとで調べれば分かることだが、何かバイエルン地方の民間伝承のようなものかもしれない。「これです。おそらくあなたもご存知でしょう？」

キューネは『アトランティスの秘密』という本を開き、スクルージ・マクダックのマンガを指差した。マクダックはドナルドダックの金持ちのおじさんだ（大金持ちだからドナルドにアンクル・スクルージ〔守銭奴おじさん〕と呼ばれている）。おじさんはたまたま、魚人間が住む巨大な海底都市に出くわした。私もこのマンガはよく知っていた。小学校三年生のときに読んだ覚えがある。私が記憶しているかぎりでは、キューネが書いた『アンティクイティ』誌の記事につけられた脚注に、このマンガに関する注はなかった。

ライナー・キューネ。ドイツの物理学者。『アンティクイティ』誌に載せた彼の記事が、アトランティス探索のニュー・ウェーブを巻き起こした。

「プラトンの頭の中にあったのも、きっとこんなものだったのですね」と私は言った。カフェインを飲みそこねた男の、悲しいジョークのつもりだった。が、キューネは二秒ほどぽかんとしていた。

「アヒルたちは失くしたコインを探しているんです」と彼。「これは物語ですから」。キューネは私から本を取り戻すと、書棚の所定の位置へ置いた。「マンガ以外で、アトランティスの載っているものといえば百科事典ですが、それから、私は事典を使って調べました。プラトンが報告していますから、それによってアトランティスのことを知りました」。キューネは子供時代のアトランティス探索を、地元の図書館から本を借りて読むことではじめた。図書館の本によると、バハマ諸島やイギリスはアトランティスの在所としては可能性が薄い。そのあとに見つけたのがユルゲン・シュパヌートの『北海のアトランティス』だった。シュパヌートはこの本の中で、アトランティスは、ドイツ海岸沖の北海に浮かぶヘルゴラント島にあったと言う。

しかし、キューネはこのシュパヌートの本には納得しなかったと言う。が、彼はシュパヌートの主張する二つのことに、強い印象を受けた。「一つは、プラトンがただアトランティスのことだけでなく、アトランティスの宿敵であるアテナイについても書いていることです。シュパヌートは、プラトンが書いているアテナイは、ミュケナイ時代だと考えていました」――つまり紀元前一六〇〇年から一一〇〇年のギリシア青銅時代のアテナイだと。実際、プラトンの物語は二つの都市の話だが、この事実はアトランティスについて議論されるときには、めったに取り上げられることがなかった。

「もう一つ」とキューネは続けている。「シュパヌートが言っていたのは、プラトンが書いている戦争が、海洋民族とエジプトの戦争だということです」

アトランティスと同じように、地中海の「海洋民族」は今も未解決の、古代の大きなミステリーだ。ナイルの神殿の壁に刻まれたヒエログリフには、紀元前一三世紀から一二世紀にかけて、エジプトが二度にわたって侵略を受けたことが記されている。攻撃は地中海から船でやってきた、恐ろしい同盟軍によるものだった。『アンティクイティ』誌に載ったキューネの記事では、シュパヌート説――エジプトで敗退してから、プラトンが『ティマイオス』を書くまでの間に、海洋民族がいつの間にか、ある時点でアトランティス人と入れ替わってしまった――がさらに展開されていた。

シュパヌートの新解釈に興味をそそられたキューネは、アトランティスの在所を探してみようと思った。「プラトンはアトランティスの場所を正確に語っています」と彼は言う。「ジブラルタル海峡の先、大西洋上にあり、カディス地方に面していると言う。したがって、ジブラルタルの西、スペインの南、モロッコの北にあるということはかなり明らかです。もちろん、大西洋の真ん中にアトランティスを持ってくることは難しい。というのも、それは地質学的に見て不可能だからです。アトランティスには山々に囲まれた大きな長方形の平原があった、とプラトンは書いています。が、アトランティスの首都は南の海岸にあった。そして、それはのちに沈没して泥の海になってしまう。とすると、ジブラルタルの前方にあった南の海岸とはいったいどこなのでしょう？　スペインはどうでしょうか？　あるいはポルトガルでしょうか？」

キューネの質問はやや大げさな感じがした。というのも、われわれは実際のところ、まったく会話をしていなかったからだ。一方的に彼は独り言を繰り出してくる。それはまるで、視覚上の気分転換がない、ひどく専門的なパワーポイントのプレゼンテーションと言った感じだ。彼は延々とのべつ幕なしで四五分間しゃべり続けた。彼のボディー・ランゲージはまったくのフォートラン（コンピューター・プロミング言語の一つ）のようだった。

「プラトンが書いていた大平原は当然、スペインにあるということでしょう。それもセビリアの南西部、カディスとポルトガル国境の間あたりに。プラトンはまたアトランティスの首都が、海岸から五〇スタディオンの平野部にあったと書いています」。その距離はおよそ九キロメートル（六マイル）だ。「そこで、南西海岸から九キロのところを見てみると、そこはドニャーナ公園の沼地の中ということになるんです」

キューネはテーブルの上に積み重ねた山の一つから、地図を引き出すとそれを開いた。そして、ドニャーナの風景が持つさまざまな特徴を詳しく述べはじめた——沼、川、砂丘。私は言葉を差し挟んで、自分もこの目で、その場所を見たことを伝えようと思った。が、キューネは何かに向かって弾みをつけているようだった。何とかして、彼の話を止めることができるのかどうか、私にはまったく自信がなかった。とうとう最後にキューネは、ヴェルナー・ヴィックボルトの衛星写真で見た覚えのある地点を指差して、「これがポセイドンの神殿だと私が思ったものです。そう、一〇年前に私が立てた仮説がこれでした。が、今となっては、はたしてそれが正しかったのかどうか私には分かりません」

『アンティクイティ』誌に掲載された記事のおかげで、二つの大きなプロジェクトがドニャーナで開始されることになったのだが、それを書いた科学者がここにきて、自らの説を考え直していた。その詳細は「アトランティス発見」のドキュメンタリーでは触れられていない。が、キューネの考えはさらに先へと進んでいた。にもかかわらず、ドニャーナ＝タルテッソスは真実だと彼は思っていた。が、アトランティスについては、彼の中で、真実はもう少し複雑だと判明しつつあった。

「何があなたの心を変化させたのですか?」と私は尋ねた。

「それでは、アトランティスが単なるフィクションではない、と私が思った理由をお話ししましょう」とキューネは言う。彼は、プラトンが古代アテナイについて提示したディテールの中には、青銅時代のギリシア都市に合致しているものがいくつかあると説明した。例えば、プラトンがアクロポリスにあったと書いた泉は、長い間、場所が分からないままになっていたが、二〇世紀になって発見された。泉は紀元前一二〇〇年頃に起きた地震によってふさがれていた。「この地震のために、書く技術を身につけた人々が姿を消した、とプラトンは言っています」。古代史の学者たちが意見の一致を見ているのは、ある説明のつかない社会的な大変動が起きたあとで、ギリシアは先の長い非識字の時代に入ったことだ。これもまた紀元前一二〇〇年頃にはじまっている。地殻変動が起きる前は、アクロポリスも現在の何倍もの大きさがあり、イリソス川から支流のエリダノス川まで、ほとんど一マイルもの距離に広がっていた、とプラトンは書いていた。「もちろん、プラトンはまったくまちがっています。アクロポリスはその

侵入する海洋民族を撃退するエジプトのラムセス３世。その様子は、彼の葬祭殿メディネト・ハブにヒエログリフで記録されている。

昔も、プラトンの時代と同じ大きさだったわけですから。これはありえないことです。あまりに大きすぎます。ここではプラトンも少々気まぐれな想像をしている。しかし、彼が書いているのは明らかにアテナイのことで、それ以外の都市ではありません」

　アトランティス人について、キューネは次のように言っている。エジプトの神官サイスはソロンに、「やはり紀元前一二〇〇年頃に起きた、海の民族との戦争」の物語を語っていた。「この戦争については、今日、エジプトのメディネト・ハブ（ラムセス三世葬祭殿）に刻まれた碑銘に記されています」。メディネト・ハブの神殿は、ナイル川に沿って建設された、広大なテーベのネクロポリス（共同墓地）の一部を占めている。そこに刻まれたヒエログリフは、一九世紀にロゼッタ・ストーンが解読されて以来、エジプト史の一次資料となっていた。「アトランティス人と海洋民族との類似点は多々あります。ともに出自が島であること、両者がリビアを支配下に置いていたこと、ともに軍隊を持ち、強力な海軍と多くの軍勢を擁していたこと、東方のすべての地中海諸国と戦ったこと、最終的には両者はともに戦いに破れ、そのあとで、洪水や地震に見舞われたことなどです」。あるいは少なくとも、神殿のヒエログリフはこのように解釈することができた。

「しかし正確に言うと、アトランティス人と海洋民族は同じとは言いがたいんです。第一、プラトンはアトランティス人が三段櫂船――オールを備えたギリシアの軍船――を持っていたと書いています。しかし、海洋民族が持っていたのは帆船でした。アトランティス人は、馬なしでは走らせることのできない戦車を持っていました。海洋民族が持っていたのは二輪の車と、馬ではなく牛でした。それにこれは明らかなことですが、海洋民族が敗れたのはエジプトによってですが、アトランティス人はアテナイ人に打ちのめされた。そのために私は、プラトンが歴史的真実について書いたとは思っていません。そうではなく、彼は歴史的真実を取り上げて、それをひどくゆがめて伝えた、つまりそこからフィクションを作り上げたのだと思います」

キューネは巧みな英語で話した――私の会ったドイツ人はみんな英語がとてもうまい――が、古代の人々の名前や場所は、ドイツ語のアクセントで発音をした。記憶の中から長い総合リストをすらすらと言う。海洋民族が侵入した時点で、中東に住んでいた多くの民族の名前を、彼がどんどん挙げはじめたとき、私にはとても理解できなかった（数週間のちに、レコーディングしたものを繰り返し聞き、その一方で、インタビューのノートをおさらいし、さらに古代史についても、ウェブサイトにさっと目を通したが、それでも分からなかった）。私の疲れきった頭には情報があまりに詳しすぎて、それを処理することができない。私は次の日に予定していた三つのフライトのことを思った。ミュンヘンとアテネを経由してギリシアの島々へ、一二時間の旅へ出かけなければならない。ギリシアではおいしいコーヒーが飲めるだろうか。が、そのときに私の頭に浮かんだのは、トイレに行かなくてはならないということだった。

「ライナー、トイレを借りたいんですが？」

「そうだ、おもしろいものがあるんです」と言って、彼は新たに写真の山を取り出した。

「何ですか?」トイレは少しくらいなら、がまんができるだろう。

「ここにある写真を見れば分かる通り、都市はどれもアトランティスに似たところがありません。大きな同心円もなければ、港もない。三段櫂船もないし、戦車はそうですね、おそらくあるかもしれません。が、しかし、他のすべてがまったく違っています。広い平原がないし、水路もない。どう見ても、どこかがおかしいんです」

「それでは、あなたがおっしゃってることは、アトランティスを探すこと自体が、不可能だということですね」

「いや、それは状況次第なんです。あなたはバットマンのマンガの中でゴッサム・シティ(バットマンが住む架空の都市)を探すことができますか? バットマンのマンガしか手元になければ、もちろんあなたはできないと言うでしょう。しかし、情報などから探し出すとなれば、ニューヨークを見つけ出すことができる。それなら、それがはたしてゴッサム・シティなのでしょうか、それとも違うのでしょうか? あなたがゴッサム・シティについて何も知らなければ、見つけられたものはニューヨークでしょう。もし最初に知ったのがニューヨークで、ゴッサム・シティでなければ、それはニューヨークで、ゴッサム・シティではないと言うでしょう。すべてはあなたの見方次第ですよ。もしアトランティスについて知っているが、歴史的事実を知らなければ、それはアトランティスだと言う人がいるでしょう」

キューネの言う二者択一の理屈、二つのうちのいずれか一方という区別は、私にはそれほど確信の持てるものではなかった。アトランティスの物語はまったくの真実か、あるいはまったくの嘘か、そのどちらかに違いない、と彼が言っているようにも見える。結局は、少なくとも海洋民族についてだけは、さらに注意をして、しっかりと見ていく必要があるということだろうか。私は懸念を表に出す代わりに、重ねてトイレを使わせてほしいと頼んだ。キューネはこの要求を無視して、ドニャーナの衛星写真を一枚、山の中から取り出し、その中で見つけた微細な点を指摘しはじめた。

「この写真をどこで見つけたのですか?」と、私は脚を組みながら尋ねた。

話を途中で遮られた彼は、びっくりした様子で顔を上げた。「インターネットから取ったのですが、出所がどこだか分かりません。忘れてしまいました」。そして彼はまた、衛星写真上の特徴を指摘することに戻った。彼が並べる長い特徴のリストを、最後まで座って聞いていることはとてもできなかった。

「『アンティクイティ』にあなたの記事を、はじめて載せることになったいきさつは、どんなことだったのですか?」

キューネは顔を上げると笑った。「ただ運がよかっただけなんです。二二歳の頃でした。何とか『アンティクイティ』に論文を載せてもらおうとしました。しかし、ちっともうまくいきません。断られてばかりでした。そののち、二〇〇三年に私はふたたび挑戦しました。今度はアトランティスはタルテッソスかもしれない、というアイディアを持ち込んだんです。そのとき私は、本当にこの両者が同一だと確信を持っていたんです」

「今はどうなんですか?」と私。

「今は、そうですね。おそらくそれはただのタルテッソスだったのかもしれません」。彼は書棚の列から新たに衛星写真を一枚引き出した。「円形の港や内部の輪がいったいどこにあるのでしょう?」

「すばらしい指摘です。ライナー、本当にトイレをお借りしたいのですが」

「これはただの断面にすぎません……」

「ライナー、トイレを使わせてください」。私は立ち上がって言った。

キューネも立ち上がると、「はい、トイレは廊下にあります」

トイレから席へ戻ると、キューネのきちんとメイクされたベッドに気がついた。ベッドの上には、動物のぬいぐるみがきれいに一列に並べられている。キューネは私が戻るのを待っている間、眠りモードのアンドロイド（人造人間）のように立ったままでいた。

「ライナー、あなたがアトランティスに興味を持っていることに、友だちや家族はどんな感想を抱いているのですか？」と私は座りながら尋ねた。

「みんなあんまり知らないんです。両親も学者ではありませんし、友だちもほとんどいません。もちろん私が物理学をしているときは学生がいます。しかし、彼らは物理学の話はしますが、アトランティスの話はしません。私も二〇年の間、ずっと一人で暮らしてきました。もともと性格が一人でいたい人間なんです。他の人々は一人でいられないのでしょうが、私は平気です。磁気モノポールについて、私は大きな理論を考えています。これは量子電磁力学の概論ですが、また一般相対性理論の概論でもあります。論文はある科学誌に掲載されたのですが、反応はほとんどゼロでした。仕事を見つける手助けにはなりません。しかし、私はともかく物理理論を手にしています。おそらく一〇〇年もすれば、誰かがそれを認めてくれるでしょう。どうして認めないことなどありましょう」とキューネは笑った。

「おそらくいつの日にか認めてくれますよ」

「他の者たちもまた自分の説を、さほど権威のある雑誌ではありませんが公にしています。が、彼らは今では立派に認められている」。キューネはアルフレッド・ウェゲナー（アルフレート・ヴェーゲナー）とグレゴール・メンデルの名前を出し、それぞれの大陸移動と遺伝の発見について言及した。もしガリレオとコペルニクスがルネサンス思想の異端の象徴だとするなら、あまりに過激にすぎるとして一流の科学者たちに拒絶された、ウェゲナーとメンデルもまた、現代におけるガリレオとコペルニクスの後継者と見てよいだろう。自分たちの仕事をまともに取り上げてもらえない、すべてのアマチュアの研究者たち――もちろんこの中には、アトランティスに関心を持つほとんどの人が含まれる――にとって、この二人は守護聖人だった。「おそらく私が生きている間はだめですが、死んだあとになれば評価してもらえるでしょう」

「物理学を教えることはどうするのですか？」

「仕事の口はもうあきらめました。二年前に、自分がアスペルガー症候群だということに気がつきました。自閉症の軽症型です」

ああ、なるほど、これでやっと分かった。何時間もの間ぶっ続けに、ほとんど同じような衛星写真を調べて、そこからこまかなデータをひろい上げることのできる、彼の能力の秘密が理解できた。それに、彼がそらんじていた名前のリスト、つねに見逃してしまう社会的な合図についても説明がついた。私は自閉症を患っている自分の息子のことや、いっしょに暮らしていない人には、とても奇妙なものに思える息子の癖のことを思った。最後の三時間は、多くの事柄が納得のいくものとなっていった。そして、私の中で積み上げられつつあった憤りが、戸惑いへと変わっていった。

「二時間もの間、アトランティスについて独り言を言い続けることができるのに、天気については話すことができないのも、そんな理由からなんです」と言って、彼はさらに続けた。「私は雑談ができません。グループに入って他の人々といっしょに働くことができない。子供の頃、試験問題に集中するあまり、他の場所でただ一人で試験を受けているような気になり、二時間もかけて問題を解いたことがありました。そして答案を先生に渡したのですが、自分でもそれに何を書いたのか、まったく覚えていません」

こんなことを私に話しながらも、彼にはそれほど悲しげな様子は見えない。おそらく何か興味のある事実を、私と共有していたからなのだろう。フロイントのドキュメンタリーについて、キューネ自身は、どんな印象を持ったのかと尋ねてみた。

「プロデューサーのシンハ・ヤコボヴィッチは科学者ではありません。彼はイエスの墓などについていくつか推論を立てています」。それがヤコボヴィッチの、もう一つのドキュメンタリー「イエスの失われた墓」となって実現した。このドキュメンタリーは、私が小学生の頃に大好きだった映画に似た印象を与えた。「はじめに彼は、リチャード・フロイントに尋ねました。アトランティスを見つけましたか？するとフロイントは、見つけましたと言った。『ここの輪はアトランティスで、この切断面は港です』。こんな風にしてフロイントは、それはアトランティスだと自信をもって言ったんです」

「次にヤコボヴィッチは私に、これはアトランティスですかと訊きました。私は、ええっと、そうではありませんと答えました。たぶんそれはタルテッソスだったし、タルテッソスはアトランティスのモデルだったのでしょう。するとヤコボヴィッチは、ホアン・ビリャリアスとセバスティアン・セレスティノに尋ねたんです。あなた方はアトランティスを見つけましたか？　彼らの答えはノーです。われわれが見つけた遺物は中世のものだったし、イスラム時代のものでしたから」

「もちろん、ヤコボヴィッチはスタッフに給料を支払うためにも、何とかしてお金を作らなければなりません。しかし、ドキュメンタリーのフィルムを作ることができない。『ここでわれわれが見つけたのは、長方形の型がいくつか、それに輪が一つ。それは中世に作られたものだろう』。これではできあがったフィルムを見る人など、誰一人いません。フィルムは何としても作って、どうにかそれを売り込まなくてはならない。そのためにヤコボヴィッチたちは、ドキュメンタリーのタイトルを『アトランティス発見』にしたんです。リチャード・フロイントは、それはアトランティスだと言う。したがって、彼はフィルムでは前面に出ています。私はアトランティスについてはノーと言った。それはおそらくタルテッソスだろうと。そのために私は画面では小さく映っています」

「私の感じでは、あなたは三秒ほど画面に映っていましたが」と私は言った。ドキュメンタリーでは、キューネの出番はほんの短いものだった。だぶだぶの暗い色のスーツを着て、何一つない乾期の沼地の中に、アンダルシアの太陽の下で不機嫌そうに突っ立っていた。

「私は数えました。一五秒間でした。一二秒の間、私が歩くのをご覧になったでしょう。それから三秒間、ある文句を言いました。『私はここドニャーナに立っています』。それは私が二歳半で、はじめて文章らしき文句を口にしたときのような感じでした。『ライナーはベッドから落っこちた』。これが『私はここドニャーナに立っています』とよく似ている。まったくばかばかしいことですが。タルテッソスについては、私もちゃんとした理論を持っている。それなのに私が言う言葉は『私はここドニャーナに立っています』だけでした」

『アンティクイティ』誌にはじめて書いた記事で、キューネが訴えたかったことは、ヴィックボルトの衛星写真に現れた形が、プラトンの奇妙なまでに独特な寸法と厳密にマッチしている、というのがその大半だった。私の頭にひらめいたのだが、キューネのように聡明な数学的な心と集中力を持っている者なら、きっとプラトンの数の使用について、何らかの洞察を示してくれるにちがいない。プラトンの数の中に彼が何を見たのか尋ねてみた。

「この大きな平原を見てください」と彼は、長方形の図を描いて、三〇〇〇と二〇〇〇の数字を縦と横の辺に書き入れながら言った。長方形の周囲を指でなぞって、「平原の周囲の長さが一万スタディオン。一万はギリシア語で『ミュリアス』と言いますが、これはまた『可能なかぎり大きな数』という意味でもあります」

「それで?」と、私は期待して身を乗り出した。

「私はプラトンがジョークを飛ばしていたんだと思います」

13

ファンダメンタリスト――ブラウンシュヴァイクの別の場所で

『ティマイオス』の中で、クリティアスがアトランティスの話の前半部分を話し終えた直後に、ティマイオスがソクラテスに注意を促している。話題によっては――神々、万有の生成のように――、正確に説明することができないものがあるが、そんなときでも驚いてはいけない。人間には欠陥があるからだ。アトランティスの話と違って、ティマイオスがこれからしようとしている宇宙の説明は、真理としてではなく、「ありそうな話」として理解されるべきだと言う。

キューネと会ったすぐあとで、私は市街電車に乗って、ブラウンシュヴァイクの中心部を横切っていた。そのときにふと私の頭に浮かんだのが、もう一つのよく知られたアヒルのマンガに「ダフィー・ダック」があったことだ。そのキャッチコピーがたしかに「ありそうな話」だった。私がこれから会おうとしているヴェルナー・ヴィックボルトが立てた仮説は、キューネとはある重要な一点で異なっていた。それはタルテッソスがアトランティスだということを、ヴィックボルトはきわめてありそうな話と考えていた点だ。

キューネもそうだったが、ヴィックボルトもまた、私があらかじめ思っていた人物とはまったく違っていた。彼について前もって知っていたことと言えば、半ば退職した歯科技術の教授で、当初、私と会うことに躊躇していたことくらいだ。さらに『アンティクイティ』誌に掲載されたキューネの記事が、アトランティス関連のウェブ・ページに引用されると、そのたびにヴィックボルトは、キューネの意見に対して気難しい反論を言い立てていた。「キューネは私の仮説を使って、自分の仮説を作り出している」。これが博学なキューネの意見に対するヴィックボルトの典型的な反応だった。「記事の中で私に言及するときも、そのやり方がつねに私をイラつかせる」

今日の午後は、偏屈な市長のような人物と過ごさなければならない、と暗い気持ちでいたのだが、ヴィックボルトがにこにこ笑いながら、バイクに乗ってやってきたのを見て、心配は消し飛んでしまった。アトランティスの話をする前に、彼はどうしても私を、ブラウンシュヴァイクのダウンタウンへ案内したいと言う。この都市は第二次世界大戦の末期に、イギリス空軍によって爆撃された。日に夜を継ぐ空爆を受けて、アトランティス・レベルの破壊を被った。空爆後、魅力的な中世風の中心部は丸三日間燃え続けた。ある建物のレプリカが二〇〇四年に完成して、その内部はショッピングモールになっていた。この建物は写真からすぐにそれと分かるのだが、ナチの早い時期に大会が開かれた場所で、大会にはヒトラーも出席をしている（これは感覚と実在の混同について、プラトンが語った問題を思い出させる好ヒントだ）。

空爆された場所に新たに建てられた、現代の都市の中心部は、ジェイン・ジェイコブズ（アメリカのノンフィクション作家でジャーナリスト。都市開発を論じ、都心の荒廃を告発した運動家）の本をいまだに売れ続けさせている、都市計画の訓戒的な話のケース・スタディーのように見えた。「都市のこのあたりは、戦争のあとで破壊されたとみんなが言ってます」と、ヴィックボルトは鼻息を荒くして話した。

あとで分かったことだが、この一〇年のいわばアトランティス学のルネサンスは、その淵源をたどると、ただ一つの出会いにまで遡ることができる――それは一九八〇年代にヴィックボルトの家で開かれた家族同士のようなの集まりだった。

「私の息子はキューネといっしょに学校へ行ってました」とヴィックボルトは言った。それはちょうど、われわれがある建物の前を通り過ぎたときだった。おそらく幻覚剤でも服用しながら、決断を下したのかもしれない——建物全体をカラフルなポップアート風なイラストで覆ってしまえば、すばらしいと思ったのだろう。「キューネは午後になると、必ず私の家へやってきました。われわれはアトランティスについて語りはじめると、四時から一〇時まで延々と話しました」。ヴィックボルトはその後数年間にわたって、彼の考えを発展させた。そして二〇〇三年に地元の新聞によって、彼の説は報道され紹介された。キューネは二〇〇四年に、ヴィックボルトと非常によく似た考えを『アンティクイティ』誌で公表した。

かつてこの二人は、実質的には同一の仮説を共有していたのだが、今は重要な点で意見が異なっている。ヴィックボルトはなお、以前の仮説に不信感を抱くには至っていない。

「たとえその一部が、エジプトの神官から誰かが受け取ったものだとしても、私はオリジナルのテクストの正当性を信じています」。物語の中であなたが疑っているのはどこですかと尋ねると、彼はこんな風に答えを返した。「物語のどの部分が真実でないのか、私には分かりません」。プラトンが書いた数字は、文字通りに受け取るべきではないという理由を、ヴィックボルトは見つけることができなかった。衛星写真上で彼が確認した形は、ホアン・ビリャリアス＝ロブレスや彼のチームが、たとえそこで何を発見したとしても、おそらくそれは彼にとって、失われた神殿以外の何ものでもなかったのだろう。

ヴィックボルトはつねに、『ティマイオス』や『クリティオス』をもとの言葉通りに忠実に解釈していたが、これを見ていて私は、法律を厳格に解釈する判事を思い出した。この判事はアメリカ合衆国憲法を神聖な文書としてとらえ、したがってそれは、起草者が意図した通りに解釈されるべきものと考えていた。が、私はヴィックボルトが、最高裁判所の判事のように、鍵となる文章を彼独自のやり方では、けっして解釈しなかったと言っているわけではない。彼はプラトンが「島」という言葉を、河川デルタを描く際にも使用したと考えている。それは例えば、古代の資料がタルテッソスの在所だと特定している、グアダルキビル川の河口に広がるデルタのようなものだ。また、一般に使われていた長さの単位スタディオンは、ドニャーナ公園の寸法とはまったく合致しない。そこで彼が見つけたのが、古いポルトガルのスタディオンだった。これだとうまくアトランティスの寸法がドニャーナのそれと一致する。ヴィックボルトの調整法でさらに興味深いのは、プラトンの提示した九〇〇〇年という数字を正しかったとする考え方だ。「エジプト人は三〇日を一カ月とし、それが一二カ月、それに五日を加えて、三六五日を一年とするカレンダーを使用していました」と、ひどく騒々しい二階のカフェで彼は私に説明した。「マネトについて書かれた古代のテクストから、私たちはエジプト人が三〇日を一年と呼んでいることも知っています」

マネトは紀元前三世紀に活躍した、偉大なエジプトの歴史家である。九〇〇〇年を一二で割り（一年を一二年として計算）、ソロンがおそらくエジプトを訪問したかもしれない日付から逆算すると、紀元前一三世紀という数字が出てくる――これはおおまかだが、海洋民族が侵略した頃でもあり、アクロポリスで地震が起きた時期でもある。「したがってそれは、この時期がアトランティスの崩壊したときで、その跡にタルテッソスが建てられたときでもある、という可能性を呼び起こすことになるんです」とヴィックボルトは言った。

彼の家でディナーをいっしょに食べないかと誘われた。しかし、長い一日を過ごしたあとで、私はくたくたにくたびれていた。それに明日は、朝のフライトでハノーバーへ向かわなくてはならない。ヴィックボルトは私の知らない、が、しかし、私が興味を持って調べたくなりそうな、ドイツの資料をいくつかリストアップしてくれた。そしてそのあとで、私が勘定を払おうとしたときに、聞き覚えのある名前を言った。「パリアン・マーブル（パロスの大理石）を少しでも見た方がいいですよ」。ヴィックボルトはもともと、夢中になって話すタイプの人間だが、この話題になるとさらに興奮の度を増した。「パリアン・マーブルの一部はオックスフォード大学にあります。この碑文のもっとも古いものは、現在行方知れずになっていますが、その写しはあります。そして碑文はすべて英訳されています」

前にトニー・オコーネルが、このパリアン・マーブル（パリアン・クロニクルとも呼ばれている）について話してくれたことがあった。この手の証拠に懐疑的なオコーネルにしては、ほとんど疑念のない話し振りだった。パリアン・マーブルは重要な出来事を記した年表で、おそらくは紀元前二六三年に、ギリシアのパロス島で、大理石の石板に刻印されたものだろう（一七世紀のはじめに、もっとも古い二つの大理石の塊がイギリスの伯爵に売られた。が、二つの内のより古い方の塊がその後失われてしまった。この事実がイギリスの政治家たちによって表沙汰になることは、けっしてなかったようだ。というのも、それには理由があった。かつてアテナイのパルテノン神殿を飾っていた大理石が持ち去られたことがあり、それはエルギン・マーブルと呼ばれた。政治家たちはこの大理石が、ギリシアへ返還される可能性はないと主張した。その理由は、ギリシアでは、エルギン・マーブルを適切に管理できないというものだった）。パリアン・マーブルの年表は、伝説上アテナイの最初の王とされているケクロプスにいたるまで、はるか昔に遡って記されていた。王の即位を紀元前一五八一年としている。しかし、ケクロプスに関する大半のことと同様、この日付もおそらく、それを真実と見なすことに意味はないだろう。伝説によると、彼は人間の親からではなく大地から生まれたとされ、ヘビのような尾を持っていたという。

ヴィックボルトにとって、パリアン・クロニクルがとりわけ興味深かったのは、プラトンが『ティマイオス』と『クリティアス』で述べていた、名前や出来事の中に、その年表と一致するものがいくつかあったからである。サイスの神官もまた、アテナイのもっとも古い王としてケクロプスの名前を挙げている。そしてさらに、アテナイ人がアトランティスの沈没以降、三度にわたって洪水を経験したとも報告している。三度の洪水の二番目が、デウカリオンの洪水と呼ばれるものだった。パリアン・マーブルでは、その年代が紀元前一四七八年とされている。たとえパリアン・マーブルの年代が正しいものではないにしても——きわめてそれらしくは見えるが——、三度の洪水の一つが、アテナイとアトランティスを同時に襲った洪水と関連している可能性はある。そしてもしそれが真実なら、プラトンの著作以外でも、他に重要なディテールが発見されるかもしれない。が、まずはどこを調べればいいのか、それを知ることが必要となる。

14

ヘラクレスの柱——ジブラルタル海峡

同心円が、アトランティスを特徴づけている決定的な地形上の性質だとすると、失われた王国をヘラクレスの柱の向かい側（あるいは外側、あるいは前《プロ》）に置いたプラトンの注意深い処置は、第一級の地理学上のヒントを与えることになった（トニー・オコーネルが、古代ギリシア語の翻訳はけっして精密科学ではない、と警告してくれたのは正しかった）。が、アトランティスの動かぬ証拠を手に入れることの困難さは、ますます明らかになるばかりだ——ヘラクレスの柱の所在のようなものでさえ、その証拠をめぐってアトランティス研究家の間で議論がされ続けている。スペインを出発する前に、たまたま一日だけ予備の日があり、私はヘラクレスの柱をどうしても見たいと思った。そして、その衝動を抑えることができなかった。

セビリアから南下する旅は、何だか奇妙なほど夢の中にいるようだった。これは一人で旅をしていて、長い間車を走らせているときにときどき陥る気分だ。作られたばかりで、がらんとした有料道路を一時間ほど走ると、通り過ぎる車にほとんど出会うことがない。が、巨大な風車をそこここで見かけた。それは船のスクリューを逆さまにしたように見えた。道路沿いにあったカフェで車を止めて、コーヒーを飲んだ。午前九時だというのに、かなりたくさんの男たちが、ブランデーのオンザロックを大きなグラスで飲んでいる。主人のおかみさんが、私の腿ほど太い、収穫したばかりのアスパラガスの束を忙しげに売りさばいていた。

交通標識に従ってカディス(8)へ車を走らせた。やがてハイウェイの分岐点にさしかかると、大西洋の海岸から離れて東へ向かった。するとついには、アンダルシアの丘陵が平坦な道路となり、それがロス・バリオス、サン・ロケ、ラ・リネアなど南部の諸都市を、曲がりくねりながら通り抜けていく。そして突如フロントガラスに、この地球上でもっとも奇妙な風景が立ち現れてきた。それは平らな海面からすくっとそびえ立つ一四〇〇フィートの頁岩《けつがん》の塊だった。私はスペイン領土の側で、他の車のすぐうしろに駐車して、パーキングメーターにユーロ硬貨を入れた。そして国境線を横切って、イギリス側へと足を踏み入れた。

イギリスの海外領土ジブラルタルは三平方マイルの広さを持つが、その大半を占めているのは巨大な岩だ。そしてそれ以外のスペースは実際のところ、一九五〇年代のロンドンのテーマパークと言った感じだった。二階建てのバスがイギリスの退職者たちを乗せて、赤い電話ボックスや、警棒をくるくる回す警官たちの横を通り過ぎて、周辺をぐるりと周回する。レストランではフィッシュ・アンド・チップスやイギリスの完璧な朝食の宣伝に余念がない。私が到着した日には、いたるところで、イギリス女王エリザベス二世の在位六〇周年を祝って、ユニオンジャックの旗が翻っていた。イギリス人はこの地にすでに三〇〇年とどまっている。したがって、ジブラルタルの占拠者として、イギリス人以外を想像することは難しい。しかし、この誰もが手に入れたいと望んだ地点は、イギリス人がスペイン人から奪取したものだった。そしてそのスペイン人は、ムーア人を排除してこの地を手に入れたのだし、イスラムの侵略者たちは、モロッコからやってきて、ジブラルタル海峡をあっという間に占拠して通り抜けた。

ジブラルタル海峡。古代ギリシア人にとってこの海峡は、世界の果てを意味し、彼らはここをヘラクレスの柱と呼んだ。

その際、この岩に「ジェベル・アル・タリク」（タリクの岩山）という名前をつけた（タリクはイスラムの将軍の名）。時が経つとともに、この名前はジブラルタルへと変化した。岩山をローマ人から奪い取ったのはヴァンダル族や西ゴート族などのゲルマン民族である。そして、ローマ人はカルタゴ人から岩山を奪った。カルタゴのハンニバルはローマへと攻撃を仕掛ける途中で、このジブラルタルを象の部隊を連れて渡った。

ジブラルタルを占有した者として、最初に記録に残されているのは謎めいたフェニキア人である。彼らは近くに伝説上の都市神メルカルトの神殿を建てた。メルカルトはまた遠い土地へ航海した英雄神とも言われている。ギリシア人はこのメルカルトを自分たちのヘラクレスと同一視して、ローマ人に引き渡した。ヘラクレスはギリシア人にとって、ただの旅行者ではない。ゼウスの息子で剛力を誇る男だった。彼は自らが犯した恐ろしい罪を償うために、十二の功業を果たすよう求められた。そして、アトランティスとつながりがあったのが、その中の一つ「ゲリュオンの牛」である。ヘラクレスはまず、エリュテイアと呼ばれる、西の果てに浮かぶ島へと旅をした――プラトン以前の作者たちの中には、これをタルテッソスや、ヘラクレスの柱の向こうに存在する土地と結びつける者もいた。この島でヘラクレスは、三頭三体の巨人ゲリュオンを打ち倒し、巨人が飼っていた牛を盗んだ。ゲリュオン神話のギリシア版の一つでは、ヘラクレスの柱は、彼が旅したもっとも遠い、そしてもっとも西方の地点を示すものとされている。

ヘラクレスの功業を思い、私は岩山（「ザ・ロック」または「ジブラルタル・ロック」）の頂上まで、ロープウェイを使わずに歩いていくことにした。登っている途中で小さなジブラルタルの猿のグループに出会った。北アフリカ原産の猿がヨーロッパ大陸で生息しているのは、ジブラルタルだけだ。その昔、アルガントニオス王がタルテッソスから、ティルスのヒラム王に猿を送り返したのだが、ここの猿もその子孫ではないかと言う者もいる。私がえさを手にしていないことを知ると、猿たちはまわれ右をして向こうへ行ってしまった。その先には、ミニバンから続々と降りてくる、小麦色に日焼けしたイギリス人の一団がいた。ザ・ロックの頂上で、私は五ユーロを支払って特別に展望台へ行った。そこには目印として、これまで目にした中で、もっとも醜い影像が置かれていた。それは二つの柱を持つ、巨大なソ連のボーリング・トロフィーといった感じだった。

しかし、展望台から見える景色はすばらしかった。薄くかかった霞を通して、対岸のジェベル・ムーサが見える。モロッコ海岸にあって、ジブラルタル・ロックと対の柱を成していた（ジェベル・ムーサほど知られていないが、それよりさらに東側に、よく似たモンテ・アチョと呼ばれる岩があり、これをアフリカ側の対の柱と見なす者もいる）。ジブラルタルが既知の世界の果てを示していたことは容易に想像できた。それにまた、当時は地中海の強国の大半が、強力な海軍のもとに建設されていた時代である。ジブラルタルが戦略的な優位を有していると、誰もが考えたことは想像にかたくない。が、しかし、プラトンの時代には、ジブラルタル海峡の彼方に存在するものについて、ギリシア人が持っていた知識はたしかに限られていた。ヘロドトスは次のように書いている。「ヨーロッパの向こう側には、はたして大洋があるのかないのか、さまざまな努力をしてみたが、私にはこの目でそれを確かめることができなかったし、誰かから学んで知ることもできなかった」。この無知の少なくとも原因の一部になったのがカルタゴ人だった。彼らは紀元前五〇〇年頃から、ヘラクレスの柱を通過しようとしてそこへ接近することを厳しく抑制していた。したがって、プラトンは偽りの情報を耳にしたのかもしれない。プラトンの時代に地中海の西部を支配していたのはカルタゴ人だった。プラトンが耳にしたのも、カルタゴ人が広めた、未知の大洋に関する知識だった可能性がある。プラトンはシュラクサイを訪れたときに、この種の話を聞いたのかもしれない。というのも、シチリアの半ばを統治していたのがカルタゴだったからだ。

そこにはもう一つ別の可能性がある。そして私はこれにもまともに、向き合わなくてはならないと考えている。それはトニー・オコーネルが言っていたように、プラトンはおそらく他にも数多くの対となる柱について、語っていたにちがいない。もしプラトンが、たとえば黒海と地中海を結ぶボスポラス海峡、あるいはシチリアとイタリアの長靴の先を結ぶメッシナ海峡（トニーはこれが十分にありうると考えた）について言及していたとすると、アトランティスはさらに東方にあったということになる。もしそれが真実なら、シチリアの少し南にある群島以上に、強力な候補を見つけるのは難しいかもしれない。それは神話と歴史に富んだ島々で、プラトンの時代より何世紀も前から、古代ギリシア人にはよく知られていたところだった。

15

神秘の島――マルタ

マルタ航空機の窓側の席に座って、窓から紺碧の地中海を見下ろしていたとき、ある疑問が私の頭に浮かんだ。もし誰かが明日にでも、マルタ群島がプラトンのアトランティスだったと証明して見せたとしても、はたしてその発見が「マルタの奇妙だが本当のことベスト5」に入り込むことができるのだろうか？　おそらくそれはむりだろう。ヨーロッパでもっとも古いとされている建造物が、マルタの二つの主な島（マルタ島とゴゾ島）で見られる。が、地質学的には群島はアフリカの一部だ（そして、チュニスよりさらに南に位置している）。マルタの増え続けた人口は紀元前二五〇〇年頃に、なぜだか分からない理由で、突如消えていなくなってしまった。聖パウロと言えば、ダマスカスへ向かっている途中で、イエスの幻覚を見て盲《めし》いてしまった使徒だが、そのパウロが紀元六〇年にマルタで難破した。ローマで彼を待っている殉教へと向かっていた途上の災難だった。今もなお失われずに残っている修道会に聖ヨハネ騎士団がある。この騎士団はその起源を一一世紀の十字軍まで遡る。一五三〇年に神聖ローマ帝国皇帝カール五世によって、騎士団はマルタを本拠地とすることが許された。そして騎士団はその借地料として、毎年、マルタの鷹を一羽進呈した。しかし一五五一年に、トルコがマルタのゴゾ島を侵略したときには、さすがの騎士団もこれを阻止することができなかった。マルタの住人五〇〇〇人はすべて引き立てられて、奴隷にされてしまった。往時はもちろん、今日でもマルタはなお未解決のミステリーの故郷だ。私の非科学的な観察によると、マルタは太った男性と美しいご婦人の比率が世界一高い。

　マルタで私は見覚えのある顔によって出迎えを受けた。私が心に描いていたトニー・オコーネルのイメージは、肌寒いアイルランドの春に、セーターにくるまって寒さをしのいでいる姿だった。そのために、空港の手荷物受取所の外で、まぶしい日差しの下、サンダル履きの短パン姿で私に挨拶する人物を、とっさに見分けることは少々難しかった。トニーの気分は上々のようだ。「アトランティスをもう発見したわけじゃないよね」と彼は言った。「もしそうなら、アントンはたしかに、あんまりいい顔をしないと思うけど」

　アントンというのはドクター・アントン・ミフスドのことだ。ミフスドはフルタイムの小児科医で、なおかつパートタイムのアトランティス研究家だった。彼はマルタがアトランティスの原点だとする説の傑出した賛成者で、それを支持して十分に検討を加えた本を一冊出している。トニーは近くのセント・ジュリアンズ・ベイに、小さなアパートメントを借りて住み（マルタの気候は北ヨーロッパの人々に愛されていた）、ミフスドとは共通の関心を通じて友だちになっていた。トニーは前もって私に、ミフスドの本『マルタ――プラトンの島「アトランティス」の反響』を送ってくれた。ミフスドが回診から帰ってくると、トニーはさっそく、われわれ三人の

アントン・ミフスド医師。アトランティスがマルタ島にあったことを証明する2400年前の資料を見つけたと信じている。

ためにディナーをアレンジしてくれた。

トニーのアパートメントで私は、トニーといっしょに、彼がポールと市民パートナーシップのセレモニーをしたときの写真を見た。トニーは、そのときに着ていた新しいスーツを差して、一〇〇ドルで買ったんだと教えてくれた。「ちょっと、この年寄りのポテトのような頭を見てよ」と彼は自分を指差しながら言った。「その夜はパブへ繰り出したんだ。みんなごきげんだった。村の同性愛恐怖症の人々も、われわれの幸福を祈ってくれた」

ディナーの晩に知ったことだが、ミフスドは小児科医だが、毎朝四時に起きて二時間バイクに乗って出かける（彼は私の太ったマルタ男性説では例外だった）。そしてマルタの本島をバイクで経巡り、一二時間かけて家々を往診して回る。彼は六〇代の前半で頭がはげている。きれいに刈りそろえたあごひげを蓄え、縁なしの眼鏡をかけていた。マルタのひどい交通事情と闘っては、ひいひいと泣きわめく、歩きはじめたばかりの子供たちに予防接種を施して、目一杯一日を過ごす。そして、そのあとでもなお、彼はティーンエイジャーの少年のようなエネルギーに溢れ、気持ちはつねにわくわくとしていた。自分の冗談にキャッキャッと言って笑い、癖なのか、言葉を発したあとで、すぐにそれを確認するので、ついこちらも引き込まれてしまう。言葉の末尾に「イエス？」が一つついたときには、「分かりましたか？」という意味だ。断定的な「イエス」はびっくりマークの役割を果たし、さらに「イエス？　イエス！」と二つ続いたときには、「そう、本当かな？」といった意味合いを表わしている。

その晩は暖かかった。ミフスドとトニーと私は、開けっ放しの窓に近いテーブルに座り、飲み物を注文した。ミフスドに質問をした。あなたのように忙しい医者が、どうしてアトランティスに魅力を感じるようになったのですか。

「友だちが一人いたんです。マルタがアトランティスだと唱える説を今調べていると言うんです。私の中では、アトランティスは神話にすぎないという考えが、深く染み込んでいましたからね。お分かりでしょう？　もちろん、私は彼の顔を見て笑いましたよ。これほどまでにばかだなんて、思ってもみませんでしたからね。彼は言いました。『君は科学者だろう。科学者は先入観にとらわれていないはずだよ』。そこで私は言いました。『僕に三週間くれれば、マルタがアトランティスでありえないことを証明してみせるよ』。それが一九九九年の話です。それ以来、私はアトランティスの調査をし続けています」

二〇〇〇年にミフスドは、息子や二人の友だちに手助けしてもらい『反響』を出版した。この本の序文は、真剣に取り組んでいるのだが、何一つ資格を持っていないアトランティス研究家たちにとって、ある種の宣言を提供することになった。彼はその中で次のように説明している。アトランティスを探し求める考古学者の最良のタイプは、ほら吹きではないし、プロでもない。むしろそれはアマチュアで、「その主なモチベーションが真理を探求することにあり」、エスタブリッシュメント（既成の権威）の「先入観」を永続させようなどと思わない者だ。

ミフスドが推測した真理は以下のようなもの――何千年も前、マルタは今よりずっと大きな陸塊だった。が、海面の上昇により陸地が小さくなってしまった。紀元前三五〇〇年から二五〇〇年の間に、知られているかぎりでは地中海で最古の、神殿を建設した文化がマルタ群島で栄えた。そしてミフスドによると、紀元前二二〇〇年頃に、おそらくは自然災害によってこの社会が突然崩壊した。そののちに、エジプト人が彼らの神殿の中に、失われたマルタ文化の出来事を記録したという。このような物語はその後、ソロンに報告という形で伝えられ、それがプラトンのアトランティス物語となった。

ミフスドの説を魅力的なものにしたのは、彼が行なった驚くべき量の斬新な研究のせいでもあった。マルタ島の出身者でもある彼には、地元チームを熱狂的に応援しようとする傾向はもちろんある。が、彼にはまた、もっとも早い時期の有力な情報源を、何としても発見したいと思う情熱があった。「プラトンが書いたオリジナルのギリシア語を、これまでに見た者など一人もいないんです」とミフスドは言う。「残念なことに、草稿は書き写されるたびに、写字生の解釈がそこに施される。プラトンが書いたのが紀元前三六〇年です。彼の草稿の写本はおそらく、最終的にはアレクサンドリアの図書館に保存されたと思われます。紀元四〇〇年に、それはコンスタンティノープルへ移されました」――コンスタンティノープルは、ローマが崩壊して、アレクサンドリアにあった異教徒の神殿が禁止されたあと、西洋思想の新たな中心となった都市だ――「そして、コンスタンティノープルがオスマン帝国によって陥落した一四五〇年頃まで、その地に置かれていたのですが、首都陥落を機に写本はヨーロッパへ戻されました。そして、写本の大半はメディチ家の手に渡り、メディチ家はそれをマルシリオ・フィチーノに命じて、ギリシア語からラテン語に翻訳させたんです」。メディチ家はフィレンツェに学校を設立する資金の援助をした。これはプラトンのアカデメイアに基づいた学校で、イタリア・ルネサンスを招く最初の触媒となったものだ。フィチーノが率いた学校のメンバーたちが、プラトンのすべての作品を、ラテン語に訳し直す作業に従事した。「私が今手にしているのがそれなんです。そのもっとも早い時期の版です。私も信じられませんよ。本当かな？　私はこれをフィレンツェの展示会で見つけました」

マルタがアトランティスだとする説の、明らかに問題となるのはヘラクレスの柱の場所だ。マルタはジブラルタル海峡より、アテナイにはるかに近い。ミフスドはマルタ大学の古典学の教授に、プラトンが書いたヘラクレスの柱を、教授はどのように翻訳するのかと尋ねてみた。そして、その結果はたいそう喜ばしいものだった。「プラトンが使った言葉は『ヘラクレスの石柱《ステラ》』です」とミフスドは言った。ステラ（stele）は銘を刻印したり、装飾を施したりする石の厚い板、もしくは柱のことで、前にリチャード・フロイントがスペインでそれを見て、ひどく興奮していた戦士の石板のようなものだ。「柱《ピラー》（pillar）にふさわしい言葉は他に何かあるんです。したがって、ヘラクレスの石柱はヘラクレスの柱ではありません。たとえそれがヘラクレスの柱だとしても、柱はほんの最近、ジブラルタル海峡につけられたものなんです」

「どうしてそれが分かるんですか?」と私は尋ねた。

「どこでそれを知ったのか、それをお教えしましょう――イタリアのヘルクラネウムに行ったんです」。パピルスはもっとも丈夫なものでも、数世紀も経てばもろくなり、ばらばらに砕けてしまう。が、ヘルクラネウムのパピルスは、現存する数少ない中世以前の写本だった。裕福なローマ人の別荘《ヴィラ》を発掘した際に、何百という数の黒く焼けこげた巻物が見つかった。これは、ヴェスヴィオ山が紀元七九年に噴火したときに、何百フィートもの火山灰に埋もれていたものだ(同じ噴火でポンペイの町も火砕流で埋没した)。これらの巻物は、ギリシア文学やローマ文学の膨大なコレクションだった。一七五〇年代に別荘が発掘されてから、何百という壊れやすい写本が解読された。「三つのパピルス――プラトン以外の作者によって書かれたもの――がヘラクレスの柱は地中海の真ん中にあったと記しているんです」とミフスドは言った。

アペタイザー(前菜)が運ばれてきた。「さあ食べよう。そのまま手でつかんで」とトニーは、皿をわれわれの方に押した。「エビを食べたい人は好きなだけどうぞ」

ミフスドは続けた。「実はもう一つプラトンの話を裏付ける写本があるんです。信じられないでしょう。それはキュレネのエウマロスの写本です」

「本当なんだ。エウマロスが証拠を示している」とトニーは言って、その通りだとうなずいた。キュレネのエウマロスは情報源としては曖昧模糊としている。一九世紀の文学にほんの数カ所短い言及がなされている他には、アトランティス研究家の中でも、わずかにミフスドだけが知っている情報のようだ(ミフスドがエウマロスを見つけたのは、一八三〇年に出たマルタの案内書に付いていた補遺の中でだった。案内書はイタリア語で書かれていた）。エウマロスはギリシアの写字生で、プラトンの時代から二、三世代あとに北アフリカで暮らしていた。一八三〇年の補遺によると、エウマロスはかつて次のような文を書き写したという。「名の高い……オギュゲ（地殻の変動が起きたときのアトランティスの王がオギュゲだ）はアトランティスの王だった。アトランティスはその昔、リビアとシチリアの間にあり、その後水没した。この大きな島は、古代ギリシア人やキュレネの祖先たちによって、デカポリス、アトランティカとして知られていた」。オギュゲ王はその名前をオギュギア島に貸している。オギュギア島は『オデュッセイア』の中で、オデュッセウスがニンフのカリュプソのために、逗留を余儀なくされた島だ。古代の作家の中には、オギュギアを実際はマルタだとする仮説を立てた者もいる。エウマロスが書写した案内書では、マルタが「アトランティカ山の頂上にしかすぎない」と記されている。

もしエウマロスの書写した記述が真実だとしたら、それはとても信じられないほどすばらしい証拠だ――プラトンとほぼ同時代の人物が、二四〇〇年前から送りつけてきた配達証明の手紙と言ったところだろうか。そこには「アトランティスは本当にあった。それはマルタだった。敬具。キュレネのエウマロス」と書いてある。だが、残念なことに、エウマロスの信憑性を確かめる手段は何もない。それはソロンがサイスから聞いたことが確認できないのと同じだ。ミフスドがエウマロスについてどれほど乗り気になって熱をあげても、確認できないことに変わりはない。名医は科学に心得のある人物だったのかもしれない。が、ミフスドはマルタの都合のいい解釈に徐々に引き寄せられていった。私はその後、すでに退職している古典教授で、前にヘラクレスの柱について本を書いた人物に電話を入れた。彼はエウマロスという名前を聞いたことがないと言う。また、アトランティスを探る上では、「ステラ」（石柱）と「ピラー」（柱）はまったく同じものを意味していると断言した。そして、プラトンがヘラクレスの柱に言及していることについて、筋の通った理由はただ二つだけだと見ていた。それはプラトンが文字通りジブラルタル海峡を指していたのか、あるいは既知世界の境界を越えた地点を比喩的に言おうとしたのか、そのどちらかだ。

「ともかく、トニーがミヒャエル・ヒュブナーの仮説を支持していることは私も知ってます」とミフスドは言って、私にウィンクをしてみせた。ヒュブナーはドイツのアトランティス研究家で、プラトンの記述をデータ分析することで、可能性のありそうなアトランティスの場所を絞り込んだ。私はヒュブナーのプレゼンテーションをネット上で見たことがある。それは印象的なものだった。ヒュブナーはアトランティスが、モロッコの大西洋岸に沿って存在したと考えていた。

トニーはため息をついて顔を上げ、ミフスドの方を見た。「いや、私が言ったのは、ヒュブナーが自分の主張を非常にみごとにしていたということなんだ。しかし、そこにはまだ私が気になっていることが一つある。そう、たしかにたくさんあることはあるんだけどね」

ヒュブナーの説で欠けているものの一つ――実際、それはあらゆるアトランティスの議論に欠けていることだ――が、プラトンが述べていた格子縞の水路に対する、納得のいく説明だった。だがミフスドにとっては、これが最後の切り札となった。マルタの主なミステリーの一つに、縦横に走るわだち(カート・ラッツ)の巨大なネットワークがある。それは車の跡として知られているもので、柔らかい石灰岩の上に深く刻み込まれている。この跡は少なくとも四〇〇〇年前のものと見られていて、本島及び、その衛星島とも言うべきゴゾ島のいたるところで発見された。中には神殿と神殿の間を走っているものもあれば、海に達して、そのまま海へ入っているものもあった。このわだちは数世紀にわたって、いずれの説明をも拒否してきた(『神々の戦車』の著者エーリッヒ・フォン・デニケンは、エーリアンが離着陸した証拠で、おそらくマルタは、地球外生物がムー大陸と行き来をする接続便の拠点となっていたところだろうと言う)。ミフスドの確信はこうだ。それは信じがたいほどすばらしい灌漑システムの遺跡で、プラトンが書いてい

プラトンがアトランティスの物語で描いた巨大な水路は、マルタ島のミステリアスなカート・ラッツ（わだち）をモデルにしたものかもしれない。

る通り、このシステムは山々からアトランティスの沃野へ水を運んだ。

「マルタでは二人の考古学者が、わだちの用途について意見を述べています」とミフスド。「一人は農作物を運ぶための道路として使われたと言い、もう一人（女性）は、プラトンが言っていたそのままに、水を送るために使われたと言ってます」

「彼女の言うことなんかどうでもいい。この話はもう決着がついたはずでしょう。彼女はまちがっているよ」とトニー。

「まあまあ。考古学者が理にかなったことを、何か言ってるのだとしたら、彼女とけんかをするのはどうでしょうか？」

「だいたい水が坂を上って、流れることなんかできるんですか？」

「上り坂があれば、必ず下り坂もありますから」

「お二方に一つ質問があるんですが」と私。「プラトンからわれわれが手渡されている日付のことですが、われわれの手元にくるまでに、データが違ってしまったのか、あるいは誰かがどこかで、台なしにしてしまったのでしょうか？」

「いいえ、そんなことはありません」とミフスドは言った。「九〇〇〇年という年数については、プラトンは彼が言った通りのことを意味していると思いますよ。これは私が、ローマ法王庁（バチカン）の秘密文書保管所で見つけた写本を根拠にして言ってるんです。この写本についてはここでお話することはできませんが、それは本当に信用できるものなんです」。法王庁の秘密文書保管所は、何やらその陰謀めいた名前の割には、現実はそれほど秘密でも何でもない（研究者は資料の閲覧を請願しさえすればよい）。この秘密文書保管所には、合計が五〇マイル以上の長さに達する書棚に、中世初期まで遡る資料が保管されていると言われている。

「プラトンは九〇〇〇年や八〇〇〇年という数字を二度や三度も使っている」とトニー。「そうすると単なる書きまちがえではすまなくなるよ。つまり何度も書き替えたり、意図的に改悪したことになるからね」

「しかし、ソロンやサイスの神官がただ単にまちがえたんだとしたら、どうなるのでしょう？」と私は尋ねた。「おそらくどちらかが睡眠不足だったり、紀元前六〇〇〇年のことですから、ひどい食中毒だって起こりうるでしょう。古代のエジプト人はビールを飲んでいましたからね。二人は二日酔いで気分が悪かったのかもしれない」

「いや、基本的にわれわれは手元にあるもの、つまりプラトンの著作だけで議論をしなければならないよ」とトニーは言った。「もちろん勝手な推測はできる。しかし、それは結局、推測にすぎないからね。あきらかにある程度の再解釈は必要だと思うが、そこまでにしなくちゃ。それ以外にできることは何もない。アントン・ミフスドは他の資料から証拠を持ってきて、彼の解釈をそれで裏付けしようとしているんだ」

「『プラトンはそうは言っていない。他のことを意味している』と言う人々がいます」とミフスド。「しかし、それをしてしまうと、犬を猫にすることだってできます。そのために私は、プラトンが言ったことをあれこれいじくり回すことはしたくないんです」。が、これはすべてが彼の言う通りだったと言うわけにはいかない。プラトンの言葉「ヘラクレスの柱」や、その場所について下した再解釈のように、ミフスドは、自分がまちがっていると感じた他の者の情報に対しては、ことごとく訂正するのにやぶさかではない。彼の説明によれば、プラトンが九〇〇〇という数字で使用したのは、年数ではなく季節を表わすギリシア語だったという。

「エジプトの芸術は一万年前にはじまった、とプラトンは言ってます。が、それは違う。芸術がスタートしたのは、紀元前二九〇〇年に王朝がはじまったのと同時です。お分かりですね？」第二王朝——ほとんどの人々はそれを「古典期」のエジプトとしている——のはじまりは、およそ紀元前二八九〇年にまで遡る（ミフスドは数週間かけてエジプトの西部を旅行したことがあった。そのあとで、一七一三年にマルタで発見されたエジプトの小像について、たいへんおもしろい本を、もう一人の著者とともに書いた。パートタイムの作家として彼が作り出した作品は、とてもうらやましいもので、私は思わず、彼の多産力は何か薬学的に誘引されたものではないのか、つまり、彼は何か極上の試供品でも飲んでいるのではないか、と半ば本気で考えてしまうほどだった）。ミフスドはまた、マルタで行なわれた三度の炭素一四年代測定に、スポンサーとして参加している。測定の結果は、紀元前二二〇〇年に、何らかの大変動（おそらく津波だろう）がマルタの島々を襲ったことを示していた。

紀元前二二〇〇年は古代史の上で、もう一つの大きなクエスチョン・マークとなっている。この時期に訳の分からない理由から、ほぼ時を同じくして、程度の差はあるものの各地で社会が崩壊した。それはメソポタミア、エジプト、クレタ島、パレスチナ、インダス、そしておそらくは中国など、崩壊は広い範囲に及んでいた。断絶はマルタの考古学上の記録でも見られた。ミフスドは、二世紀のローマの歴史家アエミリウス・スラの書いたものから得た情報を使って、マルタのアトランティスが崩壊した正確な時期を特定した。「スラの日付を使うと、マルタの崩壊は紀元前二一九八年という日付を得ることができる。お分かりですか。私は前に紀元前二二〇〇年という数字を提示しました。どうですか。あまりにうまく行きすぎていませんか？　わずかに二年の差ですよ」

ミフスドは最近、バチカンの秘密文書保管所まで行って戻ってきたばかりだった。エウマロスの写本の決定的な証拠を探し出すためだ。

「何か見つけたのですか？」と私は尋ねた。

「いや。しかし、別の興味深いことを見つけました。それは法王の死にまつわる話です。死体の検視があったんです。私はそれに偶然出くわしました」

「検視の解剖に遭遇したんですか？」法王のヨハネ・パウロ一世は一九七八年に急死した。その死は私がいたカトリック系の学校でも、アトランティス・レベルの推測を呼んだ。バチカンの慣習では法王の死体検視は禁じられている。これは教会が断言しているところだ。したがって、ミフスドが少し古い好奇心をそそるミステリーを話すのに、思わず口ごもってしまったのもうなずける。「何か犯罪行為のようなものがあったんですか？」と私は訊いた。

「いえいえ。この法王が穿孔性十二指腸潰瘍を病んでいたことが分かったんです。食べたり飲んだりするのが大好きだった法王ですから」。ミフスドは両手をお腹に置いて、大きな法王のお腹を示してみせた。「コピーが欲しいと言ったらくれました。二ページほどのものです」

「これで法王にまつわる陰謀説は反証されるわけだ」とトニー。

「バチカンには、アトランティスの物語が真実だと思えるような、何か新しい資料でもあったのですか？」と私は尋ねた。ホアン・ビリャリアス＝ロブレスが言っていたことを思い出したからだ。つまり、オリジナルのコアな情報にたどり着くためには、混入した余計な情報は排除しなくてはいけない。「私にとって正しいと思える情報は、山々、泥だらけの浅瀬、丸い港、それにヘラクレスの柱の外側などです」

「『山々』と言うのはなぜなんですか？」といくぶん釈明気味にミフスドは尋ねた。「プラトンは『モンテス』と言ってます。これは山と丘の両方の意味に取れますよね。彼はこの上にコミュニティーがあったと言っている——これだと、ますます丘のような気がしますが。だとすると、それは平原を庇護する山である必要がなくなります」。ミフスドはトニーを見た。トニーは半信半疑の様子で首をかしげている。「彼もまだ納得していないようですね」

私も納得していなかった。プラトンはたしかに堂々とそびえる峰々と書いていた。しかし、マルタの近くでもっとも高い山と言えば、シチリア島のエトナ山だ。ただこれも六〇マイルも離れている。私が同心円について訊いたときには、ミフスドは、同心円が寸断されてしまった様子を、少々言い逃れ気味に説明した。

しかしここへきて、一般の人々にとっては当たり前のことだが、アトランティス研究家の間では、めったに取り上げられることのなかった問題にわれわれは行き着いた。それはアトランティスの遺跡が発見されるのは、当然のことながら水面下だろうということだ。氷河時代が終わりを告げたとき、マルタはおそらく、シチリアと地続きになっていただろう。そして今、島々の間を数マイルの距離で離れ離れにさせている地中海は、その水深がまったく浅い。最近の地質調査によると、マルタの海岸沿いの都市ヴァレッタは、二万年前、六マイルほど内陸部に入っていたという。プラトンが書いていたアトランティスの浅瀬は、北アフリカの海岸近くの浅い海シルティスの砂州のようなものだ、とミフスドは主張した。地中海を地図で見てみると、それは実質的に二つの海として見ることができる。東半分の海とそれより北方の西半分の海だ。ギリシアの神話によれば、既知世界の限界を指し示すために立てられたヘラクレスの柱は、「NEC PLUS ULTRA《ネク・プルス・ウルトラ》」（先には何もない）という言葉を生み出した。マルタは二つの海のちょうど真ん中に位置している。したがって紀元前二二〇〇年には、ヘラクレスの柱が、その先へ行くと未知の世界に入ることを知らせる、そんな危険な地点を示していたのかもしれない。

私はマルタの神殿が見てみたいと思った。ミフスドはちらっとカレンダーを見て、私の希望を受け入れてくれ、土曜日の午後のスケジュールに神殿行きを入れてくれた。その日は彼の四人の娘を訪問する予定を立てていたが、他に小児科の救急さえ入らなければ、訪問の合間に時間を取ってくれることになった。トニーと私はディナーのあと、ビールを求めてバーに立ち寄った。トニーはしきりに、車のわだちでミフスドをプッシュするようにと勧めた。「あのわだちが彼の盲点なんだから」

トニーがアイルランドに帰ることになった。そこで私は一晩、彼の長椅子で過ごしたあとで、彼に手助けをしてもらい、B&Bホテル（朝食付きホテル）へ移動した。このホテルは以前淫売宿だったと、トニーは楽しげに教えてくれた。その日の午後、私はバスに乗ってマルタの首都ヴァレッタ（ラ・チッタ・ヴァレッタ）へ向かった。首都の名前は聖ヨハネ騎士団総長ジャン・パリゾ・ド・ヴァレットにちなんでつけられた。ヴァレットがこの都市の建設を思い立ったのは一五六六年で、それは騎士団が、オスマン帝国軍によるマルタ大包囲戦の猛攻をしのいだ一年後のことだった。当然のことだが、ヴァレッタは防御を念頭に置いて作られていて、今もなお要塞の面影を残している。裏通りは狭く、昼日中でも薄暗い。国立考古博物館に向かって歩いていると、主婦たちがバスケットをアパートメントから下に下ろしていた。下の歩道では果物や野菜の売り手が忙しく立ち回っている。が、品物の持ち逃げを見張っていなければいけないために、なかなか持ち場を離れることができない。

マルタがアトランティスの遺跡として、しばしば取り上げられる大きな理由は、地中海地方で最古の石造記念物があるからだ。考古博物館で私が目にした展示物から判断しても、マルタでは、新たな道路が切り開かれるたびに、重要な先史時代の遺跡が姿を現してくるようだ。マルタでもっとも早い時期にできた集落は紀元前五二〇〇年まで遡る。そしてマルタのすばらしい石造の神殿はエジプトの大ピラミッドより一〇〇〇年も前から存在していた。このような巨石の建築スタイルは他のどこのスタイルとも異なっている。

私が第一に興味を抱いたのはカート・ラッツ（わだち）だった。博物館では一部屋全体がこのために使われている。模造の石に、イミテーションの溝が彫られた実物大のジオラマが展示されているが、これではとても農業審議会の後援はもらえない。それに誰も関心を持たない、世界で一番味けのない展示物だ。エンドレスのビデオが、世界でも傑出したカート・ラッツの専門家であるデイヴィッド・トランプを映し出していた。彼が立っていたのはクラパム・ジャンクションとして知られている場所だ。（いずれにしても、これは私の個人的な意見だが）トランプはわだちがアトランティスの水路かどうか、という問題は完全に無視していて、もっぱら、わだちが車によってつけられたものか、あるいはそりの滑走《ランナー》部分によるものなのかを問い掛けていた。ビデオに映ったクラパム・ジャンクションは、ショッピングモールの駐車場のように見えた。それもひどい吹雪に襲われたあとで、車が縦横に交差して、タイヤの跡をあちらこちらに残した駐車場のようだった。

博物館から出ようとしたとき、途中でディスプレイがあるのに気づいた。「古代の地勢におけるカート・ラッツの重要性」とネームがついている。スクリーンに一瞬メッセージが流れた。それはいかにも、片眼鏡をつけて、きつすぎるアスコットタイで首をしめた者が書いたようなコメントだった。

マルタ島のカート・ラッツについて、現在行なわれている知的な議論は、二様の人々によってはっきりと分かれている。一方はアカデミックな、そして科学的な基礎に基づいた議論を展開する人々、他方は学問的な倫理規範から離れて、不確かな情報に基づいた推測をもっぱらにして、タブロイド紙の扇情主義へと向かう人々である。

次の日、ミフスドが昔淫売宿だったホテルへ、オペル・コルサで迎えにきてくれたときに、いわばミフスドの調査に異議申し立てをしているような、このディスプレイについて私は彼に話した。彼には一向に驚いた様子がない。「アマチュアが考古学にちょっかいを出すことを、みんな快く思っていない。自分の仕事に専念したらどうなんだ、と思っているんです」。オーソドックスとはほど遠い、ミフスドの考え方を認めてくれて、その通りだと同意してくれる考古学者の友だちもいるにはいる。が、それを公言することは誰もしてくれないと彼は言う。

地中海地方の雨のシーズンがはじまったばかりだった。車で走っていると、空がたちまち暗くなった。ミフスドはラジオをいじって天気予報を探している。マルタではほとんどの人が英語を話す。そして、ほとんどの人がイタリア語も話す。が、マルタ語はこの二つの言葉とはまったく似ていないようだし、私が耳にしたことのあるどの言語とも違っている。「私たちの言葉は基本的にはセム語に属しています」とミフスドは説明した。「もともとマルタ語はフェニキア語だったんです。そのあとでわれわれはイスラム教徒たちと融合することになった。一七〇〇年まで書き文字はありませんでした」

ミフスドと私は南西の海岸地方へ向かっていた。そこにはもっとも印象的な巨石神殿がある。「マルタ島の神殿が世界最古だということを立証したのは、ケンブリッジ大学の考古学教授コリン・レンフルーです。彼は神殿がグループを成して建てられていること――その一グループは春分・秋分の昼夜平分時に関連していることを提言しました」とミフスド。私は以前、レンフルーのインタビューを見たことがある。そこでは彼が本気で困惑していた。それはマルタの巨石神殿が、放射性炭素の年代測定の結果、既知のものの中では世界で最古の、支柱なしで立つ建造物だと証明されたにもかかわらず、実際には、ほとんどその事実が知られていないからだ。

ミフスドの説の基礎となっているのは、マルタは何千年も前、今よりずっと面積が広く――アトランティスの一部を成していた平原を十分に含むことができるほど、広大だったという考えだ。「プラトンは、平原のいたるところに水路が張り巡らされていると書いてますよね？」ミフスドは車を路肩によせると――マルタでは車は左側通行――、海岸から二マイルほど先で、地中海から突き出ている絶壁を指差した。「あれがフィルフラ島です。トルコ軍はいつも射撃演習であの島を使っています。本島からあの島へカート・ラッツがつながっているんです。それが海面の上昇以前も、フィルフラに人が住んでいた証拠です」

ハジャール・イム神殿の隣りには博物館があった。その駐車場に車を止めると、「雨が降りそうですね」とミフスドはハッチバックを開けながら言った。「まず博物館に寄って、傘を持ってきましょう」

ミフスドは博物館の階段を駆け上がっていった。私が追いついたときには、すでに入場料を払い終えていた。最初の展示物が彼の注意を引いた。「あっ、あった。トカゲです」。バックパックから、見るからに高そうなカメラを取り出すと、彼はイワカナヘビ（Podarcis filfolensis）の写真をカメラに収めた。これはトカゲの一種で、マルタ諸島と近くのペラジエ諸島だけに生息する。ミフスドはアトランティスの本の中で、このトカゲの分布が証しているのは、両諸島がかつて一つの陸塊としてつながっていたことだ、という説得力のある主張を展開していた。トニーでさえ、これは動かぬ証拠だと認めている。

次に足を止めたのは、いくつもの螺旋模様が刻み込まれた古代の石の前だった。それは前にリチャード・フロイントが博物館で見て大いに感動した、タルテッソスのステラに刻まれた同心円にとてもよく似ていた。しかし、ミフスドは一息つくと、自信をもって次のような指摘をした。伝説上の考古学者アーサー・エヴァンスは、マルタの螺旋模様はクレタ島のそれを模倣したにすぎないと言った。が、今となってみると、これはまったく反対で、マルタからクレタへと移行したもののように思われる。

次の部屋には巨石建造物のスケールモデル（縮尺模型）がテーブルの上に置かれていた。ミフスドはそのさまざまな特徴を挙げた。「ここにあるのは神々の神殿です。二つの主要な神殿は太陽と月を表わしています。これから本物を見に行きましょう」と言って、私の腕に手を置いた。「五〇〇メートルほど上り坂を歩くことなりますが、大丈夫ですか？　元気でしょうか？」

神殿まで上り坂をわれわれはハイキングした。神殿はサーカスの大テントのようなもので覆われていて、側面だけが開いていた。テントが雨風から巨石建造物を守っていた。あばただらけの石灰岩は、塩分を含んだ空気にさらされて腐食していた。「神殿は発掘されてから、ずっとむしばまれてきたんです」とミフスド。が、しかし、残っているものはすばらしかった。

ハジャール・イム神殿とイムナイドラ神殿はともに、少なくとも五〇〇〇年前に建造されたと言われていた。各神殿の壁は丸みを帯びていて、建物はさらに細かくいくつかの部屋に分かれている。古代に行なわれた動物供犠――アトランティスの一〇人の王たちが、オレイカルコスの柱の前で行なったような供犠――の残物が、数多く置かれた祭壇の近くで見つかっていた。祭壇の中には天文学上の工夫から か、一列に並んだ状態で作られたものもある。ミフスドが言うには、夏至のときには日の出とともに、太陽の細い光線がイムナイドラにある神殿の一つに差し込む。これはまさしく映画『Very Raiders of the Lost Ark』（邦題『レイダース／失われたアーク《聖櫃》』）の世界だ。

「太陽が昇ると、その光がここへ差し込むんです」とミフスド。「この目で見たんです。太陽がこの祭壇の上で輝いているのを」

「ほう、それではあなたはここが、プラトンの言っていたポセイドンの神殿だと思うんですね？」このような巨大な建造物はストーンヘンジよりさらに古い。これはプラトンが、ここから一〇〇マイル弱しか離れていない、シチリア島のシュラクサイにいたときより三〇〇〇年ほど前の時代だ。マルタ島とシチリア島の間では、交易が有史以前から引き続き行なわれていた。したがって古代の言い伝えは、いずれの方向にも簡単に広がりえたのである。

「それなら、これはポセイドンの神殿だったのでしょうか？　いや、そうではないんです」。ミフスドの考えはこうだ。マルタに残っている巨大建造物は、プラトンが『クリティアス』の中で述べている、「たくさんの神々のために建てられ、捧げられた多くの神殿」ではあるが、アトランティスの中心にあった主要な建造物ではない。「プラトンの島の大半は海底に沈んでいるんです」と彼は言った。

空を見ると、今にも天気が崩れてきそうな気配だった。われわれはこれから、もっとも重要な場所へ向かわなくてはならない。急いでオペル・コルサへ戻って、海岸線のハイウェイを突っ走った。大きな雨粒が落ちはじめた。はじめは水風船のような雨粒が、ひっきりなしにフロントガラスを叩きつける。そしてやがて、それがバケツでぶちまけたような雨の粒になった。二分も経たない内に、険しく傾斜していた道路はたちまち川となった。車は流れに向かって押し進んでいく。ミフスドは私の方を向くと、新たな事態の発生に憂慮する臨床医のような声で、「外へ出ることはちょっとむりだと思います。稲妻が光っていますし。ドライブを続けるのももうやめた方がいい」。車をターンして私道へ乗り入れ、殺風景で岩だらけの場所に車を止めた。「申し訳ありませんが、カート・ラッツをすぐ近くで見ることはできないと思います」と彼は言った。「おそらく、ここから見てもらうことになります」

コルサの窓は蒸気で完全に曇っていた。まるで潜水艦の中にいるようだ。車の窓を半分下ろすと、たちまち私の膝はびしょぬれになってしまった。はるかかなたにでも、何かが見えるかもしれないと思ったからだ。ミフスドはハミングしながら、自分がカート・ラッツについて書いた、注釈ばかりが多い本をぱらぱらとめくっていた。プラトンがアトランティスについて書いた記述と、マルタがどんな点で一致しているのか、あるいは一致していないのか、私はその点について二、三質問をした。証拠がしっかりとしているとき、例えば、マルタでも多く見られた古代の雄牛供犠のようなときには、彼は詳しく説明をしてくれた。雄牛の供犠は、アトランティスの王たちが行なっていた、生け贄の儀式と関連する可能性があるからだ。だが、例えば同心円のように証拠が薄弱な場合には、その話題については、なるべく軽く扱うに越したことはないと彼は考えていた。自分の説をバックアップする古代の資料が、ぼんやりとしたものしかないときには、ミフスドも否応なく、独創的な解決法を編み出した。それは私がアトランティスの黒、赤、白の石について尋ねたときだった。

「私の娘は建築家なんですが、彼女がある日私に言いました。『パパ、あの岩が赤いのは、北向きで地衣類が生えているからだし、黒い岩はキノコのせいだと思う。それに石切り場から切り出されたばかりの石は白いに決まってるでしょ』」。これはたしかに悪くない説明だ。だが、現実にはマルタの石の建物は、みんな同じ黄色をしているようだが。

「象はどうなんですか?」と私は訊いた。

「象ですか。そう、しかし、これは今話すわけにはいかないんです。次の本で書こうと思っていますから」。ミフスドはiPadの画面に本の資料を映し出して見せてくれた。そこには書類の束や写真、ノートなどが細身の装置に詰め込まれていた。私自身のアトランティスのコレクションはと言えば、トニー・オコーネルのそれと同じように、今では事務所全体にあふれんばかりの状態だった。重ねて私は紀元前二二〇〇年の日付について尋ねた。

「エゥマロスはとりわけ紀元前二二〇〇年を引き合いに出しています。それはバビロン帝国のニヌス王の時代でした。その日付については、私も放射性炭素年代測定で確認しています」

トニーもいっしょのディナーの席で、ミフスドが紀元前二二〇〇年を口にしたときに、私はふと聞き覚えのある日付だなと思った。昔の淫売宿に帰って、でこぼこしたベッドの上で、インターネットを使って少し調べていたら、そのわけを思い出した。コロンビア大学のある科学者のグループが、メソポタミアの強力なアッカド帝国が崩壊したのは、突然の気候変化によるものであることを立証した。その結果起きた干ばつが三〇〇年間続いた。そしてそのことが叙事詩「アッカドの呪い」の中に書かれていた。詩は次のように嘆き悲しんでいる。

都市が建設され、基礎が築かれて以来はじめて、
広い農地が穀物を生まない。
洪水が襲った土地は魚を生まない。
灌漑されていた果樹園は、シロップもワインも生まない。
群がった雲は雨を生まない。

このような作品のほとんどがそうだが、「アッカドの呪い」もまた、長い間、フィクションと考えられてきた。同じような内容の詩が、ほぼ同じ時期にエジプトでも書かれていたにもかかわらず。ミフスドは、紀元前二二〇〇年頃に地中海周辺で起きた、説明のつかない社会の崩壊——マルタにおける崩壊も含めて——が、アトランティスの崩壊と関わりがあると考えていた。

「エウマロスはまた、アトランティスの正確な場所を提示しています。それはシチリアとリビアの間です」とミフスドは続けた。「それはまさしく真ん中のここなんです」。ミフスドは私のボールペンとノートを取ると、地中海西部の地図を走り書きした。彼の医者独特な筆跡がまったく読みづらかったのを目にして、何だか私はうれしい気がした。彼はノートを私に戻した。スケッチを見ると、アトランティスが真ん中に書かれていて、大きさもイタリアやアフリカとほぼ同じだ――マルタの視点から見れば、場所も大きさも適切だった。

「証拠は一つではおそらくだめでしょう」と彼は言った。「二つでもだめです。しかし、マルタですべての証拠がいっしょになれば……」

「そのときには、マルタはアトランティスとなるにちがいない」と私は言った。

「基本的には、もしアトランティスがあるとするなら、マルタがアトランティスでなければならないと思います」

これはいかにも理にかなった見方のように感じた。ミフスドがカート・ラッツ本の一ページを、指で激しく叩いた。「ああ、これを見てください」。彼は大きな声でその一節を読んだ。そこにはカート・ラッツが「さまざまな農産物や水産物を運搬する」ために使用されていたと書いてある。

赤いピックアップ・トラックがやってきて、われわれの車に横付けして止まった。ミフスドは窓を下ろして雨の中、トラックのドライバー（ティーンエイジャーの少年だ）と、マルタ語であれこれ大声で話している。

「あれは農夫の息子です。門を施錠したいと言うんです」。われわれは農場の中にいることに気がつかなかった。「どうしますか？ ちょっと危険ですが、一目見ておきますか？」ミフスドはすでに片脚を運転席側のドアから出していた。

ミフスドと私は雨の中をゆっくりと走り、岩だらけの月面のような所にやってきた。地面のくぼみがあばたを作っている。あとで分かったのだが、ここがクラパム・ジャンクションだった。カート・ラッツは実際に見ると興味深い。だが、無計画で、行き当たりばったりに作られたもののようだ。そこにはまた、まったく平行を成している二本のラッツもある。おそらくそれは、車やそりの絶えざる摩擦によって彫り込まれたものだろう。大きさはプラトンが与えていたサイズのほんの一部分といった感じで、おそらくそれは、風呂用のおもちゃの大艦隊を一列縦隊で浮かばせるのがやっとだったろう。

しかし、ミフスドの説について言えば、問題点はこれ一つだけではない。彼の説がその上に作り上げられている礎石は、キュレネのエウマロスが写した写本だったのだが、それは著名なマルタの歴史家によって、一八三〇年代に作り物と特定された「アトランティス・ストーン」と同類と見なされてきた（この議論についてはのちに、ミフスドとドイツ人研究者とが、「アトランティペディア」のサイト上で、意見の不一致を表面化させている）。いずれにしても、エウマロスの疑わしさは完璧のように思われた。

ミフスドの仮説は、常軌を逸した状態と、その逸し方がなお検討に耐えうる状態の二つの間に引かれた線を、あたかもまたいでいるかのようだった。エウマロスのことでは、おそらく私もさらに彼を追求すべきだったのだろう。そして、たしかにトニーの助言を受け入れて、カート・ラッツについても、ミフスドをさらに厳しく聞きただすべきだったかもしれない。

が、しかし、ミフスドが降り注ぐ雨の中に立って、誇らしげに笑いながら、あたかもミステリーはすべて解き明かされたと言うように、両手を上げているのを見た瞬間、私は思わざるをえなかった――もしアトランティスが本当にあるのだとしたら、この場所以外のどこにあると言うのだろう？

16

ミノア人の帰還——クレタ島のクノッソス(一九〇〇年頃)

しかし、ここに一つ問題があった——プラトンの物語を裏付ける証拠という点では、他にもアトランティスの在所として噂されている場所が、マルタにもまして、はるかに多くの物的証拠を提供している。実際、そのために短い期間ではあったが、著名な科学者たちは、アトランティスがすでに発見されたと信じ込んだ。そして中には、今も信じている者がいる。

イグナティウス・ドネリーによって新たに『アトランティス——ノアの洪水以前の世界』が出版され、プラトンの沈没した島のありかとして、もっとも可能性の高いのが中部大西洋だとする説が確立しつつあったとき、一八八三年に、ある会合がアテナイで開かれた。そしてそれが、数十年後にはアトランティス学の研究の焦点を、ふたたびギリシアへと引き戻すことになった。

この会合を主催したのは、トロイアとミュケナイを発見したハインリヒ・シュリーマンである。彼は特注で建てさせたネオクラシックな大豪邸に、若い新聞記者のアーサー・エヴァンズを迎え入れた。エヴァンズはつい最近、オーストリア・ハンガリー帝国に対して反対運動を引き起こしたために、バルカン半島諸国から追放されたばかりだった。一年後、彼はオックスフォード大学のアシュモレアン博物館の館長に任命される。その地で彼が興味を持ったのが、アルファベット以前の文字だった。これが遺跡のふんだんにあるクレタ島へ彼を招き寄せることになる。親の遺産のおかげで、エヴァンズは島の土地を購入し、ヘラクレイオン（イラクリオン）近郊にある遺跡の発掘許可を獲得することができた。この遺跡は長い間、歴史学者たちが関心を抱いていたところで、シュリーマンも以前、購入を試みて失敗した場所だった。シュリーマンが神話に興味を持っていたことを考えると、クレタ島は明らかに、研究者たちが立ち寄る場所としてはふさわしかった。伝説によると、ミノス王がクノッソス宮殿の地下に、ひとたび入ると抜け出すことのできない迷宮《ラビリントス》を作ったのがこのクレタ島だったという。迷宮の中には半人半獣のミノタウロスがいて、犠牲に捧げられたアテナイの若者や乙女の血肉を食らっていた。

一九〇〇年三月二三日、エヴァンズに雇われたチームが発掘をはじめたとき、彼はある目標を心に描きつつあった。アシュモレアン博物館で勤務する中で、エヴァンズは粘土板に記されたクレタ文字で、いまなお解読されていない文字のサンプルを収集してきた。クレタ島で発掘をはじめてから八日目、エヴァンズの雇った作業員が、破損されていない一枚の粘土板を見つけた。そこには、以前、収集していた未解読文字とよく似た文字が彫り込まれていた。最初の発掘シーズンが終わる頃には、完全なものや破損したものも含めて、一〇〇〇枚以上の粘土板が発見された。エヴァンズはその後の四〇年間を、彼が線文字Bと名づけた、このミステリアスな文字の解読に費やした。が、成功はかなわなかった（それは一九五〇年代にマイケル・ヴェントリスによって解読された）。

線文字Bはそののち、洗練された古代文化の中心と目された、巨大なクノッソス宮殿発見の陰に隠れて、いったんうしろ舞台に退く。宮殿の母屋と思しい建物には何百という部屋があり、それが何層にもわたって建てられていた。三五〇〇年の間、一度も触れられることのなかった、考古学上の数々の奇跡が収められた私室もあった——豪華な壁画の断片、大きな飾り壷《ピトイ》、高機能の配管システム、以前は知られていなかった第二の未解読文字（線文字A＝現在もなお未解読）が刻まれている、数多くの粘土板など。グリフィン（鷲の頭と翼を持ち、胴体がライオンの怪物）のフレスコ画で装飾され、石膏で作られた椅子が備えつけられている大きな部屋は、「玉座の間」と呼ばれた。建物は全体が、紀元前一四五〇年頃に起こった何らかの自然災害によって、手ひどく痛めつけられていた。エヴァンズにとって、トロイアを発見にしたシュリーマンはヒーローだった。そのヒーローにならって、彼はミノス王の宮殿クノッソスを見つけたと宣言した。ミノア人とエヴァンズが呼ぶ人々が、謎の消失を遂げてから多くの世紀が過ぎていたが、そのミノア人を彼はふたたび世の中に紹介した。

伝説によると、ミノア王の妻はポセイドンの策略によって雄牛に魅了された。そして雄牛と交わり、ミノタウロスを生む。そのためだろうか、雄牛のテーマはクノッソスのいたるところで見られる。それはジェムストーン（宝石用原石）や金の印章指輪に彫り込まれたり、リュトン（角杯）の名で知られている、雄牛の頭の形をした儀式用の容器にも現れていた。とりわけ宮殿の壁を覆っているフレスコ画では、ドラマチックな形でこのテーマが描かれている。中でも昔から、もっとも有名なものは「雄牛跳びのフレスコ画」だ。ここでは三人の若いミノア人の躍動する姿が描かれている。その動きは何事にも動じない闘牛士《マタドール》でさえ、おしっこを漏らしてしまいそうな大胆で荒々しいものだ。三人の内の一人は少女で、雄牛の前方に立って角を握っている。もう一人の少女は牛の背後に立ち、大きく腕を上に伸ばしていた。三人目の人物は男性の若者で、一見すると軽業師のように見える。雄牛の背で前方宙返りをしていて、フレスコ画はまさにその瞬間をとらえていた。

クノッソスで見られた雄牛のテーマは、他で発見されたミノア人の遺物でも見られる。スパルタのやや南にある青銅時代の墓では、優美な金製カップが二つ発見された。これは「ヴァイフィオ型カップ」として知られているもので、その内の一つは、「雄牛跳びのフレスコ画」とよく似た情景が精巧に彫り込まれている。もう一つのカップに彫金されているのは、荒れ狂う雄牛をロープで捕まえている場面だ。二つ目のカップの絵柄は、プラトンが描いていた雄牛たちの場面と響き合っている。プラトンの雄牛たちは、アトランティスの中央にあるポセイドン神殿の中を自由に駆けまわり、それを一〇人の王たちが、「鉄の道具を使わないで、こん棒と輪なわだけで狩りをした」

一九〇九年二月、ロンドンの日刊紙「タイムズ」に、エヴァンズの発見はアトランティスとつながりがあるかもしれない、という内容の記事が現れた。匿名のライターが言うには、ミノアの帝国は「広大な古い帝国」で、あまりに強大だったために「帝国自体の守護霊《ゲニウス》を持して、分離した大陸を成していたようだ」。が、しかし、かつてクノッソスを中心に栄華を誇った強力な海洋帝国も、青銅時代の末期になると、はっきりとしない理由で崩壊した。「それは、まるで帝国全体が海の中に沈んでしまったようだった。あたかもアトランティスの話が本当であったかのように」

記事の作者はのちに自ら名乗り出たので、それがクイーンズ大学ベルファストの若い教授K・T・フロストであったことが判明した。彼が当初、新聞に掲載した仮説に、自分の名前をつけることを躊躇したのは、職業上の理由だったのかもしれない。故ベンジャミン・ジャウエットはオックスフォード大学の個人指導教員《チューター》で古典学者でもあったが、彼はプラトンの対話篇に新たな解釈を施して、ビクトリア時代（一九世紀後半の半世紀）のイギリスで、プラトン熱めいたものの火付け役となっていた。ジャウエットの意見はその後もなお、プラトン関連の事項に関しては大きな影響力を持つことになる。アトランティスの話は、往々にしてまともに受け取られがちだが、この衝動はひとまず抑える必要がある、と最初に指摘した学者がジャウエットだった。『クリティアス』に施した新たな解釈で、彼が断固とした調子で述べていたのは、アトランティスの話をプラトンは、ペルシア戦争のたとえ話（アレゴリー）としてするつもりだったということだ。「物語全体が、プラトンのイマジネーションによるものと結論づけて、まったく問題がないかもしれない」と彼は書いた。

四年後にフロストは、第二のエッセーを今度は署名入りで公にした。この記事で彼は、古代のクレタとエジプトの関係がほぼ確実だったと強調している。ミノアの陶器がエジプトで発見されていたし、腰巻きをつけた長髪の——クレタ人の典型的な特徴——訪問者たちの図柄が、テーベのネクロポリスにあった墓の絵に描かれていた。ある絵の中では、外国人が雄牛をテーマにした贈り物を運んでいる。フロストにとってこれは、ミノアの崩壊の実地報告が、エジプト人に直接届けられたと思われる強力な証拠だった。「ソロンがエジプトに行き、エジプト人からのまた聞きだが、ミノアの滅亡について知ったということは、十分にありうることだ。しかし、ソロンはそれを確かめることはできなかった」。エジプト人から聞いた話を、彼はメモに書き留めて叙事詩を書こうとした。が、それは完成しなかった。「プラトンがこれを知り、自分のために使ったのがソロンの残した筋書きだった」

フロストは、アトランティスの物語を歴史的事実として読んでもらいたいと、けっしてプラトンは考えていなかったと断言しているが、これは彼のかりそめの意見ではない。プラトンの物語でもっともよく知られた要素は、フィクションにちがいない。それは「地質学的にも確かなことだ」と彼は書いている。というのも、広大な島が突然海中に沈んだという例は、最終氷河期の終わり以来、耳にしたことがないからだ。

フロストは第一次大戦の最中に死んだ。そして彼の説はその後、一九三〇年代にいたるまでほとんど発展を見なかった。三〇年代に入ると、若いギリシアの考古学者スピリドン・マリナトスが、クレタの北方海岸で仕事をはじめた。マリナトスは古代の建造物の中に、恐ろしい力によって打撃を被ったために、その位置を変えているものがあることに気づいた。「私の好奇心をそそったのは」と後年彼は書いている。「土台から剥がれた石のブロックの奇妙な位置だ。それは海に向かってまき散らされていた」。さらに興味深いのは、「海岸近くの建造物で、その土台に軽石がいっぱいあったことだ」

一九三七年にマリナトスは、ユトレヒト大学に客員教授として招かれて、オランダへ向かった。そこで彼は、詳細なオランダ植民地の報告書を見る機会を得た。報告書にはインドネシアのクラカトアで、一八八三年八月二七日に起きた火山噴火のレポートが記録されていた。クラカトア噴火の爆発音は、二〇〇〇マイル以上離れたオーストラリアでも聞こえた。そして噴火によって吹き出た軽石は、四方八方へ飛び、一〇〇マイルにわたって太陽を覆い隠した。爆破によって生じた致命的な影響は、噴火に続いて起こった高波に現れた。一〇〇フィートの高さに達した水の壁が、まったくそれに気づくことのなかった、ジャワ島やスマトラ島の海岸都市へと、時速五〇マイルを越えるスピードで押し寄せてきた。「各所で波が一〇〇〇ヤードにわたって内地に入り込み、その高さはなお三〇フィートもあった」とマリナトスは書いている。三万六〇〇〇人の人々が死んだ。その多くは津波による犠牲者だった。

一九三九年、マリナトスはイギリスの考古学雑誌『アンティクイティ』にある記事を掲載した。記事の中で彼は、クレタ島の大半が同じようにして、テラ(ティーラ)島(サントリーニ島)の噴火による余波で破壊されたとほのめかした。テラ島はクノッソスとアテナイのほぼ中間に位置する火山島だ。この噴火がテラ島を粉砕し、残った部分はその多くが一〇〇フィートに達する火山灰に埋もれてしまった。このためにテラ島の文化は跡形もなく全滅した。そして高波と火山灰がクレタ島をも窒息させてしまったのである。テラ島とクレタ島の距離はわずかに七〇マイルしかない。マリナトスの推測によると、テラ島の噴火はクラカトアの四倍の強さがあったという。火山円錐丘が崩れて海になだれ入ったときには、おそらく時速二〇〇マイルに達する巨大な波が生じただろう。マリナトスは、この地殻の大変動が起きた時期は、紀元前一五〇〇年まで遡ると言う。彼の理論は魅力的で、新たな可能性をもたらした――それは、テラ島の噴火によって起こった「広範囲にわたった大災害」が、あの驚くべきクノッソス宮殿を作り上げたミノア文明を突如、終焉に至らしめたかもしれないという可能性だ。

巨大な海軍国家が自然災害のために突然消えてしまう――マリナトスはたしかにそこに、プラトンのアトランティスとの間で起こりうる相互関係を見ていた。彼は一九五〇年に、自らのミノア仮説をさらに発展させたエッセーを書いた。そしてタイトルを「アトランティスの伝説について」とつけた。「伝説」という言葉についてマリナトスが説明をしている。それは「歴史的な要素と空想的な要素がミックスした何かで、何よりも、栄光に満ちてはいるが怪しげな伝承となった何かだ」。それは捏造された寓話とは対照的なものだった。「プラトンのイマジネーションをもってしても、古典文学にとって、ユニークで秀逸な記述を呼び起こすことはできなかったにちがいない」と彼は書いた。そして、従来のベンジャミン・ジャウエットの意見をくつがえして見せた。

アトランティスの物語の中で、「伝説の歴史的な核」としてもっとも可能性があるのは、「ある土地が海面下に沈んだ」とする一節だとマリナトスは確信する。このように水没した例で、もっとも明らかなのはテラ島だった。そこでマリナトスは次のように考えた。交易相手だったクレタ人の、説明のつかない突然の不在に直面したエジプト人は、クレタ島の人々の消失と、海に沈んだ島（テラ島）について受けていた報告をいっしょにしてしまった。プラトンがアトランティスの場所を、ヘラクレスの柱の彼方に置いた点については、紀元前六世紀のフェニキア人の船乗りたちによって、着想を与えられて行なった潤色だろうとマリナトスは言う。船乗りたちはアフリカをぐるりと回って、ミステリアスな大西洋岸の情報を手に戻ってきたからだ。さらにマリナトスは次のような仮説を立てている。おそらく謎の海洋民族がまず、ミュケナイ時代のギリシアを襲撃して撃退された。部隊を再編成した海洋民族は今度はエジプトに侵入した。これがアトランティス人が強大な海洋民族を打ち負かした、という昔からの言い伝えを呼び起こすことになったのかもしれない。

マリナトスは、『ティマイオス』や『クリティアス』で記述されているアトランティスの箇所を、ことさら進んで、学問的分析の価値あるものと見なすことをしていない。賢明にも不可解なプラトンの数については、どのような議論も彼は回避していた。思い切って発言しているのは、紀元前一五〇〇年のテラ島の噴火が、ソロンのサイス訪問より九〇〇年ほど前に発生したとしているくらいだ。「サイスの神官がこの数字を一〇倍にして、過去の底知れない深遠に投げ入れた」と言う。世界をリードする考古学者の一人として、マリナトスの名声は徐々に高まりつつあった（この時期に彼はまた、テルモピュライの有名な山岳路の場所を特定している。紀元前四八〇年、この地で三〇〇人のスパルタ兵が、何千というペルシア軍の侵入を阻止した）。そんな状況の中で、アトランティスは厳密には、事実に基づいたものではない、それは真実の歴史という果実の核から芽吹いたようなものだ、とマリナトスが結論づけた。が、このときも、同僚たちは誰一人としてそれに異議を申し立てる者はいなかった。ハリウッドの仲間言葉を使って言えば、プラトンのアトランティスは、真実の物語をベースにして書かれたものだったという。マリナトスは、マスコミの関心をとらえるために、アトランティスという問題含みの言葉を、なるべく落とさなければならないとしても、パブリシティ（広報）の価値は十分に熟知していた。彼はその後、死の直前に薄い本を一冊出版したが、賢明なことに、態度を明らかにしない曖昧なタイトルをつけて公にした。それが『アトランティスの伝説について一言』だ。そこでもなお、彼がバクラバ（くるみを使ったギリシアの菓子）をとり、それを食べようとする兆しが見て取れるかもしれない。

17

最有力候補——ギリシア、サントリーニ（一九六七年）

一九六〇年代のはじめ、評判の高いギリシアの地震学者アンゲロス・ガラノプロスは、マリナトス説の微調整をはじめた。そしてそれに磨きをかけ、アトランティス学の分野で「ミノアの仮説」と呼ばれる理論をこしらえ上げた。サントリーニ島（テラ島）でも、火山灰の下からミノアの陶器が発見され、それが明らかにクレタ島とのつながりを示していた。ガラノプロスは、二つの島がかつて、プラトンが述べていた一つの政体アトランティスを構成していた、という説を提案した。プラトンの同心円を持つ首都は、標的のようなサントリーニ島の独特な地形に合致している。ガラノプロスは『アトランティス――伝説の裏にある真相』の中で、この島が古くはテラと呼ばれていたが、他にもストロンギュレ（円いもの）とも言われていたと述べている。彼が言うには、ポセイドンがアトランティスに彫りつけた輪は、実のところ、テラ島の噴火以前は、「島の中核部分を取り巻いていた自然の水路」だった。そして、サントリーニ島のドーナツ型カルデラの中央にあり、比較的新しくできた火山島で、今なお活動中のネア・カメニ島は、かつてポセイドン神殿を擁していた中央島の跡だと言う。さらにガラノプロスは次のように考えた。プラトンの輪（「海から彼らは水路を掘った……長さは五〇スタディオン」とクリティアスは友だちに語っている）を両断していた水上交通路は、おおむね人の手で作られたものだが、今はそれがサントリーニ島の二つの本島（サントリーニとティラシア）を隔てている裂け目として、はっきりと見て取ることができる。サントリーニ島には赤や白や黒の石が数多くある。これはプラトンのアトランティスと同じだ。「両者には一致する点があまりにも多い。そしてそれがあまりにも強烈なために、とても偶然として受け止めることができない」とガラノプロスは書いている。

ガラノプロスの立てた仮説で、おそらくもっとも気のきいたものは、プラトンの異様とも思える数に下した彼の説明だろう。エジプトの神官の話をソロンのために翻訳する際に、一〇〇を表わすヒエログリフ（聖刻文字）を、まちがえて一〇〇〇の文字にしてしまったと彼は書いている。ガラノプロスはこの単純な数字上のトリックによって、プラトンの物語に潜む最大の時代錯誤を取り除いた。必ずしも偶然の一致とは言いがたいが、彼の見事な数の解決策はまた、アトランティスの消失の時期を紀元前一五〇〇年頃に修正した――これはつまり、マリナトスが裏付けたテラ島の噴火の時期とほぼ同じである。同じ計算の方法によって、肥沃なアトランティスの平原も、長さ二〇〇マイル、幅三〇〇マイルが、それぞれ二〇マイルと三〇マイルに縮小して、クレタ島の中央部の広さに見事に一致した（プラトンが記していた、平原を取り巻く一〇〇〇マイルに及ぶ長い水路も、手頃な一〇〇マイルの長さに短縮された）。サントリーニ島が大西洋から遠く離れたところにある点については、これまでプラトンの言葉が誤解されてきたのだ、とガラノプロスは言う。「ここでは、ヘラクレスの柱をジブラルタル海峡だと特定するような、あまりに文字通りの受け取り方をする必要はない」。そして彼はヘラクレスの柱を、ペロポネソス半島ののこぎり状の南端に移動させた。

私にはこの一〇の倍数を操作するトリックが、あまりにも特効薬的すぎるように思えた。私以上に疑り深いトニー・オコーネルは、数字の歴史が書かれた本の一ページをコピーして、私に送ってくれた。

そこにはかなりはっきりと、一〇〇と一〇〇〇のヒエログリフが明示されている。それを見るとなるほど、二つの文字はまったく似ていない。しかし念のために、これは専門家にダブルチェックをしてもらうべきだと思った。それで私は、シカゴ大学でエジプト学の教授をしている、ジャネット・ジョンソンにメールでチェックを頼んだ。古代エジプト語に関するかぎり、ジョンソンが全米一の専門家であることはほぼまちがいがない。彼女の説明によると、神官はおそらく神官文字《ヒエラティック》か民衆文字《デモティック》で書いたのだろう。この二つは石碑で使われた（そして、トニーがくれたページに載っていた）ヒエログリフにくらべると、いっそう草書風の傾向が強い。「両方（神官文字と民衆文字）の書記システムでは」とジョンソンは書いてきた。「九〇〇あるいは九〇〇〇の九の文字はまったく同じで、違いは一〇〇と一〇〇〇を表わす文字の尾の部分に現れます。熟練した書記だとまちがえることはないでしょうが、ギリシア人がちょっと読んだくらいでは、まちがえてしまうかもしれません」

私はジョンソンの作った『シカゴ・デモティック・ディクショナリー』で調べてみた。そして、彼女の言葉はまさしくその通りだと思った。私の未熟な目では、一〇〇と一〇〇〇の民衆文字を見分けることはできない。トニーにそれを見せると、さすがの彼も、サイスの神官の言葉を記録する書記や、ソロンのメモを読む書記がネイティヴでなければ、二つの文字を混同してしまうかもしれないと言った。

紀元前一五〇〇年頃に、東地中海で起きた大惨事を伝える民間伝承は、驚くほど有力な証拠となっている。デウカリオンの洪水の日付を、パリアン・マーブルは紀元前一四七八年と記録している、とブラウンシュヴァイクで私が聞いたのは、ヴェルナー・ヴィックボルトからだった。四世紀のキリスト教神学者聖ヒエロニムスは、これを紀元前一四六〇年の事件としている。一方、聖アウグスティヌスは『神の国』の中で、デウカリオンの洪水をモーセの生涯の間に起きた出来事だと書いた。それはおおまかに、紀元前一五五七年から一四三七年の間だと言う。ガラノプロスは、テラ島の地殻大変動がただ単に、デウカリオン神話の着想を与えただけではないと考えた。それはまた、モーセが紅海を二つに割って、イスラエル人たちをエジプトから脱出させた、旧約聖書「出エジプト記」の物語の原資料でもあったと彼は言う。

ガラノプロスによると、イスラエル人たちが渡った海は昔から誤訳されてきたと言う。それは紅海（Red Sea）ではなく、葦の海（Sea of Reeds）、つまり「ナイル・デルタ」の東に広がる沿岸ラグーンである。通常、津波が陸地に接近する前には——一七五五年のリスボン地震のあとに起こったように——海がつかのま海岸から引いていく。テラ島の噴火後の津波（の前兆）で海が後退したときに、イスラエル人たちは、幅五〇〇ヤードの裂け目を全速力で陸地へと向かってダッシュした。これがガラノプロスの見方だった。エジプト人たちがそのあとで、彼らを追いかけようとしたときには、海の水はふたたび爆発的な力でもとに戻ってきた。

ガラノプロスはアトランティスを、聖書のもっとも重要な出来事につなげるだけでは満足しなかった。彼はまた「出エジプト記」に書かれた「エジプトの十の災厄」はすべて、テラ島の噴火に起因するものだと主張した。災厄の中でもとくに空が暗くなること（火山灰の雲による）、猛烈な雹《ひょう》（急激な気温の低下によって起こる気象上の産物）、それにナイル川の水が血の色に変わったこと（「火山灰に含まれている酸化鉄が川の水に溶けて、水の色が赤くなる」）などを挙げている。

マドリッドで、ホアン・ビリャリアス＝ロブレスから聞いたことだが、一九六〇年代はときに「新《ニュー・》考古学《アルケオロジー》」と呼ばれる学問の夜明けだったという。考古学は、遺物を探しまわることや古い話を解釈することをやめて、よりいっそう科学的な方法の採用へとシフトしはじめた。一九六〇年には、ウィラード・リビーが、放射性炭素年代測定法（あるいは炭素一四年代測定法）の開発によってノーベル化学賞を受賞した。ノーベル賞委員会が表彰状で正しく予言していた通り、この測定法はやがて「考古学、地質学、地球物理学、そして他の科学」の分野に革命をもたらした。新考古学の方法はまた、科学としてはさほど評判のよくなかった、アトランティス学にも足跡を残すことになるが、これも避けがたいことだった。マサチューセッツ州のケープ・コッドに、海洋研究で有名なウッズホール海洋研究所（ＷＨＯＩ）がある。一九六五年、この研究所の専門研究員ジェームズ・メイヴァーが、休暇でアテネにやってきた。そのときたまたま、彼はガラノプロスに会った。当時メイヴァーが取り組んでいた仕事は、彼が「生涯でもっともエキサイティングなプロジェクト」だったと言っているもので、アルヴィン号と名づけられた深海探査潜水艇の設計と建造の手助けである。ガラノプロスの仮説を聞いたメイヴァーはすっかり魅了された。そして、仮説を証明するために、最新の科学装置を調達する手伝いをしたいと申し出た。

一年後の一九六六年八月、「ニューヨーク・タイムズ」は「アトランティスの探索がエーゲ海へ移る」という見出しで、あるストーリー（アトランティスの物語）の記事を掲載した。メイヴァーが全長二一〇フィートの調査船「チェーン号」を用意して、サントリーニ島を訪れ、カルデラの深浅調査を行なった。それは人工の水路や自然に形成されたリングについて、ガラノプロスが立てた仮説を証明するためだった。調査ははっきりとした結論を出せないままに終わった。が、将来の見通しは明るいものだった。しかし、報道機関はまったく違った印象を持ったようだ。「ニューヨーク・タイムズ」は前回に続いて記事を掲載したが、そこではガラノプロスの「もっとも説得力のある証拠」が見つかったという言葉を載せ、その上で記者は「テラ島の水面下一三〇〇フィートの水中に……広い堀の輪郭」と書いた。メイヴァーは考古学者ではなかったが、さらにサントリーニ島の陸地の調査も少しして――のちに彼が書くことになるのだが――「まぎれもないミノアの」陶器の破片と壁を発見した。

メイヴァーは一九六七年に、ふたたびサントリーニ島へ戻るための準備をした。今度は二人のスーパースターを含む、学際的なチームを引き連れていくことになり、彼はこれを楽しみにしていた。その内

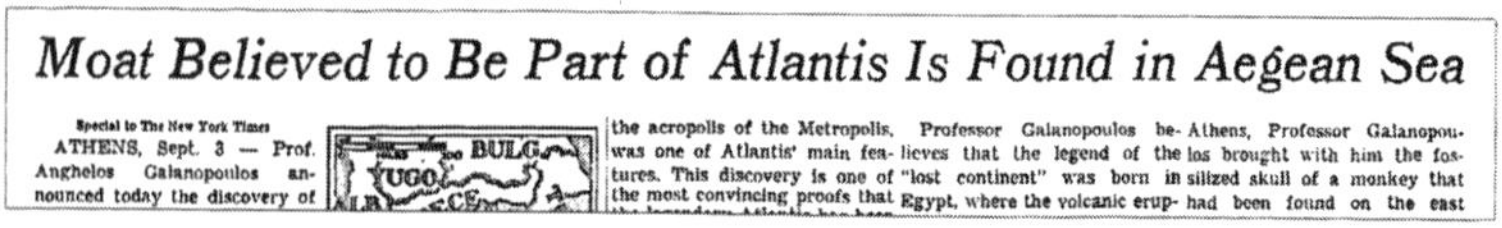
Moat Believed to Be Part of Atlantis Is Found in Aegean Sea

Special to The New York Times

ATHENS, Sept. 3 — Prof. Anghelos Galanopoulos announced today the discovery of

the acropolis of the Metropolis, was one of Atlantis' main features. This discovery is one of the most convincing proofs that

Professor Galanopoulos believes that the legend of the "lost continent" was born in Egypt, where the volcanic erup-

Athens, Professor Galanopoulos brought with him the fossilized skull of a monkey that had been found on the east

1960年代、短い間だったが、アトランティスの探索がまっとうな科学ニュースとして扱われた（「ニューヨーク・タイムズ」1966年9月4日）。

の一人ジャック＝イヴ・クストーは、さっそうと赤いキャップをかぶり、タバコをくゆらすフランスの海洋学者で、彼は調査船「カリプソ号」でカルデラの海中探査を手助けする計画を立てていた。もう一人のビッグネームはスピリドン・マリナトスだ。テラ島の噴火や、それとアトランティスとのつながりについて書いたエッセーは議論を呼び、ガラノプロスの想像力に火をつけた。この頃になると、カリスマ性を持つマリナトスは、すでに世界でも卓越した考古学者の一人になっていた。成功が期待できるサントリーニ島のプロジェクトに、彼は大いに未練があったが、実は古代都市ヘリケの方にそれ以上の関心を抱いていた。ギリシアの金の時代に栄えたこの重要な都市は、アテナイの南方にあったが、紀元前三七三年に一夜にして消失した。それは地震と洪水によるもので、記録がそれを立証している。これはプラトン——当時彼はアテナイに住んでいた——の描いた消失の島アトランティスによく似ていた。そしてそのことが、ヘリケを繰り返し、原アトランティスの候補地にしていた。マリナトスにとって、完全なままで残った都市を見つけ出す魅力は、何にも代えがたいものだった。実際、彼はまさにこれから同じような発見をしようとしていた。が、それはヘリケにおいてではなかった。

メイヴァーが再度行なおうとしていた調査遠征は、はじめから呪われていたようだ。おそらく彼が選んだ大げさな名前が、あまりに思い上がった行為を表わしていたために、神様のとがめを逃れることができなかったのだろう。探検調査につけられた名称とは、「一九六七年テラ島ギリシア・アメリカ学際的科学調査、及び失われたアトランティスの探索」というもの。この年の四月にギリシア軍がクーデターを起こし、この国を勢力下に置いた。数週間後には、エジプトとイスラエルの間で六日戦争（第三次中東戦争）が勃発して、スエズ運河が封鎖された。クストーはやむをえず調査隊から離脱した。サントリーニ島で仕事をはじめる予定日の一〇日前に、メイヴァーはパートナーたちに対して、自分が約束をしていながら、何ひとつ支援を獲得できなかったことを認めた（「船もなければ潜水艇もない、科学者たちもいない、設備もないし金もなかった」とチームの一員が冷ややかに回想している）。メイヴァーは最新式の地震計と磁気探知機を調達できたが、そこから正確な情報を読み取ることはできなかった。

その間にマリナトスは、テラ島の西南部アクロティリの漁村へ行き、その近くの火山灰に覆われた原野で詳細な調査をしていた。そしてあたりの風景に、何か見込みのありそうなものを感じ取った。「そこを掘ってくれ」と彼は言った。作業人たちが掘りはじめると、ほとんどそれと同時に、彼らはミノア様式の建築物や陶器を掘り当てた。それから六日間というもの、異常とも思える発掘作業が行なわれ、数々の遺物が発見された。残ったワインやオイルの入った貯蔵びん、調理器具、織機のおもり、動物の骨、フレスコ、石壁、それに穴。この穴には崩れかけた木の梁が残っていて、それはおそらく、かつて二階か三階建ての建造物を支えていたものだろう。人骨がまったく見つからないことが、次のような作業仮説を思い立たせた。のちにアクロティリとして知られるようになった、この埋もれた都市――あるいは、もしガラノプロスやメイヴァーが正しいとしたら、アトランティス――の住人たちは、地震に関する警告を聞き入れた。そして、いずれは消失する運命のテラ島を、最後の大変動が起きる前に立ち去った。が、マリナトスは今もなお、都市の大きさを確認できないでいる。しかし、彼が豊かな海浜都市アクロティリ――青銅時代のポンペイ――を発見したことだけはまぎれもない事実だった。

アメリカのメディアは、プラトンの失われた都市の発見が、もっぱらメイヴァーの功績によるものだ、としきりに書き立てた。「二年前は、アトランティスの物語に興味を示す考古学者など一人もいませんでした」と彼は、『タイム』誌の記事の中で話している。他の国際ニュースと同様に、この記事も、マリナトスについては一言も触れていない。「それが今では数人の考古学者が、そこには（サントリーニ島とアトランティスの間に）何らかのつながりがあるかもしれないと認めています」。ギリシアの新聞もまた、アメリカの新聞記事をそっくりそのまま転載した。ギリシアではクーデターによって新たに軍事政府が樹立されていた。その政府にいたマリナトスの友人たちが、彼に古文化財局の総括監察官にならないかと勧めた。が、マリナトスはこれを喜ばなかった。アクロティリで行なった彼の仕事が、世間の称賛を受けなかったのはもちろんだが、彼の予備調査の結果も、アトランティス発見の確実な証拠として、メイヴァーに使われてしまった。テラ島の噴火がプラトンの神話にひらめきを与えたことについては、マリナトスもその通りだと進んで提言した。が、テラ島がアトランティスだとする主張に対しては、「まったくのでたらめだ」とはねつけた。それから数カ月後、「ニューヨーク・タイムズ」紙は「アメリカの科学者が、テラ島発掘の論争中に激しく非難された」という見出しを掲げて、この件では最終となる短いニュース記事を出した。そしてメイヴァーは一通の手紙で、もはやサントリーニ島では、彼の仕事は歓迎されないということを知らされた。

霊能者のエドガー・ケイシーが、アトランティスは一九六九年に浮上するだろうと予言したが、これはある意味では正しかった。この年にメイヴァー、ガラノプロス、それにトリニティ・カレッジの古典学者ジョン・ルースなどが、こぞって本を出版したからだ。各人は同じアクロティリで発見された遺物を使ってはいたが、たがいの論点は少しずつ異なっている。ただし、ミノアの仮説を支持するという点では全員が一致していた（ケイシーはまた、もしかすると歌手のドノヴァンが歌った「アトランティス」をも予言していたのかもしれない。イグナティウス・ドネリーの伝播主義に着想を得て書かれた歌詞は、少々間が抜けてい

サントリーニ島の古代都市アクロティリ。1967年に、数メートルの火山灰の下で発見された。プラトンが記したアトランティスの描写に驚くほど似ている。

たが、レコードはシングルランキングでトップテンに躍り出た。この曲がリリースされたのがやはり一九六九年だった)。威厳のある「ニューヨーク・レビュー・オブ・ブックス」紙が二度ほど、このようなアトランティス本の大々的な(しかし素っ気ない)書評を掲載した。これもミノアの仮説に対する注目度の強まったしるしだったのだろう。

宣伝によって高まった評判は、そののち数十年間でさらに大きなものになっていった。フランスのジャック・クストーもとうとうサントリーニ島へ到達した。そして一九七八年に「カリプソ号のアトランティック探索」というタイトルでドキュメンタリーを作って公開した(結果はどうだったのか? が、彼はアトランティックをまたしても発見できなかった)。さらに続いて、多くのドキュメンタリーや本が発表された。そのすべてが追っていたのはほぼ同じ筋立てだった。それは、テラ島の噴火がクレタ島のミノア文明を終焉させ、そのことがプラトンの物語にアイディアを与えたというものだ。プラトンがよくなじんで知っていた地域——テラ島はおそらく、彼がクレタ島やエジプトへ旅するときの中継地だったのだろう——の中に、たまたま科学的に立証された出来事があった。そしてそれは、自然災害によって、洗練した島の文明がほとんど瞬時に消失してしまうほどの大事件だった。

ドキュメンタリーや本では往々にして、自分の説を補強してくれるもの——雄牛や三色の石など——だけを強調しがちになる。が、その一方で、つじつまの合わないことは、おおむね公にされない。私はとくにガラノプロスが言っていた、ヘラクレスの柱に関する意見は根拠が薄いと思った。そして、数についての論にはまったく承服できなかった。年代にも問題がある。クレタ島の発掘がさらに進むにつれて明らかになったのは、ミノア帝国が、つねに先細りに衰えていきながらも、なお、テラ島の噴火後も数世紀の間存続したことだ。そして帝国は紀元前一二〇〇年頃に突如滅亡した。青銅時代の末期に起きて、大混乱を引き起こしたこの出来事——戦争、飢饉、地震——は、地中海地方の大きな社会を次々に消滅させた。そしてその中に、ミュケナイのギリシア人たちも含まれていたのである。

　メイヴァーは『アトランティスへの航海』の中で、次のような信念を述べている。アクロティリの遺跡からは「やがて、ありとあらゆる人工物が、苦労の末に集められるだろう」、そしてその証拠によって、ガラノプロスのミノア仮説が、今度はきっぱりと証明されるだろう。以来半世紀の間に、すばらしい建造物や遺物はたしかに発見され、それはアトランティスについて、新たな推論を展開するのに十分なほどだった。が、しかし、オーソドックスな考古学上の仕事は、どちらかと言えば冷淡な形で進行している。今のところ、反論しがたい確かな事実といえば、ただ一つ、テラ島の噴火があるだけだ。あの火山灰の下か、あるいはカルデラの深い水底に、アトランティスの疑問に対する答えが今も横たわっているのかもしれない。

18

科学的なアメリカ人――ケープ・コッド、ウッズホール海洋研究所

テラ島の噴火について読めば読むほど、私はパリアン・マーブルやデウカリオンの洪水について、ヴェルナー・ヴィックボルトが語っていた言葉に立ち戻っていくのだった。『ティマイオス』の冒頭近くで、ソロンは大昔のアテナイのことを伝えようとして、大洪水の話をしている。すると、エジプトの神官がソロンの話を遮って説明をしはじめた。ギリシア人は繰り返し自然災害の不幸に見舞われたために、短い歴史しか持っていない。「人類の滅亡については、これまでもいろいろな理由が多々あったし、これからもあるだろう」と神官は説明する。「が、その最大のものは、火と水によって引き起こされた」。神官は『クリティアス』の中でも、ふたたび大洪水について述べている。それは地震をともなった「驚くべき洪水で」、アテナイのアクロポリスの土を洗い流して、その形を変形させてしまった。

「創世記」を読んだことのある人なら、デウカリオンの神話は、どこかで聞いた覚えがあると感じるだろう。デウカリオンはティタン神族の一人で、神々から火を盗んだことで悪名が高いプロメテウスの息子だった。プロメテウスは、人類を洪水で皆殺しにしようとするゼウスの考えを知ると、息子とその妻のピュラに、箱舟を作って洪水をやり過ごすようにと助言をする。洪水が引きはじめると、箱舟はパル

ナッソス山に行き着いた。地球上で二人だけが生き残ったデウカリオンとピュラは、ゼウスに感謝して犠牲を捧げた。ゼウスは地上がふたたび人で満ちるように、二人に石を背後に投げることを教える。デウカリオンが投げた石は男となり、ピュラが投げた石は女になった。

デウカリオンとノアの物語には、微妙に異なるところがある。例えば、ギリシア神話には動物が出てこない。が、おおむね二つの話は似ていて、それは共通の起源の存在を推測させるに十分なほどだ。二つの物語については、何世紀もの間、どちらが先に作られたものか、鶏が先か卵が先かという議論が続けられてきた。が、一九世紀に『ギルガメシュの叙事詩』が発見されたことにより、この議論は意味のないものとなった。ギルガメシュは、不死を求める王について語られたバビロニアの物語である。一二枚の石板に記されていて、製作年代は紀元前三〇〇〇年紀の末と見られている。ギルガメシュ王が探し求めたのはウトナピシュティムの知恵だった。ウトナピシュティムは大洪水を生き延びて、神によって不死を賜った人物だ。彼は次のように語っている。やがてやってくる洪水から、人間と動物がわずかでも生き残るために、舟を作るようにと神によって導かれた。水が引くと舟は山に上陸した。カラスが放たれ、それが戻ってこなかったとき、舟に乗っていた者たちは、はじめて安堵し下船した。

このような「大洪水」の物語の基礎には、何世代にもわたって語り継がれてきた、古代の大災害の話があるのかもしれない。が、はたしてそれはたった一つの洪水なのだろうか？ あるいは数多くの洪水なのだろうか？ そしてそれはプラトンが書いていた洪水について、何かを語るものなのだろうか？

地球の温暖化がはじまったのは、完新世のはじめ、紀元前九七〇〇年頃（これは大まかだが、プラトンの言っていた紀元前九六〇〇年と一致している）のことだった。そのためにランド・フレマスのような、多くの反権威のアトランティス研究家たちは、溶けた氷河によって解き放たれ、奔流と化した水が、プラトンの洪水神話の源になったという説を立てた。しかしまじめな科学者たちは、大規模な氷解現象と数多い古代の洪水神話の間にあるつながりを見ていた。著名な海洋学者のロバート・バラード——おそらく彼がもっともよく知られているのは、大西洋の海底でタイタニック号の沈没場所を探し出したことだろう——は、黒海の海面下四〇〇フィートのところで、淡水湖と思しきものの汀線《みぎわせん》を見つけた。その地域からバラードが集めた、淡水産の巻貝の殻を放射性炭素で年代測定してみると、紀元前五〇〇〇年頃という結果が出た。この発見は二人のコロンビア大学の科学者、ウィリアム・ライアンとウォルター・ピットマンによって提案され、議論の余地ありとされていた仮説を支持し、元気づけるものだった。二人の科学者が出した仮説は、急激に上昇した地中海の水位によって、海水がボスポラス海峡を越えて溢れ出し、これまで湖だったところへ、ナイアガラ滝が一日に落下させる水量の二百倍の水を注ぎ込んで、黒海を作り上げたというもの。バラードはこのように湖畔の定住地を水浸しにした、忘れることのできない出来事の記憶が、世代から世代へと口承で伝えられ、それがノアの箱舟のような物語になったと考えた。

しかし、テラ島の噴火と古代の洪水神話のつながりを妨害する障害物が一つある。それは噴火の確かな日付について、研究者たちの意見が一致しないことだ。炭化した遺物を放射性炭素で測定した年代は、木の年輪に表われている目の詰まった輪状の模様とつじつまが合う（火山の爆発によって、大気中に放出された灰が太陽の光を遮り、日照時間を減少させた）。それはまた、すでに年代の確定している陶器のサンプルと比較することもできた。放射性炭素の年代測定をした技術者たちは、噴火の日付を紀元前一六〇〇年代のはじめとする意見を支持した。が、指の爪に泥を潜ませた考古学者たちは、紀元前一五〇〇年説を固持して譲らなかった。この一〇〇年の差は重要だった。紀元前一六〇〇年ではアトランティスの証拠にぴたりと合致しないからだ。

アレクサンダー・マクギリヴレイは、アテネのブリティッシュ・スクールの考古学者で、クレタ島東部にある大きなミノア遺跡パライカストロの発掘に携わる、共同ディレクターでもあった。その彼が近年、収集したすべての証拠を集約して長い論文を書いた。この論文で彼が明らかにしたのは、テラ島噴火の日付を紀元前一五〇〇年とする説への賛同だった。アテネ近くの小さなぶどう園に住むマクギリヴレイに、私はスカイプで話をした。ラップトップのスクリーンに映った首から上だけの彼に、デウカリオンの洪水とテラ島との間に何かつながりがあるのかと尋ねた。

「神話と歴史に関しては、かなりうまくつながっていると思います。デウカリオンの洪水はギリシアの歴史に出てきます。それはちょうど英雄時代のはじめ頃で、ミュケナイが台頭し、英雄たちがトロイア戦争に出かけて戦った時期です」。ギリシアの詩人ヘシオドスは長詩『仕事と日々』の中で、人間の五つの時代について語っている——金の時代（人々は神々とともに心安らかに暮らしていた）、銀の時代（人々が神々から目を背けた）、青銅の時代（デウカリオンの洪水で終わりを告げた暴力的な時代）、英雄の時代（トロイア戦争のように大いなる戦闘が戦われた時代）、鉄の時代（ヘシオドスが生きた、無法と邪悪のはびこった時代）。マクギリヴレイによると、エジプトの年代記作者はデウカリオンの洪水を、第一八王朝六代目のファラオ、トトメス三世の治世中のこととしているという。この年代は紀元前一五〇〇年にぴたりと符合する。

「ギリシア人は、ポセイドンがギリシア全土に送り込んだ波をけっして忘れませんでした。とりわけこの大災害をもたらした波のことを。巨大な洪水はアテナイのアクロポリスの麓までやってきました。この洪水はまさしく、テラ島の津波が引き起こしたものだったにちがいありません」

が、マクギリヴレイは、ギリシア本土で行なった調査でも、津波の証拠を見つけ出すことができなかった。しかし、パライカストロで試みられた最新のモデリングでは、波の高さが五〇フィートに達したことが示されている。別の研究によると、テラ島の津波ははるばると、現代のイスラエルまで到達していたという。

これは興味深い。しばしば忘れられているのは、『ティマイオス』に書かれていた次のような記述だ。アトランティスを跡形もなく全滅させた、あの同じ「異常な大地震と大洪水」で、「あなた方（アテナイ）の戦士はいっせいに大地に呑み込まれてしまった」と神官がソロンに語っている。私はマクギリヴレイに、ミノアの仮説についてはどう思うかと訊いてみた。

「プラトンがわれわれに残してくれた情報に、私は満足しています」と彼は言った。「結局、エジプトの神官たちがプラトンに伝えたことは、われわれはヘラクレスの柱の向こうを見なければいけないということなんです」。つまり、それは地中海の外側ということだった。

二、三週間前に、マクギリヴレイは冗談半分で、映画監督のジェームズ・キャメロンにツイートした。そこでキャメロンがほのめかしたのは、特注の潜水艇「ディープシー・チャレンジャー号」で、失われた文明を探すかもしれないというニュースだった。彼はちょうどそのとき、マリアナ海溝の海底へ三万六〇〇〇フィート潜水して、世界記録を打ち立てたばかりだった。マクギリヴレイによれば、もう一つ考えられるのは海洋学者のバラードだと言う。「大西洋の真ん中でタイタニック号を見つけるのは、砂粒を見つけるようなものです。もしそんなものを見つけることができるのなら、頑丈な建造物など見つけることはたやすいでしょう」と彼は言った。

結局、私が次に訪ねたのは、ジェームズ・キャメロンやロバート・バラードではなく、彼らといっしょに働いていた人物だった。大洋の下で失われたものを、どのようにして見つけることができるのか、それを説明できる者は誰かと言えば、それはデイヴィッド・ギャロしかいなかった。ギャロはウッズホール海洋研究所が立ち上げた、特別なプロジェクトのディレクターを務めていた。深海探査のエキスパートで、以前、一万五〇〇〇フィートの深さに沈んでいた、ナチスの戦艦ビスマルク号を見つける手助けをしたことがある。最近では、海面下二・五マイルのところに横たわる、タイタニック号の3Dマッピングの製作監督をした。二〇一一年、ギャロはエールフランス四四七便の探索チームを率いた。この便は二二八人の乗客を乗せて、リオデジャネイロからパリへ向かう途中で消えてしまった。航空機メーカー、エアバス社のフランス人役員は、なぜWHOI（ウッズホール海洋研究所）が航空機捜索のために選ばれたのか、という質問に答えて「それができるのは、世界中で他に誰もいないからだ」と語った。

何度か私はギャロにメールを出したが、なしのつぶてだった。が、ある夜、インボックスに返事がきた。「マーク、アトランティスの会議に二日ほど出ていて、今帰ったところだ」と書いてきた。「話をしよう」

数週間後、天気のいい日に、私はマサチューセッツ州のケープ・コッドまで車を飛ばした。ギャロは海にいないときにはここで仕事をしていた。WHOIの本部キャンパスは屋根がルーフ・シングルで葺かれていて、芝生もきれいに刈り込まれている。建物は今もなお往時の面影を残していて、『グレート・ギャツビー』に出てくる屋敷のようだ。ここにニューイングランドの、とりわけ裕福な商人が住んでいると言っても、十分に通用するようなたたずまいだった。ギャロのオフィスは二階にあり、窓からはナンタケット海峡のすばらしい眺めが望めた。彼がしてくれたのは、いわば史上もっとも人気の高いTEDトーク（TEDはカナダのバンクーバーで、毎年講演会を主催している非営利団体。講演会ではさまざまなジャンルの人々がプレゼンテーションをする）で、それはまだ探検されたことのない大洋の驚異に関する、マルチメディアを使った感動的なプレゼンテーションだった。私が研究所に着いたとき、彼はちょうどある会議から出てきたところだった。それは近づきつつあった、南極行きの航海について意見を交わす会議で、一九一四年、アーネスト・シャクルトンが南極大陸横断を目指して出かけて、途中で難破したエンデュアランス号を見つけにいく遠征だった。ギャロの大きな机には、テラ島の噴火に関する学術的なモノグラフから、ランド・フレマスの『アトランティスの青写真』まで、アトランティス関連のさまざまな本が積み重ねられていた。ギャロは明るい青緑色のポロシャツを着ている。腕には派手なスウォッチの腕時計をつけ、ピンクの蛍光色のランニング・シューズを履いていた。日焼けをした肌といっしょになって、そのいでたちはまるで、内側から蛍光を発する発光クラゲのようだった。

　考古学で使用されるテクノロジーは、ジェームズ・メイヴァーが、一九六〇年代にサントリーニ島で用いていた初歩的な装置にくらべると、はるかに進歩していた。宇宙考古学という新興分野は、今では地上四〇〇マイルの上空から、地下に埋もれた建造物を探し当てることができる。アメリカのチームはエジプトの古代都市タニス――ナイル川の川筋が変化したために、長い間、沈泥《シルト》に埋もれていた――の地図を作成した。彼らはこの都市を、シャベルで泥を一度も取り除くことなく再現した。他の考古学者たちはリモート・センシング技術を使って、コロンビアやベリーズのジャングルで、長い間埋もれていた神殿を見つけた。二〇一三年には、ＬＩＤＡＲ（レーザー強度方向探知ならびに測距《そくきょ》）と呼ばれる、空中３Ｄマッピング・システムを使って、科学者チームが、鬱蒼と茂った熱帯雨林の林冠を通して、シウダ・ブランカ（白い都市）の遺跡を発見している。この都市は、一六世紀にスペインの征服者《コンキスタドール》エルナン・コルテスが、その信じられないほどすばらしい財宝の話を聞きつけて以来、おびただしい数の探検家たちが探索を試みては、命を落とした伝説の失われた都市である。おそらくすべてを含めて、この分野でもっとも期待のできる領域は、深海の探検だったのかもしれない。

「膨大な数の人々がそこへ（海の中）出かけては、膨大な数の異なったものを探しているんだ」と、われわれが円いテーブルに腰を下ろしたときにギャロが言った。テーブルにはプリントアウトされた、大きなカラーの海底写真が広げられている。「ビン・ラディンの死体、サー・フランシス・ドレイクの棺、アメリア・エアハートの飛行機。何一つ見つからないのに、何かを探して、莫大な金を投資するとは、いやいや、まったくすごいことだよ」。海の中では、ほとんど何でも探すことができる。が、しかし、問題は探索に費用がかかることだ。「まず何よりも深海の探索には金がいる。月に一〇〇万ドルは必要だ」と彼は言う。

エールフランス四四七便と思しきものを見つけたことで、ギャロは一躍有名になったが、それが彼のはじめての仕事ではなかった。「われわれがいるのは科学機関です。したがって、地図を作るときはたいてい、自然界から地質学や生物学などを期待する。しかし、非常に詳細な海底の地図、つまり大洋底の地図を作ろうとしたら、もやはそこでは、人為的なものは期待できないんだ。たとえば大西洋の海底にあるのは、信じられないような海中の砂丘や、泥砂の波、海流などだ。そして真ん中でどすんと物に突き当たる。そこにはタイタニック号があるんだ。われわれの手元には全く新しいロボットがある。これを使えば以前にもまして、何倍もの広い海底を探査できるし、その結果、はるかにすぐれた成果を上げることができる。それは深い地中海を探査するには、完璧と言ってよい装置だ。一マイルほど距離が離れていても、コンディションさえよければ、コンクリートブロックほどの大きさのものなら見ることができる」

埠頭へ降りて、新しい機械類をちょっと見てみないか、とギャロが誘った。私の車まで歩きながら、彼は今、ミノアの難破船に夢中になっていると話した。「本気で取り組んでいるよ。難破船を探しにくい遠征計画が進行中なんだ」と彼は言った。ミノアの難破船をはじめて見つけ出すこと、それも多量の積み荷を載せた船を発見することは、「深海考古学のこの上ない目標だった。なぜあの時代について知らないままでいられるのか、私には理解ができない。大きな驚きがこちらの方へ向かっているのに」

「地中海の水中考古学で大きな問題となっているのは、海が比較的浅いということなんだ。そのために何世紀にもわたって、水に潜る人や漁師たちによって、海の中が念入りに探索されて、人工物がすくい上げられた」。つい最近も、トロール漁船が、タラやホタテ貝などの海底の生物を捕獲しようとして、海底をごしごしと引っ掻きまわした。ロバード・バラードはマルタ島の沿岸沖で、五〇〇メートルにわたって底引き網漁でつけられた溝を目撃している。

「しかし、地中海でも深いところは、四〇〇〇メートル以上もある」とギャロ。「そのために、その海域はこれまで探索がされていないんだ。クレタ島とサントリーニ諸島の間を調べて、そこでミノアの難破船を発見することができるかどうか、試してみたいと思っている。もう一つ目標にしているのが、塩水湖と呼ばれているものを地中海の底で見つけること。それは陸上の湖と同じなんだが、そんな湖が大洋の底にあるんだ。塩水湖には酸素もないし、太陽光も差していない。基本的には、ピックルスの液に似たものと考えたらいいだろう。だから有機物はどんなものでも、いったんそこに入ると、信じられないくらいそのままの状態で保存されるんだ」

さて、ここからアトランティスの話となる。ギャロがはじめてミノアの仮説を耳にしたのは、友だちが自分の父親に会ってみないかと誘ってくれたときだ。彼女の父親というのが、会ってみると作家のプリンス・マイケル・オブ・グリース・アンド・デンマークだった。「二人でニューヨークシティのコーヒーショップへ行った。そしたら彼はアトランティスについて、自分の考えを滔々と話し出した。しまったと思ったよ。モーツァルトの『アマデウス』の中で、サリエリが精神病院で神父に、自分の半生をこと細かく告白するシーンがあっただろう、ちょうどあんなぐあいだったんだ。もう私は、汗たらたらで早々に退散したよ」

最近、彼が出席した会議では、ミノアの難破船調査の遠征について話し合いがされたが、その際、当然のことながら、アトランティスとのつながりに話が及んだ。WHOIの顧問をしていたジェームズ・キャメロン――グループが行なった海中作業が、彼に映画『タイタニック』を製作する気を起こさせた

——は、ありうるかもしれないこのつながりに対して、前向きで非常に熱心だった。が、ウッズホールの誰もがみんな、彼の熱意を共有していたわけではない。これはWHOIのスペシャリスト、ジェームズ・メイヴァーに対する思い出と、いくぶん関係があるのではないかと私は思った。彼の科学分野における長い経歴には、アトランティスへのやむことのないこだわりが、影を投げかけていたからだ。

「(ミノアの難破船の)議論をしている間はアトランティスの話はやめよう、と暗黙の内に取り決めていたんだ。ご存知の通り、アトランティスの人々は海の底で人魚といっしょに暮らしている、なんていうデマが飛び交っていたからね」とギャロ。「が、これはフェアじゃないと私は思う。アトランティスとミノア人との間には、妥当なつながりのあることをもっとみんなに知ってもらう、そんな努力がわれわれにはできると思う」

ミノア船の探索は当面、資金不足のために保留となった。ギャロはそれに関連したプロジェクトとして、今なお何層かの火山灰に埋もれている、古代都市アクロティリの地図作成の仕事を提案した。そして、現在はそのために必要な機器の準備をしようとしていた。マリナトスが発見してからほぼ半世紀が過ぎていたが、アクロティリは、まだほんのわずかな部分しか発掘されていない。どんな驚異が待ち受けているのか、その推測にはばらつきが大きい。「サントリーニのぶどう園の下には、ひょっとしたら巨大なルビーの詰まった箱や、地球を揺るがす機械の装置が埋まっているかもしれないよ」と言って、ギャロは笑った。

われわれはウッズホールのダウンタウンにある、WHOIの姉妹キャンパスで車を止めた。研究所の調査船が、西海岸《ウエストコースト》への長い航海に備えてドックに入っていた。ハーレーダビッドソンのTシャツを着た、ポニーテールのたくましい男が、キャスター付きのダッフルバックを引きずりながら、われわれのそばを通り過ぎていく。「いかにも、船乗り仲間といった顔つきだな」とギャロは言いながら、マリーナの外側に建っている警備のビルのフロントドアへ私を案内した。感じのいい年配の女性が二人、デスク・ワークをしている。「また、IDバッジを忘れてしまった」とギャロは、ジーンズのポケットを手ではたきながら言い、歩くスピードを落とした。が、それもほんのわずかの間だけだった。「これはマークだ。彼は外国のスパイで、何か悪いことを企んでいるようだ」。われわれの背後でドアが閉まったとき、私の耳にはかすかな叫び声が聞こえた。「デイヴィッド、待って下さい……」

一〇秒ほど立ち止まって、倉庫の大きな窓から中をのぞいてみた。「ここのものは、あなたもきっと気に入ると思うよ」とギャロはつま先立ちになって言った。倉庫の中には、いくつかテーブルが並べられ、その上に、大きな黄色のシリンダー状のものが慎重に置かれている。それがエールフランス四四七便を発見するのに使用された自律型無人潜水機（AUVs）だった。「このテクノロジーはトップシークレット扱いなんだ。すごいよね。さあ、アトランティスを見に行こうか」

アトランティスと言っても、それはアトランティス大陸ではない。全長二七四フィートのWHOI最新式研究船「アトランティス号」のことだ。まじめな科学者たちは、プラトンの沈没した大陸の探索に対して、つねに好意的なわけではなかった。が、しかし、その彼らもたしかに、アトランティスにちなんだ名前をつけることには好意を示している――スペース・シャトル、小惑星、火星の衝突クレーター。われわれは階段を上ったり下りたりして、狭い通路を横切っては、小さなキャビンや電子機器の詰まった部屋に首を突っ込んだ。船にはたくさんのウインチやクレーン、巨大な球体をしたGPS受信機が搭載され、科学ラボラトリーが六部屋、フルサービスのカフェテリアなどがあった。カフェテリアには異常と思えるほどのタバスコ・ソースと、プロテインバーがストックされている（「業者がわれわれの噂を聞きつけて、箱ごと送ってきたんだ」とギャロが説明した）。他には二四時間体制の乗組員のためにベッドも用意されていた。今にもどこかで、ジャック・クストーに鉢合わせするかもしれない、そんなことを私は考え続けていた。最後にやっとわれわれは、アルヴィン号の最新バージョンにたどりついた。設計の段階でメイヴァーが手助けをした、丸い小さな有人潜水調査艇だ。そのピンサーにはボクシングのグローブのようなものがかぶせられていて、それはまるで、ぽっちゃりとした子供が、自分を守ろうとしているみたいだった。おそらくそれは、その通りだったのだろう。少し前にジェームズ・キャメロンが、ディープシー・チャレンジャー号をWHOIに寄贈したばかりで、その結果、アルヴィン号は降格の憂き目に遭っていたからだ。

ギャロが見せてくれたAUVsは、テラバイト（二の四〇乗バイト）というとてつもない量の情報を吸い上げることができた。そしてそれが一つの画像に加工される。ギャロはその成果を私に見せたいと言う。われわれは道路を横切って、WHOIのビレッジ・キャンパスへ向かって歩いた。その建物はギャロが仕事をしていた所にくらべると、今にも崩れ落ちそうなたたずまいだ。長い駐車場の端まで行くと、やっと窓のないダブルワイド・トレーラーのような建物にたどり着いた。これがWHOIの天才技術者ウィリアム・ランゲのオフィスだった。彼は海洋学界では、一九八八年に水面下のタイタニック号を、はじめて見た人物として知られている。階段を上がってドアへ行く前に、ギャロは足を止めて言った。

「あなたに忠告しておくけど、ビリー（ウィリアムの短縮型）はすぐにカッとなる。だけど、彼は天才なんだ」

建物の中は蛍光灯で照らされていたが、薄ぼんやりとしていて、コンピューターのスクリーンが白く浮き出ていた。部屋にはAV機器がぎっしりと詰め込まれている。私はふと、大きなスポーツ大会などに、スタジアムの外で駐車しているテレビの中継車（移動式コマンドセンター）を思い出した。メインルームの前には、今までに見たことがないほど大きなLCDスクリーンがあった。

ランゲはコンピューターの前で、オフィスチェアに寄りかかっていた。白髪であごひげにも白いものが混ざっている。グレーのシャツに黒のジーンズ姿だ。けばけばしい蛍光色の服装をしたギャロの隣りにいると、ランゲはまるで巣穴の外で捕らえられた、森の夜行性動物のようだった。右手には包帯のようなものが巻かれている。そのために彼は左手でぎこちなげに私と握手をした。

「マークに言ったんだが、ふだんわれわれは『アトランティス』という言葉を使うことを嫌う。それはこの言葉が実際には、何の根拠もないものばかりからスタートしているからなんだ。そうだろう?」

「うん、そうだ」とランゲは、うしろにもたれてじっと私を見つめた。

「しかもその上そこには、テラ島とミノア人と、それにプラトンがアトランティスという名で語っているものとの間に、一見、もっともらしいつながりがある」とギャロは言った。ランゲは不愉快そうな顔をしている。「もっともらしいつながりだ、ビリー」。さらにギャロはつけ加えた。「もっともらしい」

ランゲはベルトの上で手を組んでいる。ギャロが「アトランティス」と言ったときには、しかめっ面をしていた。

居心地の悪い沈黙を破るために、私はランゲにギャロがミノアの船を探しにいくといっているが、どう思うかと訊いてみた。が、驚いたことに、彼はギャロの野心をあまりに小さすぎると考えていたようだ。

「私は古代の宇宙人の線まで、下がって行こうとは思っていません。あれはたわごとですから」とランゲは、さらにうしろにのけぞって、私をじっと見つめた。「しかし、われわれの歴史の一部が失われているることについては、私もまったくその通りだと思います。この一万年で地中海の海水位は著しく変化しました。われわれの歴史、それに文化の発展の重要な部分は水面下四〇〇フィートの所にあるんです。これは世界的に言えることです」。その結果として、住まいが集中する河口は時間とともに変化した。ときには、劇的な変化をする場合もある。ハドソン川の今の河口は、一万年前の最終氷河期とくらべると、一〇〇マイルも西に移動している。「水路――湖、川、大洋――は当時のハイウェイです。都市や居住地は、はたしてどこにできるのでしょう？　それは川が大洋と接するところです。以前あった場所には、もはや都市は存在していません。もしかすると、多文化の経済の中心は、驚くほど狭いタイムスパンで消えていったのかもしれない」

ランゲは、最近クレタ島で発見された石斧について語り出した。この発見が注目すべきなのは、一〇万年前に、人類が地中海を航海していた可能性を、それが示唆していたからだ。「もし昔に遡って、紀元前三〇〇〇年から七〇〇〇年、つまり今のわれわれから、五〇〇〇年から九〇〇〇年前の地中海で、はたして何が起こっていたのか、それを推測してみると、そこにはたくさんの建築作業が進行中だったと思われます。とりわけ島々では。サントリーニ、マルタ、クレタ、キプロス、カナリア諸島でさえ、今では理解しがたいほどの巨大な石の建造物が建てられていたんです。私は今話したような古代の海岸線を見つけることで、今なお水面下に残存している建造物を発見できると考えています」

ギャロは気の進まないランゲに、広いテーブルの上を覆っている、非常に大きなモノクロ写真を説明してはどうかと促した。「おそらくこれは、大洋のあらゆる部分に適用できる、最高のデータ分解能だと思います」とランゲは言った。画像の真ん中近くに、小さくて白いくさび状のものが見える。タイタニック号の船首だ。「私の夢はタイタニック号でしたことを、アクロティリで試みることです」と彼は言った。「アクロティリの範囲を定めて、それがどれくらい大きなものなのか」、地中探知レーダーと高解像度の水中画像を結びつけることによって、それを確かめてみたいとランゲは考えていた。

それは一大事業だと思った。もしグーグル・オーシャンの開始が、アトランティス研究家たちの心臓をドキドキさせたとすれば、大いなるアクロティリの地図作りは、彼らの頭を爆発させる結果になるかもしれない。「そんな大きなプロジェクトを、どんな予定で進めるつもりなんですか？」と私は訊いてみた。

「お金さえあれば、一週間でできます」とランゲ。

「どうだろう、今、ランゲが手がけている3D映像をマークに見せてあげたら?」とギャロが言った。

「まだ準備不足なんだ」とランゲ。椅子に戻ると、彼はその背にもたれた。それはまるで歯医者にでも行って、臼歯を抜いてもらうのを待っているようだ。しかし、タイタニック号の写真を私に見せてからは、ランゲの声の調子もいくぶん角がとれたようだった。

「さあ、ビリー、見ようぜ」。ギャロは私の方を振り向いて「実は私もまだ見たことがないんだ」と言った。

ランゲは考え直したようで、口をぎゅっとすぼめた。そしてやっと、部屋の向こうにいた若い同僚に呼びかけた。「ベス、明かりを消して、サングラスを持ってきてくれないか?」

ベスは部屋を出ていき、戻ってくると、三人にサングラスを手渡した。三人はサングラスを掛けて、巨大なスクリーンを見つめた。

「これは今まで集めた中で、もっとも解像度の高い水中の映像です」とランゲは、明かりを暗くしながら言った。そしてギャロの方を向くと「さあ、これから水に潜るよ」と言った。

映像は信じられないほどすばらしいものだった。ネズミイルカの群れが、おびただしい数の魚を追いかけている。何十年もの間、海底の泥に半ば埋もれていたプロペラ機のそばを通り過ぎていく。巨大なクラゲが脈動しながらスクリーンを横切った。そのあとに、カラフルな螺旋模様の殻を持つオウムガイが、体を揺すりながらゆっくりと進んでいく。すべてが手を伸ばせば、すぐに触れることができそうだ。

「いや、これはすごいな」とギャロ。

「もしこの技術を使ったとしたら、水中の都市を見つけることもできるのでしょうか?」と私は訊いてみた。

「それがなかなかたいへんなんです。消えた都市は一つじゃないですから」とランゲ。「百ほどの都市が消えている」

TEDトークの最後に、ギャロはマルセル・プルーストの言葉を引用した。「真の発見の旅は、新しい風景を見つけることではなく、新しい眼を持つことだ」。サントリーニ島の火山灰の下や、周辺の海中に潜んでいるものを見つけ出すために、この技術が使われるというプランは、われわれをわくわくした気持ちにさせる。おそらくそこには百ほどの都市が、発見されるのを待っているのだろう。その内の一つはもしかしたら、大洪水の物語に着想を与えた都市かもしれない。

何としても、私はそれを見つけなければならなかった。

19 カリメラ！——ギリシア、サントリーニ

サントリーニ島に着いたとき、私のしなければならないことのリストには、たった一つの項目しかなかった。ゲオルギオス・ノミコスを見つけること。なぜ彼を見つけなければいけないのか、私には分からなかった。彼の連絡先はニューヨークシティのギリシア観光局で教えてもらった。ライターがある国の旅行事務局にコンタクトを取ったときには、たいていそのオフィスの人は、ライターがとても使いきれないほどの情報を、せいいっぱい努力して提供してくれる。それはだいたいが温泉や乗馬などの情報だ。さらに彼らは次々と重ねて情報を教えてくれるために、ときにはこちらも「禁止命令」の言葉を用意せざるをえなくなる。

ところが、ギリシア人からは情報を得るのが難しかった。電話やメールで数週間、コンタクトを試みたのだが、どれも成功しない。たまりかねた私は、空港へ向かって出発する準備をはじめていた。ちょうどそのときに、クリスという名の男性が電話をくれ、サントリーニで何か困ったことがあったときには、ゲオルギオス・ノミコスが世話をしてくれるから、安心するようにと言ってくれた。ゲオルギオスとは、私がブラウンシュヴァイクやマルタにいる間に、何度かメールを交換した。ゲオルギオスは私が

サントリーニに着く直前に、連絡を入れると約束してくれた。しかし、飛行機がサントリーニのちっぽけな空港に着くまで、彼からは何の連絡もない。ギリシアで最初に迎えた朝、目を覚ました私は、これからどうしてよいのか分からなかった。

八時五五分に携帯が鳴った。「カリメラ！　マーク。サントリーニでは『おはよう』をこんな風に言うんだ。私のカフェでコーヒーを飲みましょう」

数分後には、ゲオルギオスの車の助手席に乗っていた。車は白いフォルクスワーゲンのハッチバックだ。ゲオルギオスは三〇代のはじめで、ひどく日に焼けているがハンサムだった。黒い髪はきれいに手入れがされている。プレスのきいたスラックスの中で、福々しいお腹が少し出っ張っていた。駐車場を探しながら、サントリーニの中心街フィラの狭い通りを抜けていくと、その途中でゲオルギオスは、すれ違う人毎に手を振っては「カリメラ！」と叫び、握手をするために車を止めた。一〇分ほどうろうろして、やっと駐車スペースを見つけ、車をバックして入れた。そこは理髪店の私道で、臨時に作られた違法の駐車場だった。「オーケーだ。先日、この店で髪を切ってもらったばかりだから」とゲオルギオスは説明した。店のオーナーにも「カリメラ！」と叫んで声をかけ、手を振った。私が今いるのは、泊まったホテルから、まだ五〇ヤードほどしか離れていない地点だった。

フィラは一面、白いしっくいが塗られた古い町だ。われわれはその町並みの、細くて窮屈な路地を抜けてフィラのカフェ「キャラクター」にやってきた（この英語「character」は古代ギリシア語の「カラクテル」から派生したものである）。ゲオルギオスは、六人ほどいる感じのよい店員たちに「カリメラ！」と声をかけ、コーヒーをテラスに持ってきてくれと命じた。テラスから眺める景色は素晴らしかった。ひと目見て、島々が海を囲む環状がいかにもアトランティスだなと思った――全体的に見て、ゲオルギオスがカプチーノの料金として請求する五ドルは、十分に支払う価値がある。それは半分ほどコーヒーの入った、巨大なティーカップの縁から見下ろしているといった風だった。この輪状のたらいの真ん中に、深いブルーの海に囲まれてネア・カメニ島が浮かんでいる。アンゲロス・ガラノプロスは、おおよそここが、ポセイドンとクレイトーの神殿が建っていたところだと信じていた。険しい崖がカルデラの海の大半を取り囲んでいる。この日は海岸近くに、二隻の巨大なクルーズ船が停泊していたが、それもひどく小さく見えた。ここでは、多くの船が碇を下ろしても意味がない。水深が深いからだ。テラ島の火山爆発が非常に大きかったために、カルデラは幅が四マイル、深さは一〇〇〇フィート以上にもなった。

「マーク、実は今日は、アクロティリの遺跡を見ることができないんだ」とゲオルギオスは椅子の背にもたれて、サングラスを直しながら言った。「ストライキをやっている。ここにあなたが二日しかいられないことは、よく分かっているんだ。そこで、もし明日もストライキが続くようなら——彼の調子を聞いていると、こんなことは朝日が東から昇るのと同じで、取り立てて驚くことでもないと言っているようだった——遺跡の研究所で働いている友だちがいるので、彼に頼んでみるつもりだ。友だちはそこで、遺跡から発掘された人工物をきれいにしてるんだ。彼なら裏口からこっそりと入れてくれる」。ゲオルギオスは机の上に置いてあった携帯を見下ろした。「ドゥマスからすぐに連絡が入ることになっているんだ。それを待っている」

これは私にとっては大ニュースだ。ギリシア観光局と事前にしたやりとりは、ごく大雑把なもので、ともかく誰でもいいので、アクロティリで働いている人と会いたい、それが私の唯一の要求だった。それだけに、もしアトランティスがサントリーニ島のナンバーワンの伝説だとしたら、クリストス・ドゥマスはおそらくそれに次ぐものだろう。彼はこれまでスピリドン・マリナトスの助手として、その下で働いてきた。一九七四年に師匠のマリナトスが、アクロティリで亡くなったときには、ドゥマスが彼の仕事を引き継いだ。そしてこの四〇年ほどの間、灰に埋もれた都市の発掘作業を指揮してきた。この島

サントリーニ島の底深いカルデラ湖。ユニークな標的の形をしている。見ていると思わず、これを作った火山噴火が、プラトンの物語にインスピレーションを与えたにちがいないと信じてしまう。

とプラトンとのつながりについて、もっとも新しい情報を握っている者は、ドゥマス以外にはいなかった。ゲオルギオスと私はコーヒーを飲み終えると、閉所恐怖症を引き起こしそうな、フィラの迷路じみたショッピングセンターを散歩した。考古学者たちは今なお、アトランティスの候補地として、サントリーニ島についてあれこれと議論をしている。が、地元の商店街の人々はとっくの昔に決断を下していた。われわれが通り過ぎたのはアトランティス・ホテル、アトランティス・レストラン、アトランティスTシャツを売っている店などだった。ゲオルギオスはたしかに繁盛しているカフェを経営しているが、その一方で、他にもさまざまなことに手を出していた。散歩の途中で足を止めて、彼は自分が出したガイドブックや、自分の撮った写真のカレンダーを私に見せた。また二、三軒のコーヒー店では彼が輸入した、人気の高いブランドのエスプレッソコーヒーを売っていた。ゲオルギオスは、ある店先にあったバスケットから軽石を一つつかむと、それを私に渡した。「足をこするのにいいんだ」と言ってこするまねをした。私は財布を出してお金を払おうとしたが、店の主人は手を振って、金はいらないと身振りで示した。ゲオルギオスの車に戻って、はじめて店の主人の無頓着ぶりが理解できた。サントリーニ島の道路は、二〇フィート以上の深さがある火山の軽石の中を、削って作られたものだった。

私はやっとのことで突きとめたのだが、ゲオルギオスはこの町で、何らかの役職に就いていた。それは選挙で選ばれた、何か市議会議員のような公職だった。が、それ以上の詳細はとうとう聞き出すことができなかった。また、彼がサントリーニ島とプラトンのアトランティスに関して、どんな意見を持っているのかについても、調べることができなかった。ただ、アトランティスとの関わりが観光事業にとって好ましいという、一般的な気持ちはゲオルギオスも持っていたようだ（彼の英語は少々かたくてぎこちないが、その語学力は接客ビジネスにはふさわしいものだった。それに引き換え私のギリシア語は「カリメラ！」がそのすべてだった）。二、三分ごとに、ゲオルギオスのポケットから携帯の着信音が鳴る。それは島のさえずりのようなポピュラー・ソングだ。かけてきた相手を確認すると、彼はジーンズのポケットに携帯を戻した。

サントリーニ島の博物館はその多くが、やはりストライキのために閉館していた。したがってわれわれは、島をドライブして巡ること以外にすることがない。そしてそれは、ゲオルギオスを大いに喜ばせたようだ。サントリーニ島はとくに広いというわけではない。ゲオルギオスは私がテフラ——火山巨礫の白くて厚い層、火山灰、それにケーキにかけるフロスティングのように、地面を覆っている噴石——をすべて見たかどうかとしきりに確認したがった。ゲオルギオスの村を車で通り抜けたのだが、それもありとあらゆる方向から行ったり来たりした——「私のばあさんの家だ。私がいつもキャンディを買っていた店だ。あれは私のいとこ。カリメラ！　カリメラ！」。そして、島のもっともよく知られている名所をいくつか回った。有名な赤い砂のビーチや、同じく有名な黒い砂のビーチにも行った。山の頂上

ゲオルギオス・ノミコス。サントリーニ島にて。サントリーニ島はときに旧名のテラ島で呼ばれる。

まで車で上り、そこに建っていた修道院も訪れた。さらには、露天掘りされていた軽石の鉱山も見下ろした。この鉱山はセメントの原材料をスエズ運河に供給したという。絵のように美しいトマト畑やぶどう園も通り過ぎた。これも、島にふんだんにある火山灰土の賜物だった。われわれはたくさんのテフラのそばを通りすぎ、その上に乗り入れ、そしてその周辺を巡った。島の北へ車で向かい、オイアを目指した。オイアは三日月形をしたサントリーニ島の北端にあり、断崖に位置した、白いしっくいで塗られた町だ。大方の意見では、美しさで有名なこの島の中でも、もっとも美しいスポットだと言われている。アトランティス関連の本を置いた店をはじめ、ゲオルギオスに関わりのある品々を目玉にしている店を、さらに数軒訪ねた。その途中で、何人か白のドレスを着た花嫁に遭遇した。カメラの前でポーズを取っている。誰もがみんなアジア人のように見えるけれど、とゲオルギオスに訊いてみた。「サントリーニは中国人に人気があるんだ」と彼は言った。「結婚式を挙げるために、遠路はるばるやってくる。それなのに酒を飲むことさえしないんだ」。彼はハンドルをばんばんと叩いて、このひどくばかげたやり方を非難した。

われわれは険しい上に、曲がりくねった二車線の道路を下って、オイア港へ向かった。港ではすでにゲオルギオスの友だちのディミトリスが待っていた。あらかじめゲオルギオスが手配をしていて、ディミトリスがスピードボートに乗せてくれることになっていた。ここ何年かの間で気づいたことがある。小さな島々に住む人々は、結局、二つのカテゴリーの内のどちらかに入る傾向があった——いつの日にかこの島を抜け出ることを夢見る人々、そして、この島以外に他の土地で住むことなど、おそらく想像もできない人々。マルタ島のアントン・ミフスドと同じで、ゲオルギオスとディミトリスは、心底から第二のグループに属していた。ディミトリスは巨漢であごひげをはやしていて、よく笑った。いつもタバコをくわえていて、ロシアの心やさしいヘビー級の——しかも全盛期をすでに過ぎた——ボクシング選手のようだ。

われわれはカルデラを時計まわりで見てまわった。荒い波をボートがぴしゃり、ぴしゃりと音を立て、かき分けながら進んでいく。強い風が私の髪を逆立てた。サングラスに波のしぶきが当たり、それが乾いてフィルムのように、サングラスの表面に膜を作った。ゲオルギオスの方を見ると、先方からかかってきた携帯に返事をしている。彼の髪の毛は少しも乱れていない。ときどき携帯の送話口を手で覆って、何かを指差して叫んでいる。「マーク、あれは写真で撮った方がいいよ」

ディミトリスはボートを、サントリーニの中央島ネア・カメニに向けた。島に近づくと、彼は鼻にしわを寄せた。「今に匂いがしてくるよ、腐った卵のような」とディミトリス。岸の近くでは、硫黄が海水をクローバーのような緑色に染めている。島に上がると、観光客たちが並んで、くすぶっているクレーターのまわりを歩いていた。地質学的な観点からすると、ネア・カメニ島は新生の島で、一七〇七年にはじめて姿を現した。それ以来、ときおり溶け出した溶岩が急激に増えて、島を大きくしていった。ここ六〇年以上、火山は比較的静かにしていたが、近年、レストランの店主はワイングラスがかちかちとぶつかって、音を立てていることに気がついている。それは新たな地面の揺れが引き起こした結果だった。地質学者たちはこの数カ月で、新しい「マグマの風船」が、サントリーニのカルデラの下で成長し続けている、とその原因を究明した。マグマの風船とは、避けがたい火山による大災害の、最初の兆候につけられた名前にしては少々陽気すぎるかもしれない。

サントリーニ島の岸に戻ると、ゲオルギオスは私をディミトリスが経営する水辺のレストランへ連れていった。そして八人分の食べ物とワインを注文した。三人でやっと食べることができたのは、そのおよそ三分の二だけだった。オイアは日没で有名だ。われわれは太陽が海へ沈みはじめるのを待った。それは中国人の結婚パーティー――それももう少し、はめをはずしてくれるといいんだが――と同じくらい幸せな時間だった。私のまぶたは思わず下に落ちはじめた。そのとき、ゲオルギオスの携帯が鳴った。彼はちらりとそれを見ると、上半身をしゃんとして座り直し、サングラスをはずした。電話の相手とギリシア語で、短いが少々堅苦しいやりとりをしていた。

「ドゥマスさんが、われわれをディナーに招待したいと言っている」と言って、ゲオルギオスは携帯をテーブルにそっと置いた。「マーク、こんな機会が持てたのもあなたのおかげだ。ドゥマスさんに会えるなんて、私にとってもたいへん光栄なことです」

ゲオルギオスがホテルで私を下ろしてくれた。そのあとでドゥマスとのディナーへ行くのに、彼がピックアップしてくれるまでの時間、私はコーヒーをがぶ飲みしては、アクロティリについて調べたノートを読み返していた。一九六〇年代にマリナトスが発掘して以来、何か新たな考古学上の発見があったとしたら、それはどんなものでも、アクロティリをより強力なアトランティスの候補地にしていただろう。噴火で埋没した当時、アクロティリは繁華な港湾都市だった。市民は海洋貿易の成功によって、豊かな繁栄を享受していた。二階や三階建ての建物が、玉石で舗装された狭い通りに軒を並べている。貯蔵部屋に残されたものを見ても、内外から入る食べ物を楽しむ、彼らの美食家ぶりをうかがい知ることができた。最新式の配管システムが、家庭から出る廃水を、表の敷石の下に設けられた管へと運び去る。きちんと積み重ねられた瓦礫や、最近行なわれた建物の修理などから、テラ島の噴火が起こったときには、すでに、それ以前の地震で受けた衝撃から、立ち直ろうとしていた姿がうかがわれた。地震のあとに大惨事が続くという順序は、プラトンのアトランティスの崩壊と似ていた。

繁栄の様子と瞬時に破壊された状況を啓示的に語っているのは、ほとんどの家庭の壁を飾っていたフレスコ画だろう。火山灰による埋没のために、それは驚くほど完全な状態で保存されている。ゲオルギオスがくれたドゥマスのパンフレットには、古代のテラ島に住んでいた島民の絵画や陶器が、ミノア人の影響を色濃く受けていると書いてあった。それもミノア人にくらべて、より自由で、より型にはまらないスタイルを示していると。緻密に描かれた詳細なフレスコ画がある。これは二階の部屋の壁を三面使って描かれたもので、いわば三六〇〇年前に撮影された、パノラマ風のスナップ写真と言った感じだ。オールを備えた船が船隊を成して、戦士たちを運んでいる。エスコートしているのはイルカで、船隊は二つの都市の間を航海していた。両方の都市では着飾った人々が集まっていて、小さな集まりはいとまを告げていた。アクロティリの住人と思しい大きな集団は、到来する人々を出迎えている。このフレスコ画の場面はおそらく、噴火前にクレタ島とテラ島の間で行なわれていた、航海の様子を描いたものだろう。

その夜の八時頃、ゲオルギオスと私は車をサントリーニ島の南端まで走らせて、静かなレストランへやってきた。レストランの外には、クレタ海の無限の闇が広がっている。ゲオルギオスがテラスの席を予約していた。ここなら海岸に打ち寄せる優しい波の音を聞くことができる。われわれは待った。そして待った。四五分ほど経つと、いらいらしはじめたゲオルギオスがドゥマスに電話を入れた。ドゥマスは仕事に熱中していたために、ディナーのことをすっかり忘れていたようだ。それから数分後、眼鏡をかけた小柄な人影が、アクロティリ遺跡の方角からゆっくりと現れてきた。

「どうも失礼しました。すいません。明日行なうプレゼンテーションのためにスライドの準備していて、すっかり時の経つのを忘れてしまいました」と言って、ドゥマスはゲオルギオスと私の向かい側に座った。彼の立派な身のこなしと、ふっくらと盛り上がった白髪が、賢い鷲のような雰囲気を醸し出していた。彼の英語は歯切れのいい、イギリスの貴族階級のイントネーションをしていて、「whilst」（＝while）のような言葉を使う。二人の女性がテーブルに近づいてきた。そしてドゥマスに笑いかけると、顔を傾けて彼の頬にキスをした。「ご覧の通り、ご婦人方はみんな私を愛してくれます」と彼は言った。さらにその証拠に、黒い服にエプロンをつけた、白髪まじりの婦人がキッチンから飛び出してきた。そして、息が詰まりそうなほど強く、ドゥマスを抱きしめた。彼女が向こうへ行ってしまうと、彼は言った。一九六〇年代にマリナトスと「ここで発掘をしていたとき、彼女が料理を作ってくれたんです。当時、彼女は四〇歳でした。今はお孫さんもいるんです」

ゲオルギオスがわれわれ三人のグラスに、サントリーニの辛口ワインを注いでくれた。ドゥマスは恐る恐る私のリサーチはどんなものなのかと尋ねた。サントリーニ島は何と言っても、世界でナンバーワンのアトランティス候補地だ。サントリーニについて、現在世界をリードしているエキスパートとして、ドゥマスはしばしば呼ばれて、ドキュメンタリー映画などに登場する。その結果、あとで彼の話した言葉は、ねじ曲げられたり、文脈を無視して使われたりした。(9) 私は必ずしも、サントリーニ島がアトランティスであることを、証明しようとしているわけではないと彼に言うと、明らかに目に見えて、彼は安心したようだった。私はむしろ、なぜこれほど多くの人々がそれを証明しようとするのか、その理由を見つけ出すことの方に興味があった。

「第一に言えることとは、サントリーニ島が輪状の形を思い出させるからです」とドゥマスは言った。「アクロティリは、エーゲ海の青銅時代の都市としては、保存状態のいい最たる例です。それは生活水準の高さからしても、驚くべきものです。これが島の形といっしょになって、人々に勝手な想像をさせてしまうのです」

「しかし、テラ島とアトランティスの相互の関係を、マリナトスはしっかりと見ていたんじゃないですか?」と私は尋ねた。

「火山が噴火したあと、明らかにクレタ島とエジプトとの接触は断たれてしまった、とマリナトスは言っています。そのために島が消えてしまった、という伝説が作られてしまったのです。しかし、その一方で彼は、もしこれがエジプト人に知られていたのだとしたら、なぜエジプトの資料でそれに触れているものが一つもないのだろうと言っている。われわれは古代社会について、多くのことを知ってます。それもみんなエジプトの資料のおかげでした。が、エジプトの文献には何一つ、サントリーニ島の噴火に触れた記述がないんです」

ゲオルギオスは指を組んで静かに座っている。それは教会で長ったらしい説教を聞いている、ミサの侍者のようだった。私は、自分がゲオルギオスを困らせているのではないか、とつい気がかりになり、及び腰になってしまう。もしゲオルギオスに気を使う必要がなければ、私はドゥマスに次のようなことを言っていたかもしれない。まず、テラ島の消失がエジプトの年代記に記されているかどうかは、アトランティスの記述と同じように、解釈の問題がそこにあるのではないか？　さらにマリナトスはときに、世間の注意を（そしてお金を）引きつけるために、あえて曖昧な態度を取っていたのではないか？　人々はそのおかげで今もなお、マリナトスがはたして、テラ島がアトランティスだと言っていたのか否かについて、喧々諤々の議論を戦わしている。

しかし、ドゥマスは曖昧な言葉を使って、真実を不明確にするのは意味がないと考えていた。彼は一九六八年にアクロティリで仕事をはじめたのだが、そのときに、島でただ一軒しかないホテルを所有する友だちから電話が入って、問いただされた。アトランティスの問題については、観光客を引きつけるために、中立的な立場を取ってもらえるのか、どうなのかと。「私は学者でもなかったし、観光業者でもありませんでした」と彼は言った。彼の不機嫌そうな顔を見ても明らかだが、四〇年経った今でさえ、ホテル経営者のずらずらしさにはなおひどく腹を立てていた。

ドゥマスはまた、アトランティスについて感じた疑念は声に出し、けっして尻込みすることがなかった。二〇〇五年にはじめて開かれたアトランティス会議においても、たくさんの疑問点を臆することなく、マイクに向かって話した。この会議に彼は招待されていて、その基調演説を行なった。彼は所見を述べたのだが、その際にアトランティスを「サイエンス・フィクション」（空想科学小説）と呼んだ。この言葉はプラトンの失われた大陸を、何としても見つけたいと思っていた大方の聴衆を困惑させたにちがいない。会議の議事録で公にした見解でも、彼はフランス語で「キメラを追いかけるのはやめよう」（キメラはギリシア神話に出てくる、火を吐く女の怪獣。頭はライオン、胴体はヤギ、尾はヘビ）という引用句を使って論を締めくくり、仲間の学者たちに訴えかけた。

それでもなお、夕食を取りながら聞いたドゥマスの話はあやふやなものだった。「サントリーニがアトランティスだという意見を支持する人々は、『それは単なるミスだった』と言ってます。九〇〇年と書くところを、エジプトの神官たちは九〇〇〇年と記したと言うんです。しかし、これは違う。プラトンは確信していました。九〇〇〇年前の話だとはっきり理解していた。しかしもちろん、一万年紀にこのような文明が存在したはずはありません。一万年紀といえば後氷期です。プラトンはまた、『イデアの洞窟』について書いていましたね？」プラトンの「洞窟の比喩」は『国家』の中で描かれたもっとも有名な一節だ。そこではソクラテスが、地下の洞窟で鎖につながれた、囚人たちのグループについて述べている。彼らは壁に投影した、ちらちらと瞬く影を通してしか、現実を経験することができない。一方、太陽の光が満ちて、豊かな色彩があふれた三次元の賛嘆すべき世界は、囚人たちのいる場所から、ほんの数メートル先にあった。この場面でプラトンがみごとに説明していたのは、哲学上の第一の難問である――それは、われわれが感覚器官によって認識できるほんのわずかな実在と、それがどんなものでも、その客観的な真実との間にある、大きなギャップをどう埋めるかという問題だ。「そう、われわれははたして、『イデアの洞窟』の在所を探し出して、実際にそれを見つけようとするでしょうか？」とドゥマスは問いかけた。

ドゥマスにとってアトランティスの物語は、『国家』で論じた政治的な理論を説明するために、プラトンがこしらえ上げた単なる話だったのである。「彼は仲間のアテナイ人たちに、調和に満ちた平穏な社会のためには、いくつかのルールを尊重することが必要なことを知らせたかったのです。そしてこのようなルールが守られないときには、ただちに神々が人々に罰を加える。それがまさしく、聖書のソドムとゴモラの神話で語られたことなのです。それとまったく変わりがありません。それなら、なぜ人々はソドムとゴモラを見つけようとしないのでしょうか？」

「しかし、実際には」と、私は失礼にならないように注意しながら言った。「今この瞬間にも、人々はソドムとゴモラを探していますよ」

「たしかに探しています」と、ドゥマスは頭を左右に振りながら言った。「みんな狂ってしまっているんです」

ドゥマスと私がおしゃべりをしている間、ゲオルギオスはせっせとグラスにワインを注いだり、そっとシーフードのごちそうを注文して、テーブルをいっぱいにしていた。ムラサキガイやエビ、それに小さな魚の揚げ物などが、続々と皿に盛られて運ばれてきたので、テーブルの上はすでにスペースがなくなっていた。われわれも仕方なく、手を膝の上に移さざるをえなかった。ドゥマスは食べものをちびちびと口に運んでいる。そして話に集中できなくて申し訳ないと言った。近頃、彼は心臓発作に苦しんでいるという。年齢も八〇歳に近い。ギリシアの経済危機のおかげで、アクロティリの発掘予算は削られてゼロになってしまった。当然、事実を無視して話すような、彼の遠慮を知らない態度も、とうの昔に燃え尽きてしまったのだろうと私には感じられた。

「アトランティスに肩入れをしている人々の、職業や専門を見てみますと、古典学や歴史や考古学にはおよそ縁のないことに気がつくでしょう。何の関係もありません。ある者はエンジニアだったり、ある者は地質学者だったりします。そういえば古代ギリシアに、プラクシテレスという彫刻家がいました。彼がオリュンピアで有名なヘルメス像を作ったとき、オリュンピアのサンダル作りの職人を呼んで、ヘルメス像のサンダルに、どこか不具合な点がないかどうか、チェックしてくれと頼んだんです。職人はやってきて、エルメス像をしきりにほめて言った。『私は像の頭をもう少し左に傾けた方がいいと思います。それに髪の毛は……』。そこでプラクシテレスは言った。『サンダル作りはサンダルを見てればよい』。他のことに口出しをするな。私はアトランティスに夢中になる人々を、いかさま師だなどと言っているわけではありません。彼らはこの分野のスペシャリストではない。そのために彼らは、アトランティスをただ信じ込んでしまっていると思うのです」

「それでは、なぜ人々は今もなお、アトランティスを見つけることに、これほどまでに躍起になっているのでしょう?」と私は訊いてみた。この時点で私は少し酔っぱらっていた――少しではないかもしれない。それにドゥマスは今、私が一年間かけて調べたものを、丸ごとあっさりと棄却してしまった。私は私で突然、感情的にアトランティス探索にのめり込んでいる自分を感じた。正直な答えを探していたのである。

「覚えてらっしゃるでしょうか。二〇〇五年の会議で読んだ私の論文のタイトルは『ユートピアのユートピア』でした。アトランティスはユートピアなんです。誰もがそんな理想の都市に住んでみたいと思う。それは夢なんです」

夜中を過ぎてから、はうようにしてベッドに潜り込んだが、あまり夢は見なかった。朝の六時に目が覚めた。が、体は休まった感じがしない。ドゥマスとの話はまだ未解決のままだし、二日酔いがひどい。口の中は、火山灰が詰まっているような感じがする。プラトンの『饗宴』に出てきた医師のエリュクシマコスの言葉が、ずきずきと痛む頭のまわりでひゅーんと音を立てた。「私が医学から学んだことがあるとすれば、それは次の点だ。酒に酔うことは誰にとっても有害だ」

私はゲオルギオスのおもてなしという贈り物を呪った。服をひっかけるとコーヒーを求めて表に出た。唯一開いているのは小さな屋外のレストランだけだ。それは通りを隔てた向かい側の屋台で、その日に獲れたものを売っている漁師たちを対象にしていた。シーフードはおそらく、今考えたくないリストの二番目、辛口のサントリーニ・ワインの次に挙げることができるだろう。エスプレッソをダブルで二杯飲んでから、私は昨日の放縦を激しい運動で、汗といっしょに洗い流そうと思った。フィラから五八六段の階段を降りて、サントリーニの鉢の縁、つまり、サントリーニ海の水辺まで降りてみることにした。

海辺までのジグザグの旅は静かで美しく、カメラを持ってくればよかったと思ったほどだ。目の前では、ネア・カメニ島がカルデラの真ん中でくすぶり続けている。ドゥマスが持ち出した疑念のために、あの島にポセイドンの神殿が建てられていたことについては、以前にもまして私は懐疑的になっていた。上に向かって階段を昇る帰りの旅は、下りにくらべてはるかに辛かった。二分置きに、ラバの小さな群れが、いたるところで糞を垂れながら、次々に階段を降りてくる。それはスペインのパンプロナで見る牛のようだ。ラバの番人は、金を払ってラバの背に乗ろうとする客以外は、どんな者にもまったく関心を示さない。私はやっとのことで頂上にたどり着いた。体中が汗だらけになり、腰から上は昨日のワインの匂いがするし、くるぶしから下は納屋の庭のような匂いがした。ゲオルギオスから電話が入った。彼もけっして元気ではない。アクロティリへ行くのを二、三時間うしろへずらさないかと言ってきた。「マーク、きょうはストライキがないようだから」としわがれ声を出した。「一一時に私のカフェで合流しましょう」

昼頃、ゲオルギオスはチケットの売り子にうまいことを言って、無料の券をせしめた（彼の様子を見て、私は誰もが使っているジェスチャーだなと気づいた。それは「この男はトラベル・ライターなんです。われわれをただで入れてもらえませんか?」と言っているようだ）。地面から掘り出された、古代の建造物を見ようとすると、見物客はまずモダンな建物に入らなければならない。建物はスチール梁の屋根で覆われている（遺跡は七年ぶりに、最近ふたたびオープンしたばかりだった。古い屋根の一部が崩れて、見物客が死んだ事故があったからだ）。その日は陽が照っていて暑い日だった。そんな日でも遺跡は不気味で、つい先日見捨てられた住まいのような感じがした。人の住んでいない砂の城が並んでいる。発掘された通りを歩いて行くと、何だか事件の現場へ向かっているようで、ぞくぞくとしてきた。人間の遺骸はまだ見つかっていない。

以前、港だった場所が明らかになれば、これから進む発掘作業で、たくさんの遺骸が発見されるかもしれない、とドゥマスは確信していた。彼の仮説はこうだ。テラ島の人々は船で逃げようとして、港に集まり順番を待っていた。ちょうどそのときに島は大破した。

二人で一時間ほど遺跡を見てまわった。ゲオルギオスはさかんに高解像度のスナップ写真を撮っている。何かプロジェクトで使おうというのだ。フレスコ画はすべて剥がされて、アテネの国立考古学博物館へ船で送られていた。遺跡では、アトランティスに関連した新事実は見つからなかった。

「マーク、ワインなら一杯くらいいいけそうだろう?」とゲオルギオスは、私の肩を叩いて言った。一〇分後、われわれはワイナリーのテラスに座っていた。彼がここの共同所有者だと聞いても、私はべつだん驚きはしなかった。二杯ほど辛口の白ワインを飲むと、二人とも二日酔いが消えた。ぼうっとして楽しい気分でいると、ゲオルギオスのいとこたちがやってきたので、みんなでカフェ・キャラクターへ行き、ランチをたらふく食べた。サントリーニのロゼを一瓶あっという間に空けて、カルデラの上に沈む夕日を見ていた。これまでに見た中で、もっともゴージャスな夕日だった。しかし、深さが一〇〇〇フィートに達する穴をこしらえた大爆発のことを思うと、背筋がぞくぞくとした。

『オデュッセイア』の中でホメロスは、「クセニア」(客人への友情)の重要性を書いている。これは古代ギリシアの伝統で、遠方からやってきた見知らぬ人を厚くもてなすことだった。私はゲオルギオスに、彼がこのクセニアを私に示してくれたことを感謝した。が、彼はこんな言葉は聞いたことがないと言った。そして話題を次の訪問地のアテネで、チェックしておくべきレストランに変えた。おそらく、私の発音が台なしにしてしまったんだろう。次の朝早く、ホテルをチェックアウトしたとき、ホテルのオーナーから請求書を受け取った。が、彼はさらに、二つのショッピングバッグを私に手渡した。袋の中にはハガキ、カレンダー、本、乾燥したそら豆、オリーブ・オイル、ワインなどがいっぱい詰め込まれていた。

「カリメラ！」（さようなら）とオーナーは言った。「ゲオルギオスが、これをあなたに渡してくれと言っていた」

20 ピュタゴラスを三角測量する——アテナイ、プラトンのアカデメイア（紀元前三六〇年頃）

もしクリストス・ドゥマスが正しかったとしたら、アトランティスの話は「イデアの洞窟」と同じように、プラトンの政治的な理想を説明するために創造された、単なる文学上の作り事ということになる。プラトンがその政治的なモデルを中心に据えたのは、おそらく哲学史上もっとも影響力のあった『国家』の中においてだろう。『ティマイオス』の冒頭近くでソクラテスは、友人たちに次のようなことを思い出させている。「昨日、私がした話のテーマは国家だった——それはどんな体制で、どんな市民から構成されていれば、もっとも完璧と思えるものになるのだろうか」。そして彼は、自分の理想が実現するのを、ぜひこの目で見たいものだと言う。さらに、アテナイが「戦時の戦闘行為においても、また各都市を相手にした談判の上でも、国家の訓練と教育にふさわしい成果を見せてくれる」のなら、ぜひその話を聞いてみたいと言ったのである。そしてこのソクラテスの言葉が、アテナイとアトランティス間の戦争について、クリティアスが耳にした話を語りはじめるきっかけとなった。

しかしそれでは、プラトンの理想の国家とはいったいどんなものなのだろう？　今日ではちょっと奇妙に思えるかもしれないが、「デモクラシー発祥の地」と言われた古代ギリシアの、もっとも偉大な市民の一人が、実は大衆主義者《ポピュリスト》ではなかったのである。プラトンの高貴な血筋が、あらかじめ彼にデモクラシーに対して否定的な感情を抱かせていた。彼はデモクラシーが「他の者と同等な人にも、同等でない人にも、同じように平等を分け与える」と書いている。一般市民はレトリックによって、簡単に揺り動かされてしまう。スパルタへ仕掛けた、悲惨なペロポネソス戦争の軍事行動――この中には、シュラクサイへの無謀な侵略が、何千というアテナイの戦士を死なせ、二つの船隊を失わせたこともあった――についても、大多数の人々が繰り返し投票で支持を示した。その結果、紀元前四〇四年に、この戦争はアテナイの敗北で決着を見た。そして、デモクラシーが回復すると、根っからデモクラシー好きでなかったソクラテスは告発される。理由は「国家の神々を認めなかった」罪と、「アテナイの若者たちを堕落させた」罪だった。裁判では市民の大多数がソクラテスに有罪の票を投じ、彼は死刑の判決を言い渡される。ソクラテスは、友人たちが勧める亡命を断わり、毒ニンジンを飲んで死ぬことを選んだ。プラトンの書いた美しい対話篇『パイドン』の中で、ソクラテスの死を見届けた友人の一人が、「私の意志に反して、涙があふれ出てきた」と言う。このとき友人はおそらく、著者のプラトンに代わって心情を吐露していたのだろう。

ソクラテスは紀元前三九九年に死ぬが、彼の死を受けてプラトンはアテナイを逃れて、一〇年の間、広く各地を旅してまわった。滞在したのはリビア、イタリア、エジプト。この三つの土地はすべて、もちろん、のちにアトランティスの物語の中で姿を見せる。紀元前三九〇年、彼は南イタリアとシチリアに長い間逗留した。この期間に二人の人物に出会っている。ともにプラトンの生き方と考え方に大きな影響を与えた人物だ。イタリア南部のタラス市（現在のタラント）で、彼はアルキュタスに会った。アルキュタスは政治家で、タラス市をピュタゴラス教団の原則に従って統制していた。この哲学の教団は、国外に居住するギリシア人ピュタゴラスによって、紀元前五三〇年頃に設立された。彼が唱えたのは、数こそが万物のミステリーを解明する鍵となるという考えだった。アルキュタスとの会話はプラトンを、ピュタゴラス風な数の崇拝者に変えた。

プラトンはシチリアでもう一人の人物、僭主ディオニュシオス一世に会っている。ディオニュシオスは他の者とは一風異なる支配者だった。彼は強大な力を持つ都市シュラクサイを完全に支配していた。プラトンはたしかにデモクラシーを好まなかった。が、僭主政治はそれにもまして好きではなかった。プラトンはディオニュシオスに、遠慮なくその旨を伝えた。僭主はそれに対して、プラトンを逮捕し、(一説によると)奴隷として売り飛ばすことで答えた。幸運としか言いようがないのだが、プラトンの友人がたまたま奴隷市場に居合わせて、彼の自由を買い取ってくれた。

生涯でもっとも実りの多い、海外留学の旅を終えたプラトンは、紀元前三八七年、アテナイに戻ってきた。そして、アテナイの中心部から、およそ一マイルほど離れた土地の一画にアカデメイアを創建した。貴族という彼の出自のために、プラトンにはもともと、少数者支配(貴族制)を好む素地があった。それがアテナイの市民投票でソクラテスが死刑に処せられたことによって、彼の心中で、不本意ではあるが、他よりましな社会的モデルとして、スパルタの軍国的な寡頭(少数独裁)制が一気に浮上したようだ。プラトンが『国家』の中で描いたのは、このような社会の骨組みだったのである。

『国家』では登場人物のソクラテスが、大きな国家の運営を大きな船の操舵にたとえている。国家を多数者の支配にまかせてしまえば、悲惨な災厄を招くことになる。「真の舵取り人は、いやしくも、一つの船の真の支配者になろうとすれば、年や季節、空や風や星々など、船乗りの技術に関わりのあるすべてのことに、注意を払わなくてはならない」とプラトンは書く。熟練した船乗りだけが船長を務めることができるように、哲学で研鑽を積んだ支配者だけが国を統治することができる。したがって、上の上の支配者は哲学者にして王である者、つまり、プラトンによって哲学王と呼ばれた人物だ。

ソクラテスはまた、プラトンのもっとも重要な哲学上の概念である「イデア論」についても述べている。この論によると、世界は二つの領域に分けられる――一つは感覚を通して直感できるもの。そしてもう一つは、それよりさらに高位で抽象的な、時空を離れて存在する完璧なもの（イデア）。この後者の概念に、われわれはプラトンの理想とするもの、つまり到達が不可能な模範《モデル》を見ることができる。(10) たとえば、長い顔とたてがみを持つ、細長い脚の動物を見て、われわれはそれを「馬」だと思う。が、その動物は馬のイデアの単なる不備な一実例にしかすぎない。

プラトンが『国家』の中で述べている都市国家は、アテナイより、むしろスパルタに非常によく似ていた。社会のあらゆる階級は厳格で質素な生活を期待される。子供たちは共同で育てられるために、自分の両親を知らないし、両親も、どの子が自分の子供なのか分からない。優れた特性を持つ男女は、進んで子供を持つことが奨励される。教育については、厳格な国家による統制を不可欠とした。子供たちの目を文学にさらすことは制限された――とりわけホメロスの読書は禁じられた。それもこれも行儀の悪い神々や、疑念と後悔ばかりの戦士を描く物語から、子供たちを遠ざけるためだ。物語が単なるエンターテインメント以上のものだということを、プラトンは十分に承知していた。物語は適切に使用されれば、それは強力な道具となりうるのである。

古典学者たちの推測によると、『ティマイオス』や『クリティアス』の執筆時期は紀元前三六〇年頃とされている。これが正しいとすると、二つの作品は『国家』に描かれた理想社会を作り上げようとして失敗に終わった、悲惨な現実世界の試みによって潤色されていたにちがいない。プラトンははじめてシュラクサイを訪れ、長逗留をした末に奴隷として売られた（今日なら彼も、ウェブサイトの「トリップアドバイザー」に、腹立ちまぎれのレビューを投稿できただろうに）。そのあとではさすがの彼も、もはや二度とかの地を踏むまいと誓ったにちがいない、と誰もが思うだろう。が、紀元前三六七年にディオニュシオス一世が死ぬと、その兄弟ディオンの説得を受けて、プラトンは新しい支配者ディオニュシオス二世を教育するために、シュラクサイへ戻ってきた。プラトンの指導の下で修行をすれば、若い僭主ももしかしたら哲学王になるかもしれない。

プラトンが訓練用のマニュアルとして『国家』を使いたいと思っていたのなら、彼の期待はきわめて現実離れのしたものだったと言わざるをえない。『国家』の第七巻でソクラテスは、すぐれた哲学王になるためには、幅広い数学の知識に加えて、哲学的な問答法（ディアレクティケ）を五年間、実地の統治訓練を一五年間しなくてはならないと説明している。真の哲学王なら五〇歳までには、統治の準備を完成しておくべきだという――が、これは必ずしも、若い僭主が躍起になって、耳を傾けるようなアドバイスではなかった。プラトンの二回目の長期シュラクサイの滞在が、どのようなことで気まずくなったのか詳細は措くとしても、ともかく最終的には、自宅に軟禁される結果になってしまった。プラトンの古い友人でピュタゴラス派のアルキュタス――シチリアの近く、南イタリアのタラスで、広く尊敬を集めていた指導者だ――が、プラトン幽閉の知らせを受けて、急遽救助船を派遣した。

アルキュタスは彼自身が数学者で、立方体の体積を二倍にする問題（立方体の倍積問題）を三次元の作図で解き明かしたことで名高い（彼は人間としても非常に優れた人物だったようで、その業績の中では、飛行可能な鳥のおもちゃを発明して高い評価を得ている）。学者の中には、『国家』で描かれた哲学王のモデルが、アルキュタスだと考える者もいる。『ティマイオス』はプラトンが混沌とした世界に、秩序を与えようとした試みだが、この対話篇を書いている間も、彼の心にあったのが、アルキュタスの考えだったというのは、いかにもありそうな話だ。『ティマイオス』の基礎を成しているのがピュタゴラス的な考えだということは、アカデメイアで学んでいた者なら、誰にも明らかなことだったろう。アカデメイアのカリキュラムは、ピュタゴラス風な四学科に基づいたものだった――算術、幾何、天文、和声。今は失われてしまったが、アルキュタスの仕事と『ティマイオス』とのつながりについて、アリストテレスが本を一冊書いていたほどだ。

これまでに会ったアトランティス研究家たちについて、私には一つ気がついたことがある。それは彼らのほとんどが、プラトンの数をまったくそのまま、まともに受け取っていて、誰一人それが、ピュタゴラス的な思考の影響によるものだと考えていないことだ。おそらくその一因として、ピュタゴラス学派の人々が完全に主流からはずれた、傍流と見なされていたことがあったのだろう。

が、しかし、ピュタゴラスがはたして、歴史上の人物として実際に存在したのかどうかについては、われわれも完全な確信を抱くことができない――歴史家の中には、彼が想像上の人物だと考える者もいる。それにそこには、ピュタゴラス派によって発見された数学上の定理がすべて、決められたように、彼らの創設者の手によるものとされている、という一般的な合意もある。

古典的な情報源が描く、ピュタゴラスの像は次のようなものだ。彼はギリシアのサモス島で生まれた。ペルシア人との混血児で、聡明な上にカリスマ的な哲学者だった。エジプトへ旅をして、そこで幾何学の基本を学び取ったのかもしれない。そして最終的には、イタリア半島の長靴の底クロトン（カラブリア半島の東海岸）に落ち着いたのだろう。ピュタゴラスの教えに基づいて、ピュタゴラス教団（教団というより、むしろ「カルト」の方がより正確な表現かもしれない）が設立されたのもこの地だった。ピュタゴラス派は秘密主義を掲げて、いっさい書いたものを残さなかった。が、彼らの信仰のコアな部分が、基本的には二つの要素を混合したものだったことは疑いを容れない。二つの要素とは数学と神秘主義で、今日ではとてもこの二つを混ぜ合わすことは難しい。

「万物は数である」というフレーズは、ピュタゴラスの言葉と信じられていて、これはよく知られている。この考えに魅了されたのはプラトンだけではなかった。アリストテレスもまた魅了された一人だった。『形而上学』の中でアリストテレスは、ピュタゴラスについて次のように書いている。「彼らは数の中に、火や土や水……などに似たところをたくさん見ているようだ」。が、それだけではない。正義、霊魂、理性、好機、「そして同じようなもの、ほとんどすべてのもの」の中に彼らは数を見ていた。直角三角形の三辺の長さの関係を示す$a^2+b^2=c^2$(一例が辺の長さの比が3対4対5の直角三角形)のような数式の発見、あるいは1からはじまる連続した奇数の整数の和が、つねに平方数になることの発見などは、あたかも神による啓示のように感じられたにちがいない。それはまるで、ピュタゴラス派の人々が少しずつ、現実の背後にある二進コードを解明しつつあるかのようだった。

ピュタゴラス派はその秘伝的な教義によっても、同じようによく知られている。中でも、彼らの間でもっとも重要とされていたのは、霊魂の転生、つまり魂の生まれ変わりに対する信仰だった。生活は質素が重んじられた。財産は共有とされ、女性は男性と平等と考えられていた。ピュタゴラス派はベジタリアンだった──一九世紀まで「ピュタゴラス式食事療法《ダイエット》」という言葉は、通常、肉食を自制する言葉として使用された。もしかするとこれは、転生する霊魂への信仰が理由だったのかもしれない。彼らが掲げた、「すべきことと、してはいけないことのリスト」は、項目がたくさんあり、しかもそれは奇妙なものばかりだった。白い雄鶏に触れてはいけない。靴はつねに右足から脱ぐこと、しかし、洗うのは左足から。ベッドから起き上がったときに、寝具に自分の体の跡を残してはいけない。そして、そら豆を食べてはいけない──それに触れてもいけない。

カリスマ性のある宗教のリーダーにはしばしば起こることだが、ピュタゴラスもまたさまざまな驚くべき物語の対象となっている。逸話の多くには動物が登場する。その昔、ピュタゴラスは熊を説得して、

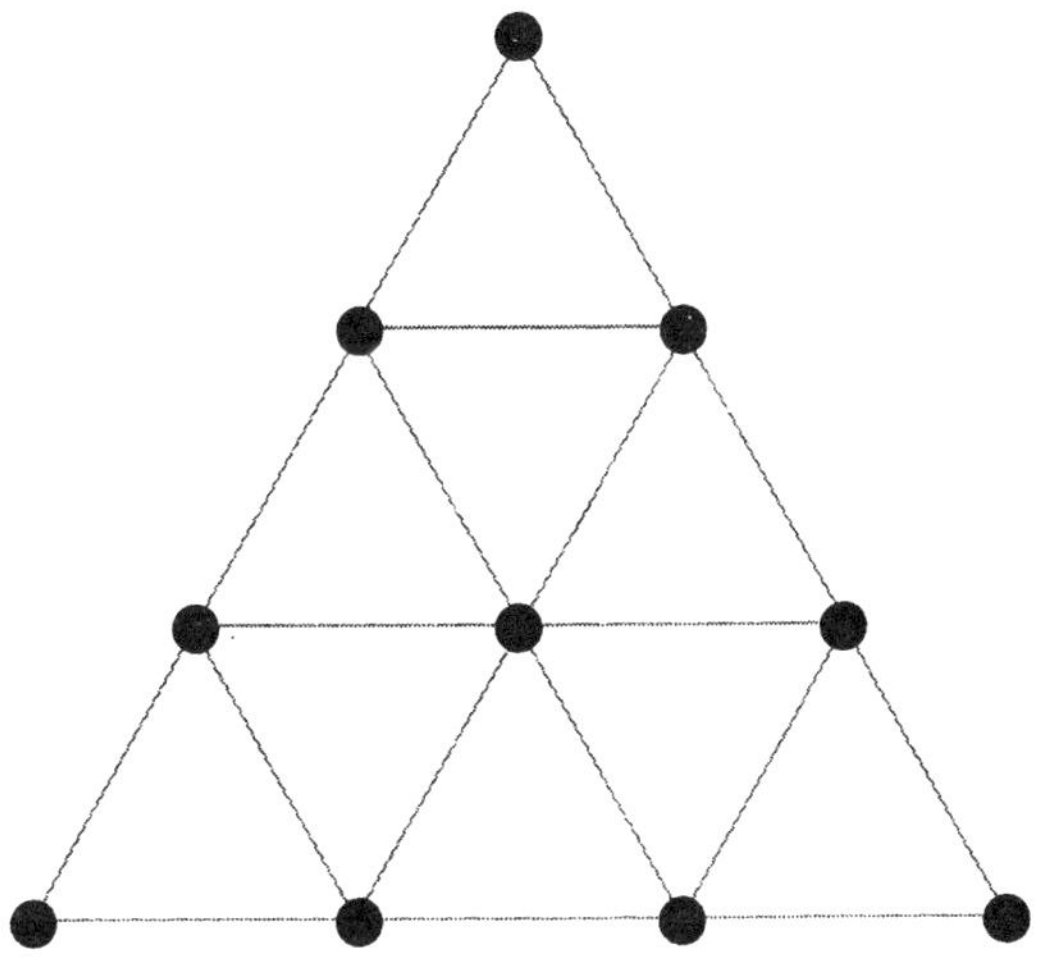

肉を食べるのをやめさせたという。別のケースでは、犬がぶたれて鳴いている場面に遭遇したという。ピュタゴラスは間に入って、犬の鳴き声から、それが生まれ変わった友人の声だと分かったので、打つのをやめさせた。アリストテレスが記しているところによると、ピュタゴラスは黄金の腿の持ち主と思われていて、地下世界へ旅をしたり、二つの異なる都市へ同時に姿を現したと報告されている。

ピュタゴラス派にとって万物が数だとすると、その同じ数にはまた、ある程度生き物の要素もあった。数は量を表わしたが、それを超えて性格や意味も持っていた。たとえば、1は理性や不可分割性を、2は意見や不完全を、3は調和を表わす。奇数は男性で、偶数は女性。数はモナド、つまり点のグループによって表現された。それが9が「平方」の数と呼ばれた理由だった。おそらくそれは、一列に三つの小石を並べて、まったくそれと同じ列を三つ重ねたものとして描かれたのだろう。あらゆる数の中でもっとも完全な数は10だった。10は1＋2＋3＋4の合計で、上のように表現された。

図は「聖なるテトラクテュス」と呼ばれたもので、ピュタゴラス派の学徒にとっては、多くの意味の詰まった図形だった。この正三角形は、ただ単に等しい長さの三辺を持っているだけではない。その四つの列はまた幾何学の四つの基本概念に対応していた——上から点（ゼロ次元）、線（二点間を結ぶ一次元の線分）、面（二次元の形。この場合は三角形）、多面体（空間を所有する三次元の立体。この場合は正三角錐）。ピュタゴラス派は数が振動《バイブレーション》を発すると信じていた。この考えは今も数秘術者たちの間で人気が高い。彼らは誇らしげに、ピュタゴラスを数秘術の創始者だとしている。こんなことを考えると、ピュタゴラス派が五芒星形《ごぼうせいけい》に夢中になっていたのも、何ら驚くことではないだろう。彼らはどうやらこの図形を健康のシンボルとして使っていたらしい。

が、とりわけ現代の愚かしい発想として、われわれを驚かせるもの——「何だかいい感じ《グッド・バイブレーション》」などという言葉以上に、どう見ても浮薄な言葉がはたしてあるのだろうか？——は、それとは真逆な、これまでもっとも偉大な数学上の発見から現れてきたように思われる。歴史家たちの意見が一致しているのは、この発見こそが、プラトンと『ティマイオス』に大きな影響を与えたということだ。それはまた、この発見がもしかすると、アトランティスの解明を手助けしてくれるものかもしれない。

ピュタゴラス派の伝説によると、ある日、ピュタゴラスは金属加工職人の作業場の前を通り過ぎていた。作業場からはハンマーの音が聞こえる。が、金床の上で鉄を打ちつけるハンマーの音が、驚くほど調和のとれた美しい音だった。哲学者が作業場に入ってみて、はじめて、その美しい音色を生み出すもとが分かった。二つのハンマーが同時に金属を打っているのだが、ハンマーの重さには違いがあった。一つのハンマーがもう一つのハンマーにくらべて二倍重い——一二ポンドと六ポンド。この二つのハンマーが完璧なハーモニーを奏でていた。キーとなっているのはハンマーの重量の比率1対2だ。ピュタ

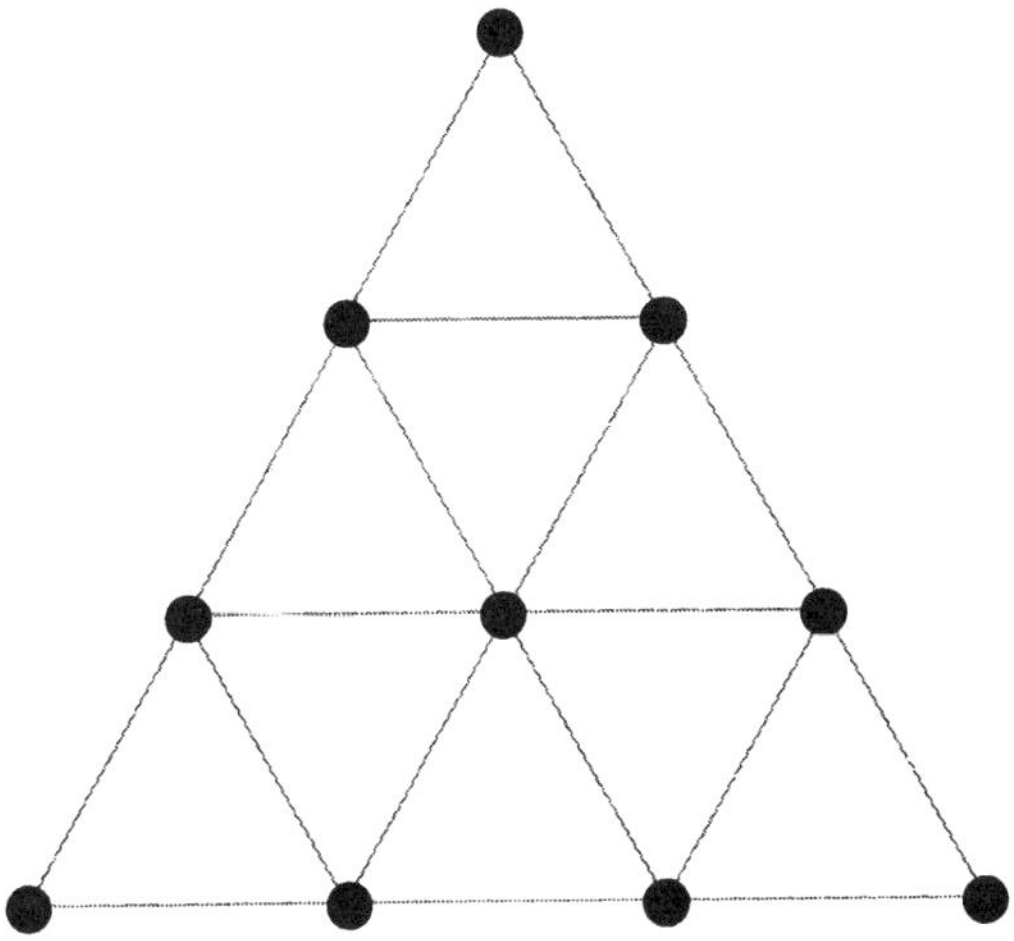

ゴラスは家に戻ると、二本の弦――一方が他方より二倍長い――をかき鳴らして同じ効果を再現した（いくら音楽好きな鍛冶屋だと言っても、家で再現を試みるのはやめるべきだ。後続のテストで明らかになったのは、ハンマーによる実演は不可能だが、弦ならそれが可能なことだった）。

ピュタゴラスが発見したのはオクターブ（8度音程。振動数比2対1の音程）である。七つの音がCDEFGABの音階を成している。八つ離れた二つの音は、ドレミファソラシドの音階名で言うと最初のドと最後のドで、同じピッチを持つことになる。ただし振動数は、高いドは低いドの二倍だ。ピュタゴラスはまた次のようなことに言及している。一二ポンドのハンマーと八ポンドのハンマー（重量比3対2）は、音楽家が完全五度と呼ぶ、心地のよいハーモニーを生み出し、さらに、一二ポンドと九ポンドのペア（重量比4対3）は、現在完全四度として知られているハーモニーを作り出した。しかし、これでもなお、超自然世界に入り込むには証拠が不十分ということだったのか、1対2、2対3、3対4はおそらく、上のような形で表現されていたのだろう。

紀元前６世紀の哲学者ピュタゴラスは、音楽の調和の背後に数学的な比率のあることを発見した。数が自然の隠された暗号である証拠。

ピュタゴラスは、人間の楽しみの中でももっとも刹那的な音楽に潜む、数学的な基盤を暴いてみせた。が、万物は数だと考える彼にとって、これはべつだん驚くに値しないことだった。伝説によると、ここからピュタゴラスは夜空へと目を移し、頭上の天体（目に見える惑星、月、太陽、星々）間の距離にも、同じ比率が見られるのかもしれないと推測した。また天体が軌道を周回する際に音を生み出す、とピュタゴラスが考えていたことを、アリストテレスは『形而上学』の中で報告している。この宇宙のハーモニーは「天球の音楽」として知られるようになった。が、これは（伝えられるところによると）ピュタゴラス以外の人間には聞こえなかった。ところが、この考え方は後世まで非常に長く保持されることになる。それが分かるのは、二〇〇〇年以上のちにヨハネス・ケプラーが、この考えに刺激を受けて、惑星の動きに関する第三法則（調和の法則）を考え出したからだ。

しかし、おそらく、ピュタゴラス派の天体のハーモニーから、もっとも重要な影響を受けて書かれたのは、プラトンの『テイマイオス』だったろう。この本で彼が試みたのが宇宙の説明だった。対話篇の冒頭で、ソクラテスの口から出た数語は、聖なるテトラクテュスと共鳴することで、ピュタゴラス派のトーンを打ち出している。「一人、二人、三人……あれ、四人目は、ティマイオス？」驚くほど短い時間でプラトンは、アトランティスの見取り図の、とりあえず第一部を描く。そしてそのあとで、この宇宙があらゆる物質とあらゆる生物の総計であり、それに生気を与えているのが、「世界の魂」と彼が呼ぶものだと説明する。

このあたりでそろそろ、読者のみなさんは「こんなことがいったい、アトランティスとどんな関係があるのだろう？」と、自問しているのではないだろうか。プラトンはここで、これまできわめて曖昧模糊としたものから、突如、奇妙なほど正確無比なものへと方向を転換する。「神の制作者」（デミウルゴス）が「世界の魂」の原材料を、適当な数の部分に区分すると言う。そして、その大きさを正確に定義していく。それが1、2、3、4、9、8、そして27という数だ。まず全体から1つの部分を切り離し、次に前者の二倍の部分を、さらに三番目には、第二の部分の一倍半で、第一の部分の三倍に当たる部分を切り離すといった具合。以下同様。クラントールという学者がいた。紀元前四世紀に小アジアのキリキアの生まれで、プラトンの死後ほどなくして、アテナイのアカデメイアで学んだ。その彼が『ティマイオス』に注釈を施している。これは知られているかぎりで、もっとも古い『ティマイオス』の注釈書だ。彼はアトランティスの物語を文字通り、そのままの歴史だと信じた——そして、次ページの図のようにプラトンの数を並べることで、理解を深めることができるかもしれないと提案した。

この図ではいくつか注目すべき点がある。まず、1がピラミッドの頂点に置かれている。ピュタゴラス派にとって1は宇宙のシンボルで、他のものがそこから派生する、いわばスーパー・ナンバーと言ってよい数だった。左側の数を見てみると、すべての数が偶数。右側は奇数だ。それぞれの側の最初の数

1

2　　3

4　　9

8　　27

2と3は素数。その下の4と9が平方数。さらに下の8と27は立方数だ。こまかく見ていくと気がつくのだが、ピュタゴラスの示した協和音の比がそこにはある――1対2、2対3、4対3、9対8など。プラトンは『ティマイオス』の中で、自ら考えていることを――多少ではあるが――続けて説明している。そこでも使われていたのは数学的な発想だった。ピュタゴラスの言うように、神の制作者は宇宙の織物の中に、目に見えない万物のソース・コード――和声的音階――を織り込んでいると言う。また、どういうわけなのか、世界の魂の材料は切り取られていく内に、すっかり使い尽くされてしまった。それで神の制作者はそれを縦に切り取って、細長い二片の帯状のものにし、それをたがいにつなげて二つの輪をこしらえた。一方の輪はさらにこまかく、七つの輪に分割された。これが五つの可視の惑星と、月と太陽の軌道である。七という数の選択は偶然ではない。CDEFGABの音階には七つの音がある。

『ティマイオス』には、この種のことがさらにたくさん書かれている。が、今はもうこれで十分だろう。この時点で、われわれが心に留めておくべきは、プラトンがアルキュタスと付き合いはじめたあとで、数が目一杯詰まった『ティマイオス』と『クリティアス』を書いたということ。そして、そのメッセージは、世界地図や衛星写真を手にしている、二一世紀の読者に向けて発せられたものではないということだ。プラトンは『ティマイオス』と『クリティアス』を、ピュタゴラスのカリキュラムを勉強している、アカデメイアの学生に対して行なう講義のテクストとして書いた。したがって、次に挙げるようなことは、とてもありえないことのように思われる。つまりプラトンは、万物の幾何学的な基礎について、数と推論を盛り込んだ対話篇を、それもピュタゴラス派の哲学者ティマイオスの名前を表題にして書こうとしたということ――さらには、それを二つに分けたアトランティス物語の間に挟み込んだ。むろんそれも、アトランティスの物語の中では、数が文字通りに受け取られることをもくろんで。が、そんなことはとても考えられないことだったのである。

21 アトランティス学発祥の地——アテナイ

シチリアのシュラクサイで、自分の考えを実行に移すことに失敗したプラトンは、故郷のアテナイに戻り、ふたたび旅に出ることはなかった。この時期に、のちに『ティマイオス』や『クリティアス』を形作ることになる考えを微調整した、ということは十分に考えられる。それはアカデメイアの敷地内を、やや想像力に乏しいとはいえ、前途有望な若い学徒と散策しながら進められたかもしれない。この学徒はマケドニアの出身で、歩きながらする会話でも、とびきり解決しがたい複雑な思考に強い好みを示していた。彼こそ誰あろうアリストテレスその人だった。

二人は西洋哲学史上、もっとも重要な思想家だったが、彼らの哲学は大きく異なっていた——夢見る人プラトンが「もし……だったらどうだろう?」と問いかけるのに対して、リアリストのアリストテレスは、「何が?」と疑問を投げかける。そのために二人はしばしば、たがいに対照的な肖像の描かれ方をしている。伝えられているところによれば、アリストテレスはプラトンの死後、アカデメイアを運営する候補者から外されて、故郷のマケドニアに帰った。そして、アレクサンドロス大王の家庭教師となった。しかし、数年後にはふたたびアテナイに戻って、アカデメイアのライバル校としてリュケイオンを開校した。これはいわばアカデメイアがハーバード大学だとすると、イェール大学のような役割を果たした。彼の不服従の結果と言っていいのだろうか、いくぶんまじめなアトランティス本やドキュメンタリーでは、必ず引用されるアリストテレスの言葉がある。「それ（アトランティス）を作り出した彼（プラトン）が、それをまた破壊した」

この問題を私はトニー・オコーネルに持ちかけた。するとオコーネルは、トールバルト・フランケの仕事を少しのぞいてみてはどうだろうと言った。フランケは独立してドイツで活動しているアトランティス研究家である。文献学的な研究に取り組んでいて、その熱心な仕事ぶりは『アリストテレスとアトランティス』という、ちょっと小じゃれたテクスト探索の書を自費で出版したほどだ。この本の中で彼は、アリストテレスのものとされている言葉の出所を調べている（フランケはシチリアこそが、アトランティスの創造を刺激した場所だと信じているが、これは本の中では言及されていない）。フランケがもっともらしく主張しているのは以下のことだ。アリストテレスの引用は、紀元一世紀に書かれた古代地理学の要とも言うべき、ストラボンの『ゲオグラフィカ』に出てくる二つの同音のフレーズを合体したもので、年月を重ねるにつれて、あやまちは固まって事実となってしまったという。

フランケの本の中で、私は次の点にひどく興味を引かれた。アリストテレスはアトランティスに反対などしていない、むしろ多くの作品の中で、アトランティスが真実であることを確信している様子が見られる、とフランケは語っていた。『気象学』の中でアリストテレスは、ヘラクレスの柱の外に広がる浅い海に言及して、それは泥が溜まってできたものだと言っている。フランケはこれについて、「地震や洪水を扱う地球物理学上の仕事の中で、人々はアリストテレスに、このような現象の説明を求めたのかもしれない」と述べていた。浅い海については他に何一つ説明がなされていない。それはジブラルタル海峡の西にあった泥の海が、すでに誰もが知っている事実だったと見なしても、まったく不都合がないのではないか、とフランケは書く。アリストテレスはプラトンがデウカリオンの洪水を、地域的な大惨事として記述したことを支持している。そして彼はまた、次のような師の考えに賛意を示した。知識は発見されては失われるという周期を繰り返すこと、さらには「神話上の伝説は、直近の文化が崩壊する前の、いわば知識の名残のようなものだという師の考え方に――心から――賛同する」とフランケは書いている。もちろんこんなことが、アトランティスの存在を証明することにはならない。が、アリストテレスの「雄弁な沈黙」から、われわれは少なくとも、世界で二番目に偉大な哲学者が、失われた島をまったくの作り事とは考えていなかったことだけは推測できる。これがフランケの結論だった。

現代のギリシアは、これまで繰り返してきた破滅的な状況を今日もまた経験しているようだ。私がアテネに到着する数日前、シンタグマ広場は五万人の怒れる抗議者たちの群れで埋めつくされていた。たくさんの人々が警官隊に向かって石を投げつけ、警官側はそれに応じて催涙ガス弾を打ち込んでいる。空港からアテネに向かう列車の中で、遅ればせながら気づいたのだが、私が逗留するホテルはシンタグマ広場とは、モロトフ・カクテル（モロトフ火炎手榴弾）を投げれば届くほど近かった。抗議の声を上げた人々は、アテネに滞在したドイツの首相が、ギリシアの予算をさらに切り詰めるように圧力を掛けたために、これに腹を立てて集まってきた。しかし、日没後に地下鉄から地上に出たときに、私がシンタグマ広場で見たものは、何か劇的なものとはほど遠い、むしろ悲しみに満ちたものだった――ギリシアの国会議事堂から通りを隔てて向かい側にある大きな公園には、ホームレスの人々がおおぜいいて、地面に寝そべっていた。野良犬たちが餌を探して嗅ぎまわっているが、何かを見つけた様子もない。

翌朝、ホテルを出て、歩道で寝泊まりしている人々をまたぎながら、一マイルほど歩いた。ハイウェイをくぐり、鉄道の線路を乗り越えて、プラトンのアカデメイアがあった場所へ行った。風景のモニュメントとしては、文化史の中でももっとも重要な場所だが、それにしてはプラトンの理想に少々及ばない。幾何学に心得のない者は近寄るなという例の警告は、とっくの昔に、他のすべてのものといっしょに消失していた。プラトンがいた頃は、この場所も静かな森だった。そこには祠《ほこら》やギュムナシオン（体育場）、講義や討論のための区画などがあった。が、今は公共公園の中にいくつか礎石が残っているだけだ。公園はアクロポリスの北東部にあり、近隣の環境は少々みすぼらしい。ディオゲネス・ラエルティオスの『ギリシア哲学者列伝』によると、プラトンは紀元前三四七年に婚礼の宴で死んだ。そして、遺体はアカデメイアの敷地内に埋葬された。ということは、この公園の中に墓があることになるが、プラトンに関しては他の多くの事柄と同様、彼が眠っている場所も謎のままである。

その日は暑かった。公園にはほとんど人がいない。プラトンの時代には、地中海地方の各地からやってきた学者たちが、いっしょに食事をとり、存在論を語り合った。私が目にしたただ一つのグループは、古代の建物の礎石にたむろするホームレスの人々で、昼の日差しから逃れて、缶入りのアルファ・ビール（ギリシアの伝統的なラガービール）を飲んでいた。持ち物はすべてビニールの買い物袋に詰め込まれていて、それを彼らは遺跡の隙間に押し込んでいた。礎石の中には、いくつか落書きされているものもある。プラトンがその下で、率先して生徒たちと話し合いをしたというオリーブの木を探したが、彼の墓と同様、見つけることはできなかった。のちに本で読んだのだが、木は何者かによって引き抜かれて薪に使われたという。

私は市内に歩いて戻り、ゲオルギオス・ノミコスが勧めていたスブラキ（チキンやマトンの肉を串刺しにして焼いたギリシア料理）を食べさせる店に立ち寄った。この店は戸外にある。アルファ・ビールを注文して、『アトランティスの仮説――失われた世界を求めて』を取り出した。二〇〇五年にアトランティスの仮説について、第一回の国際会議が開かれたのだが、これはそのときの演説を集めたエッセー集だ。この本の概要は控えめに言えば、さまざまな要素を含んだ折衷的なものだった。冒頭には、アトランティスをキメラ（荒唐無稽な話）として片付けたクリストス・ドゥマスのエッセーがあり、最後は、会議の主催者スタヴロス・パパマリノプロスのエッセーで終わっている。パパマリノプロスはこの中で、アトランティスの実在を、まったく適切な、そして説得力のある文章で支持していた。この二つのエッセーに挟まれて、アトランティス神話をフロイト的に解釈したものや、最終氷河期に続いて起こった、海岸地形の海面変動の影響について語ったものなど、あらゆる問題に関する記事が掲載されている。しかし、その中で私が探していたのは、古代ギリシアの失われた都市の一つヘリケと、それがプラトンに及ぼした影響について論じたエッセーだった。

ヘリケの突然の終焉について、一般に認められている歴史は、驚くほどアトランティスの物語に似ている。紀元前三七三年の冬、この繁栄した都市国家アカイアの首都は一夜にして消えてなくなった。ヘリケがあったのは、コリント湾の近くに広がる海岸平野だったとされている。歴史家のアエリアノスによると、大惨事が起こる五日前に住民たちは目撃したという。「ネズミ、テン、蛇、ムカデ、カブトムシなど、この種の生き物がすべて一団となって動き出し、高台目指して逃げ出した」。夜分に大きな地震がヘリケを襲い、家屋を破壊して、住民の大半を死に至らしめた。夜が明けると、何とか生き残り、茫然としていた住民たちは、逃げることを思い立ったのだが、そのとき巨大な波が押し寄せて、彼らを呑み込んだ。波はヘリケを圧倒して、都市が存在した痕跡をことごとく消し去ってしまった。ギリシアの地理学者ストラボンは次のように書いている。「都市とともに周辺の全地域が視界から消えた。アカイア人によって二〇〇〇人が送り込まれたが、遺体を回収することはできなかった」。ポセイドンに捧げられた聖なる森は、わずかに木々の梢だけが見えるだけだ。近くで碇を下ろしていたスパルタの一〇隻の船もまた、破壊されてしまった。

アトランティス同様、ヘリケはポセイドンと強いつながりを持っていた。悲惨な出来事から一五〇年ほどのちに、この土地をギリシアの地理学者のエラトステネスが訪ねた。渡し守たちから聞いた話では、poros（ポロス）——アルカイック期のギリシア語では、つねに「幅の狭い水路」の意味で使われた——の水面下すぐのところに、ポセイドンの青銅像が立った状態で見つかったという。手には小さなタツノオトシゴが握られていて、それを高くかざしていたために、それが漁師たちの網の邪魔をする恐れがあった。紀元二世紀、ギリシアの地理学者パウサニアスは、ヘリケの破壊は復讐心に燃えたポセイドンの仕業によるものだと書いた。小アジアから海を渡ってやってきた者たちが、ヘリケのポセイドン像を譲ってほしいと嘆願した。が、ヘリケの人々がこれを拒否したために、地震の神ポセイドンが懲罰を下したのだという。

ヘリケは歴史的説明に事欠くことはなかったが、物的な証拠が乏しかった。スピリドン・マリナトスは二〇年以上もの間、失われた都市を探し続けた。アクロティリで成功を収める直前に、彼は記者に次のような予言をしていた。ヘリケは突如消失したために、おそらく古典期の青銅や大理石の像が想像を絶する状態で保存されているだろう。そのために、ヘリケは「考古学史上、もっとも目覚ましい発見となることはほぼ確実だろう」。一九六七年、アクロティリが世界的に有名になったあとでさえ、マリナトスは七年後に死ぬまで、ヘリケの探索を続けていた。

紀元前三七三年にヘリケが消失したとき、プラトンはヘリケから一〇〇マイルも離れていない、アテナイのアカデメイアで教えていたのだろう。この頃、おそらく彼は『国家』を書き終えていて、のちに『ティマイオス』に結実するアイディアを、さらに詳しく説明するにはどうすればよいか、じっくりと思案をしていたのかもしれない。ポセイドンと関わりのある重要なギリシアの都市が、地震とそれによって生じた大波によって、ほとんど瞬時に崩壊したニュースは、確実にプラトンのもとへ届いていただろう。誰かが言っていたように、もしアトランティスの話がヒストリカル・フィクションのはしりだったとしたら、ヘリケの消失はまちがいなくその原資料となった事件だろう。高名なプラトン学者のA・E・テイラーは、アトランティスについて次のように書いている。「アトランティス破壊の記述が、紀元前三七三年にアカイアの海岸を荒廃させた、大地震と高波をもとに書かれたことははっきりとしている」

マリナトスは、「poros」を標準的に「幅の狭い水路」とする解釈を採用して、コリント湾の海底で失われた都市を探した。ジャック・クストーなど他の者たちも一か八かやってみた（クストーは二度ほどやってきたが、努力はむだに終わった）。この閉塞状態が打破されたのは、若い古典学者が一息ついて、「poros」の意味を改めて考え直したときだった。

その学者の名前はドーラ・カツォノプーロ。その彼女がアテナイに新たに建てられたアクロポリス博物館で、私に会いましょうと誘ってくれた。彼女がやってくるのを外で待っていた私は、丘の上の遺跡を見上げながらふと思った。プラトンが『クリティアス』を書いたときのパルテノン神殿は、われわれが見ているエンパイア・ステート・ビルディングより、ずっと新しかったのだ。カツォノプーロはすでに五〇代だが、五〇ヤード先から十分に見分けることができた——黒くて長い髪と真っ赤なスカーフ姿の彼女は、自ら苦労することもなく華やいで見えた。

われわれはエスカレーターに乗って、博物館の四階にあるカフェに行った。窓からは、アクロポリスの息を飲むような全景を望むことができる。午後の日差しが、廃墟と化したアクロポリスの幾何学的な完璧さを明るく照らしていた。他のテーブルの人々がわれわれの方を見ては、もしかしてあの人はカツォノプーロではないのか、と考えあぐねているようだ。たしかにアトランティスに興味を持つ者にとって、彼女は重要な人物だった。彼女と私はコーヒーを注文して、アップルパイの一切れを二人で分け合った。思えばこのときまでに、私はたくさんのアトランティス研究家と会ってコーヒーを飲んだ。そのためなのか煎った豆の匂いがすると、パブロフの条件反射のように、私はきまって相手に同心円について質問しはじめるのだった。が、カツォノプーロは先手を打って私を抑え、自分がどんな風にして、失われた都市の探索に巻き込まれてしまったのかを説明した。

「一九八五年か一九八六年頃でしょうか、私はコーネル大学で、博士号を目指す古典学専攻の大学院生でした」と彼女は言った。ある日、指導教官から電話が入った。天体物理学科の人がヘリケに興味を抱いていて、彼女に会って話がしたいと言っているという。それはスティーヴン・ソーターというよく知られた科学者で、数ある業績の中でも、カール・セーガンとともに作ったドキュメンタリー・シリーズ「コスモス」が有名だった。仲間が地震の考えうる原因を探って、古代の文献を研究しているのを手助けしていたときに、ソーターはヘリケに魅せられた。カツォノプーロはカツォノプーロで、ヘリケの物語をよく知っていた――それに彼女は古代ギリシア語を勉強していたし、ヘリケの在所と噂されている場所からほど近い、ペロポネソス半島で成長した。子供の頃には、ヘリケ消失の話も聞いた。ソーターとカツォノプーロはヘリケ・プロジェクトを立ち上げると、失われた都市の考古学的調査に乗り出した。一九八八年、先輩たちが取った戦略に従って、二人はソーナー（音波探知機）でコリント湾の泥水を徹底的に調べた。が、何一つ発見できなかった。

この失敗ののち、カツォノプーロはスタート地点へ立ち返って、エラトステネスのヘリケ訪問の記述を見直した。そして「poros」で沈んでいた像のディテールに注目した。彼女は気がついたのだが、エラトステネスが話を聞いた渡し守は、人々を舟に乗せて大きな湾を渡したわけではなく、むしろ「海につながっていた湖や潟湖《ラグーン》のような所」を横切ったのではないかと彼女は言う。今日、この「poros」のあった場所は乾燥した土地となり、厚い沈殿物の層によって覆われている。「そう、私たちは海ではなく、陸地を見なければいけません」と彼女は言って、フォークを私に向けた。「そして、私は正しかったのです」

二〇〇〇年、捜索を海から陸地へ移動したヘリケ・プロジェクトのチームは、四カ所で予備のトレンチを掘り、地表から一〇から二〇フィートの所で、証拠の品々を発見しはじめた――陶器、石積みの石、紀元前五世紀のブロンズ製硬貨。予言していた通り、BBCは「ヘリケ――真実のアトランティス」というタイトルのドキュメンタリーを製作して、この発見を伝えた。

頼んでもいないのに、ウェイターがパイをもう一切れテーブルに持ってきた。カツォノプーロは片方の眉をつり上げると、手で彼を追い払った。ヘリケにおける考古学シーズンは終わったばかりだが、成果はどうだったのですか、と私は訊いてみた。「すばらしいんです。たいへんな驚きでした。あるトレンチでは非常に印象的な『地層の破壊』――考古学ではこんな風に言うんです――を見つけました。それは壁や建造物の遺跡があったということではありません。そこには誰かが力いっぱい、ありとあらゆるものを投げつけたような跡があったんです。これは紀元前三七三年に起きた地震のときの地層だと思います」

このような激しい地層の錯乱ぶりは、おそらくきわめて強力な地震活動によるものだろう。堆積学上の分析がまだ行なわれていないが、分析が進んだ暁には、地震のあとに津波が生じたことが証明されるにちがいない。ここまできて当然のように私は、話題をアトランティスに向けた。二つはかなり密接に関連していますよね？

「プラトンにとって、ヘリケは破壊現象のモデルだったと思いますよ」とカツォノプーロ。「そこにはヘリケで起きたのと同じことが記されています。海と津波。それに地表からどんな具合に都市が消えたのか。それはまったくヘリケの資料に載っているのと同じです。ポセイドンはヘリケの守護神でしたが、アトランティスの守護神でもあります。それはまた地震や地下水の神でもありました。ポセイドンはヘリケを破壊し、おそらくアトランティスも破壊したのでしょう――ともに神に対する不信心がその原因でした。『クリティアス』では、プラトンのテクストは最後の段階で、突然中断しています。この続きはおそらく、ゼウスがポセイドンを呼んで、アトランティスへ行くように、そして、かの地に懲罰を加えてくるようにと命じる場面になると私は思っています」

またウェイターが一人、アップルパイを持ってきた。カツォノプーロはもうお手上げだと言わんばかりに、ギリシア語で何かきつい言葉を投げかけた。するとウェイターはあわてて走り去った。彼女は首を左右に振ると、コーヒーを一口すすって話を続けた。

「もう一つの驚くべきことは、ヘリケの時代にプラトンが生きていて、ヘリケに非常に近いアテナイで暮らしていたことです。プルタルコスが次のようなことを書いています。スパルタの提督ポリスがシュラクサイで、プラトンを奴隷にしようとしました——実際は、彼を売り飛ばしてしまったんですが。このスパルタの提督が、大惨事が起きた夜にヘリケにいたんです。そしてそこで溺死しています。この話はプラトンが事件を知っていて、それをモデルとして使ったことを、いちだんとありうる話にさせています」

さらにそこには、ヘリケとプラトンを直接結びつける、個人的なつながりもあった。都市の破壊に関して、重要な情報源の一人となった人物が、アカデメイアでプラトンが教えていた生徒のヘラクレイデスだった。もしかするとアトランティスの物語全体が、われわれが今座っている所から、ほんの一マイルほどしか離れていない場所で、教師と生徒の手によって作り上げられたものだったのかもしれない。

「もし本当にアトランティスが見つかったら、あなたはショックを受けますか？」と私は尋ねた。

「ええ、それはもう。あなたには本当のことを申し上げます。これまでに分かっている証拠には、アトランティスの存在を支持できるものは何一つありません。プラトンがアテナイの人々を巻き込んで、あのような物語を作り上げたのには、政治的な理由も含めて、それなりの理由があったという。私はもっともな意見だと思います」。彼女はコーヒーをかき混ぜて、首を少し横に傾けた。「しかし、その一方で、アトランティスの可能性をまったく排除することはできません」。カツォノプーロはスカーフを直すと、私が彼女のそつのない返答に満足しているかどうかを推し測るように、数秒間待った。「アトランティスが実在したかどうか、私の考えをお尋ねなんですよね？」

「その通りです」

「実在したと言うことはできません。ええ、私はとても用心深いですから」。この答えに彼女自身は、まったく満足していない様子だった。

「疑ってらっしゃるんですね？」と私は水を向けた。

「ええ。怪しいと思っています」

ポセイドンとつながりを持ち、高度に洗練された都市の消失を説明しようとすれば、カツォノプーロのヘリケ説はたしかに筋が通っていた。それははっきりと、マリナトスがプラトンの物語の「基本的事実」と呼んだもの、つまり「土地が水面下に沈んだ」ことを説明していたからだ。ヘリケに基づいた物語は、あらゆる点が『国家』の政治的な理想を説明するためだ、というドゥマスの考えと完全に連動していた。しかし、窓から世界でもっとも有名な遺跡を眺めながら、私は洪水がアクロポリスの麓まで押し寄せてきた、というアレクサンダー・マクギリヴレイの記述を思わず考えてしまった。ポセイドンが自然災害という形で、諸都市をめちゃくちゃに壊したとき、ポセイドンはすでに長い逮捕記録を保管していた。

カフェのちょうど一階下では、かつてパルテノン神殿の西側ペディメント（古代建築の三角形の切り妻壁）を飾っていた彫刻の復元作業が行なわれていた。三角形の場面の中央には、ポセイドンとアテナの像がある。神話によるとこの二神はアッティカ——アテナイはこの都市国家の首都——のパトロンの地位を巡って、長い間争っていた。ポセイドンは三つ又の矛《トリアイナ》でアクロポリスの岩をうがち、塩分を含んだ泉を開いた。アテナはオリーブの木をはじめて植えた。結局、争いはアテナの勝利となり、アテナはアテナイの擁護者に選ばれた。そしてこの都市は、アテナの栄誉を称えてアテナイと名づけられた。一方、怒りに狂ったポセイドンは大津波を引き起こし、アッティカ地方を水浸しにした。

プラトンの物語が、歴史的ディテールの潤色を施して、『国家』の理想を説明しようとした、単なる政治的な寓話だったとする説に関して、トニー・オコーネルが重大な問題を提起していた。それは善良なアテナイの人々が、不信心のアトランティス人と同じように、洪水という懲罰に苦しんでいたことだ。美徳は報われるよりむしろ、邪悪とならんで溺死をしている。もし、あらゆる神話の背後には、隠れた真理の核があるとすれば――私はこの存在はほぼ確実だと思う。おそらくそれは、かなり大きな存在でさえあるかもしれない――それは、プラトンが発信しようとしていたメッセージを、読み解く助けになるかもしれない。そして、そのありかを見つけ出す手助けのできる人物は、この世でただ一人しかいない。私はその人物をまちがいなく知っていた。

22

そう、それですべてのつじつまが合う――ギリシア、パトラス

パトラスのバス・ステーションのカフェに座り、携帯電話で話をしていると、世界でもっとも尊敬されているアトランティス研究家が、静かにそっと入ってきて、私の真向かいのテーブルに座った。六〇歳くらいだろうか。サングラスを掛けて、ネービー・ブルーのポロシャツを着ている。携帯のメッセージをしきりにスクロールしているが、それはまるで、テッサロニキ行きの普通列車をつかまえる以外には、何一つ関心がないようだ。私の注意を引くそぶりもまったくない。もし昨日の夜、グーグルで彼の写真を調べていなければ、おそらく私は彼に気がつかなかっただろうし、もちろん、彼が何者なのか分からなかっただろう。

スタヴロス・パパマリノプロスなら、ジョン・ル・カレの小説の登場人物になれたかもしれない。政府の仕事に携わっていたために、秘密のグループにしか知らされていない、極秘の情報に近づくことができる、そんな役柄の登場人物に。パパマリノプロスはパリに長く滞在していた。その彼がこのさびれた港湾都市パトラスで、私と会う手はずを整えてくれた。パトラスへ行くためには、アテネからどのルートを使っても四時間ほどかかる。あとで知ったのだが、彼はアテネにもアパートメントを持っていた。

私が送ったたくさんのメールに、彼が答えてくれたのはおそらく半分ほどだったろう。それもほんの短い、謎めいた返事ばかりだった。今朝もメールで私の到着時刻を知らせたのだが、返事はなかった。彼はプラトンの話の七〇パーセントが証明されたと信じていた。が、私は彼のエッセーを読むまで、その数はあまりにもばかげたものだと思っていた。パパマリノプロスは、アトランティスに関する会議を三回主催していて、そのつど分厚い論文集を編集している。が、しかし、アトランティスのエキスパートとしては、ただ一人、彼はBBCのドキュメンタリー番組に一度も出演したことがない。

「スタヴロスさんですか？」と、たまりかねて私が尋ねた。

地球物理学の教授スタヴロス・パパマリノプロス。彼は40年以上もの間、アトランティス物語におけるプラトンの、神話と歴史の使用法について分析した。

「やあ、マーク」と彼は言って、携帯をポケットにしまった。「あなたに会えてよかった」。彼は立ち上がると、身振りでドアの方を示して「タクシーで行きましょう。今日は大学で、学生たちがストライキをしているんです。土曜日には追試があるというのに、ばかばかしいことなんですが。そんなわけで、今日は私も研究室から閉め出されています。存分にお話しができるように、代わりの場所を用意しました」

パパマリノプロスは、ギリシアでも名門のパトラス大学で、地球物理学の教授をしている。「私の仕事は地球物理学を通して、つまりソフトウェアやコンピューターを使って、古代の都市を見つけ出すことなんです」と彼は、タクシーのバックシートに座り、海岸線を走りながら説明した。彼がこれまでに成し遂げた業績には、すばらしいものがある。磁気測定を使って現地の地下の地図を作成し、ドーラ・カツォノプーロがヘリケを見つける手助けをした。また、地震調査を行なうことで、ヘロドトスが記述していた夢のような物語が、真実であったことを証明した。その話とは、ペルシアのクセルクセス王が人民に指令を発して、アトス半島を横切る水路を掘らせたことだ。水路は二隻の軍船が、たがいにすれ違えるほど広いものだった。彼はその昔、オリンピック航空のパイロットを説得して、二〇〇〇ポンドの地球物理学の装置をエジプトまで運んでもらったことがある。それはアレクサンドリアで、アレクサンドロス大王の墓を探すプロジェクトの監督をしていたときだった。が、このプロジェクトは失敗に終わった。「そこに墓があったら、必ず見つけていたんですが」と彼は肩をすくめて言った。

タクシーはパトラスのビジネス街で止まった。小さなエレベーターに乗って、パパマリノプロスの友だちが持つオフィスの続き部屋へ行った。その友だちは経済学者で、名前はヤニスだと自己紹介した。そしてみんなのコーヒーを買うために出ていった。パパマリノプロスと私は、フロントルームの会議用のテーブルに向かい合わせで座った。その日は日差しの暖かい地中海日和だった。開かれた窓からはモーターバイクのうなり声が聞こえ、丘の下数ブロックのところまで押し寄せているイオニア海からは、かすかなそよ風が吹いてきた。パパマリノプロスがサングラスをはずすと、そこには優しい顔と疲れ果てた人の窪んだ目があった。

私がこれまでに会ったギリシア人は、たいていみんな疲れていた。それは最近の経済危機のせいだった。が、パパマリノプロスにはたしかに、彼に固有の困難があったようだ。政府は経済危機がはじまってからというもの、徐々に彼の給料を目減りさせ、今では当初の給料の三〇パーセントもカットされてしまった。それにまた、この数十年間、大学仲間の無礼な言動――言外のものもあれば、直接的なものもある――にも悩まされた。ドーラ・カツォノプーロは、パパマリノプロスのアトランティス論に対する、仲間の考古学者たちの反応は、「非常に敵意に満ちたもの」だったと述べている。が、おそらくそれもかなり控えめな表現だったにちがいない。高名なフランスの歴史家は、かつてアテネで開かれた会議の席上で、おおっぴらにパパマリノプロスを笑いものにした。クリストス・ドゥマスも、見下した態度で私にほのめかしたことがあった――サンダル職人はもう、考古学上の問題を専門家に任せた方がいいと思うと。このときドゥマスが言っていたのは、たしかにパパマリノプロスのことだったのだろう。

「あなたに一つお尋ねしたいのですが」とパパマリノプロスは、テーブル越しに少し前かがみになって言った。「科学の意味を明らかにしたのはいったい誰ですか？」

「プラトンです。『パイドロス』の中で定義しています」と私は答えた。が、それを知ったのは二時間ほど前で、アテネからこちらに来るバスの中で、パパマリノプロスのエッセーを読んだおかげだった。しかし私は、彼がそれを当然知っているかもしれないと思った。『パイドロス』の中でプラトンは、ソクラテスに科学の方法を説明させている。まずテーマは区分けされなくてはならない。より小さな塊に分けて分析する。それによってテーマは理解が可能なものとなる。

「その通りです。それを知ったからには、あなたは少なくともプラトンの性格の一部を知ったことになります」。彼はプラトンを「プラートー」と発音した。それがプラトンの名前をいっそう重々しいものに感じさせた。「プラトンはまた神話の意味も明らかにしています。本物の神話とにせの神話に違いをつけている。アトランティスがはたして本物の神話なのか、あるいはにせものなのかを問うことは、きわめて望ましいことだと思います」

「神話」という言葉自体、あまりに多くの意味を持っているために、非常に意味がつかみにくい。少なくとも、専門家以外で使われるもっとも普通の意味が、真実として一般には受け取られているが、実はそれはいつわりだ（『マペット・ムービー』［邦題は『マペットの夢みるハリウッド』］の中で主人公カーミットが、次のような説明をしているが、神話もそんな風なことだろう。一般に考えられていることとは異なり、カエルの体に触れてもイボができるわけではない）。パパマリノプロスがにせの神話と呼ぶものは、でっちあげられた物語ということ。それはプラトンが『国家』の中で、「子供たちが耳を傾ける」ようなものと言ってるたぐいのものだ。『国家』の最後でソクラテスは「エルの神話」を語っている。神話の中では戦士が死者の国から戻ってくる。このにせの神話で語られているモラルは、『国家』の中で概略が示されていたように、道徳的な生涯を送った者の霊魂だけが、永遠の平穏を見いだすことができるというものだった。

民俗学者（そして、パパマリノプロスのようなアトランティス研究家）にとって、重要な「神話」の定義は次のようなものだ――たまには超自然の要素を持ちながら、遠い過去の出来事や現象を説明してくれる非常に古い物語。このような神話にはしばしば、ハインリヒ・シュリーマンをトルコへ誘った、トロイア戦争の神話のように歴史的真実が含まれているものがある。これこそ、パパマリノプロスが本物の神話と呼ぶものだった。プラトンは『ティマイオス』や『クリティアス』の中で、何度かアトランティスは真実だと述べているが、それに加えて彼はまた、「それが作り話ではなく、本当の歴史だという事実はきわめて重要だ」と言っている。

尊敬に値する古典学者ジョン・V・ルース――一つ違えば危ないジャンルになってしまう、この分野ではまれなポシビリスト（あらゆる可能性が存在していると認識する人）だ――が注目しているのは、プラトンがアトランティスについて語るとき、「ミュトス」という言葉より、むしろつねに「ロゴス」という用語を使うことだ。「ロゴス」は起こったことの説明であり、それは概して、理にかなった事実に基づいた考えに言及するときに使われる。「ミュトス」は言い伝えられたきた物語で、合理的に説明できないこ

アテナイのアクロポリス。アトランティスの物語でプラトンが詳細に描いたアクロポリスは、かつて、フィクションの要素が強いと信じられていた。が、20世紀の考古学によって、それが真実であったことが証明された。

とを伝達しようとする。それはたとえば、記録に残っていない、遠い昔の歴史的事件のようなものだ。神話は悪の存在や世界の創造を説明するのかもしれない。「神話とは未知のものだ」と、カレン・アームストロングは『神話小史』の中で説明している。「神話とは言葉で表現できないものである」

　アトランティスの物語の中に、プラトンが書き込んだとされる真実の核を引き出すために、パパマリノプロスは異例とも思える方向から物語に近づいた。プラトンのアトランティス物語の中で、もっとも生々しく、もっとも心に残る要素と言えば、それはミステリアスな失われた文明の台頭と、その突然の崩壊を述べたくだりだろう——巨大な艦隊、同心円、黄金を貼り巡らした神殿、そして悲惨な洪水がもたらした終焉。が、パパマリノプロスがその代わりに見直しをはじめたのは、プラトンがアテナイについて語った中身だった。「プラトンが『国家』で提示しているのは、架空のアテナイでした」と彼は、保護者階級によって統治されていた理想の国家に言及しながら言った。「しかし『クリティアス』では、現実のアテナイを描いています。それもプラトンのまったく知らないアテナイです」

これは次のような初歩的な疑問を引き起こす——まったく知らなかったアテナイについて、プラトンはどのようにして書くことができたのだろう？　情報は彼のもとへ、二〇〇〇年前のソロンを含む人々の鎖を通じて、何代にもわたって口頭で伝えられた。「アトランティスの物語で描かれたアテナイは、地質学や考古学の科学によって、現実のものとして証明されています」と彼は言った。

「証明する」は、アトランティスの関連で使用されるかぎり、かなりなリスクをともなう言葉だ。が、アトランティスの物語の中で、当初まったく見当ちがいと思われていた、アテナイに関する詳細な記述を、プラトンがどのように積み重ねているのか、それを見るのは非常に興味深いことだ。プラトンは、アクロポリスがかつて、金の時代の石の神殿や建造物ではなく、ミュケナイ時代の要塞化された城があった場所だったと述べている。このような古代には、アクロポリスの北側の、岩の露出したところにあった粗末な建物の中で、戦士たちは共同で暮らしながら冬を過ごした、とクリティアスは説明をしていた。泉はたった一つしかなかったが、戦士たちは「うまい水を十分に供給する」その泉から、水を汲み上げた。しかし、大きな地震がアテナイを襲ったときに、泉はふさがれてしまった。地震のあとには集中豪雨が来て、それがギリシアの肥沃な土壌を、海へほとんど押し流してしまった。そしてあとに残ったのは、「ただ骸骨のような土地だけ」だった。サイスの神官がソロンに語っていたように、このような自然災害があまりに厳しいものだったために、生き残ったのは、わずかな「種族の胤《たね》、つまり残存者」だけだった。書き言葉は消え去ってしまったが、サイスの神官の言葉は残っている。「神々が洪水によって大地を水で浄めたときに、あなたの地方で生き残ったのは、山に住んでいた牛飼いや羊飼いたちです。しかし、あなた方のように、都市に住んでいた人々は水の流れによって海に流されてしまいました」

かなり最近にいたるまで、プラトンの物語で描かれたアテナイの半分は、おおむね、アトランティス研究家によって無視されていた。古代の歴史について発見できた事実はことごとく、自作の『アトランティス――ノアの洪水以前の世界』に詰め込んだイグナティウス・ドネリーだったが、その彼も四〇〇ページを越すこの大著で、アテナイに触れたのはわずかに一度だけだった。そして、アクロポリスに至ってはまったく触れていない。アトランティスとミノア人のつながりについて、一九一三年に発表した画期的な論文の中で、K・T・フロストは次のように書いている。「このような対話篇の中で述べられたアテナイ国家は、そのすべてがアトランティスそのものの記述にくらべて、いっそう作り話めいて見える」。ジョン・V・ルースの学術書『失われたアトランティス――古い言い伝えに新たな光を』では、『ティマイオス』と『クリティアス』に出てくる、アトランティス関連のディテールがことごとく要約されている。が、アテナイに関する部分だけは要約から外されていた。著者は次のような注意書きでその排除を説明している。「アテナイとアッティカの詳細な説明は、アトランティスの特定に、ほんのわずかしか関連していないので削除した」

しかし、プラトンが記述しているミュケナイ時代の都市――プラトンが書いた時点では、都市の痕跡はすでに何世紀もの間埋もれていて、その記録も残っていなかった――の描写は、驚くほど正確なことが明らかとなった。一九三〇年代に、スウェーデン系アメリカ人のオスカー・ブロニアがアクロポリスを発掘していた。そしてそのとき、地下に埋没していた泉を見つけた。泉は明らかに地震による瓦礫のためにふさがれていた。泉の底で見つかった遺物は、およそ紀元前一二〇〇年にまで遡るものだった。「彼らはまたこの泉で、紀元前一二〇〇年のはじめに作られたと思われる陶器を見つけています」とパパマリノプロスは言う。「それで時代の枠組みが分かります」。プラトンは古代の戦士が寝泊まりしていた家屋を描いていたが、それによく似たミュケナイ時代の住まいの跡が、アクロポリスの北側のスロープで見つかっている。これもまた、プラトンが『クリティアス』の中で描いていた場所にぴたりと符合する。土壌が洪水によって持ち去られたというアクロポリスの話でさえ、いくぶん真実味があったのかもしれない。私はのちにこの質問をマイケル・ヒギンズにぶつけてみた。ヒギンズは『ギリシアとエーゲ海の地質学ガイド』という、もっとも信頼のおける本の共同執筆者である。彼に尋ねたのは、エジプトの神官がソロンに話していた「わずか一夜の豪雨が地面を洗い流し、岩をむき出しにすること」など、はたしてありうるのだろうかということだ。ヒギンズの答えはこうだ。アクロポリスの意味（もともとの意味は「高いところ」）が長い時間が経過する内に変化してしまったかもしれない。建物がその上に乗っていたむき出しの岩は、実際には、さらに広くて高い地域の土台から突き出ていた。アクロポリスは、その広域の高台を指していたのかもしれない。豪雨をともなった嵐については、「ギリシアの気候はあなたもご存知でしょう。多くの土壌やゆるい地質は、わずか一度の嵐でも、またたく間に洗い流されてしまうことが十分にありうるのです」

ギリシア語の書き文字の消失は、プラトンだけによって、それもただうっかりと言及された、もう一つの歴史上の重要事件だとパパマリノプロスは思っていた。歴史家たちはおおむね、紀元前一二〇〇年頃のギリシアは、ときに暗黒時代と呼ばれた時期に入っていたことで同意している。ちょうどこの頃に、ミュケナイ文明も含めて、地中海をめぐる青銅時代の文明のいくつかが謎の崩壊を遂げている。線文字Bは、アーサー・エヴァンズがクノッソスで発見し、ギリシア全土のさまざまな遺跡でも見つかっているが、この線文字もまた、同じ時期に突如消えてなくなっていた。一九五〇年代にいたるまで、ほとんどの古典学者は、ホメロス以前のギリシア人は文字を知らなかったという意見で一致していた。だが、一九五四年に、ロンドンの建築家で、第二次世界大戦時に暗号解読の仕事に従事していた、マイケル・ヴェントリスが世界をあっと言わせた。彼が証明してみせたのは、クノッソスで発見された石板に刻み込まれていた、二つの不可思議な文字の一つ線文字Bが、実はこれまで知られていたギリシア語の中で、もっとも古い形の文字だったということだ（ヴェントリスが解読した名前の一つがポセイドン）。線文字Bはミュケナイの侵入者たちによって、クレタ島にもたらされたことが明らかになった。それから数百年ののちに、ふたたび読み書き《リテラシー》がギリシアに広まったとき、ギリシア人が採用したのは母音をともなう、まったく新しいアルファベットだった。これは子音しか持たないフェニキア文字から派生したものである。

「ギリシア人は自分の子孫にギリシア語の名前をつけていた、とプラトンは言ってます」とパパマリノプロス。「これは明らかに、彼らがギリシア語を話していた証拠です。ギリシア語を話していれば、それを書き記すでしょう。が、それなら、それはいったい、どんなギリシア語だったのでしょう？　それは線文字Bですよ。プラトンは、現代の考古学者が発見する前に、そして線文字Bが解読される前に、すでに線文字Bが書かれていたことについて述べていたんです」

　パパマリノプロスにとってこれは、二つの内のどちらか一つを意味していた。プラトンがミュケナイ時代のアテナイについて、不気味なほど正確なディテールをゼロから作り上げたのか――が、これはきわめてありそうもないことだ。あるいはまた、口承によって代々受け継がれてきた、本当の情報をプラトンが伝えていたのか。「そんなわけで、『ティマイオス』と『クリティアス』のデータの五〇パーセントは、正しいことが証明されています」と彼は言う。「そこにはおそらく、不正確な情報や誇張もいくらかはあるかもしれません。しかし、情報の核となる部分は証明されています。この五〇パーセントを無視してしまうことは、まったくの非科学的な行為です」。プラトンのアトランティスやアテナイの物語を、単なるフィクションとして片付けてしまう教授たちは、貧相な学識という罪だけではなく、純粋に学問的なミスを犯している、と彼は言った。「科学はプラトンが考えていたように、誠実さの行為なんですから」

　偏見に毒されて、アトランティスの存在を疑う人々が、そののち決まってたどるコースは、怠惰によって道に迷ってしまうことだ、とパパマリノプロスは言う。こうした人々は「アトランティスが大西洋の真ん中の巨大な島だ、と何一つ疑いもせずに思ってしまう」と彼は憤慨して言う。これは古代ギリシア語で書かれたプラトンの作品を、通り一遍の読み方ですませてしまった結果だった。ドーラ・カツォノプーロは「poros」を再解釈することで、ヘリケの探索に新しい活力を与えた。それと同じように、アトランティスの探索は、ひとえにプラトンの使っている古代ギリシア語「nesos」(ネソス)――たいていは「島」と訳されている――の解釈に掛かっている、とパパマリノプロスは主張した。

「私は古代ギリシア語を知っています」と、彼は椅子の背にもたれて言った。「これを読むこともできます。ソロンが生きていた紀元前六世紀には、『nesos』は地理学的な意味を五つ持っていました」と言って、指を折って数えはじめた。「一つはわれわれが知っている島です。二つ目が岬、三つ目が半島、四つ目が海岸、そして五つ目が大陸の中の土地、それも湖や川や泉に囲まれた土地です」。この定義で行けば、ハワイも「nesos」として十分に資格がある。ユタ、フロリダ、カリフォルニア、ミネソタの各州もそれに該当するのだろう。二〇〇八年に開かれたアトランティス会議の際に、パパマリノプロスは、ファロス島(別名ファロス・ネソス)――ここには世界七不思議の一つ、アレクサンドリアの四〇〇フィートに達する大理石の灯台があった――も実際には半島だったことを証明する論文を書いていた。私が今朝、アテナイからバスに乗ってきて、ついさっき渡った陸橋《ランドブリッジ》も明らかにその一例だろう。ペロポネソスは西洋史上、もっとも有名な半島であることにまちがいはない。その名前の文字通りの意味は「ペロプスの島」だった。

「それでは、アトランティスがもし大西洋の真ん中になかったとしたら、いったいそれはどこにあったのでしょう?」

パパマリノプロスは首を左右に振った。「その前に」と、椅子から立ち上がりながら彼は言った。「私は一つの疑問に答えたいと思います――プラトンの前に、アトランティスについて述べた者が、はたして誰かいたのだろうか？　これは古典的な疑問です」。中でもクリストス・ドゥマスは、エジプトの膨大な記録の保管所に、アトランティスに言及したものが皆無だった、ということの重要性を強調していた。「窓を閉めてもいいですか？　ちょっとうるさいようですね」

部屋は突然、図書館の中にいるように静かになった。パパマリノプロスの声も低くなった。「専門家やロマンティックなアトランティス研究家たち――貴重な人工物や、損なわれていない古代の建造物を見つけることに必死の、インディー・ジョーンズのようなタイプ――は、往々にしてこの質問にとらわれてしまう」と、椅子へ戻りながら言った。「あの人たちは何とか他の文化圏の中で、『アトランティス』という言葉を見つけようとするんです。そして、結局は見つけることができない。そうすると彼らはどうするのか？　アトランティスなど存在しない。プラトンの頭の中でだけ存在していたんだ、と結論づけてしまう。アトランティスがプラトンによって作りだされた名前だ、ということに気がつかないんです」。この点については、プラトンは明確に述べている。『クリティアス』の中で彼は、サイスの神官がソロンにエジプトの言葉で名前を伝えたと説明していた。そのあとでソロンは、神官から聞いた名前をギリシア語に翻訳した。プラトンが神官の話をソロン経由で受け取ったとしたら、彼が伝え聞いた名前は当然、すべてギリシア風に翻訳されたものだった。

「それでは、アトランティス人というのはいったい誰なんでしょう？　プラトンは、地中海の東部にやってきて侵入した、異なった国々の連合軍にこの名前を与えています。侵入は三〇年の間をおいて二度ありました。が、プラトンは侵入が二度あったとは言っていません。彼が語っているのはその内の一度だけです。それが二つの内のどちらなのか、われわれには分かりません。しかし、この侵入軍の名前はエジプトのメディネト・ハブ神殿内の、花崗岩でできた勝利の石柱に、ヒエログリフで記されています」。

メディネト・ハブについてはライナー・キューネがすでに述べている。それはエジプトにおける考古学上の宝庫の一つで、およそ紀元前一一八六年から一一五五年の間に、エジプトを支配していたファラオ、ラムセス三世の葬祭殿として建てられたものだ。その壁には、現存するヒエログリフの中でも、もっともすばらしいとされているものがいくつか刻まれている。

「それで彼らはいったい何者なんですか?」と私は尋ねた。

「とても興味深いことなんですが、この連合軍の構成国は二つの侵略が行なわれる前は、何世紀もの間、昔から敵同士だったんです。リビア人、それにイタリア人の祖先たち。中東の国々もいました。しかし、また他の者たちは風変わりな船に乗っていた。英語でこれは何というのですか?」と、彼は腕で漕ぐジェスチャーをした。

「オールですか?」

「そうオール。彼らはオールを持っていないんです。船の前とうしろに鴨のような鳥を乗せている。しかし、ナイル川でオールも持たずに航行して、おまけに風が吹いていなかったら、鴨を乗せた船はそれこそ、『いい鴨』になってしまいます。エジプト人は彼らを捕らえて囚人にしました。そして二つのグループに分けた。彼らに与えた懲罰が信じられないほど残酷なものでした」と、パパマリノプロスは手のひらを額にあてて、あきれたように笑った。「一方のグループは両手を、もう一方のグループはペニスを切断されたんです」

テキサスA&M大学の聖書考古学教授シェリー・ワックスマンは、この船隊の身元を中央ヨーロッパからきた一団だとした。「そうだとすると、この海洋民族の連合軍は、中央ヨーロッパ人と、おそらくは西ヨーロッパ人で構成されていたかもしれない」とパパマリノプロスは言う。「そしてわれわれの手元には戦士の絵があるのですが、それは彼らと北西ヨーロッパ文化のつながりを示しています」。長い中断ののちに「おそらくスペインが、その一画を成していたと思われます」

パパマリノプロスは、プラトンが書いていた「nesos」は島ではなく、巨大な半島だと考えていた。それもイタリアの西の、ヨーロッパ全土を包含するような大きな半島だと。私は思わず、小さなうめき声を上げたかもしれない。

「プラトンのあとに従って行けば、必ずあなたが行き着く先はイベリア半島です。テクストが文字通り導いてくれるのが、この半島なんです。プラトンは谷に似た低地を描いています。それは平坦な細長い土地で、周囲を山々に囲まれている。この山々はシエラ・ネバダ山脈とシエラ・モレナ山脈です。渓谷のような低地も、その位置といい、方位といいまったく同じだ。それはプラトンの記述に、ジグソーパズルのピースのようにぴたりと合っています」

そんなわけで、われわれはふたたびスペインへ戻ってきた。ボディー・ランゲージで疑わしい思いを伝えたいと思い、私はぬるいコーヒーを一気にがぶ飲みした。が、コーヒーはギリシア・スタイルで淹《い》れてあったために、カップの底には一インチほどコーヒーのかすがたまっていた。しかし、それに気がつくのがあまりに遅すぎた。「それではヘラクレスの柱は、ジブラルタル海峡ということなんですね」と、コーヒーのかすを舌で歯から取り除きながら言った。「他の候補の場所を考えなかったのですか?」

「もちろん考えました。八つほどあります。しかし、そのどれにもガデイリキ半島がないんです」。これは『クリティアス』に由来するガデス/カディスという手掛かりに施した新手の工夫だった。ガデイリキ(Gadeiriki)はガデイラ(Gadeira 当時の呼称)の指小辞で、接尾辞は小さな半島を意味する。フェニキア人はガデイラをガディール(Gadir)と呼んだが、それはジブラルタル・ロックの北西部、海に細く突き出た小さな土地にあったような「城郭都市」を意味した。ポセイドンはアトランティスで五組の双子、つまり一〇人の息子を持ったとプラトンは書いている。その内の一人(ガデイロス)は、「ヘラクレスの柱寄りの島の突端で、今日ガデイラと呼ばれている地方に面した地域を領分として獲得した」

アトランティスに疑念を抱く人々は、この一文のような悩める地形を例に挙げて、プラトンが勝手に場所を作り上げている証拠とした。現代のカディスの西には島など一つもない。したがって、その島に立ってカディスやヘラクレスの柱を振り返ることなど不可能だと言う。こんな場所は大西洋上にしかありえないからだ。

しかし、イベリア半島全体が「nesos」だとしたら、カディスから海岸を少し行ったところに、たしかにもう一つ失われた都市があった。それが元祖アトランティスの可能性がある。それこそがタルテッソスだった。

プラトンは明らかに、タルテッソスの直接情報を手にしてはいなかった。が、他の古代ギリシアの作者たちが、タルテッソスの名前を述べていたり――もしかすると――その説明をしているかもしれない。私は自宅に戻ってから数週間かけて、パパマリノプロスがプラトン以前の証拠について説明してくれたことを、もつれた糸をほどくようにして考え直した。水で薄めたために少々、おもしろみが薄れてしまったかもしれないが、以下がパパマリノプロスの考えである。プラトン以前、数世紀の間に生きたギリシア人の中には、ホメロスやヘシオドスのように、地中海西部のこまごまとしたことに精通した人々がいた。彼らはポセイドンの仕事と信じられていた、不明瞭ではあるが輪状の形について述べている。この「環状《サーキュラリティ》」――パパマリノプロスはこう呼んでいた――が、かつてアンダルシアの大西洋岸にあったのである。

この地域にはたしかに地震活動の歴史があった。一七五五年のリスボン地震のときには、恐ろしい速度でカディスを襲った大波が、三〇フィートの高さに達したと推測されている――これは二〇一一年に福島を襲った津波に匹敵する高さだ。もしホアン・ビリャリアス＝ロブレスのアゾレス＝ジブラルタル・トランスフォーム断層に関する推測が正しいとすると、パパマリノプロスが提起した場所は徹底的に打ちのめされたにちがいない。

「ギリシア語には『キュマトシュルモス』という言葉があります。これは日本の津波より、さらに的確に状況を表わした言葉です」とパパマリノプロスは言う。「津波は海岸をたしかに何度か襲います。が、キュマトシュルモスは、それが貨物列車のようにして来る。何両も連結した貨物列車を思い描いてください。時速何百キロという波が、次から次に連続してやってくるんです。そのために、恐ろしい地震のあとには恐ろしい洪水が起こった。海岸地方にあったものはことごとく、一日一夜にして破壊されてしまう。これがアトランティスを崩壊させた大惨事だったのです」

次の三つの、はっきりと分かる特徴を持った場所に、プラトンはアトランティスという名前を与えた、とパパマリノプロスは考えていた。三つの要素とは——巨大な「nesos」、パズルのピースのように、それにぴたりと合致する馬蹄形の平原、そして同心円。彼は同心円が「渓谷の南側で、大西洋に開かれた形で」存在していたと考えた——沈泥で埋没する前には。

パパマリノプロスは、このような同心円は超人的な仕事の産物ではなく、早い時期に起きた自然災害が作り上げたものだろうと言う。「同心円というシステムを解釈するには、三つの方法があります」と言う。「まず、サントリーニやキリマンジャロのような、同心円を作り出す火山」。私は前にサントリーニで標的の形をした環状を見たことがある。タンザニアのキリマンジャロは、頂上に三つのクレーターを持つ休火山だった。

二つ目の可能性は衝突クレーター。これは宇宙から高速でやってくる物体——隕石のような——が、地球の表面にぶつかってできる円形の陥没のことだ。月の表面は、円い衝突クレーターであばたのようになっている。大きなものなら、明るい月夜の晩には、肉眼でもはっきりと見ることができる。地球にもたくさんの衝突クレーターがあった。だが、岩石や土壌の浸食の影響、それに地殻の緩やかな変化などのために、クレーターを見つけることは非常に難しい。アリゾナの隕石孔は直径が四分の三マイル、深さが五五〇フィートあり、できてから五万年ほどしか経っておらず、歳月による荒廃をくぐりぬけた十分に若いクレーターだ。

第三の可能性は、泥火山として知られている地質学的な形成で、地表の下から押し上げられた泥が形作る山だ。「蒸気やメタンガスがときどき、逃れ出ようとして同心円を生み出すんです」とパパマリノプロスは説明した。

地質学上の概念の大半はそうだが、泥火山もそれがどんなものなのか、言葉で説明するのは少々難しい。が、アトランティスのエッセーを集めたものの中に、泥火山について述べたものがあり、私はその中に掲載されていた一枚の写真を見たことがある。それはアフリカのモーリタニアにあった、リチャット構造体と呼ばれているもので、アトランティスに興味を抱く者なら誰もが、驚いてぽかんとしてしまうようなものだった。幅が二五マイルもある自然にできた同心円の輪だ。それはまるで、神の庭にある鯉の池に、石を投げ込んで作った波紋のようだった。

パパマリノプロスによると、タルテッソスの地質を調べてみると、三つのタイプのクレーターは結果的に、黒と赤と白の岩からできていて、温泉や冷泉と同様、プラトンがアトランティスで述べていた、ほぼその通りの地形だったことが分かったという。クレーターの中には、完全な円形をしたものがいくつかあったが、その内のいくつかは、タルテッソスが消失したと思われていた地点に近い、カディス湾の水面下で発見されている（中でも一つのクレーターは海岸のごく近くにあった。が、今までのところそれは、地球外の物体による衝突クレーターに興味を持つ人々を引きつけはしたものの、地質学者の関心を呼ぶまでには至っていない）。パパマリノプロスはさらに続けた。クレーターのタイプがどのようなものであったにしろ、アトランティス人は「自然の中でまずそれを見つけたら、さらにそれに付け加えることをしたんです。何か工学的な細工を施したり、それに手を加えて、記念碑的な業績を成し遂げました。しかし、そこにはスーパー・テクノロジーといったたぐいのものはありません。あなたがもし、エジプト人が巨大な建造物を作り上げる方法を知っていたとしましょう。そうしたら、他の人々が同じようにして作った巨大な壕を、当たり前のようにして見ることができます。しかし、古代ギリシアからこの地方へやってきた訪問者たちは、巨大な同心円の壕を見て、これはポセイドンの仕業だと思い込んでしまったんです。のちに作者たちが、それを異なった神話上のバリエーションで書き記したというわけです」

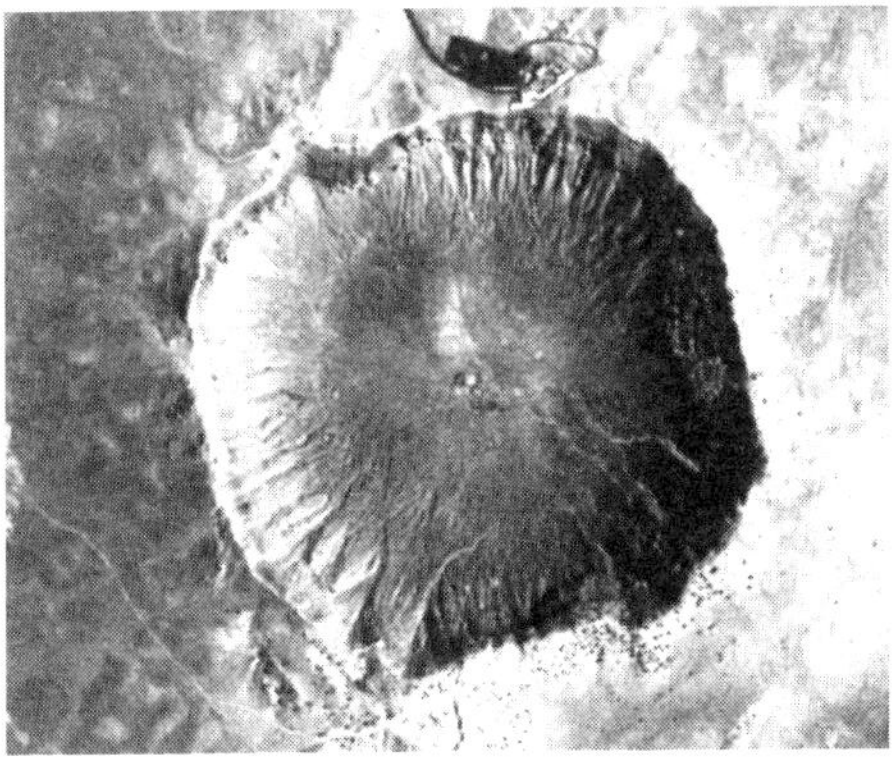

アリゾナの隕石孔。隕石が大洋に衝突したとき、それが引き起こす衝撃は、アリゾナのクレーターを作った隕石の何倍も大きなものになるだろう。それはアトランティスやギルガメシュやノアの箱舟のような洪水物語に記録された、世界的規模の荒廃をもたらすにちがいない。

サイスの神官は「(アトランティスの)島がリビアとアジアをいっしょにしたより、さらに大きかった」と言っていたが、パパマリノプロスは取り立てて、これには関心を抱いていなかった。アトランティス帝国の領土は、地中海西部の全域に及んでいた可能性もある。あるいは彼は、エジプトが境を接する国々に対して抱いた恐怖心の大きさを、神官の言葉は表現している、と言いたかったのかもしれない。しかし、プラトンのテクストの次に引用した部分は、つねに私を混乱させた。「アトランティスは」とプラトンは書いている。

……他の島々へ行く途次にあった。この島々から、真の大洋を取り囲んでいる対岸の大陸全土へ行くことができた。ヘラクレスの柱の内側にあるこの海(地中海)は、狭い入口を持つほんの港湾にすぎない。それに引き換え、あの外海こそが真の海であり、それを取り囲む陸地こそが、真に果てしのない大陸と呼びうるものだ。

「プラトンは『大洋《オーシャン》』という言葉を使わなかったんです。彼はそれを『パンペラゴス』(無限の海)と呼んだ」とパパマリノプロス。「彼が『パンペラゴス』を仮想上で航海しはじめたとき、あなたが出会うのは一つの大陸です」。一般に信じられているのとは反対に、プラトンは「大陸」と言う言葉を、消失したアトランティスを描く際には、一度も使用したことがない。が、その彼が最初で最後のことだったが、「パンペラゴス」の向こう側にあった、果てしのない大陸を描写するのに、強調の副詞を三つ重ねて使っていた――「まったく」「正確に」「真に」。「もしあなたがアトランティスの西へと向かうすると」とパパマリノプロスは言う。「あなたは――まったく、正確に、真に――巨大な陸地を見つけることになります。そして、それはあなたの国なんです」

パパママリノプロスは、アトランティスの同心円が、モーリタニアのリチャット構造体のように自然に形成されたものだったかもしれないと言う。

私はノートを取っていたが、途中で走り書きしていた手を止めた。そして思わず顔を上げた。

「えっ、プラトンはアメリカについて語っていたのですか?」

「まちがいありません。プラトンはまた、アトランティスが他の島々と関わりを持っていたと言っています。その島々はおそらく『nesos』の五つの意味の内のどれかでしょう。二つのアメリカ大陸と南極大陸を、いっしょにして提示するのは、非常におおざっぱなやり方です。が、プラトンはこの陸地の存在を口にした、まさしく最初の人物です。他の歴史家たち、そう『真の』歴史家たちは、この陸地について何一つ言っていません」

もし五分前に、パパマリノプロスと握手を交わし、さよならと言って別れていたら、私はやっと、アトランティスの謎に対する答えを見つけたと思いながら、パトラスを後にしていたかもしれない。が、われわれは突如「Ancient Aliens」(アメリカのテレビ番組)の領域に入り込んだ気分になった。「プラトン以外にも、こうした航海について語っている資料はある気がするのですが」

「マーク、ちょっと待って。私の話を最後まで聞いてください。私はパリで、一人の女性に会ったことがあるんです。ミシェル・レイア=レスコという人で、パリ歴史博物館に務めていました。その彼女が一九八〇年代に、ラムセス二世のミイラの中から、微細なニコチンの小片を見つけたんです。彼女の発見は世界的なセンセーションを巻き起こしました。それだけに多くの敵もできた」

「ええ」

「その後、私はミュンヘンにいたスヴェトラーナ・バラバーノヴァと連絡を取りました。彼女は古代のミイラを分析して、その三〇パーセントがニコチンやコチニン、それにコカインを含んでいたことを発見した」。コチニンは人体がニコチンを代謝する際に作る副生成物だ。「バラバーノヴァもまた、世界にセンセーションを巻き起こしました。そして、同じようにたくさんの敵を作りました」

「ええ」

「タバコ（Nicotiana tabacum）の野生種が南アフリカで発見されるということはありえます。それは私も認めます。しかし、だからと言って、エジプト人がそれを知り、エジプトに持ち帰ってそれを栽培し、儀式にタバコを使うというのは、まずありえないと思います。しかしそれは、まったく起こりえないことではない。が、南アメリカ以外の場所で、コカインが見つかる可能性はゼロでしょう」

スヴェトラーナ・バラバーノヴァが、このような研究を一九九〇年代に公にしたのは事実だった。が、彼女はそのあとで、メインストリームの歴史家や考古学者から責め立てられた。二〇年経った今でも、実験を繰り返す彼女の試みは、結論が出ないままで頓挫している。バラバーノヴァはなお自分の結果を後押ししているが、議論は行き詰まりの様相を呈していた。「コカインのミイラ」だけは、主流からはずれた歴史のウェブサイトで、トピックとしてたいへんな人気を博した。それにしても、ミイラが汚染されたということが、はたして起こりうるのだろうか？　レイア＝レスコの発見については、懐疑論者たちが、博物館内でニコチンをベースにした殺虫剤が使われた可能性を提起した。私がエジプト人と会ったときの個人的な経験から言うと、必ずしも大カイロ都市圏では、ヘビー・スモーカーが珍しいわけでない。私はこちらの可能性を提案したい。

「私はエジプト人が、ニコチンをミイラの内臓器官にまで入れることができる、ということが想像できません」とパパマリノプロス。「どれほど、ミイラを汚すことができるのでしょう？」が、たとえニコチンが除外されたとしても、コカインの説明がまだなされていない。コカはあきらかに南アメリカの原産だ。「これが、少なくとも紀元前一〇世紀以来、アメリカとの交易が行なわれていたことの証拠です。先史時代に、誰かがアメリカへ行っていたし、そこへ行く方法を知っていた。そしてそれが繰り返し行なわれたんです」

古代の航海のさらなる証拠として、パパマリノプロスは一六世紀の地図を何枚か持ち出してきた。そこには南アメリカと南極大陸が、正確に描かれているように見える。が、奇妙なことに、一六世紀は歴史上、世界的規模の探検がもっとも多く行なわれた時代だったのに、世紀が進むにしたがって、このような大陸の描き方が不正確になっていく。パパマリノプロスにとって、その理由は明らかだった――早い時期の文明は、一七七三年に経度が正式に発見されるはるか以前に、すでによくそれを知っていたからだ。地図製作者が古代の地図やアトランティスの崩壊から、遠く離れれば離れるほど、彼らの仕事は正確さから遠のいていった。

23 「あなたは信じないでしょうが」——パトラス（続き）

パパマリノプロスは、何とか私の疑念を払拭しつつあると感じていたようだ。ちょっと休んで昼食を取らないかと彼は提案した。われわれは小さなエレベーターで下へ降りると、パトラスのダウンタウンの、ひとけのない通りを数ブロック歩いた。私は彼に、リチャード・フロイントの「アトランティス発見」というドキュメンタリーを見たことがあるかと訊いた。それはキューネの独創的な、タルテッソス説にすっかり頼り切ったもので、パパマリノプロスの仕事にはいっさい触れていなかった。彼はドキュメンタリーを見たことがないと言う。だが、製作準備の段階でフロイントに連絡を取ったという。「地質学会に送った論文はすべて、彼にも送りました。そしたら彼は言ったんです。『これを全部読もうとしたら、二カ月はかかりますよ』とね」

昼食を注文した時点で、私は彼に一つ質問をした。アトランティスの物語で、どうしても説明のつかない部分がまだ何かあるんですかと。彼はあるというようにうなずいた。

「それは象ですか？」と私は尋ねた。

象はたしかに微妙だ。アトランティス研究家の中には、プラトンが言っているのは、マンモスか小さな象（コビトゾウ）のことだと主張する者もいた。コビトゾウの化石はキプロス島、シチリア島、マルタ島などで発見されている。トニー・オコーネルが私に教えてくれたのは、マルタ島に象がいたとする説は、ギリシア語の転写ミスによるものだった、というもの。ギリシア語で鹿を意味する「elephos」（エレフォス）を、まちがえて象を意味する「elephas」（エレファス）と転記してしまったというのだ。その他にも、プラトンが象を使ったのは、アトランティスの大きさを、象を使うことで表現しようとしたという説がある。彼は象について、「あらゆる動物の中でもっとも大きく、もっとも食欲が旺盛だ」と書いていた。

パパマリノプロスは、象には思い悩んでいなかった。「象は、アトランティスの影響下にあった地帯に生息していました」と肩をすくめて言った。ジブラルタル海峡をちょっと横切れば、北アフリカには象がいたと言う。

「私の説には二つばかり、ウィーク・ポイントがあります」とパパマリノプロス。「一つは水路、もう一つは渓谷の大きさです。この大きさはおそらく数字のまちがいだと思います」。彼が言っているのは、プラトンの信じられないような、周囲一万スタディオンという数字だ。「もう一つのウィーク・ポイントは――今のところ――これなんです」。彼は私のペンを取って、交差する線の模様を描いた。「格子縞模様の水路。これをわれわれはまだ見つけていません。が、おそらく将来は、衛星画像処理によって見つけることができるでしょう。何から何まですべてを解決することは、私にはできませんからね。ここで、あなたをイライラさせたくはないのですが、この格子縞をグアテマラとボリビアでなら、見つけることができるんです」。彼は顔を上げると、かすかな笑みを口元に浮かべて言った。「あなたは信じないでしょうが」

もちろん、私は信じない。なぜ巨大なアトランティスの艦隊が、陸地に囲まれたボリビアの高地から発進することができるのか。つい最近、私はボリビアを訪ねたことがあるが、この国はもっとも近い大洋から二〇〇〇マイル、そして海抜二マイルの地点に位置している。高地から発進した艦隊が大洋へ出て、南下し、航行の難所として名高いホーン岬を周航して、大西洋を横切り、地中海へ入る。そしてアテナイと交戦する。そんなことがはたして可能なのか？　巨大な艦隊に、どのようにして、後方から物資を送ることができるのだろう？　高高度のアトランティスはまた、波の下に沈没した島や、そのあとに残った泥の浅瀬を説明することができない。私はパパマリノプロスに、これとよく似た説について質問してみた。それはルイジアナ州の北西部で見つかった、いくつかの同心円のことだ。アトランティス人がわざわざミシシッピー川を遡ってやってきたという説である。

「この説を言い出した人が、アトランティス人のモチベーションとして何を持ち出してきているか、あなたはご存知ですか？」とパパマリノプロス。

「当ててみましょうか。銅じゃないですか？」

普通に考えてみても、これしかアトランティスとミシシッピーを結ぶ説の第二部を構成するものはない。旅の終着点はスペリオル湖の最大の島、ロイヤル島だ。島は純度の高い銅の鉱脈があることで知られていた。何千年も前に、何百万ポンドもの銅が運び出されていたようだ。そしてこのことについては、誰一人これまで納得のいく説明をした者がいない。五大湖地方のネイティブは銅をいっさい使っていなかった。説明しがたいこの現象が、アトランティスの探索に出会ったところで、荒っぽい仮説が待ってましたとばかりに出てきた。ロイヤル島説の情報源を探っていくと、どうやらイグナティウス・ドネリーにたどりつくようだ。

「その通り、銅なんです」

「しかし、キプロス島はもともと島全体が、巨大な銅の塊だったんじゃないですか？　だいたいキプロス（Cyprus）の名前は銅（copper）に由来してるんでしょう？　それに、地中海から向かうとすれば、スペリオル湖にくらべてキプロス島は、およそ一万倍ほど到達しやすいのではないですか？」

「その通りです。が、ロイヤル島の銅は世界でもっとも純度が高いんです。それにアメリカ・インディアンがそれを使用していなかった」と、ふたたび彼は微笑んで言った。「あなたは信じないでしょうが」

そう、私はまだ信じていなかった。「そういえば、九〇〇〇年はどこへ行っちゃったのでしょう？」

「ああ、今度はいよいよ日付に行きますか。まじめな専門家たちは」――と、彼は言葉を吐き捨てた――「九〇〇〇年を当たり前だと思っているんです。彼らはプラトンをあざ笑うつもりでいるんでしょうが、実は自分自身を嘲笑しているんです。ソロンが話したのはサイスの神官だけです。私たちは古代のギリシア文学やエジプト学から、神官たちが太陰暦を使っていたことを知っています。したがって、太陽年を満月の数の一二・三七で割ればよいのです」。そうすれば、ヴェルナー・ヴィックボルトがブラウンシュバイクで立証していたように、アトランティスの大惨事の日付は、紀元前九六〇〇年から紀元前一二〇〇年へと一気に時代が下る。

修正された日付はアトランティスを、曖昧模糊とした後氷期から引き出しただけではない。それはまた、大まかだが、都合のいいことに、日付の終わりがミュケナイ時代のアテナイの崩壊や、ギリシアの暗黒時代のはじまりと時を同じにしていた――アテナイ崩壊の年代は、地震で埋没し、アクロポリスで発掘された品々によって証明されている。この時期はちょうど、ギリシア全土の都市や町が打ち捨てられ、線文字Bが消失したときでもあった。実際、パパマリノプロスは次のように述べている。「ここでは三つの崩壊が発生している――アトランティス、アテナイ、それにトロイア。崩壊は同じ月に起こったわけではないが、同じ世紀の中で起きている」

紀元前一二〇〇年頃という年代は、地中海地方で突如、今もなお説明の解明されていない、大きな社会的変動が起きた時代だった。この地域を支配していた二つの大帝国、エジプトと小アジアのヒッタイトが凶暴な襲撃に見舞われた。エジプトは何とか難を逃れて、生き延びたようだったが、ヒッタイトは完全に滅びてしまった。シリアの重要な港湾都市だったウガリットの王が出した手紙が残っている。それはウガリットを襲った正体不明の海の侵略者と戦うために、キプロス島の交易相手に救援を求めていた。「敵の船はすでにここにやってきている。彼らは私の町に火をつけ、私の国は大きな被害を被っている」と王は書いた。こうしてウガリットもまた灰燼に帰した。

「あなたはソロンが神官から、アトランティスの話を、それも何らゆがめられていないままに、真実の話として聞いたと本当に考えてらっしゃいますか?」と私は質問した。

「あなたのご質問の中で、これはとても私の好きな質問です。つまりあなたは、たった一人の神官の話を真に受けるのか、とおっしゃりたいのですね?」パパマリノプロスはテーブルを指で叩いて、ウェイターを呼び、コーヒーを二つ注文した。私のオデュッセイア(旅)では、この時点に及んでも、なおカフェインと奇妙な会話を、スティーグ・ラーソンの小説に出てくる登場人物のように、規則正しくブレンドしていた。「私は神官たちを信頼しています。彼らは何と言ってもエジプトの古物収集家ですからね。それに私はプラトンも信用しています。彼はもしかしたらシュラクサイで、ギリシアの船乗りたちから聞いた物語をもとに、想像を思いめぐらしたのかもしれません」。それはプラトンが、ディオニュシオス一世と二世を訪問した、そのどちらか一方のときだったのだろう。パパマリノプロスはある論文の中で、ソロンの時代より前に書かれたヘシオドスの断片を引用している。これにはガデイラからイタリア南部のタラスへ、あるいは小アジアのイオニア地方へと、旅する海のルートが記されていた。ジブラルタル海峡のはるか向こうの物語は、たしかに東へ、ギリシアに向かって旅をしていたにちがいない。プラトンあるいはソロン、あるいはこの二人がこのような物語に親しんでいたことは、十分ありうることだったのである。プラトンの物語に散見される信じがたい数字は、単なるミスではなく、まったくその対極のものだとパパマリノプロスは言う。

「マーク、あなたが目の前にしているのは、天才と言われた人物ですよ。天才は、われわれが理解できるような仕事の仕方をしません。アトランティスの住人のおびただしい数、戦士や軍船のとてつもない数、これもみんないたずら小僧のプラトンが、自分のためだけに、リアルな物語の中に仕掛けた数学上の誇張なんです。ちょっとここでご説明しましょう」。彼はふたたび私のペンを取ると、紙ナプキンの上に描きはじめた。そして、それを私に手渡して言った。「これを記念に手元において、どうぞご覧ください」

彼が描いた（そしてサインをして、日付を入れた）絵は、三つの同心円だったが、それはアトランティスのものではない。ちょうどアボガドを、まっぷたつに切ったときの断面のようだ。一番中の輪（アボガドの種を取ったあとのへこみ部分）は歴史的事件の核の部分だ。これが「ロゴス」だった。「それはメッセージを伝えるための信号のようなものです。が、そのまわりには騒音の雲が立ちこめています」とパパマリノプロス。物語の中心にある歴史的真実をとらえるためには、第二の輪（アボガドの果肉部分）の空想的な要素を濾過しなければならない。パパマリノプロスは、この作りものの部分を疑似神話と呼んでいる。もっとも外側の第三の輪（アボガドの外皮）は、プラトンによって作り出された、数学的及び音楽学的情報からできていた。

「プラトンが望んでいるのは、掘りすすんで探索し、数学的理論を見つけてもらうことです」と、彼は一番外側の輪をペンで描きながら言った。「この薄い黒い部分も真実であることに変わりはありません。が、しかし、これは歴史的な真実ではなく数学的な真実なんです。彼はあなたに数と戯れ遊んでほしい、あなたに数を解読してくださいと、しきり手招きをしている。もし解読することができれば、歴史家や考古学者にとっては役に立たないが、数学者にとっては有益な何かを見つけることができるでしょう。プラトンは音楽に取り憑かれていました。それに数学にも。思い出していただきたい。ギリシア語――ギリシア語のアルファベット――は聡明な人によって、三通りの使い方をされています。書き文字、数字、音符の三つです」

信じがたいが、これは十分にありうることのように思えた。イギリスのある哲学教授が最近、一つの説を発表した。それはメディアによって、手っ取り早く「プラトン・コード」という名前をつけられた。この説はプラトンの有名なほとんどの作品の中に、ピュタゴラスの一二音階が潜んでいるというものだった。「ガーディアン」紙によると、この発見が「プラトンの中にある、シンボリックなメッセージの迷宮の扉を開くことになる」と教授が語ったという。

「そうなんです。もし私があなたと音楽でコミュニケーションを取ろうとしたら」とパパマリノプロス。「私も同じようにシンボル（言語）を使います。あなたに曲をつけた詩を送ります。また同じシンボルを使って、数式を暗号化するかもしれません。あるいはエジプトでした仕事のレポートを、手書きの原稿であなたに送るかもしれない。こんな具合にあなたは三通りに使われる言語を持っているんです」

ウェイターが勘定書を持ってきた。私は茫然として座っていた。

「アトランティスについて、他に何かご質問はありませんか？」と、パパマリノプロスは尋ねた。

「ええ、完全に理解できたとは、とても言えませんけれどね」と私は言った。そう、彼はたしかに巨大な数の誇張について話してくれた。が、それだけではない。数はアトランティスの物語の中に、埋め込まれた秘密のコードを言外にほのめかしていると言う。さらにこの物語はまた、アメリカへと向かった古代人の航海について、ひそかにそれを語っていると言う。しかし、それにしてもアトランティスの物語は、だいたいからして、本当に真実だったのだろうか？　パトラスで過ごしたわずか一日の、それも午後だけの取材だったが、私は自分でBBCのミニシリーズを作るのなら、すでに十分すぎるほどの材料を手にしていた。

「マーク、アトランティスについて話そうとすると、とても一日では足りません。私なんかすでに、アトランティスとは四〇年もつき合っているんですから。アトランティスは子供のお話に似ていますが、とてもそんなものではありません。そこには哲学的意味、数学的意味、音楽的意味、そして道徳的意味などがいくつもの層を成しています。しかし、われわれがそのすべてを取り出して、それでもあとに残ったものが物語の芽と呼べるものなんです」

教会の鐘が六時を知らせた。われわれは昼間からぶっ通しで話し続けたことになる。ビールを飲もうということになり、バーに立ち寄った。そこは大学生たちであふれ返っていて、騒がしかった。ストライキ中の彼らは、その日の勝利を祝って祝杯を上げている。私は神経がぴりぴりとして、精神的にくたびれ果てていた。パパマリノプロスもやはり疲れ切っている様子だ。話しているときも、彼は頭をうしろの壁にもたれさせて、目を閉じていた。私はこれまで忘れていた質問を思い出した。なぜ、これほどまでに多くの人々が、アトランティスを見つけることに興味を抱くのでしょう？

パパマリノプロスは目を開けると、私の方を見た。

「彼らの心が持続性の高熱で燃えたぎっているからだと思いますよ」と彼は言った「アトランティスに取り憑かれているんです」

24 神話の力——ニューヨーク州、ニューヨーク

パパマリノプロスが描いてくれた三つの輪の略図——ロゴス、疑似神話、いたずら小僧の秘密の数学コード——をもう少しよく理解したいと考えた私は、神話に関して世界有数の専門家に電話で訊いてみた。しかし、話は最後まで吸血鬼《ヴァンパイア》の話題で終始した。が、これも現段階ではそれほど驚くべきことではないと思う。今思うと、むしろこれはすこぶるよかったからだ。エリザベス・ウェイランド・バーバーはオクシデンタル大学の言語学及び考古学の名誉教授だ。何冊か著書もあり、『彼らが天から地を分けるとき——人間の心はどのようにして神話を形成するのか』は夫のポール・バーバーとの共著だった。彼女はまた、先史時代の織物から民族舞踊まで、あらゆることに精通していることでも知られている。かつては、二六カ国の言語で注をつけた本を書いたこともある。電話で五分ほど話してみて思ったのは、彼女なら車の長旅をしても、きっと楽しい道連れになってくれるだろうということだ。お仲間の考古学者たちは、神話をちょっとかじることに、いくらか躊躇する気配はありませんかと訊いてみた。彼女はふふんと鼻先で笑って、「ええ、ちょっとね」と言った。

ヴァンパイアの話題を持ち出したのは私ではない。バーバーの方だった。それも、神話が生み出され

るプロセスを説明するためだ。「人間の脳はどうも説明を求めるようです」と彼女。「私の夫が最初に出版した本のことを話しましょう。彼はオーストリア＝ハンガリー帝国（一八六七－一九一八）の記録保管所に行って、ヴァンパイアについて書かれた、オリジナルの記録をすべて調べたんです。そこにはかなり遠方のトランシルバニアの村で、ヴァンパイアが突然出現したときの様子が記されていました。人々は誰も、隣人たちが自分の親族の遺体を掘り起こすことは好まない。そこで中央政府が医者を派遣して、事態を監視させ、目撃したことをすみやかに報告するようにと命じたんです」。医者たちは最近亡くなったばかりの死者を調べた。死体はすでに腐敗の兆候を示しはじめている。農民たちも同じ死体を見て、それが血をむさぼったために、体中が充血し、口元からは血がしたたっているのを確認した。ヴァンパイアではないかと疑われた遺体が数体あった。その内の何体かの心臓に杭が打ち込まれた。すると、遺体はうめいて、口から血を吐き出した。

腐敗している間に形成されたガスによって「死体は膨張しています」とバーバーは説明する。「死後硬直のあとで一定の時間が経過すると、血液はふたたび液化し、どんな（たとえば口のような）ところへでも出口を求めて向かい、体の外へと出ようとします」。膨れ上がった死骸の胸に杭が打ち込まれると、体内に溜まっていた空気が喉を通って吐き出される。それが死者のうめき声となって聞こえるという。「そんな風に農民たちは、物事をまったく正確に観察しました」とバーバー。「が、しかし、起こった出来事に対して、当初、彼らが示した説明は完全に的がはずれていました」。真実が持っていたもともとの核（アボガドのへこみ部分）をとらえるために、バーバーは神話を、彼女が「はぎ取り手続き」と呼ぶものの支配下に置いた。「原型となった真実の事件を理解するために、私たちがしなければいけないことは、事件の真の姿をはっきりと見極めること、つまり、物語から説明をはぎ取ることなんです」。さようなら、ポセイドン。

『彼らが天から地を……』の中でバーバーは次のように説明している。有史以前の時代に、重要な情報を伝達する唯一の方法は神話だった。「文字で書くことが当たり前となった今では、文字を持たない人々が、情報をどんな風にして保存し伝達していたのか、なぜそれが神話という方法で行なわれたのか、私たちはそのことをすっかり忘れてしまっています」と書いた。「このような物語の中には、しばしば情報が稠密に圧縮されているのですが、それを解読する道筋を私たちはまったく見失っています。そのために、私たちにとって物語は、そのほとんどがでたらめの戯れ言のように思えてしまうのです」。人間は、バーバーが「記憶力の不足」と呼ぶものの影響を受けやすい。われわれの脳には限られた記憶容量しかない。「情報を記憶しなければならないとき、私たちは非常に狭い水路の中で働いているんです」と彼女は言った。「文字で記録することの最大の利点は、情報を文字で書き留めて、それを保存できることです。それを記憶しておく必要がないんです」

しかしバーバーは、次に挙げる三つの基準が満たされていれば、口承によっても情報は正確に伝達される、という実例を数多く見つけていた。第一の基準として、その情報が非常に重要なもので、保存価値があると考えられていること。たとえばそれは、およそ紀元前五七〇〇年頃にできたと言われている、オレゴン州のクレーター湖のようなものだ。この湖にまつわる物語は、地下世界の族長の不愉快きわまる訪問の話として、地元のクラマス族インディアンによって一九世紀にいたるまで代々伝承されてきた。第二の基準は、情報が神話を聞く人々にとって、目に見える何かと関連している必要がある（ふたたびクレーター湖を例に挙げると、恐ろしい地下の神を刺激しないために湖には近づくな、とクラマス族は教えられてきた）。そして第三の基準とは、神話は記憶しやすいものでなくてはならない。つまりそれは、ストーリーとしてすぐれている必要がある。第一と第二の基準はたしかに、プラトンの物語との関連が不分明だ――プラトンが古代の情報を本当に伝えているのかどうか、われわれには判断がつかないからだ。が、第三の基準となると、あきらかにプラトンの物語はそれに合致している。アトランティス物語はたしかに覚えやすいからだ。

火山学者たちの推定によると、テラ島の噴火はオレゴン州のクレーター湖を作った爆発にくらべて、二倍以上の大きなものだったという。そのことからバーバーは、テラ島の噴火が、古代の地中海文化に神話をもたらすには、十分なほど大きなものだったと考えている。ポセイドンがアッティカ地方に送り込んだという洪水の神話は、噴火によってもたらされた結果だったのだろう。「実際、ポセイドンは大いなる自然の力の神でしたし、その一方でアテナは、人間がその自然と戦うために身につけるもの、つまり『テクネー』（知恵）の女神でした。アテナがアテナイの守護神の地位をめぐって、ポセイドンと争ったときに、ポセイドンは敗北を喫したのですが、その負けっぷりが潔くなかった。彼は悔し紛れに大波を送り込み、それがアクロポリスの麓にまで達するんです」。ひとたび、超自然界で生じた神々の争いという説明がはぎ取られてみると、そのあとに残っているのは、古代に起きた津波の報告だけのように思えてくる。「そこにあるのはただ一つの大波だけで、おそらくそれはあの大きな波だったのでしょう」と彼女は言った――テラ島で生じた津波だ。

「地質学者たちは、その日の風が南東に向かって吹いていたと言っています。これは西洋文明にとっては非常にラッキーでした。もし風が北東へ吹いていたら、ギリシア人たちは大きな被害を被っていたでしょう。実際には、彼らはリングサイド席でテラ島の噴火を見学していたわけです。ヘシオドスは海が熱くなって沸き立ち、火山の爆発音があまりに大きかったので、今にも空が落ちて、地面にぶつかりそうだったと、その日の様子を述べています」

『神統記』は、ソロンから遡ること一〇〇年ほど前に書かれたものだが、この中でヘシオドスは、神々と巨人たち（ティタン）の壮大な争いの物語を語っている。バーバーが引用しているのは、ピュージェットサウンド大学の地史学者モット・グリーンの魅力的な研究だ。グリーンは地質神話学という、比較的新しい分野のパイオニアで、地質学的現象、とりわけ民間伝承の中に紛れ込んでいる自然災害を追求し研究している。「モット・グリーンは、ヘシオドスの神話や他のギリシアの作家の神話を見て、個々の火山の噴火をそれなりに語っています」とバーバーは言う。「火山にはそれぞれ独自の噴火のスタイルがあり、それはマグマの種類や地下の温度によって違います。テラ島にはテラ島のスタイルがあり、シチリア島のエトナ山や、ティレニア海に浮かぶエオリオ諸島のストロンボリ島も、同じように独自のスタイルを持っています」。グリーンはまず、ヘシオドスの物語の中で起きた一五の出来事を取り上げ、テラ島の詳細な調査に基づいて、物語の出来事がテラ島の噴火と密接に関連し、平行して生起していたことを示した。オリュンポス山の初期の震え（大地《ガイア》の呻吟）は、テラ島における巨大な地震の発生に対応している。さらに、クロノスが率いる巨人族の神々と、オリュンポスの神々の闘いがはじまるが、これは溶岩や火山岩などの「火砕性噴出物」の放出に相当する。そしてゼウスが登場して、雷電を投げつけると、それが地面を焦がすのだが、これもまたテラ島の火山雷《かざんらい》に合致しているとグリーンは言う。

　本土のギリシア人にくらべて、噴火の現場からはるかに遠く離れた場所にいたエジプト人は、見方もギリシア人とは異なっている。ギリシアの地震学者ガラノプロスと同じように、バーバーもまた「出エジプト記」の物語が――テラ島の噴火と同時に起こった出来事にせよ、あるいはさまざまな世紀から集めて組み合わせたものだったにせよ――火山の噴火と一致していると考えていた。「出エジプト記」（一三・二一―二二）では、暗闇がエジプトを三日間覆ったと書かれている（これはおそらく、大気中の火山灰が太陽の光をさえぎったことで生じた結果だろう）。そこで主は、昼間は雲の柱を送って導き、夜は火の柱で照らした。「出エジプト記」のこの記述は、一日の内でさまざまな時間に起こった、火山の爆発に共鳴している。小アジアのヒッタイト人もまた巨人の神話を持っていた。この巨人は海から現れて、数千マイルというとてつもない高さに成長した。しかし、足もとを大鎌によって刈り取られると、あえなく打ち倒されてしまった――このディテールはひとたび火山の噴火が止んで、火山灰の柱が途切れてしまった状況に酷似している。

バーバーはソロンこそ、「情報をつねに自分用に蓄積しておくために」、文字で書いて、手記として残したはじめてのギリシア人だったと考えている。もしソロンが、海面下に沈んだ島の物語を、エジプトの神官から聞いて文字にしていたとしたら、子孫の一人が数十年後に、彼の思索のあとを偶然見つけ出すことは、大いにありうることだった。バーバーの「はぎ取り手続き」を使えば、われわれも、マリナトス説とあらゆる点で合致する一次資料を手にすることができる。マリナトスの説とは、エジプト人がテラ島の噴火と、それに続いて生じたクレタ島との交易の断絶を目撃したというものだ。豊かに栄えたが、今は滅びてしまった島の王国の物語は、サイスの神官たちによってソロンに伝達されている。

私は古代ギリシアを学ぶ一学徒として、バーバーに尋ねた。プラトンはアトランティスの物語を、本当にあったことだと信じていたのだろうか？　プラトンがそれを信じていたとバーバーは思いますか？

「プラトンは実際、まるで一族の資料室でこの物語を読んだように、そしてエジプト人から聞いた情報を、ソロンが書き留めて記録したかのように、この物語を取り扱っています。プラトンには、書き文字に対する大きな尊敬の念があったのだと思います。したがって、もし彼がこの物語を資料室で見つけたとすると、それを発見した日に、彼がどんな顔をしていたのか、私にはすぐに想像ができるほどです。『いや驚いた。これを見てごらん。これはすばらしい』。おそらくびっくりして、しゃっくりの一つや二つは出たにちがいない。が、簡単に言ってしまうと、早い時期にすでに起こった出来事について、その物語はプラトンに語りかけていたのである。

「たぶんそれはテラ島と、タルテッソスについて、プラトンが聞いたこととの合体だったのでしょう」と私。

「あるいはエジプトの神官が、合成したものだったかもしれません。エジプトにはさらに多くの、しゃっくりを引き起こしかねない資料があります。私たちはこの件にふさわしい碑銘やパピルスを見つけ出す必要があります」

ある日、新しい資料が発見される可能性は十分にあった。ヘロドトスがサイスで目にして、書き記した神殿や彫像が消えてなくなってから、すでに長い年月が過ぎている——盗掘者や建設業者によって運び去られてしまった。が、しかし、イギリスのチームは古代都市の発掘を続けてきて、ある程度の成果を挙げている。エジプトの町オクシリンクスにあった古代のごみ捨て場では、ギリシア古典の重要なパピルスの断片が発見されている。中には『国家』のような古典、それに以前にはまったく知られていなかった資料もある。

「クリティアスが『これは何とも奇妙な話なのだが、私が聞いたことなので……』と言っています。ここにはいくつかの要点がありますよね」と私は言った。

「そうです。そうそう、その通りです。もちろんプラトンはその話を、いくぶん割り引いて聞いたにちがいありません。が、基本的には、そのときのプラトンは、何か真実を伝える貴重な記録を手に入れたと考えました。たとえすべてのディテールを知ることなど、とてもできないとは言え、初期の世界について真実の事柄を得たと思ったんです」

「それでは、プラトンがこの物語を語ろうとした目的は、何だったのでしょう？　もともとはソロンの話ですよね。それをなぜなんでしょう？　いったい彼は誰に伝えようとしたのでしょう？」

「プラトンはアトランティスの話を、少なくとも二度語っています。おそらくこの話は、プラトンがアカデメイアで教えるために使ったものではないでしょうか。教えるために、自分の理解が及ぶ、もっとも偉大な過去の出来事に、発言の場所を求めたんだと思います」。バーバーの基本教義の一つに、彼女が「沈黙の原理」と呼んでいるものがある。それによると、物語に耳を傾けた聴衆は、現在、人々を混乱させているアトランティス物語のさまざまなディテールについても、いっさい、その説明を求めることはしなかったのだろうという。このような「見過ごし《オミッション》」（周知の事実なので当然だ）が結果的には、彼女の言う「忘却《レテ》効果」を生み出した。「語られることのけっしてないことは、そのうち、完全に忘れ去られてしまうかもしれない」

さて、私がここからさらに先へと進もうとすれば、彼女はどんなことを提言してくれるのだろう？

「何はさておきディテールを追いかけてください」と彼女は声を高めた。「落とし穴は細部に隠れていますから」

25

地図と伝説——ニューヨーク州、ニューヨーク

先史時代の船乗りが大西洋を横断して、遠い大陸のニュースを携えて戻ってきたという説がある。が、この考えをはじめて提示したのが、スタヴロス・パパマリノプロスだったということはまずありえない。プラトン以前にも、すでに古代の作家たちが、果てしない大洋の彼方に浮かぶ島々について述べている。「本当にアメリカを発見したのはいったい誰なのか？」いわくありげなこのテーマは、えせ科学のテレビ番組やベストセラー本の定番となった。スピリドン・マリナトスでさえ、こびた調子でかつて次のように書いていた。「われわれは古代の船乗りたちの、勇気ある功績をついつい軽視しがちになる。プラトンの物語でさえ、アメリカの存在にはじめて言及したものと見なされがちだ」

これはホットな話題だと私も思った。そして現代行なわれている学術研究を、隅から隅まで探してみようと思いはじめたときに、私の目に入ったものは、みんなが耳を指でふさいで「ああ、ああ、聞こえない、聞こえない」と言っている姿だった。拒否の一部には論理的なものもあった——考古学者や人類学者はもっぱら、貝塚や墓地遺跡、陶器の破片などの「物質的文化」に頼っている。たしかにそこには、早い時期に、大西洋を横断したことを証明するものなど、何一つ見当たらない（地球外から飛来するため

の滑走路は、まったく勘定に入らない）。過度の伝播論に対する嫌疑――これはイグナティウス・ドネリーによって犯された許しがたい罪とされている――は、誰彼かまわずに投げつけられるのだが、その対象となるのはたいてい、古代の船乗りが新大陸へ旅したことを証明しようとする者たちだ。

時代を支配している科学的なパラダイムは、そう簡単には変わらない。一九六〇年、探検家のヘルゲ・イングスタッドは、しきりに証拠を集めはじめていた。それは一〇〇〇年頃に、バイキングのレイフ・エリクソンが、ニューファウンドランド島へ航海した証拠だ。が、それだけではない。その島に、長続きはしなかったとはいえ、エリクソンが植民地を作った証拠を収集しはじめたのである。クリストファー・コロンブスの、ロマンティックな物語に入れ込んでいた歴史家たちは、イングスタッドの考えを派手に退けてしまったが、最終的には、イングスタッドが圧倒的とも言える分量の、動かぬ証拠を集めた。彼の仮説はもともとが、古代スカンジナビアのサガを読み解いたことからきたものだった。サガにはグリーンランドの開拓地、それよりさらに遠くの、ヴィンランドと呼ばれた土地に作られた、植民地のことなどが書かれていた。が、このような事実も、彼の主張が認められる助けにはならなかった。

もし誰かが、二〇世紀に活躍したノルウェーの探検家たちの中で、人類学者たちの嫌いな探検家のリストを作成したとしたら、イングスタッドといえども、二位以上に入賞するのは難しい。人類学者の嫌いな探検家第一位に輝くのはおそらくトール・ヘイエルダールだろう。彼はペルーから太平洋を西へ航海して、一九四七年にフランス領ポリネシアに到達した。乗っていたのはバルサ材で作ったコンティキ号である。この航海で彼が証明できたと思ったのは、南太平洋の島々に住み着いた人々が、実は、南アメリカの本土からやってきた船乗りたちだということだ（だが、この結論は長持ちがしなかった。圧倒的な意見の一致を見たのは、移住がむしろ逆の方向から起こったという説だった）。一九七〇年にヘイエルダールは、モロッコからバルバドス島へ、葦舟のラー二世号で渡航を試みてこれに成功した。この航海で彼は、フファラオの時代にエジプト人が、大西洋を横断した可能性のあったことを証明してみせた。最初の航海でヘイエルダールは有名となったが、専門家の学者たちの間では、必ずしも評価は高くなかった。それは彼が製作し、主演をつとめた長編ドキュメンタリー映画『コン・ティキ』で、アカデミー賞を受賞してからもなお変わることがなかった。日に焼けてシャツを着ていない、彼の裸の上半身は、終生、大学で身の安全を保証されている「本の虫たち」にとって、暗黙の内に、非難の対象となっていた。どちらかといえばラー二世号の遠征の方が、メインストリームの学者たちの間では、人気がなかった。それは一つに、古代のエジプトと新大陸をつなげようとする試みが――イグナティウス・ドネリーの主張の明らかな繰り返しだ――過剰な伝播論の可能性を、さらに助長する事例になるからだった。

アリス・ベック・キホーはマーケット大学の名誉教授で、古代の海洋横断説を寛容に受け入れている数少ない専門家の一人だ。彼女が激しく批判していたのは、ドネリーがさかんに推奨していた過剰な伝播論めいたものである(『考古学上の論争』の中で、キホーはこの論を「きわめて人種差別的な思想」だと書いている)。さらに彼女の批判の対象となっているのが、以下のような質問を含んだ教科書を書く執筆者たちだ。彼らは何とかして、退屈している学生たちに講義シラバスを読ませようと、「アフガニスタンやメキシコやユタ州の人々は、おしゃれなヘアスタイルをした、裸の小さな女性像をなぜ何百も作ったのだろう?」といったたぐいの質問を教科書に書き入れている。

キホーが集めていたのは、小さな船で大洋横断の航海をした現代の実例だった。イギリスの冒険家ティム・セヴェリンは、六世紀のアイルランド修道士、聖ブレンダンが大西洋を横断して、祖国に戻ってきたという記述が、はたして真実だったのかどうか、それを証明したいと思った。そして一九七六年から七七年にかけて、三六フィートの船でブレンダンの旅を再現し、大西洋を横断して、ぶじにイギリスへと戻ってきた。船はブレンダンの時代に手に入る道具と材料――油を塗った牛皮四九枚など――を使って作られた（セヴェリンは、パパマリノプロスをはじめとして、とりわけアトランティス研究家の間で人気があった。それも、ブレンダンの物語の外部資料としては、航海の数世紀のちに書かれた伝説しかなかったからである）。一世紀前には、自殺行為に等しい危険な行為だ、と考えられていた大西洋横断の航海も、数年の内に、大胆な行動と見られる程度の領域へと入っていった。それからというもの、男も女もヨーロッパとアメリカの双方から、こぎ舟、ディンキー、カヤックなどの小型の船で大西洋を横断するようになった。二人のフランス人は、特大のサーフボードに乗って、ウィンドサーフィンをしながら大西洋を横断している。

このように大洋横断の事例が増えるにしたがって、分野の中には、新たな探究の領域が開かれるところも出てきた。日本の船乗りが、ビール樽で作ったボートに乗ってたった一人で、リサイクルのプラスチックボトルでこしらえた帆で風を受けながら、八〇〇〇マイルの太平洋を横断した。この成功を聞いて私は感じたのだが、おそらく経験豊かなギリシアやフェニキアの船乗りたちだったら、大西洋を横切って旅をして、その間に見聞きした話を故郷へ持ち帰ってきたという話も、それほど突飛なものではなかったのではないか。私はキホーをミルウォーキーの自宅に訪ねた。そして、専門家の会議の場で、大西洋横断の航海というテーマを持ち出そうとしたことがありますか、と質問してみた。

「ええ、いつもしています」と彼女。「しかし、それは完全なタブーなんです。考古学の会合でそのことを言い出すと、みんなが冷たい視線を投げかけます。そして彼らは、誰か他に話し相手はいないかと探しはじめます」

キホーは新世界のあらゆる発展の説明として、過剰な伝播論は、人種差別主義の理論だと言っているだけで、バイキング以前にアメリカへ近づいた者などいなかった、と主張しているわけではない。彼女は仲間たちの抵抗に、いつまでも消えない「自明の運命説」（一九世紀中頃に、アメリカは北アメリカ大陸全土に拡大する運命を授与されている、と主張した説）の影響を見ていた。この教説が支持しているのはアメリカ人による西部の征服で、それは先住民を「残酷な野蛮人のインディアン」(トマス・ジェファーソンが「アメリカ独立宣言」の中で使ったフレーズ)とラベル付けすることで押し進められた。この考え方で行けば、たとえどんな者たちでもよし、北あるいは南アメリカの海岸に、やっとのことで到達できたとしても、彼らはただちに残忍な原始人によって、虐殺されていただろうということになる。死んでしまった者たちは、新たに発見した大陸の話を、故郷へ持って帰ることなどできなかった。

理論上で接触の可能性を抹殺した、この都合のよい考え方が、歴史家に、古代の文献中に現れた興味深い言及を無視し、考慮に入れないことを許してしまった。スタヴロス・パパマリノプロスは、一世紀の歴史家プルタルコスの文章を解釈して、もしかしたら、古代のギリシア人がアメリカで植民地を建設していたかもしれないと述べている。また五世紀に活躍した、新プラトン主義者のプロクロスは、早い時期の歴史家の言葉を引用している。それは「外海(大西洋)には」三つの大きな島の他に「七つの島々があった」というもので、三つの大きな島の内、最後の島にはウィリアム・スミスの『ギリシア及びローマの地理学辞典』によると、次のような人々が住んでいたという。それは「ことのほか大きなアトランティスという名の島について、先祖から語り継がれてきた話を記憶していた人々である。このアトランティスは長い年月、アトランティスの海に浮かぶ島々を、ことごとく支配してきた。そしてアトランティスは、ポセイドンの聖地となっていた」。紀元前六世紀頃――プラトンが生まれる一世紀前だ――、ギリシア人たちは、フェニキア人が大きくて肥沃な島を発見したという知らせを耳にしている。その島はヘラクレスの柱の外側に広がる大洋にあり、島には航行できる川が流れていたという。スペインとアメリカの間には、それほど大きな川のある島は一つもない。

キホーは、旧世界から新世界へ大洋を横断した最初の航海は、もしかすると長い道筋を取ったかもしれないと示唆している。「地中海のキール式船底を持つ船が、大洋を横断することは可能です」とキホー。

「しかし、紀元前一〇〇〇年に、もし本気で大洋を横断しようと思ったら、ジャンクのような中国の帆船か、ポリネシアのダブル・アウトリガーカヌーを選ぶべきだったでしょう」。ポリネシア人は何千マイルという距離を航海できたし、コロンブスが航海に出かける数世紀も前に、小さな点のようなイースター島を見つけている。彼らが引き続いて、南北アメリカの全西海岸を見つけたとしても、それは不可能ではないように思える。ポリネシアのニワトリの骨が、チリのコロンブス以前の遺跡で発掘されているし、南アメリカの原産と言われていたサツマイモが、一〇〇〇年も前に、ポリネシア中に行き渡っていたことが明らかにされている（南アメリカとポリネシアで、サツマイモが「クマラ」と呼ばれていたとキホーは記している）。地理学者のカール・ヨハンセンは、コロンブスの渡航以前の新大陸には、二〇〇以上の生活形態が存在していたと数え上げた。文化の間では超自然の概念を共有しているものもある。キホーが私に話してくれたのは、一四九二年よりはるかに以前の時代に、メソアメリカ人と中国人が満月を見て、同じものを連想していたことだった。それはウサギがすり鉢とすりこぎを使って、何かを粉々にして、飲み物を作っている姿だった。

キホーは仲間たちが、大陸間に想像上の「乗り越えることのできない（水の）障壁《バリア》」を築いていたと考えている。「アメリカの考古学者たちは、ひどく陸地に縛られているんです」とキホー。「めったに海へ出ていかない。考古学に打ち込みはじめる人々は、みんなそうなんです。政治学に関心がないし、神話学にも興味がない――ただしたいのは科学だけ。彼らが手に入れたいのは、計測が可能なデータだけなんです。中には歴史につき合おうという人もいます。が、大半はそうではありません。私の夫のように。彼は実際、読むことが嫌いです。戸外に出て掘ることが好きだったために、考古学へ深入りしました」

キホーはアトランティスの物語について、彼女の考えを私に語った。それは「一篇の罪のない寓話です。プラトンが言いたかったのは、文明は脆弱なもので、自然の力によって完全に打ち負かされてしまうということです」。コカインのミイラについては彼女も重要だと感じていた。遠い昔にコカの葉が、太平洋を越えてエジプトへ旅をして、その一部は不老不死の薬として使われた。そしてそれは、早い時期の錬金術士たちの心をとりこにしたのだろうと言う。スペリオル湖の銅の仮説についても、彼女の意見を聞いた。が、答えはすぐにそれと分かる、長いくすくす笑いだった。「ユーラシア大陸にだって、たくさん銅はあるじゃないですか」と言って、最後に「それはまったくナンセンスですよ」と付け加えた。(11)

ともかく、古代人の大西洋横断の件については、ひとまず保留にすることに決め、パパマリノプロスにはそのことを伝えることにした。そして私は次に、地図製作の証拠へと調査の対象を変えた。古代の船乗りたちが出かけた遠洋航海の証拠として、アトランティス研究家たちに人気があるのは、もちろんルネサンス期の地図である。作家のランド・フレマスは彼の理論の大半を、一五一三年に作られたピリ・レイスの地図に基づいて展開していた。パパマリノプロスは他にもいくつか地図を使っているが、中でもオロンテウス・フィナエウス（またの名をオロンス・フィネ）が一五三一年に製作した地図を数多く引用している。このような地図で印象的なのは、南極大陸が正確に描かれていることだ。しかも、大陸が最初に目撃された記録は一八二〇年である。ということは、この大陸は、発見される何世紀も前に、すでに地図上に姿を見せていたということだ。「南極大陸は一九世紀に、捕鯨船員やアザラシ猟師たちによって、見つけられたわけではなかったと判断せざるをえない」。パパマリノプロスは、地質学者のジョン・G・ウェイハウプトと共に書いたエッセーの中でこう述べている。「南極を発見したのは、彼らではなくて冒険者たちだった。それは六世紀か、あるいはそれより前の可能性が高い」。さらに南アメリカは、一四九二年に探検家たちが大西洋を横断しはじめ、その翌年には地図上で描かれるようになるのだが、それより前に、すでに地図には登場していた。しかものちに描かれたものより、数段精密度の高い描かれ方をしている。これが意味しているのは、プラトンの物語に出てきた、「パンペラゴス」（無限の海）の彼方にあった土地という、匹敵するもののないほど超弩級の証拠が、このような古代の地図の中に保存されていたということだ。

グレゴリー・マッキントッシュは歴史家で、アトランティス説を奮い立たせるような地図の、そのまた先駆的なものについて、『ピリ・レイスの一五一三年の地図』という、もっとも信頼のおける歴史書の中で書いている。彼のおかげで私が確認することができたのは、ピリ・レイスの地図が本物であること、そしてそれは、驚くほど貴重な歴史上の記録だということだった（オロンス・フィネの地図もまた本物だ）。この地図はエーゲ海のこちら側では、アトランティス学の議論が行なわれる際、「証拠物件A」として、もっともよく引き合いに出されるものだ。が、トルコでは、この資料が大切にされるあまり、尊敬の念が崇拝の域に達していて、トルコの紙幣（一〇トルコリラ）に登場するほどだった。イスタンブールでも、マッキントッシュの助言が、彼をまずまずの有名人に押し上げた。そして今では、彼も市内のピリ・レイス大学で教職を得るまでになっている。この地図が、驚くべき正確さで南極大陸を描いていることについて、私は彼に尋ねてみた。

「三〇年間、私は一日としてこの地図を見なかった日はありませんでした」と言って、マッキントッシュは説明をした。地図はどんなものでも、地球の三次元の球体を二次元に変形する。それは一つの投影法であり、世界の地理的特徴が平面の上で、他の特徴とどのように関連しているのか、それを解釈したものだ。「平面の地図へと変形される際に、球面の大地はゆがめられて保存されるわけですが、そこには六つの側面があります——大きさ、形、方向、方位、距離、比率。ピリ・レイスの地図は、他のすべての平面地図と同様、これらすべての側面を正確に反映しているわけではありません。実際、ピリ・レイスの地図は、ルネサンス期のほとんどの地図がそうなのですが、このような側面のすべてをゆがめています」

今日、普通に使われている地図は、そのほとんどが一五六九年に考案されたメルカトル図法で描かれている。この図法は大きさを犠牲にして、地理的な形を正確にとらえている。地図の上部と下部に近い部分の形は、実際より大きく描かれる（グリーンランドと南アメリカの二つの陸塊は、平面の地図やグーグルの地図上では、同じ大きさに見える。が、実際のグリーンランドは南アメリカの八分の一以下の大きさである。そしてそれは、ブラジルやアルゼンチンよりさらに小さい）。メルカトル図法が登場する前の地図は、標準化されたものが少なかったし、当て推量だけで描かれたものが多かった。「今日地図と言えば、われわれは高度に科学的に表現されたものと考えてしまいますが、五〇〇年前の世界地図は、現実の地理と理論上の地理を合体したものでした」とマッキントッシュは言う。「ルネサンス期の地図が海岸線を描いているからといって、誰かがその海岸を実際に見たり、測量したわけではありません。しばしば初期の地図で見られるのは、遠方の国々を、文書に記された描写や考えや信仰をもとに、あたかもその土地を目の当たりにしているように、写実的に表現したもの、つまり、さまざまな情報を視覚化したものです」。ピリ・レイスの地図の場合では、そこには仮説に基づいた「テラ・アウストラリス・インコグニタ」（未知の南方大陸）が描かれている。これはアリストテレスによってはじめて仮説として取り上げられた、巨大な南方の陸塊である。「テラ・アウストラリス」と呼ばれた同じような陸塊は、オロンス・フィネの地図でも登場する。「ピリ・レイスの地図が正確でないのは、当時作られた他の地図が正確でないのと同じです」とマッキントッシュは言った。

マッキントッシュは興奮しながら、このような地図が古代の知識を証明している、と主張する「反主流派《フリンジ》」について語った。彼らの大半は、レイスとフィネの地図がともに極冠の下の南極大陸を描いているとと言う。しかし、氷のない南極大陸がどんな形をしているのか、誰も確かめることなどできない。それはもし、マッキントッシュの言う「一〇の一八乗トンの氷」が溶けたとしたら、その結果として起こる海水面の上昇にもかかわらず、重量損失のリバウンド効果によって、大陸の標高が著しく上がるからだと言う。そのプロセスが南極大陸の大きさや、外周の形を完全に変えてしまうだろう。いずれにしてもマッキントッシュは、私が地図と南極大陸を見くらべて、その相似性を言い立てるたびに、「似ているところはまったくありません」と強調するのだった。

「少しも似ていませんか？」と私は尋ねた。そして、手に持ったコピーを机の上で、うまく地図に合致させようとくるくると回した。チャールズ・ハプグッドもまた『古代の海の王たちの地図』の中で、何とか相似性を強調するために、似たようなことをする必要に迫られた。が、もちろん、マッキントッシュの言っていることは正しい。二つの古地図では、南アメリカの先端が南極大陸にぶつかっている。それにドレーク海峡の、六〇〇マイルに及ぶ凍てつく海や、九〇〇マイルもの長さの南極半島の曲がった指が、拭い去られていた。この二つはどちらも、けっして見逃すことのできないものだろう。そこには大きさという小さな問題もある。フィネの地図では、テラ・アウストラリスが実際の南極大陸にくらべて、その九倍も大きくなっているとマッキントッシュが指摘していた。

「あの人たちは本気で正確だと言ってるんです。『うわあ、私にはまったく同じに見える』」とマッキントッシュ。

アトランティスの所在説については、そのすべてにとってある程度まで課題となるのは、証拠の採集と選択を慎重に行なうことだろう。このことに関しては、当初からトニー・オコーネルが私に注意をしていた。私はこれまでにスペインやマルタ島、サントリーニ島などで遺跡を見た。そしてそのすべての遺跡が程度の差こそあれ、いかにもそれらしい候補地に見えた。それぞれの背後にある仮説は、たしかにその提唱者たちの偏見を反映してはいる。が、私にはそれぞれが共感のできるものだった。このプロジェクトに関しては、私のジャーナリストとしての客観性はすでに、とうの昔に消えてしまっている。今の時点では、なぜ人々がアトランティスを探し求めるのか、私はそれをただちに解明したいとは思わない。が、一方で、その理由を見つけ出したい気持ちもまた私にはあった。

プラトンが『ティマイオス』を書いた目的は、宇宙を数学的な論理で解き明かすことだった。したがって、私の最後の逗留地をモロッコにしたことは、かなり適切な選択だったように思う。それはすでにモロッコで、厳密な数によってアトランティスが発見されていると、以前、私ははっきり断言されていたからだ。

26 統計的に言うと——ドイツ、ボンとモロッコ、アガディール

プラトン以前の、もっとも数学に取り憑かれたギリシア人でさえ、確率について勉強することはなかった。彼らが興味を持ったのは、自分たちの運命を決定するポセイドンのような神々の力だった。オリュンポスの住人たち（神々）が何を考えているのか、それを知るために古代のギリシア人たちは神託神殿へ相談に出かけた。そこでは予言者たちが質問に答えたり、超自然界と接触することで、未来の出来事を予言した。神託神殿でもっとも有名なものがデルフォイの神殿だった。そこでは一人の巫女がアポロンの不可解なメッセージを伝えた。そしてそれがのちに、古代史の進路を再三左右することになる。プラトンが書いた『ソクラテスの弁明』では、デルフォイの神託を聞いた、とソクラテスが語っている。神託の内容は、ソクラテスより賢い者は誰一人としていないというものだった。ソクラテスはこれを、自分の知識が限られていることを自分で理解しているがゆえに、自分はもっとも賢いのだという意味に受け取った。

神託はたしかに重宝で役に立ったかもしれない。が、プラトンが統計データを好んでいたことに、疑いの余地はほとんどない。そこには摩訶不思議な数式があり、世界の根底に潜んでいて、目に見えない

パターンを引き出す釣鐘曲線がある。しかし、はじめて出来事を三つのタイプ――「確実な」「起こりそうな」「予測できない」――に分類してみせたのは、偉大な分類学者のアリストテレスだった。モロッコへ旅立つために、アテナイでバッグに荷物を詰め込んでいたときに分かったのだが、プラトンは、ソクラテスとアリストテレスの間で立ち往生し、行き詰まっていたにちがいない。その状況がどんなものだったのか理解することができた。アトランティスについて、私は自分が何も知らなかったことが分かった。そしてそこには、知ることのできないものがあることも分かった。また、今自分は、見込みのありそうな答えに焦点を絞って、注意力を集中させようとしているのかもしれないとも思った。とりあえず私に必要なのは、プラトンの失われた文明を探索するために、統計モデルを使い、驚くほど明白な結果を出した、あるアトランティス研究家に会うことだった。

マルタ島へ戻ったトニー・オコーネルは、ミヒャエル・ヒュブナーのアトランティス関連の仕事を高く評価していた。それは私には、アントン・ミフスドが少し嫉妬していると感じられたほどだった。ヒュブナーの説は、これまで私が知っている中では、ずば抜けて客観的なものだった――彼はプラトンの記述から集めたデータを分析することで、アトランティスの場所を厳密に探し出していた。ヒュブナーの作った三〇分ほどのビデオ発表をオンラインで見終わったとき、私はトニーがアトランティペディアで書いていたことを理解した。「頭の中にはなお未解決の問題がいくつかあるが、ヒュブナーの仮説はアトランティスの年代について、もっとも説得力のある提案をしていると思う」。ヒュブナーはアトランティスの場所を、モロッコの大西洋岸だと正確に示していた。

私はキューネやヴィックボルトを尋ねたときに、その途中のボンでヒュブナーとはじめて会っている。ヒュブナーはベートーベンの古びた家から、数ブロック先へ行った所に住んでいた。ベートーベンの家はこぎれいな並木道沿いにあり、季節が秋の半ばだったこともあって、ヨーロッパのラブ・コメディーを撮影している映画のセットのようだった。ヒュブナーは、身長が六フィートをはるかに上回るほどの大男で、長い髪の毛をポニーテールにしている。ヒュブナーは四日くらい剃っていないみたいで、全体が熊のような感じがした。彼は私をワン・ベッドルームのアパートメントへ招じ入れると、すぐに具体的なアトランティスの証拠品を私に手渡した。それはモロッコから持ち帰った大きな岩の塊で、表面には赤と白と黒の筋が入っている。まるでポセイドンが大理石で作ったチーズケーキの一切れといった感じだった。

ヒュブナーは机に座る前に、大きなカップに紅茶を入れてくれ、大皿にペーストリーを各種盛って出してくれた。机の上には、ラップトップのコンピューターが二台開いて置いてあり、その横には大きな顕微鏡があった。『ティマイオス』以来、科学と哲学はほとんど反対の方向に進んできた。そのために私はヒュブナーに、情報テクノロジーのスペシャリストが、プラトンに関心を抱いたのはちょっと奇妙な気がすると言った。

「いつだったかな、洗濯機を運んでいたんだ。そしたら背中をやられてしまった」と彼は、ナイトクラブの用心棒のような体つきの男にしては、驚くほど優しい声で説明した。「二週間ベッドで寝たきりになった――トイレに行くことさえ……ああ。もっぱら寝床でプラトンを読んで時間をつぶしていたよ」。彼以前のプラトン読者と同じように、彼もまたアトランティス物語に引き込まれた、ディテールのレベルの高さに打ちのめされた。失われた都市について、ゲダンケンエクスペリメント（思考実験）の対象として、頭の中でじっくりと考えるより、彼は言った「俺はエクセルファイルを作って、それにプラトンのテクストをすべて入力したんだ」

ヒュブナーは数学が好きだった。そのために、アトランティスのもっとも可能性の高い在所を探し当てるのに、「階層的制約充足」という調査方法を使った。これは変数——この場合は『ティマイオス』と『クリティアス』のデーター——を、グリッドで仕切った地図の中に埋め込んでいく、統計学上の方法である。地理的座標にマッチする変数が多ければ多いほど、特定の正方形が、かつてプラトンの失われた島を擁していた確率が高くなる。その全体的な効果は「海戦ゲーム」に似ていた。アトランティスの位置の明確化が勝者に与えられるご褒美だった。

ヒュブナーがはじめたのはある仮定からである。それはアトランティスが、アテナイから「妥当と思える距離」の範囲内になければならないということだ。彼はその距離を五〇〇〇キロメートル（約三一〇〇マイル）とした（基準にしたのは、アレクサンドロス大王が軍事遠征で、もっとも遠くまで達した距離の四七〇〇キロメートルだった）。この距離内に含まれる地域は、ヨーロッパ全土、アフリカの赤道以北、それに中東だ。ヒュブナーは地図上でこの地域を、二〇掛ける二〇のグリッドにして、四〇〇の下位区分をこしらえた。アトランティスはおそらく、その四〇〇の内の一つに存在した可能性があった。そこから彼は、プラトンが残した七つのヒントを順番に処理していった。それぞれの下位区分は、以下の七つの条件に合致すれば、得点が与えられることになる。まずある海岸に面していること。地中海とつながっている大きな水域にあること。エジプトやティレニア（現在のイタリアのトスカーナ州）の西にあること。北方に高い連山がそびえていること（ヒュブナーはこれに該当する下位区分を九つ見つけていた）。ジブラルタル海峡の外側にあること（彼はヘラクレスの柱について、他の候補地をいっさい考慮していない）。象が生息していること（アトランティス研究家の中にはマンモスを推測している者がいるが、プラトンが描いている動植物が、熱帯性あるいは亜熱帯性気候を暗示しているために、マンモスは採用されていない）。そして——アトランティスは、古代ギリシア世界を構成していた、三つの主な陸塊の二つ、ヨーロッパとアジアを攻撃しようとしていたために——リビア、つまりわれわれが現在北アフリカと呼んでいる中にあること（私は彼の仮説の中で、これがもっとも根拠の薄弱なものだと思う。カルタゴより南に位置しているマルタ群島は、はたしてヨーロッパの一部として考えられていたのだろうか？　タルテッソスのような遠方の地は、アトランティスの候補地となりえないのだろうか？）。最終的にヒュブナーがスコアを計算してみると、四〇〇ある正方形の一つが明らかに突出している――それは現代のモロッコ海岸の一部、アトラス山脈の真南で、スース＝マッサ地方として知られている場所だった。

合算したスコアに、絞り込んだ地域や場所の特定事項をさらに付け加えると、証拠はさらにいっそう説得力のあるものとなる。アトランティスの首都については、プラトンは奇妙なほど正確な描写をしているし、計測の寸法もディテールにわたって表記している。ヒュブナーの仮説のもっとも魅力的な部分は、首都と候補地の描写と大きさを比較しているところだ。ヒュブナーはスース＝マッサ地方で、円形の丘を発見している。それは三つの同心円のワジ（水の枯れた川床）に囲まれていた。一番外側の円の直径や、太平洋から首都までの距離は、いずれもプラトンの数字との誤差がわずかに一〇パーセントほどだ。少なくとも紙の上では彼も、説得力のある証拠を挙げて、自らの主張の正しさを説明できた。

「あんたはたぶん、シックス・シグマという言葉を知っているだろう？」とヒュブナーが訊いた。そして、それが品質管理の用語で、九九・九九九パーセント欠陥のない正常品を会社が生産することだと言う。素粒子物理学者は、科学的発見で高い評価を得るためには、その前にファイブ・シグマのレベルにまで、発見の確実性が達していなくてはならない。ヒュブナーはコンピューターのスクリーン上の地図を指差して、「プラトンの書いている判断材料が真実なら、この確率はセブン・シグマ以上だよ」と言った。

数字はたしかにヒュブナーの味方をした。が、時は彼の味方をしてくれない。彼がスース＝マッサ地方のアガディールを訪ねはじめたのは数年前のことで、腰を痛めたあとだった。そのときには、色の筋の入った石でできていた遺跡は土に覆われていた。が、その後、遺跡は急激に掘り起こされて、石はペンキの顔料を作るために粉砕されてしまった。ヒュブナーが指定した地域については、あたり一帯を専門に研究している考古学者が一人いた。彼はアガディール大学の教授だったが、新石器時代の遺跡にはほとんど興味を示さなかった。そして、それがヨーロッパの学者となると、モロッコの遺跡に対する関心の度合いはいちだんと低くなった。

「ドイツ人の専門家たちを何人か、味方に引き入れようとしたんだけど、俺の力ではとてもむりで、科学者たちの目をこの場所に向けさせることは難しかったよ」と彼は言った。

「なぜなの？」

「アトランティスって言ったのがまずかったと思う。やつらはとたんに、自分たちが安っぽくなってしまうと思ったんだろう」

ヒュブナーは、私を一晩、彼の父親の家に泊める手はずを整えてくれた。父親の家はボンの郊外にある。われわれは彼の真っ赤なフォルクスワーゲンに乗り込んだ。ヒュブナーの体格と見くらべると、車は二サイズほど小さめに見えた。町から出て車を走らせながら、二人はプラトン以外に彼が使用した資料について話した。ヒュブナーはディオドロス・シクロスの作品を誉め称えた。シクロスは紀元前九〇年にシチリアで生まれたギリシア人で『歴史叢書《ビブリオテカ・ヒストリカ》』の作者である。この書物は四〇巻からなる世界史で、神話の時代からシクロスの時代までを網羅している。現存しているのは一五巻だけだが、その内の一巻が北アフリカの歴史を扱っていた。この中でディオドロスは、ある土地について書いている。その土地はアトラス山脈と大西洋に境を接していて、アトラスという名の王によって統治されていた。そしてヒュブナーが計算によって、正確に狙いをつけていたのが、まさにこの土地だったのである。そこはアトランティスと呼ばれていた。

「シクロスの作品が、プラトンのものに基づいて書かれたとは思っていない。だってそこには、違いがあるんだから」とヒュブナーは、車をラッシュアワーの波に合流させながら言った。アトラスはポセイドンの長男だとプラトンは言っているが、ディオドロスはアトラスが、巨人族のイアペタスの息子だと言う。トニー・オコーネルは、この二つはまったく別の資料で、それぞれが別々にアトランティスの話を伝えていて、アトランティスの裏付けとなりうる、非常にまれな実例だとしていた。

「ディオドロスが使っている名前にも、少々違いがあるんだ」とヒュブナーは言って、ギアをチェンジした。「彼はその土地の人々をアタラントイと呼んでいた。……あれっ、くそっ！」。ヒュブナーは証拠を挙げるのに気を取られていて、まちがった出口へ出てしまい、ライン川の橋を渡りつつあった。ディオドロスの話に出てくるのは、アマゾンと呼ばれていた女性戦士の部族で、アタラントイの領土に住んでいた。その領土は、北アフリカの大きな淡水湖に浮かぶ島にあった。この島は最終的には地震によって破壊されのだが、地震はまた、湖の大半の水を海へと押し流してしまい、あとには沼地だけが残った。ヒュブナーが使ったもう一つの資料は、紀元二世紀の作家ティルスのマクシムスが書いたもので、そこにはヒュブナーが注目した場所にかなり似た、西アフリカの地域について触れた箇所がある。この場所では大洋の波が、「壁のような」高さになって襲いかかり、海岸の平原を水浸しにした、とマクシムスは書いていた。スース＝マッサ地方は震災の影響を受けやすく、一九六〇年の地震のときには、この地方の中心だったアガディールは跡形もなく完全に破壊されて、一万五〇〇〇人の死者が出た。

最初にヒュブナーと会ったとき彼は、GPS座標で位置を特定したもっとも重要な遺跡のありかを、すべて手短かに説明しようとした。が、すぐにモロッコのマラケシュで私が道に迷い、おそらく永遠にサハラ砂漠の中で姿を消してしまうだろうと感知した（これは正しかった）。口で説明する代わりに、モロッコで合流してくれることになった。彼がじきじきに同道して、証拠を私に直接見せてくれると言う。

彼の義母がわれわれの旅を祝って、モロッコの伝統的料理タジンを夕食に用意してくれた。ラムとクスクスの匂いが、バルコニーにいたわれわれのところまで流れてきた。バルコニーで私はヒュブナーと二人、荷船がライン川を上り下りするのを眺めていた。そのうち、彼の父親も出てきて加わった。豊かな白髪をして、もじゃもじゃの口ひげを蓄えた、いかめしい顔つきの老人だ。第二次大戦が終わったとき、老人はまだ小さな子供だったと私に話した。「戦後、私が会ったアメリカ人のGIはとても親切だった」と彼。「噛みタバコをくれたよ。それを私は飲み込んでしまったけどね」

夕食のあと、みんなでヒュブナーの仮説について話した。彼の家族は明らかに、何度もこの話を聞かされたようだ。ヒュブナーは、数に対するピュタゴラス直伝の信仰を持っていた。そして、プラトン風の寓話や捏造された神話のような、曖昧模糊とした要素には、どうにもがまんがならないと言った風だった。アトランティスは真実で、プラトンがそこと設定した場所は、ほとんど確実に発見されるか、あるいはそれが完全に作り話なのか、そのどちらかだとヒュブナーは言う。「もし俺の仮説がまちがっていたら、その結果は空集合《くうしゅうごう》（要素がない集合）ということになるんだろう」

夜中近くになって、ヒュブナーは車でボンへ帰っていった。彼の父親と私はリビングルームで静かに座って、大きな一枚ガラスの窓から外を眺めていた。あと数時間もすれば、私も駆け込んで乗らなければならない通勤列車が、川岸に沿うように通過していった。「ミヒャエルはアトランティスを探しに、モロッコへもう八回か九回行ってると思うよ」と父親はようやく口を開いた。「彼はアトランティスが本当にあったと思っているし、それは私も知っている。だけど……」。少し疲れているようだった。一瞬私は、彼がうたた寝をしていたのかもしれないと思った。

「だけど、もしアトランティスが嘘だったら、どうなるのだろう?」と最後に言った。

ボンのアパートメントでヒュブナーは、モロッコへ旅行するに際して、ベテランとしてちょっとしたアドバイスをしてくれた。「空港で俺は、あんたがジャーナリストだなんて絶対に言わないからね」と彼。「やつらはそんなやからを拘留して、モロッコから出さないんだ」。そのときには私も、ヒュブナーはもともとが少し疑い深い性格なんだなと思った。アラブの春が起こった直後でもあったし、彼の被害妄想はちょっと度が過ぎているように思えた。それからおよそ一週間後、アテナイからマドリッドへ、そしてカサブランカへと長い一日の飛行ののちに、午後一時三〇分頃、私はくたくたになってアガディール・アル・マシーラ空港に到着した。途中のカサブランカでは、たくさんの人々が空港のロビーを埋めていて、同時に乗客を乗せて飛ぶ四つのフライトを待っていた。それはタイムズ・スクエア駅から出る、ラッシュ・アワー時の電車のような混雑ぶりだった。アガディール・アル・マシール空港の入国管理窓口で、パスポートを手渡すと、私はスタンプが押される音を待ちながら、両替所を見つけようと目を細めて、空港のアトリウムの先を見ていた。

「英語を話せますか?」とガラスの奥にいた男が尋ねた。

「ええ」

「あなたが作家だとここに書いてあります」。おっと、しまった。「どんなことを書くのですか?」と彼が訊いた。「あなたは記者ですか? 何のためにモロッコへ来たのですか?」

答えは「アトランティスを見つけるために」では、いかにもまずいだろう。そこで私はもぐもぐと口ごもって、休暇のようなものです、とようやくつぶやいた。そして、係官が突如疑わしさの増した私のパスポートを、ゆっくりとめくっているのを、私は黙ってこわごわと見ていた。パスポートはこの一カ月が丸ごと疑わしい――スペイン、マルタ、ドイツ、ギリシア、そして今はモロッコだ。この時点で私のショルダーバッグには、二台のテープレコーダーが入っていて、そこには何時間ものインタビューが収録されている。その内容についても説明が要求されるかもしれない。他にはノートブックが数冊。びっしりと似たようなことが記されている。さらにラップトップも一台入っていた。これも開いてみれば、ディスプレーには新たなファイル名が見える――「アトランティス・インタビューメモ――モロッコ」。私の頭の中では、アメリカ大使館の職員が、この危機に対処するために、寝床からやおら起き上がる姿が思い浮かぶ（「男性、一人旅、アトランティスを探している？　次週に改めて連絡するよう努力してみましょう」）。が、ありがたいことに、係官がだまってパスポートを返してくれたので、ぶじにパスポート・チェックを通過することができた。

朝、アガディールではいたるところで見かける、八〇年代初頭のメルセデスのタクシーを捕まえて、ヒュブナーが宿泊している、市外の丘陵地帯に立つホテルへ向かった（ヒュブナーはアガディールという町があまり好きではなかった。それは日光浴の好きなフランスのパック旅行客たちに、あまりにも迎合しすぎているからだと言う。私もこの町を出発する頃には、やはりあまり好きではなくなった）。大通りのムハンマド五世通りは高速道路10号線になっていた。ひとたび砂利道を北へ入ると、タクシーがスピードを落として止まるのは、ラクダの群れに道を横切らせるときだけだった。ホテルの駐車場でヒュブナーに、空港で遭遇した奇妙なパスポート審査のことを話した。すると彼は驚いた様子もなく、「そう、やつらは携帯電話のシグナルで、あんたをまた追いかけてくるよ」と言った。

ほどほどに腕の立つ秘密警察隊なら、必要とあれば、いつでもどこででも、簡単にわれわれを取り抑えることができたと思う。だいたい一人はべっ甲ぶちの眼鏡をかけ、日に焼けた白人で、もう一人は、長いポニーテールをした、図体の大きな白人だ。この二人が、ばかでかい日産パスファインダー4×4に乗って、アトラス山脈の荒れ果てた丘陵地帯をうろついている。しかもヒュブナーは、大きなラップトップにダウンロードした地図をおおっぴらに調べている。

プラトンのアトランティスにまつわる特徴で、もっともよく知られているのは——洪水による不幸な破壊を除けば——その同心円だろう。クリストス・ドゥマスが指摘しているように、サントリーニの標的のような火山カルデラは、人々に暗示をかけて、そこがアトランティスではないかと思わせた（が、当然ヒュブナーは、サントリーニなど他の候補地に対して、自分の主張を押し通すデータを持っていた。サントリーニは彼が掲げた五一の基準の内、わずかに二三しか合致していない。「ボンだって同じ数の基準にヒットするよ」と彼は素っ気なく言った）。ヒュブナーは私に環状の形をした土地を見せたいと思っていた。それはプラトンが書いていたものとほとんど違いがないという。「エジプト人のスタディオンという尺度を使えば、一スタディオンはおよそ二一一メートルになる」と車を遺跡に乗り入れながら、ヒュブナーは言った。「これで行くと、プラトンが書いていた、海からの距離五〇スタディオンは、およそ一〇キロメートルということになるんだ」。われわれがこれから向かおうとしているところは、海からおよそ一二キロメートル——七マイル——の場所にある。ヒュブナーのセブン・シグマの基準からすると、たしかに完璧ではない。が、アトランティス研究家のいつもの基準から言えば、驚くほど近い数字だ。

道路に車を止めて、われわれはトゲの生えた低木がまばらに植わっている、乾燥した丘の斜面を上った。ヒュブナーは頭を下げて地面を見ながら歩いている。私は当初、背の高い人はみんな、出入り口をかがんで通る習慣が身についてしまっているのだと思った。が、実際は、アトランティスの手掛かりを探して地面を見ていたのだった。そして、それをつぶさに調べていた。「以前、ここにはいたるところに、先史時代の石器が散らばっていたんだけどね。今はもうほとんど何もない」

その日は天気がよくて暑かった。そのためにわれわれはゆっくりと斜面を上った。そして、ときどき立ち止まってはフリントを探した。一時間ほどして、ようやく頂上にたどり着いた。ヒュブナーは私に、昔のような三つの輪をじかに見つけることはできないよと言った。頂上についた当座は、目を慣らすのに一分間ほどかかった。ひとたび目が慣れてくると、われわれが立っているのが、自然の大きな鉢の縁の部分だということが分かった。鉢の真ん中には小さな丘がある。それは、アトランティスの首都の真ん中にあった、とプラトンが書いていたものによく似ている。その日、この中心部分は小さな防水シートの塊で占められていた。それは遊牧民のベルベル人によって、間に合わせのキャンプ地として使われていた。

「この鉢は差し渡しがおよそ五キロあるんだ。これはプラトンの二七スタディオンにきわめて近い」とヒュブナーは言う。「真ん中には三角形をした建造物の遺跡があり、これの周囲が七〇〇メートル。それは衛星写真で見ることができるんだ。去年は向こうに円い建物があった。まだそれはあると思うよ」。グーグル・マップで見ると、ぎざぎざのドーナツのような輪が見え、それが微かに描かれた建造物の原型をいくつか取り囲んでいた。

ヒュブナーが言うには数年前まで、この地域には何千という建造物の遺跡が点在していた。が、彼が戻ってくるたびにどんどんそれがなくなっていく。土地の人々が石を次々に運び去っていき、それを打ち砕いては赤い顔料にする。そしてそれが、スース＝マッサ地方の九割方の建造物を塗装するのに使用されたという。ヒュブナーは何としても遺跡の破壊を緩和させたい、できればストップさせたいと思った。しかし、それは勝ち目のない闘いだった。モロッコでは国王がすべての土地を所有している。が、この王は、イスラム教出現以前の遺跡――アトランティスのものであろうと、別のものであろうと――を保存することに、まったく興味を示さなかった。それに、たとえばアクロポリスの基準から見ても、ここには見るべきものなど何一つなく、あるのはただ砂埃と岩とイバラだけだった。プラトンが書いていたのは、農作物を収穫できる、青々と繁茂した平原で、そこでは年に二度の生育期があった。われわ

自然に形成された環状の土地。ヒュブナーがモロッコのアガディール近くで見つけた。その大きさは、プラトンがアトランティスで描いた環状都市に驚くほど近い。

れが立っていたのはサハラ砂漠の先端部分である。風景はとても繁華な海港町には見えず、むしろ火星の表面によく似ていた。

ヒュブナーのお腹の調子が悪くなった。ウイルス性の胃腸炎にかかった模様だ。そのために鉢の中に降りて、環状の建造物の遺跡を調査する計画は急遽延期となった。その日は早々に切り上げ、私はアガディールの海岸通りに戻った。そして騒がしいカフェ「ジュール・エ・ニュイ」に入って、ミント・ティーを注文した。ティーを飲みながら、散歩道を手をつないで行ったり来たりしている、モロッコのカップルたちを見ていた。少し目を細めてみれば、まるでマイアミにいる気分になっていたかもしれない。一九六〇年に起きた地震によって、古い町は完全に破壊され、ここには歴史的建造物がまったく残っていない。それが、フェニキア人の植民地だったことの想像をさらに困難にしている。アガディール、カディス、ガディイロス（ガディイロスはポセイドンの次男で、プラトンによれば、当時ガディラと呼ばれていた地方に面した、アトランティスの土地を分け前として与えられた）などの名前はすべて、「壁」あるいは「囲い」を表わすフェニキア語の言葉から派生している。

紀元前五世紀に生きたカルタゴの航海者ハンノは、ヘラクレスの柱を通り抜けて、モロッコの海岸を南下した。そしてその航海について書き残していた。ある潟湖《ラグーン》で象が餌を食べているのを目撃したと言う。そのときから、およそ一日航海した時点で、今度は五つの都市を発見したと断言している。が、この都市がはたしてどこだったのか、最終的には判明していない。歴史家のリース・カーペンターは、五つの内の二つの可能性について推測している。一つはアガディールの東方に広がる肥沃な渓谷。ヒュブナーは私をそこへ連れていって、見せる計画を立てていた。そして、もう一つがモガドール島（モロッコのエッサウィラ沖に浮かぶ島）。モガドールは古代、ツロッツブリから作られるインジゴ染料の供給地として有名だった。この染料は、アトランティスの王たちが着たブルーの礼服と関わりがあるかもしれない。

トニー・オコーネルはアトランティスの在所について、二つの難問を提示していた。それは山々と泥の砂州だ。アガディールはこの難問に対して、私がこれまでに見つけた中では、もっとも満足のいく答えを与えてくれた。プラトンはアトランティスの平原が山々に囲まれていて、果てしのない海（おそらく大西洋だろう）の方へ向かって伸びていると書いていた。このような山々がアトランティスを北風から守っている。スース＝マッサ地方は、一万二〇〇〇フィートから一万三〇〇〇フィートはあるアトラス山脈によって、アゾレス高気圧から吹き込む北風から守られていた。

サタスペスという名前のペルシア人が、クセルクセス王によってアフリカへ派遣された、とヘロドトスがレポートしている。それはアフリカ大陸周航の命を受けた航海だった。ヘラクレスの柱を通り過ぎ、アフリカの西海岸を南下していく。「彼はシュロの葉の服を着た、背丈の低い（ピグミー族のような）人種の男たちに遭遇した。が、彼が上陸するといつでも、彼らは丘に逃げ込んでいった」。ここでサタスペスは、自分が中途で帰航したことについて、クセルクセスに申し開きをした。「船をそれ以上先へ進めることができなくなってしまい、船脚を止められてしまった」。が、クセルクセスはサタスペスの話を信用せず、「彼を磔刑に処した」とヘロドトスは書いている。

カルタゴ人がつねにギリシア人を、西方の自分のテリトリーに近づかせなかった、ということは十分に考えられる。そして、右に挙げたような物語はカルタゴ人によって代々伝えられ、それがやがてはアテナイへとたどり着いた。このような話は長い行程を経て、ヘラクレスの柱の彼方に浮かぶ島（アトランティス）の物語へと紛れ込んでいった。島は水没し、「そのために、島のあった部分の海は航海ができなくなり、通り抜けることもできなくなった」

翌朝の日の出前、私はホテルのフロントに電話で、タクシーを一台呼んでほしいと頼んだ。すると、今日は終日、タクシーを利用することはできないという返事だった。その日がちょうどイード・アル＝アドハー（犠牲祭）に当たっていたからである。これは、少々気まぐれなアッラーに、息子のイスマーイール（イシュマエル）を進んで犠牲に捧げたイブラーヒーム（アブラハム）の、断固とした神への服従心を誉め称えるお祭りだった。前の晩にウェイターが休日の説明をしてくれた。そのとき私の耳には、彼が「明日は、みんなで船（ship）を殺す日です」と言ったように聞こえた。これがニューヨークなら、このおかげで彼は、少なくとも、アメリカ海軍の不愉快な訪問を受けることになるだろう。が、夜が明けはじめると、開いた窓を通して、その日の祈祷を呼びかける、最初の魔法の言葉が聞こえてきた。私はそれに誘われるようにして表に出た。そこで分かったのは、ホテルのフロントの言葉がまんざら大げさなものではなかったことだ。数分間、私はムハンマド五世通りの六車線の端で立っていた。この通りはすでに前日から、一日中、人でいっぱいだったのだ。右を見ても左を見ても、走っている車は一台もなかった。

数時間後、きれいに着飾ったグループが歩道に姿を現しはじめた。数家族の大きな集団で、誰もがプレスのきいた、塵一つついていない、色とりどりの服装に身を包んでいる。海岸のそばで私はようやく、タクシーの運転手を見つけることができた。車の中で居眠りをしている。彼に運賃を受け取ってくれと頼み込んで、車を出してもらった。私はこの日、ヒュブナーと落ち合う約束をしていた。場所はアガディールのはずれにある、巨大スーパーマーケットのメトロだ（ここも今日は店を閉めていた）。そこへ向かう途中で、近くを通り抜けていたときに、やっと私はウェイターの言葉を理解することができた。それは各家が三、四軒おきに、それぞれの出入り口に、今屠《ほふ》ったばかりの羊（sheep）の死骸を吊るしていたからだ。これが祝祭の重要な一部だったのである。

私は『ティマイオス』や『クリティアス』が、毎年アテナイで催された小パナテナイア祭の際に、みんなで集まり、交わされた対話を記した書物だったことを思い出した。この祭も最後は供犠の儀式で終わる。「テーマは女神の祭にふさわしいものです」と、ソクラテスはクリティアスのもくろみについて語った。クリティアスはこのイベント――アテナ女神に捧げる祭典――をアトランティスの話で祝福しようと言う。「それに、これが作り話ではなく、本当の話だということはかなり重要な点でしょう」

先月から私がしてきたことは、ことごとく、真実か偽りかについて話したソクラテス（つまりプラトン）の言葉が、はたして真実なのか偽りなのか、ということにかかっていた。おそらくプラトンは、このスリルを存分に楽しんでいたことだろう。

ヒュブナーと私はパスファインダーを、環状の鉢の中心部へと乗り入れ、前日、見かけたベルベル人たちが、キャンプをしていたところを通り過ぎた。ヒュブナーの説明によると、北アフリカのネイティヴであるベルベル人（アマジク人）は、少なくとも五〇〇〇年の間、スース＝マッサ平原の三角形をした地域に住んでいたという。そして彼らはその場所を「島」と呼んでいた。というのも、この地域は両側面が山並みによって遮断され、もう一方は、大西洋に面していたからだ。少年たちが、岩だらけの地形の中でヤギを追っている。スース＝マッサ地方でもこのあたりは、木々がまばらにしか生えていないので、ヤギが木に上っている姿を見かけることは、それほど珍しいことではない。どの枝もヤギの重さに耐えて、しっかりとそれを支えている。ヒュブナーの胃袋はだいぶ回復したようだ。機嫌がよかった。これまでに彼と兄弟のゼバスティアンが、サークルの内側やそのすぐ外側で、何百という石の建造物を見つけている。「プラトンはたくさんの文化が一体となっていたと言ってる」とヒュブナー。「これから行こうとしている場所には、おそろしく多くの建造物があったんだ。おそらくそれは、古代世界のニューヨークと言ってもいいと思うよ」

われわれはSUV（スポーツ用多目的車）から外へ出て、歩きはじめた。ストーン・サークルをいくつか通り過ぎて、フェンスのようなものを越えた。それはとげだらけの茂みでこしらえた垣根で、イバラの冠のようにして織り込まれていた。ヒュブナーは頻繁に足を止めては、石のかけらをひろっている。それを彼はフリントではないかと、熱心に点検しては、また地面に放り投げるのだった。それは最近絶滅したばかりの動物の跡を、二人で追いかけているような感じがした。どうやら顔料作りの職人たちは、まるで腹をすかしたリスが、チューリップの球根を探し求めるようにして、地面を掘り起こした。が、それでもなおここには、いろいろな形をした石の礎石の跡がおびただしい数残されている――円形、卵形、長方形など。ヒュブナーは以前この近くで、新石器時代のものと思われる、たくさんの陶器を見つけたことがあった。が、手掛かりはそれだけで、われわれが通り過ぎてきた地域には、どんな人々がいつの時代に住んでいたのかは、まったく謎だった。スタヴロス・パパマリノプロスがヒュブナーに助言をしていたが、そのすべてが役に立ったわけではない。が、パパマリノプロスは、ヘリコプターを二、三週間借りて、この地域全体の航空写真を撮ってみてはどうかと提案していた。「衛星写真を見ると、たしかに大きな四角い形が見えるんだ。それは円い輪についていて、輪の中に貯水槽のようなものがある」

と、ヒュブナーは振り向いて言った。「おそらくそれは（アトランティスにあった温泉や冷泉のような）泉の位置を知らせる巨石だったと思う」

ドニャーナ公園では、宇宙からユニークな地形が見えたが、このモノトーンの風景の中では、そんなものは何一つ見えない。だいたい今、大きな輪の中に自分がいることさえ分からなかった。パスファインダーも見失ってしまったので、丘を上り下りして、ようやくそれを見つけた。雨が降りはじめた。二人ともびしょぬれになってしまった。ヒュブナーはそれでも立ち止まってはフリントを調べている。その数はもう一万を越えているのではないだろうか。その内の一つは本当に役に立った。斜面で転んでしまい、そのままぶくぶくと泡を立てていた水たまりに落ちたときに、私は実際にフリントを使ってみた。パンツやノートについた赤い泥をそれで掻き落とした。何か手掛かりを探していたヒュブナーは、私の横を通りすぎると、少しずつ水たまりの縁に近づいた。そして、手を水たまり入れて、それがプラトンの書いていた温泉かどうかを確かめてみた。「これは冷たい」と彼は言った。

アトランティスのドキュメンタリーで、われわれが環状の鉢を訪れた場面を使うとしたら、それはカメラをズームアウトして、二人が歩き回った環状の土地全体を撮影した瞬間のシーンだろう。そしてナレーターがそのときに、「しかし、ここが本当に、プラトンのアトランティスだったのですか？」と問いかけるのだろう。ヒュブナーは打ち捨てられていた円形の土地を見つけた。そして、そこは広さがプラトンの書いていた寸法にほぼ近く、ヘラクレスの柱の外側にあった。ヒュブナーが解釈した数字はかなり、プラトンの数字に合致している。が、それはヴェルナー・ヴィックボルトの数字とは一致していない。そして、この二つが同時に正しいということはまずありえない。プラトンのディテールに対して、ヒュブナーはいくつもの創意工夫に満ちた説明を行なっている。たとえば、光輝くオレイカルコスについてヒュブナーは、銅色をした雲母と石灰を混ぜて作った金属塗料だろうという仮説を立てていた（彼が言うには、エジプトのファラオは、床を金と石灰の混合物で塗っていたという)。私はしきりに遠回しに、彼の基準にはともかく欠点があり、選択バイアスによって色がついている、と言ってほのめかしたのだが、それを彼に認めさせることはできなかった。アトランティスにいた総勢約一〇〇万の戦士について尋ねると、ヒュブナーは「今俺に言えることは、アトランティスはアフリカにあり、そこにはたくさんの人々を収容するスペースがあるということだけなんだ」

プラトンが『ティマイオス』の冒頭で、ソクラテスの口を借りて、真摯に話していたという事実に、ヒュブナーは何一つ疑いを抱いていなかった。「もし情報が正しくないか、あるいはプラトンが、物語をでっち上げていたのだとしたら、このような基準がことごとく、一つの場所に当てはまることは、まずありえないだろう。それにもし、プラトンが基準をあれこれ混ぜ合わしてこしらえたり、あるいはまったくの思いつきで作ったものだとしても、あらゆる基準が一つの場所で見つけられることは、きわめてありえないことだ」。私はウォール・ストリートの天才たちのことを、思い浮かべざるをえなかった。彼らは何百万ドルというこまかな切れ切れの担保を、数え切れないほどの有価証券の形に変えていた。が、その彼らが世界の経済をほとんど破壊してしまったのは、彼らの精緻な統計学上のモデルでは、住宅価格の暴落の可能性を説明することができなかったからだ。

プラトンの数に対して、ヒュブナーが示している一方的な信頼を、私はとても共有することができない。が、新しいデータを収集する彼の熱心さについては称賛せざるをえない。次の朝、二人はアガディールのはずれの、打ち捨てられた場所を歩き回っていた。そこにあったのは木の切り株や散らかったゴミだけである。彼は古い衛星地図を使って、水路の跡を探している。私はその様子を見ていた。今は工業団地になっている所を通って、かつては水路が走っていたかもしれないと言うのだ。ヒュブナーは見晴らしが少しでも利くようにと、丈の高い切り株に上っている。「もしここに水路があったとしたら、今でも地面に湿気が残っているはずなんだが」と、彼は右や左を向きながら説明した。しかし、われわれは何も見つけることができなかった。そのあとで彼は、車をハイウェイの路肩に寄せて停止させ、一〇フィートほどの砂の壁から、一つまみ砂を取った。ハイウェイはこの砂壁を掘り進んで作られたものだった。「有孔虫がいるかどうか試してみよう」と助手席の窓から言って、指で砂をふるいにかけた——有孔虫は小さな海の生き物にすぎないが、その化石は古代の津波の有無を知らせるものでもあった。

私がモロッコを離れる前に、まだ見せたい場所が二つあるとヒュブナーは言う。いつにもまして今の私には、悲惨な洪水が気にかかる。というのも、大西洋の向こう側で二、三日前に発生したハリケーンが、ニューヨークに住む妻や子供たちの家を直撃しそうだったからだ。この嵐に先んじるために、私は出発の日を一日繰り上げることにした。しかし厳密に言うと、心がいくぶん打ちひしがれていたのは、嵐の襲来のせいだけではなかった。入国審査でごたごたして以来、私はモロッコに対して、あまりいい感情を抱くことができずにいた。ミヒャエルはさかんにモロッコの監視体制について言う。むしろこれは、彼が好んで話す二つのテーマの一つだったかもしれない。そんな彼の話を聞いても、私の困惑した気分が晴れることはなかった。

われわれが立ち寄った最初の場所は、ギル岬と呼ばれたところで、そこには海に面した一群の洞窟があった。それはプラトンがアトランティスで描いていた、赤や白や黒の岩を掘りぬいて作ったドックに合致しているという。ヒュブナーが言っていた通り、洞窟群はすばらしいものだった。岩場に掘られた飛行機の格納庫と言った感じだ。土地の漁師たちは今でも、船を避難するときにこの洞窟を使っていた。

これまでに私はモロッコで、あの広大なアトランティスの平原に近いものは見たことがなかった。それにだいたい淡水というものがここにはない。「一番肥沃な部分は平原の真ん中だとプラトンは言ってただろう」と、ヒュブナーは小さくて、埃っぽい町をいくつか走り抜けながら言った。その日はイード・アル＝アドハーの二日目だった。道路は相変わらず着飾った人々で混雑している。あらゆる年代層の人々がモスクへ歩いて行っては、そこから帰ってくる。ジャラバを着て痩せこけた少年たちが、スクーターに横乗りをしている。二、三人が割り込むようにして、むりやり乗り込んでいた。アガディールから遠くへ行けば行くほど、ますます、ヘッドスカーフの女性や、ふさふさの頬ひげをした男性を見かけることが多くなる。町から一時間ほど外へ走ると、女性はたいていブルカを着ていた。さらにわれわれは埃っぽい村々を走っていった。Tシャツに短パン姿の若い男性が、われわれがやってくるのを見つけると、そそくさとベールをまとった妹たちを、われわれの目の届かないようにと、家の中へ押し込んだ。

さらにもう一つの町を通り抜けていたとき、私はぼんやりと、アラビア語で書かれている看板を見ては、どんなことが書かれているのだろうと推測を楽しんでいた。そのとき、突然、車が止まった。曲がり角で、不意にロバの群れに行く手を遮られてしまったのである。クラクションを鳴らしてロバを追い払ったところで、目の前に竹の茎でこしらえた高い壁にぶつかった。アガディールの近くにあった国王の屋敷を通り過ぎて以来、はじめて目にする緑だった。数分間、ゆっくりと車を走らせていくと、やがて壁の裂け目を見つけた。その中を見ると、さまざまな作物が生えている緑豊かな畑が広がっていた。

「これは細長いオアシスなんだ」とヒュブナーは言って、日産パスファインダーを止めた。砂漠には不釣り合いな、このすばらしい栽培の光景とその匂いをわれわれは満喫した。きちんと並んだ溝はプラトンの水路ではなかったが、これまでに見た中では、プラトンのものにもっとも近かったことだけは確かだ。「たぶんここはアトランティスの中の島のような所だったと思う。この場所とすり鉢形の土地が、ギル岬の洞窟といっしょになっているんだと思う」

ヒュブナーは両肘でハンドルにもたれながら、私に尋ねた。「どうよ、俺がプラトンのアトランティスを発見したと、あんたは思わないかね？」

それはたしかにセブン・シグマではなかった。が、彼はかなり説得力のある主張をした。「正直に言って」と私。「今の段階では、どう評価していいのか私には分からない」

27

空が落ちてくる——月とニューヨークの間

ハリケーンの「サンディ」に立ち向かうために、大急ぎでモロッコを発ち、ニューヨークへ帰ろうとしたのだが、これは完全な失敗に終わった。連日連夜、嵐は荒れ狂ったが、私の家族はぶじだったようだ。しかし、ニューヨークへのフライトは何日もの間欠航となった。さらに運の悪いことには、雨のマドリッドでほとんど一週間の間、私はいやおうなく閉じ込められてしまった。それは、行方不明になっていた私の荷物が、カサブランカから到着するのを待っていなければならなかったからだ。仕方がないので、ホテルのテレビ——唯一英語で聞けるチャンネルはCNBCだけだった——で天候に関するニュースを見ていた。ウォール・ストリートのアナリストは、自然災害の被害は悲惨なものだが、それはまた生活必需品関連の株を買う絶好のチャンスだと言っていた。私はテレビのスイッチを切って、バックパックを引き寄せた。そこにはまだ読んでいない本があふれていた。どれもアトランティスを追いかけながら、地中海地方をあちらへこちらへと苦労して運んできた書物だった。とくにその中の一冊が、今読むのにふさわしいと感じた。

トレヴァー・パーマーの『危険な惑星地球』がそれで、天変地異説を学問的に概説したものだ——何万年という間に起こった出来事に、自然災害が与えた影響について研究している。これはまた、私がこれまでに読んだものの中で、もっとも恐ろしい本だった。パーマーはイギリスのノッティンガム・トレント大学の名誉教授で、生命科学を教えていた（酵素の教科書も書いている）。彼の本をそれほどまでに恐ろしくさせているのは、そこにまったくドラマが欠如しているからだ。彼は破壊的な火山の爆発、地震、洪水、地球外天体の衝突（彗星や小惑星の地球衝突）などの、驚くべき規則性について、そのディテールをゆっくりと積み上げている。人間の注意がかつてないほど散漫となり、それが蔓延したために、ハリケーン「サンディ」――あるいはヴェスヴィオ山の噴火――のような自然災害が、しばしば珍しい事件のように思われてしまう。が、これはけっして珍しい出来事ではない。本書を書いている時点では、近年、多くの被害をもたらしたハリケーンや津波が、ホットなニュースとなっている。それに引き換え、火山は比較的静かだったために、誰もが火山についてはあまり多くを語っていない。しかし、歴史的なデータが示しているのは、この平穏がそれほど長くは続かないということだ。火山爆発指数（火山の爆発の大きさを示す指標。略語はＶＥＩ）によると、一九八〇年に噴火したワシントン州セント・ヘレンズ山のＶＥＩは５だったという。これはポンペイを埋没させたヴェスヴィオ山の噴火とほぼ同じ大きさだ。おそらくこの種の出来事は、一〇年に一度は起きるだろうと予測されている。テラ島やクラカトア島はＶＥＩ６の噴火だった。このクラスの噴火は通常、世界中で一世紀に一度の割合で起きているという。[12]

「私たちはこのような出来事を、忘れてしまおうとしているのかもしれない。が、何百万人とは言わないまでも、何千人もの人々を殺しかねない出来事が、間近に迫ってきていることを、私たちはほぼ確実に知っている」と、パーマーは『危険な惑星地球』の結論部分で静かに説明する。「ただ一つの問題は、それが『いつ?』なのかということだ」

続けて「現代から見たアトランティス」や「自然災害と文明の盛衰」といったタイトルの章を読んだ

あとで、私はスコットランドにいるパーマーに直接電話を入れた。彼はおそらく防水の利いた、コンクリートの掩蔽壕のような所に身を隠しているにちがいない。ところが案に相違して、彼は予測できない自然災害で死ぬことを心配してみても、まったく意味がないと断言した。そして「道路を横断しようとして、車にはねられる可能性の方がむしろ高い。どちらかと言えば、私の見方はそちらの方だと思います」と言った。彼が私に思い出させてくれたのはプラトンのことだった。デウカリオンの洪水やアトランティスの水没のような、水による大変動にプラトンは関心を寄せていた。が、その他にも彼は、地球外からもたらされる出来事が避けがたいことを深刻に受け止めていた。『ティマイオス』の中では、エジプトの神官がソロンに次のように言っている。

人類を滅ぼす災厄はこれまでにもたくさんあったし、これからもあるだろう。が、その中でも最大のものは火と水によるもので、他の原因によるものも数え切れないほどあったが、これにくらべれば、それほど大きなものではない。あなた方のところで語り継がれているものに、太陽（ヘリオス）の息子パエトンの話があるだろう。父の戦車に馬をつないだが、父のコースに沿って車を進めることができない。そのために地上のものを焼きつくしてしまい、自分も雷に打たれて死んでしまった。この話は神話の形を取っているが、その真実は、長い間隔をおいて起きる天体の軌道からの逸脱と、その結果発生する大火で起きる、地上の事物の破壊を示したものにほかならない。

この一節を私がよくよく考えるようになったのは、数ヵ月経ってからだった。ほとんど未発見の状態だった隕石が、突如、ロシア東部の空で火の玉となった。それは網膜を焦がすような閃光を放ち、衝撃波は家々の窓を打ち砕いた。その一六時間後、それとはまったく別個の小惑星が、これについては、すでに天文学者が予測をしていたのだが、地球から一万七二〇〇マイル以内の地点を通過した。おそらくプラトンは、われわれがすでに忘れ去っていた何かを知っていたのだろう。

天変地異説が、メインストリームの科学者たちに理解されるまでには、長い時間がかかったのだが、その理由をパーマーは次のように説明している。それはこの説が、ノアの洪水のような物語からくる、宗教的な痕跡を乗り越えて理解されたにもかかわらず、これまで長い間、研究が邪魔されてきたのは――パーマーの言い方はここではていねいだ――「提案されはしたものの、すでに支持されないことが判明していた理論」のせいだったと言う。彼が言っているのは、おそらくアトランティス学のことだったにちがいない。そして、少なくともある意味では、今も彼はその考えを変えていないだろう。イグナティウス・ドネリーが『アトランティス――ノアの箱舟以前の世界』を書いて、プラトンの失われた島に対する、現代的な探索をはじめた次の年に、彼は続篇を刊行した。それが『ラグナロク――火と礫岩の時代』で、その中でドネリーは、洗練されたアトランティス文明の消失は、彗星の衝突によるものだと説明した。その衝撃の記憶が、パエトン神話の火による地上の壊滅という形でコード化されたのだと彼は考えた。

おおげさな『ラグナロク』は酷評を浴びたし、販売面でも失敗作だった。そして次の世紀には、ダーウィンの進化論によって実証された、ゆっくりと着実に事を進める斉一説の学派が、前にもまして確固とした地位を築くようになる。その一方で、天変地異説はさらに周辺へと追いやられた。プレート・テクトニクスや大陸移動といった考え方も、一〇〇年前に、非専門家のアルフレッド・ウェゲナーによって提唱された当初は、地質学者たちに嘲笑された。そしてその後の五〇年は、まじめに受け止められることもなかった。が、それが今は、地球科学におけるコア（核）の斉一性原理となっている。

天変地異説に対する科学側の抵抗の、おそらく最大の理由は、イマヌエル・ヴェリコフスキーという一人の人物に集約されうるだろう。ヴェリコフスキーはジークムント・フロイトの弟子の一人、ヴィルヘルム・シュテーケルのもとで精神分析学を学び、第二次世界大戦がはじまる前に、ニューヨークへ渡った。そして世界中の古い神話や伝説や民間伝承《フォークロア》を網羅した比較研究を行なった。その成果が一九五〇年に刊行され、彼の大きな人気のもととなった大ベストセラーの『衝突する世界』である。さらに一九五二年には、その続篇の『混沌時代』も出版された。彼が主に主張していることは、アトランティスのような物語に関連する出来事は、実のところ、古代に起きた自然災害の年代記として見ることができるというものだ。ヴェリコフスキーの意見は、ドネリーの『ラグナロク』やナチに愛されたヘルビガーの世界氷河説、それに活気にあふれた、星間で行なわれるクロケット・ゲームなどの諸相を混ぜ合わせたものだった。彼が提案した説は以下の通り。紀元前一五〇〇年頃、木星から飛び出した塊が彗星の形をして二度にわたり地球に接近し、近距離の地点をさっと通り過ぎた。二度の内の一度は最接近して、地球上に高い熱と巨大な波を引き起こした。それが「エジプトの十の災厄」（出エジプト記）や、アトランティスなどの大洪水神話に記録された、さまざまな環境破壊の大きな要因となった。その後、仮想上の彗星は火星に激突して金星となり、軌道に乗って安定する。

ヴェリコフスキーは以上のような状況について、非常にフロイト的な分析を加えている。古代のトラウマに抑圧された記憶が人間にもたらしたものは、こうした恐ろしい出来事を忘れ去ろうとする集団記憶喪失だった。人間は集団で健忘症を患っていた。それを表わした典型的な例が、サイスの神官がソロンにした説明だ。「いつも何年かおきに、疫病のようにして天から洪水がやってきて、ふたたび人々に襲いかかっては一掃する。生き残るのは文盲で無教養な人々ばかりだった。そのために、あなた方はいわば子供に戻ってしまうわけで、この土地（エジプト）のことも、あなた方の国のことも、まったく分からない状態に戻ってしまう」

ヴェリコフスキーの行なった、悲惨な歴史の改竄はあらゆる分野の学者たちを激高させた（きわめて格好がよく、しかも偏見のない、天体物理学者のカール・セーガンは、機会があるごとに、ヴェリコフスキーの理論を非難して、実質的には彼の息の根を止めた）。世間の評判を集めていた、ドイツの科学者オットー・ムックの、調査は行き届いているが、若干空想の勝った『アトランティスの秘密』という本が、一九七八年にイギリスで出版された。専門家たちはそのマンガっぽい天変地異説を大笑いしたが、彼の死後、ムックのアイディアの中には、イグナティウス・ドネリーの脚本から、そっくりそのまま出てきたようなものもあった。たとえば、アトランティスは六マイルほどの大きさのある小惑星が、地球に衝突したときに生じた高波によって、水没したといったアイディアだ。

一九八〇年の時点では、なお宇宙から巨大な破壊ミサイルが落ちてくるのではないか、というぼんやりとした不安がなお支配的だった。そんなときに、ルイス・アルヴァレスとウォルター・アルヴァレスに率いられたチームが、ある論文を発表した。この二人は父子で、父のルイスはノーベル賞を受賞した物理学者、子のウォルターはカリフォルニア大学バークレー校で教える地質学者だ。論文の大要は、ヴェリコフスキーの彗星の衝突と同じくらい、ほとんどクレージーと言ってよいものだった。アルヴァレス父子は問いかけている。白亜紀と第三紀の境界（K－T境界）の地層（約六五〇〇万年前の薄い粘土層）で採集した地質学試料から、非常に高い濃度のイリジウムが検出された。これは地表では通常、きわめて希少な元素で、むしろ隕石や彗星に多く含まれている。この結果をどう解釈すべきなのか？　アルヴァレス父子はこの問いかけに対して、簡単明瞭に次のような結論を考えた。白亜紀――それに恐竜や地上の動物種の三分の二――が、六マイルの大きさの小惑星が地球に衝突した時点で、終わりを告げた。

アルヴァレス父子が、もう一つほとんど同時に証明してみせたことがある――それはノーベル賞でさえ、小惑星の衝突説に対する地質学者や古生物学者たちの疑惑を、押しとどめるには不十分だったことだ。しかしそののち、新たなイリジウムのサンプルが世界中で次々と見つかり、それが父子の仮説を支持することになった。そして一〇年後、ユカタン半島で見つかったクレーターがこの仮説にぴたりと適合する。それは巨大な直径一一〇マイルのクレーターで、石油会社の地質学者が数百フィートの瓦礫に埋もれているのを見つけた。これほどまでに大きなクレーターをこしらえる衝撃は、おそらく広島に落とされた原爆の一〇億倍もの強さがあっただろうと考えられた。そしてそれはまた、大気中にこまかな粉塵をまき散らしたために、太陽の光線を数カ月もの間遮断したにちがいない（むろん、生命を支える光合成作用も機能しなかっただろう）。天体物理学者の心には、この新しい証拠がまだ生々しい記憶として残っていたのだが、その彼らが一九四四年七月に望遠鏡でのぞいた天体は、さらに衝撃的なものだった。そこで見えたのは、シューメーカー・レヴィ第九彗星が分裂して、木星に時速一〇万マイル以上のスピードで衝突する姿だ。一つの断片が与えた衝撃は、デブリ雲を七〇〇〇マイルの高さに舞い上げるほど強かった。衝突から二〇年が経過しても、その余波で木星の天気はなおかき乱されていた。スタヴロス・パパマリノプロスが主催した第一回アトランティス会議で、選りすぐりの論文のリストが彼に手渡されたが、その中でひときわ目立った論文があった。目立った理由は、論文の著者たちのユニークな、科学者としての資格のためだ。「完新世天体衝突ワーキンググループ」（ＨＩＷＧ）というのが彼らのチーム名だった。メンバーはそれぞれが、世界的にもっとも世評の高い研究所で働いていて、その彼らが緩やかに結束してチームを構成していた。このチームは投稿した論文で、次のような推論を展開している。今から五〇〇〇年ほど前に、「シューメーカー・レヴィタイプの彗星」の一部が、マダガスカル島の東のインド洋に落ちて、海底に、差し渡しが一八マイルもあるのくぼみを作ったという。ＨＩＷＧチームは衝撃によってできた架空のくぼみを「バークル・クレーター」と名づけた。メンバーの一人は、この大惨事とアトランティスを含む世界の洪水神話を、妥当と思われるリンクで結びつけていた。

論文を提出したのはダラス・アボットだった。彼女はコロンビア大学のラモントドーティー地球研究所で働く、海洋地球物理学の専門家である。それらしいクレーターを探し当てると（そして、そこで地球外起源とされているニッケルの鉱床を見つけると）彼女は、衝突の余波の物的証拠を探しはじめた。「簡単に言いますと、バークルを見つけたときに、もし私が正しかったのなら、マダガスカル島にも、何か大きな痕跡があるはずだと思ったんです」と彼女は話した。二〇〇五年にグーグル・アースが導入されると、アボットはすぐにそれを使って、マダガスカルの東端に沿って広がる砂丘の中に、動かぬ証拠のV字形を発見した。このように海浜で見られるくさび形は「シェブロン」と呼ばれ、津波の襲来の証拠となりうる。彼女はマダガスカルを二〇〇六年に訪ねた。そして堆積物の試料を採取し、海抜が六〇〇フィート以上もある所で海生微化石を見つけた。これは地震や火山による高波で沈殿堆積する場所にくらべて、はるかに位置が高い。もし砂丘のシェブロンが、衝撃のあとに起きた津波の痕跡だとすると、波の高さはおそらく、福島を襲った波の二〇倍ほどもあったのではないだろうか。そしてそれは、「世界の各地で大津波」を引き起こすのに、十分なほど強力なものだったのではないか。もし深海の衝撃がもたらした、さらに壊滅的な――そしてアトランティスが被ったような――影響について聞きたいと思ったら、HIWGでいっしょに働いているブルース・マッセと話をするのがいい、とアボットは助言をしてくれた。

マッセはインド洋でクレーターを探すという、独創的なアイディアを思いついた人物だった。

彼はロスアラモス国立研究所で、考古学者として、また環境問題克服の専門家として働いていた。日々の務めの中には、研究所の敷地内に何百とある、古代の遺跡を管理する仕事も含まれていた。その彼が最近研究所の業務から退いた。私は前にテレビで、彼が自説を語っているのを見たことがある。ヤギひげを生やした大柄な人物だった。声を消してしまうと、高校のフットボールのコーチのように見える。それは古代文明の多くを破壊した大惨事について語っている、というよりもむしろ、同じ町のライバル校に対して、どんな風にタッチダウンすればいいのか、それを生徒たちに楽しげに語っているようだった。彼は神話と自然災害が交差する点について思案を重ねてきた。そのことには、ヴェリコフスキー以降登場した誰よりも、長い時間を費やしてきたかもしれない。

神話と大災害の関係を本当に理解するためには、とマッセは説明する。「あなたは古典的な古典学者にならなくてはいけません」。それはプラトンやソクラテスのように、「これまでの自然科学をすべて知っていて、しかもその中で論じられているすべてを理解している」ような人物です。マッセはこれまで、物質文化の確実な証拠を信用するように、そして天文学、神話学、とくに昔からの言い伝えなどによって伝達されてきた情報には、ことごとく疑いを持つようにと自らを訓練してきた。「基本的には考古学者として、そして文化人類学者としてわれわれが教えられたのは、各世代はそれぞれに、情報消失の可能性を残しているということでした」とマッセは言う。彼は一九八〇年代はじめまで、完全にこの訓練の方法に自分の歩調を合わせて研究を続けてきた。が、ちょうどこの時期に、パラオ群島にいた、ある年老いた口述歴史家（記録者）が、マッセに遠方の村々について話したことがある。その村々は数世紀前の、どこにも記録されていない闘いの最中に、打ち捨てられてしまったという。マッセは考古学的記録を調べ、そこに守備要塞や先細りしていく備蓄食糧の記述を見つけた。「それがこれまでしてきた私の訓練が、何か違っていたのではないか、と気づいた最初の兆候でした」と彼は言った。

その後、マッセはハワイで、火山の女神ペレにまつわる土地の神話を研究した。通説によると、女神のペレはハワイの族長たちと争ったという。その闘いの起こった年代が、放射性炭素で測定した溶岩流の瓦礫と、おおまかとは言え一致していることに彼は気がついた――これこそ、口承で伝えられたペレ女神の神話の中に、現実の歴史的真実が含まれている兆候だった。マッセは多くのケースで、「天空の出来事の正確なディテール」が、ハワイの神話の中に記録されていることを発見した。それは彗星や流星雨や超新星の出現が「アジア、ヨーロッパ、中東の歴史的文献の記載と正確に合致している」ようにである。

マッセの研究は、伝統的な天文学や神話の地質学的な起源へと広がっていったが、それは必然的に彼を、「あらゆる文化に普遍的に分布している、といってもいいような大惨事――それは『大洪水』だ」へと導いていった。彼は世界中から、それぞれに異なる一七五の洪水神話を集めて、それを分析した。そして、その中で繰り返し発生するテーマを取り出してまとめた――それは集中豪雨、津波、長期間の闇、ハリケーン級の風、ヘビや魚などの細長い天体の生物――おそらく彗星のなせるわざだろう――などだ。古代ヒンドゥー教のマヌの物語では、魚の神が、最初の人間に船を用意するようにと言う――別のバージョンでは、神が魚の突き出た角（おそらく彗星の尾だろう）を投げ縄で捕らえる。それは世界的な規模の火災、黙示録さながらの雨や洪水の形でやってくる大変動から、何とか人間を生き延びさせようとする神の配慮だった。マッセは洪水物語の多くが、おおむね完新世の中期から後期への移行期、つまり紀元前二八〇〇年頃のことを述べていることに気がついた。これは地球の気候が以前にくらべて、やや涼しく湿潤になった時代である。そして、社会に大変動が起きた――人口の減少、主言語のグループの新しい土地への移動、他の新しい言語や方言の突然の登場。これとほぼ同じ時期に、メソポタミア、エジプトなどの年代記に大惨事が記されていた。マッセはそこで、ただ一つの大激変――木星に衝突したシューメーカー・レヴィによく似た彗星の激突――が起きたと結論づけた。このような災害が世界にいた住人の、四分の一を消し去ってしまったのかもしれない。水瓶座の中で惑星がたがいに重なる合《ごう》になったことや、部分月食などについての言及から、彼は世界を変えた大事件の正確な日付を、紀元前二八〇七年五月一〇日とした。

マッセとアボットが意見を同じにしているのは次の二点だ。それは、HIWGのバークル・クレーター衝突仮説を証明するためには、さらに多くの物的証拠が必要なこと、そして、彼らに向かって石を投げる同僚たちのリストが、相変わらず長いこと、さらにそれが感心させられるのは、彼らに非難をする資格が十分にあることだ。「天変地異説は今もなお、誰もそれについては語りたがらない継子にすぎません」とマッセは言う。が、たとえHIWGが正しいとしても、天体が衝突した際の衝撃の影響は、太っちょの子供がプールにドボンと飛び込むのとは訳が違って、もっと複雑だったにちがいない。過熱状態の巨大な彗星が、時速一〇万マイルのスピードで大洋に突入する。すぐに超高層ビルのような高さの津波が起きるだろう。そして大量の海水が蒸発し、それが大気圏に吹き込まれる。蒸気となった水が冷えて凝結すると、その影響はサイクロンのような嵐となって現れ、ハリケーン並みの風と何日間か降り続く豪雨、それにノア、ギルガメシュ、マヌ、デウカリオンなどで描かれた大洪水をもたらす――『ティマイオス』では、アテナイのアクロポリスから土壌を洗い去る雨として描かれていた。

私はここで話題をアトランティスに移した。マッセ（ほんの最近彼は、ノアの箱舟が真実だったことを「証明する」ドキュメンタリーで、インタビューを受けたのだが、それが狡猾に編集されていたので警戒していた）は自分の考えを述べるに当たって、次のような警告を発した。「私がこれからお話しすることはすべて、あくまでも私の予備的な意見です。が、しかし、これはしっかりとした情報に基づいた意見でもあります」

マッセはソロンがエジプトの神官から、はじめてアトランティスの話を聞いたことに嘘はないと考えていた。が、「アトランティスはあくまでも、一つの物語であり、一つの神話です。現実の大惨事については、そこからわれわれは、ほんの断片的な形でしか知ることができません」とマッセは説明する。アトランティスとの相互関係で、彼がもっとも近いと見ていたのはテラ島の噴火だった――この噴火によって、富み栄えていた島は一夜の内に破壊され、噴火は島を環状の諸島に変えてしまった。しかし、神官や巫女は口述歴史を伝達するのに、つねに、パフォーマンスを基礎にした技術によって行なうと彼は言う。したがって、ソロンは物語の不完全なバージョンを耳にしたかもしれないし、それはまた、プラトンに伝達される際に、いっそうゆがめられ、事実を誤って伝えられたかもしれない。しかし、デウカリオンの洪水――マッセはこれを、紀元前二八〇七年の彗星による出来事と同じものだと見なしていた――の重要な要素は、何らかの形で物語の中に混入されていたと思われる。

「私たちが考えておかなければならないことが、もう一つあります。それは『ティマイオス』の中で、プラトンが提供しようとしているのは、この物語のこまごまとした情報だけではなく――たしかにそれは正確で信頼のおけるものではありますが――、彼自身の考え方でもあったということです。それは世界がどのように機能しているのか、そして知識はどのように働くのかについての考えです」とマッセは言う。プラトンはしばしば、時の循環的な反復について書いている。古典学者のデズモンド・リーはその考えを次のように表現していた。「それは、自然の大変動による周期的な破壊で、そのあとにゆっくりと文明の再発展が続く」。『ティマイオス』の中でプラトンは、エジプトに由来する不完全な物語の断片を取り上げ、それを使って万物の秩序を説明したのかもしれない。

プラトンは口承で伝えられた、天体の逸脱を語る物語に強い思いを抱いていた。そのために彼は最後の作品『法律』の中で、はっきりとそれについて触れている。ゼウスの誕生の地であるクレタ島を、巡礼のために訪れた三人の男たちが、仮想の都市をどのように創造すればよいのか、その方法について議論している。

アテナイからの客　古代の物語の中に、何か真実があると思いますか？

クレイニアス　どんな物語ですか？

アテナイからの客　人間の住む世界は、洪水や病疫やその他多くのことで幾度となく破壊されて、そのつど、ほんの少しの人々が生き残ってきたという物語です。

クレイニアス　そういう話なら、誰もがみんな文句なく信じますよ。

カタストロフィー論者の仮説は、二〇年前にくらべるといくぶん受け入れられるようになっているかもしれない。が、誰もが「文句なく信じる」までにはなお遠い道のりがある。繰り返される破壊について、サイスの神官が発した警告を無視することで、われわれは、プラトンの物語の重要な科学上のポイントを見逃しているのかもしれない、とマッセは言う。「現代の思考モデルは本質的に、悲劇をもたらす宇宙からの激突の影響を見くびっているんです」

プラトンは、宇宙から飛来する物体の衝撃によって引き起こされる、破滅的な結果についてはっきりと認識していたのかもしれない。が、それは誰もがそれに耳を傾けたことを意味しない。衝撃によってできたクレーターは、それほど人々の注目を浴びない。それはクレーターの数が少ないからだ。地球上で場所が確認されているクレーターの数は二〇〇に満たない。中には時の経過とともに、浸食、氷河、地震、その他の地球物理学的なプロセスによって、摩耗してしまったクレーターもある。さらにそれより多くのクレーターがおそらく、地球の表面の七〇パーセントを占める、水と氷の下に姿を消しているのだろう。「人々はまだ大洋に落ちた天体の衝撃を理解していませんからね」とマッセ。「これまで二五〇〇万年の間、一度として、衝撃によって大洋の底にできたクレーターが見つけられ、確認されたことなどなかったのですから」

地球の誕生から今までの四五億年間に、ばらまかれたクレーターの数が数百個と聞くと、それほど恐ろしい感じを抱くことはない。が、それはあなたが望遠鏡を夜空に向けるまでの話だ。火星の表面積は地球の三分の一以下だが、天体物理学者たちはその表面上に、直径三マイルか、あるいはそれ以上のクレーターを四万二〇〇〇個以上見つけて記録している、とマッセが最近の論文で指摘していた。また、地球の表面積の一二分の一以下しかない月にも、「直径が一キロ（〇・六マイル）以上のクレーターが三万個以上ある」。月には大気がないこと、そして重力の影響が少ないことが、衝撃によってできたクレーターの大きさを、さらに増幅することになった。そしてそれは浸食がないために、いつまでも持続する。が、しかし、もし三万の天体による衝突が地球上で起こったとしたら、どうなるのか。おそらくそれは、広島の原爆の少なくとも二四〇倍の衝撃のものから、事例は一握りほどだが、恐竜を絶滅させた彗星の衝突より、さらに大きな衝撃のものまで、さまざまな影響を及ぼすことになるだろう。

地球外から飛来したものの中には、地球に到達することなく大惨事をもたらしたものもある。プラトンが書いていたパエトン神話がその例だ。この神話については、オウィディウスの『変身物語』でさらにくわしく書かれている。マッセはパエトン神話を「隕石衝突の完全な記述」だと呼んでいた（二〇一三年にロシアで起きた空中爆発は、隕石衝突として分類されている）。一九〇八年六月三〇日には、シベリアのポドカメンナヤ・ツングースカ川近くの、人口もまばらな土地の上空、数マイルの所で隕石が爆発した。地元に住むエヴェンキ族でトナカイ猟をしていた猟師たちは、突風で打ち倒されたという。そして彼らは空中で、第二の太陽――爆発した隕石によってできた火の玉――が輝くのを見たと報告されている。八〇〇平方マイルに及ぶあたり一帯の木々が、すべてなぎ倒されてしまった。『危険な惑星地球』の中でトレヴァー・パーマーは、「もしツングースカの隕石が、あと四時間のちに地球に到着していたら、そのときにはサント・ペテルブルク――のちに革命が起きるロシア政治の当時の中心都市――が壊滅状態に陥っていただろう。そして、二〇世紀の歴史も今と異なったものになっていただろう」と書いていた。最近の研究によると、ツングースカ級の空中爆発がもし、現代のマンハッタン上空で起これば、おそらく三九〇〇万の人々が死ぬだろうと推測されている。最近では計算し直されて、このような出来事は二〇〇年毎に起きる、とマッセは話していた。

少なくともある一点において、カタストロフィー論者のドネリーは、進化論者のダーウィンをしのいでいる。カタストロフィーがいやおうなく襲いかかれば、適者生存を謳う進化論的法則は一時的に停止を余儀なくされる。「このときに生き残るのは適者ではなく、むしろ幸運な者ということになります」とマッセ。それはプラトンの、山に住む無学の者だけが大洪水で生き残ったという言葉と同じだった。ハリケーンの「サンディ」以後ニューヨークは、上昇する海面によって高まった洪水の危険にゆっくりと対応しつつあったが、その一方で、ダラス・アボットは堆積物を調べて、それが小惑星の衝突によって引き起こされ、六〇フィートの高さに達した津波を指し示していることを突きとめた。アボットによると、小惑星はほんの紀元前三〇〇〇年に、マンハッタンにぶつかったかもしれないと言う[13]。

カタストロフィーに対する懸念を、プラトンと共有することに、科学者としてのためらいを見せるヴェリコフスキーに対して、マッセが非難の言葉を浴びせるのは当然だと私は思う。が、彼はまた一方で、金星サイズの天体が衝突すると警告した点で、ヴェリコフスキーの仕事を尊敬もしていた。たしかに『宇宙の衝突』には、少々気が触れたと思わせるところがあるのも事実だが、ヴェリコフスキーは——トロイアのシュリーマンのように——二つの困難な仕事を成し遂げている。それは自然科学と神話の間に立ちふさがる壁を破壊したこと、そして一般の人々の関心をとらえたことだ。人々の興味を引きつける技量は、プラトンも所有していた——『ティマイオス』の中にアトランティスの物語を使うことで、それは発揮されている。簡単に言うとそれは、複雑で重要な考えを取り上げ、それを「まとめ上げて、魅力あふれる物語として語る」ことのできる能力だとマッセは言う。

さてそろそろ、これまでに集めた、たがいに相容れない情報を分類して、アトランティスについて何か結論を出さなくてはいけない時期にきている、と私はマッセに言った。

「ある意味で、あなたはプラトンに似ていますよ」とマッセ。「私たちがあなたに話した材料には、さまざまなニュアンスがあります。それをあなたは使って、確かな情報に基づいた、知識の豊富な物語を作り上げなければなりません。あなたはプラトンの歩いた道を、これから歩くことになるんですよ。そうではありませんか？」

この考えはあまりにばかげていたので、思わず私は大きな声で笑い出してしまった。アリストテレスはたしかにプラトンの跡を継いだ。しかし、私は『ティマイオス』でさえ、個人教師がいなければ読み通すことすらできない。しばらくそんなことを考えていたが、そのあとで、私だってプラトンのアトランティスの物語で生じた疑問——山々、浅瀬、同心円、ヘラクレスの柱、それに地殻の大変動——には、そのほとんどすべてに答えを出したではないかと思った。たしかに、アテナイ人のうぬぼれはゼウスの怒りを招いた。それと同じようなものに私も陥っていたかもしれない。が、それでも私は、アトランティスの物語につねに欠けていたもの——それは物語の「終わり《エンディング》」だ——を、提供することができるとさえ考えていた。

そのためにも、ここでまずしなければならないことは、プラトンの数の意味を解読することだった。

28
プラトン・コード——バーモント州のグリーン山脈で

一六六六年、アトランティスの物語は、これまで未解決だったもう一つの古代のミステリーに出くわすことになる。それはローマで活躍していた、あるイエズス会の学者の中に潜むミステリーだ。その人物とはアタナシウス・キルヒャーで、彼はちょうど思索的科学の記念碑的な作品『地下世界《ムンドゥス・スブテラネウス》』を刊行したばかりだった。この本の中には、上下が逆になったアトランティスの地図が挿入されていて、これはかつて描かれたアトランティスの地図としては、もっとも有名なものだ（ランド・フレマスは、これが南極大陸とそっくりだと言って、しきりに私に納得させようとした）。死にかけていたある友人がキルヒャーに贈り物を渡した。それはキルヒャーも、以前から手に入れたいと思っていたものだった——彩色が施された手書きの原稿で、中には植物、星座図、裸婦などの彩色描画がたくさん含まれていた。この原稿をユニークなものにしたのは、それがミナスキュール体という行書体で書かれた手書きの文書だったことで、そこで使われていたアルファベットの文字は、まったく判読ができなかった。キルヒャーはけっして自信に欠けた人物ではない。まちがっていたとはいえ、ロゼッタ・ストーンが発見される何十年も前に、ヒエログリフを解読していた。しかし、その彼にしてなお、この不可思議な原稿の不可解なコードを解読しおえた、とあえて見せかけることさえしていない。キルヒャーの死後、原稿は姿を消してしまった。それがふたたび現れたのは、一九一二年、ポーランドの古物商ウィルフリッド・ボイニッチによって、原稿が買い取られたときだった。一九六九年、今ではボイニッチ原稿として知られているこの草稿が、イェール大学に届いた。そしてそれは、哲学の教授をしていたロバート・ブランバウの手に委ねられた。

ブランバウは一九九二年に死んだが、彼は典型的な教授ではなかった。第二次世界大戦時には、アメリカ陸軍の通信部隊で暗号の解読者として働いた。彼が専門としていたのは、プラトンの考え方のような難しい題材を、大学の一年生でも分かるやさしい英語に翻訳することだった。そして彼は、好奇心に欠ける学者ならばそっぽを向くような、風変わりなテーマに自ら進んで取り組んだ。ブランバウはかつてこんな仮説を提案したことがある。それはピュタゴラスが豆類を極端に嫌うのは、酵素の衰弱という遺伝的原因からきているという内容だった。その結果として、ピュタゴラスはそら豆を食べることにひどい反発を示した。ブランバウの息子が私に話してくれたのだが、彼の父親はボイニッチの草稿の解読に、少々取り憑かれていたという。それは見るに見かねて、「しまいには母が父を座らせると、『もうたくさん』と言ったほどです」。彼の母親もまた、以前暗号の解読者をしていた。ブランバウは最終的に、このテクストは「不老不死の薬に関する論文」で、ひょっとしたらルネサンス期の取り込み詐欺の断片かもしれない、という結論を出した。彼は両方の点で正しかったかもしれない――彼の努力とそれに続いた、暗号学上の計算能力の飛躍的な進歩にもかかわらず、原稿は今もなお解読されていないからだ。

ボイニッチ原稿の熱狂的なファン（彼らの中でブランバウは名士だった）と、狂信的なアトランティスびいきの大衆との間で、取り交わされる膨大なネット上の情報を考えたときに、驚かされるのは、誰一人として、ブランバウがもう一つの解決しがたい草稿――プラトンの『クリティアス』――を何とかして解読しようと、努力していたことに気づいていなかったことだ。ほとんど知られていないが、ブランバウが一九五四年に書いた『プラトンの数学的想像力』という本の中で、彼は次のように書き留めている。二〇〇〇年以上もの間、学者たちは、プラトンの一見不可解な数の使用に混乱させられてきた。もちろん、アトランティス研究家たちは、九〇〇〇年、三つの同心円、アトランティスの首都の大きさ、それに巨大な長方形の平原のようなディテールに飛びついた。そして数字を自分の仮説に都合のいいように曲解した。一方で学者たちは、アカデメイアの入口に「幾何学を知らざる者は、ここに入るべからず」という銘を掲げた天才が、このようなすべての数や形を動員して、何をひそかにもくろんでいたのか、それを一休みして考えることもしないで、ほぼ例外なく、数字が含まれた一節を「ナンセンスあるいは難解」だとしてはねつけてしまった、とブランバウは記している。そう、プラトン作品の数字の部分は、二重の意味で足を踏み入れることが難しい。だいたいプラトンからして、恐ろしく理解がしがたい。その作品の中でも、もっとも曖昧模糊とした部分が数を扱った箇所である。しかし、ブランバウは、その箇所が「ナンセンスあるいは難解」だからと言って、それを学者が、あたかも存在していないかのようなふりをしてはいけないと言う。「文学においては、難解さの効果を作り出すために、意味のないフレーズを物語の中に導入することは許される。しかし、哲学ではそれは許されない」

エリザベス・バーバーの「沈黙の原理」によると、語り手は聴衆に、すでに周知の情報だと彼が見なしたものを、ことさら与えようとは思わないという。したがって、物語の中ではっきりと述べられていなければ、どんなものでも時間の経過とともに忘れ去られてしまいがちだ。もし今から二〇〇〇年後の人間が、地球上の森を完全に破壊する人食い人種となっていて、ジンジャーブレッドの家に住んでいたとしても、それでもなお、ヘンデルとグレーテルの物語には脚注が必要となるだろう。ブランバウは、プラトンが『クリティアス』で数を記したのは、それを文字通りに受け取らせるためではなく、アカデメイアの聴衆がたやすく理解できるように、テクストにさらに幾重にも意味を加えるイメージを、彼らの心に呼び起こすためだったと考えている。紀元前四世紀には、まだ絵入りの草稿は存在していない。そのためにプラトンは（ブランバウの意見では）、それが「隠喩となることを目指す」ピュタゴラス直伝の数学を混入させた。

ブランバウはその一例として、『国家』第八巻の冒頭近くで、ソクラテスが述べる「4と3は5と結びついた」という言葉を取り上げている。それは一般的には、もっとも有名なピュタゴラスの図形、3・4・5の直角三角形に言及したものということで、学者たちの意見は一致していた。が、その上で学者たちはそのほとんどが、はたしてプラトンはこれで何を言おうとしていたのかと頭を掻いた。ブランバウはこれについて次のような指摘をしている。プラトンは『国家』の第八巻で、指導者のタイプとして五つ挙げていた（望ましいものとして上から順に、王者支配的な人間、名誉支配的な人間、寡頭制的な人間、民主制的な人間、僭主独裁制的な人間）。このような人物の性格のタイプは、第二巻から第四巻で論じられている、魂の三つの役割から生まれたものだ（理知、気概、欲望）。そしてそれは、第五巻から第七巻で描かれた四つの、上昇する理解のレベルとうまく結合していた（憶測、確信、理解、理性）。われわれはすぐあとで、またこれに戻ってくることになる）。有名なプラトン学者のジェイムズ・アダムの「彼の著作の中で、もっとも難しいことで有名」というフレーズも、アカデメイアでろう板《ワックス・タブレット》の上に描かれていたように図示（次頁「ブランバウの三角形」）してみると、にわかにはっきりと鮮明な形で解決される。

プラトンの作品の中で、もっとも多くの、そしてもっとも奇妙な数が登場するのは、言うまでもなく『ティマイオス』と『クリティアス』だ。アトランティスに関連した数字について言えば、プラトンが『ティマイオス』で引用しているのは日付である――エジプトが創建以来八〇〇〇年経過していること。そして、アトランティスとアテナイの崩壊から九〇〇〇年が経っていること。クリティアスがアトランティスの話をやめて一休みすると、ティマイオスが急遽、ピュタゴラスの数や調和や「宇宙の魂」の議

ブランバウの三角形

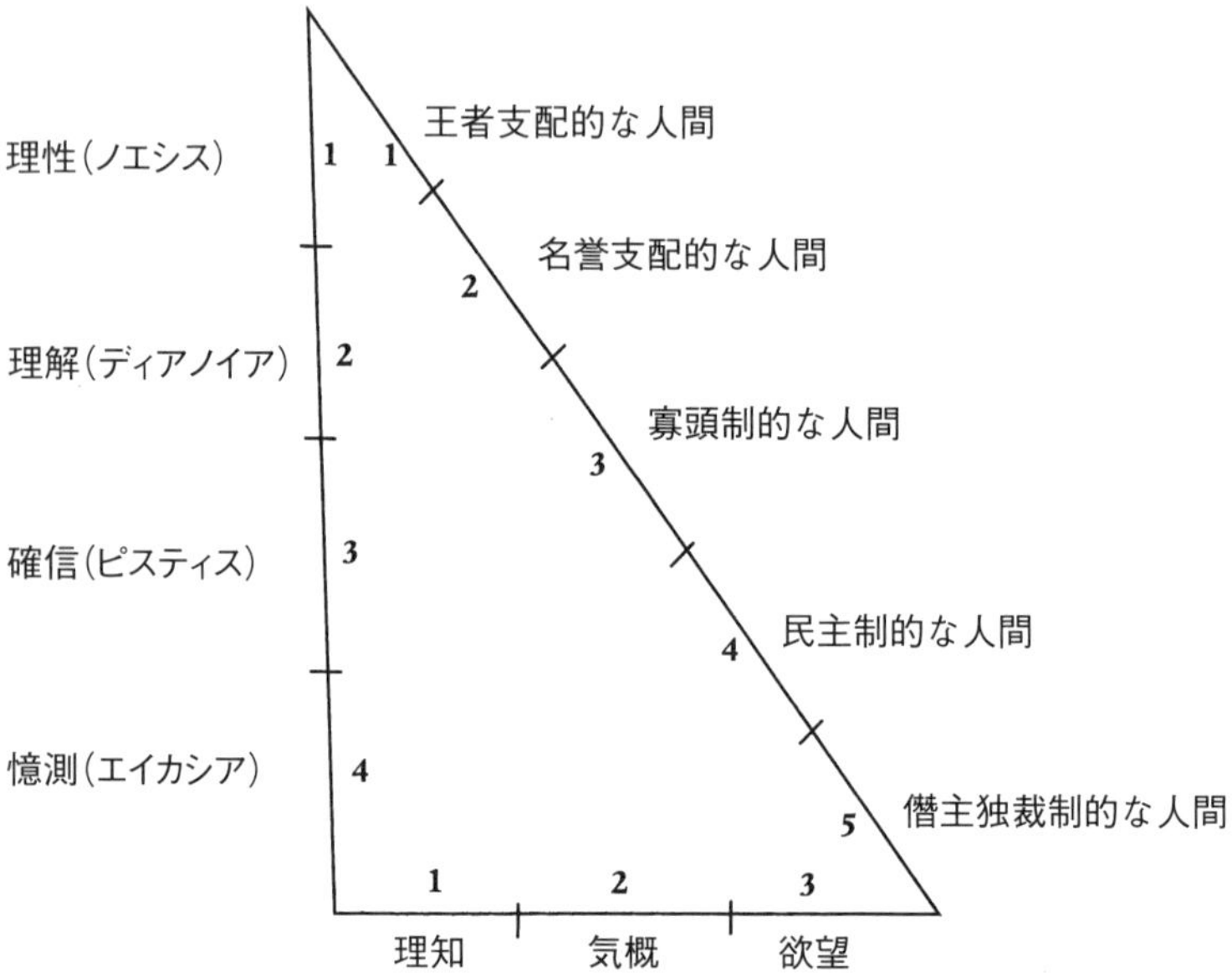
理性(ノエシス)
理解(ディアノイア)
確信(ピスティス)
憶測(エイカシア)
1
2
3
4
王者支配的な人間
名誉支配的な人間
寡頭制的な人間
民主制的な人間
僭主独裁制的な人間
1
2
3
4
5
1
2
3
理知
気概
欲望

論をしはじめる。ブランバウは、『クリティアス』にはデータがあふれているが、アテナイについて述べられている中で、使われている数字はわずかに一つで、それは戦闘部隊の二万余という数だけだったと書いている。他方でアトランティスのこととなると、数字はディテールにわたっている。そのためにそれは、人々を思わず失われた都市の探索へと導いていく。ブランバウは、アトランティスの王たちが「五年毎と六年毎の交互に会って、『偶数年と奇数年の両方に同じように敬意を払っていた』」というプラトンの記述に的を絞った。

これはうわべだけをさっと読み飛ばすと、熱心なアトランティス研究家でさえ軽く扱いかねない、やや退屈なディテールだ。だが、ブランバウにとっては、この瞬間こそ「みなさん、お静かに！」と声を上げる場面だった。『ティマイオス』で宇宙の魂を、ピアノのスタンウェイばりの正確さでチューニングをしたあとで、五と六の比率について、プラトンはまったく無頓着な態度を示している。これは少し変だと思いませんか？　そもそもピュタゴラス主義の基本教義からすると、奇数は男性を偶数は女性を表わしている。プラトンが書いた最後の対話篇『法律』の中で、オリュンポスの神々には「上位の」名誉として奇数のものが捧げられるが、地下の神々はそれよりも劣る、「第二位の」偶数のもので名誉を称えられている。ブランバウは『クリティアス』の中から、数多くの五と六の実例を抜き出す。それは明白にそれと分かるものもあれば、それとは定かに分からず、言外で示しているものもある。三つの輪からできた都市の図を描いて、海や陸地の広さを合計してみると、最終的には六対五の比率になるという。中央島は差し渡しが五スタディオン、ポセイドンの彫像には六頭の馬がいた。ポセイドンには五対の双子がいる。その内の六人が賛成の票を入れることで、はじめて、アトランティス王の処刑は実行が可能となる。プラトンの作品では、このように交互に交代する数を使用しているものは他に一つもない。

アカデメイアの生徒たちは、ピュタゴラスの概念に十分に精通している。そんな聴講生たちにとって、奇数と偶数が交互に使いうるという考え自体、ル・コルドン・ブルー（フランス料理の名門学校）の生徒たちが、平気でバターの代わりにヴィネガーを使うのと同じで、とても考えられないことだった。ブランバヴウの結論では、この相反する奇数と偶数の混在は以下のことを示しているという。つまり「プラトンはアトランティスが悪い社会の青写真で、最終的には繁栄と無秩序、それに教育の欠如のために堕落すると言っている」

チェスのチャリティー・トーナメントで、次々にやってくる新参者たちを、チェックメイト（相手のキングを詰める）するグランドマスター（チェス選手の最高位のタイトル）のように、プラトンは、アカデメイアに入ったばかりの生徒たちを相手に、精緻な数のゲームを同時にプレイしていたのかもしれない。スタヴロス・パパマリノプロスがメールで、プラトンの対話篇の中に隠されていた数字が最近見つかったと言って、その実例を二つ送ってきた。最初のものは数学者のアントニス・ヴァルドゥラキスとクライヴ・ピューの書いた論文だ。二人は『法律』の中で、五〇四〇という数が果たしている重要性について調べた。この対話篇でプラトンは、理想の都市国家マグネシア（彼が頭の中で作り上げた架空の都市）における家族の最適数を五〇四〇と書いた。この数は1×2×3×4×5×6×7の積であり、『法律』中に全部で七回も姿を見せる。そしてこの対話篇には、連続する素数や、合成数（つまり非素数）の可分性についても隠された定理が、さらに深い部分に埋もれているとヴァルドゥラキスやピューは考えた――いずれにしても、このように精緻な数学的概念は、アカデメイアの聴講生たちにとっては、まったく説明する必要のないものだったのである。

パパマリノプロスが書いてきたもう一つの実例は、私が以前ラジオで聞いたことのあるものだった。が、聞いた当座は、とてもアトランティスには当てはまらないと思った。そのために私は、それについてあまり考えることをしなかった。二〇一〇年に、イギリスのマンチェスター大学で講師をしていたジェイ・ケネディが、プラトンの作品中に、数学や音楽のコードが隠されているものがあり、それを発見したと公表した。ケネディが結論を導き出すために使ったのは、「行分け法」として知られているものだ。この方法で行数の勘定をする。計算に使用したのはコンピューター・プログラムだった。これでプラトンのオリジナル原稿の行数を大まかに計測した。それで判明したのは、すべての作品の行数を計算してみると、非常に少ない誤差の範囲で一二〇〇の倍数となったことだ（たとえば『国家』は一万二〇〇〇行だった）。そこでケネディは次のようなことを言う。プラトンは彼の対話篇を、ピュタゴラスの一二音の和声的音階[14]に基づいて一二の部分に分けて構築した。そして一二の各部分の間――つまり1/12の点、2/12の点、以下11/12の点まで――で転調を示すために、プラトンはその箇所に象徴的なフレーズを挿入している。

ケネディの発見で興味深いのは、プラトンが一二の部分から成る構築物を、ただ単に調和的外形を作るための組織的な原理として利用しただけではなく、修辞法としても使用していたように見える点だ。いくつかの対話篇では、はっきりと真ん中（6/12つまり6対12の比率）で、プラトンは「哲学者の神から授かった知恵と正義」について述べた一節を挿入している。『国家』ではこの場所で、ソクラテスが哲学王について語っていた。『ティマイオス』では、タイトルと同じ登場人物のティマイオスが、四大元素（火・土・水・空気）や平面の基本要素の三角形について、口先だけで語った談話を一休みして、宇宙の制作者（神）がこのようなこまごましたものを整理整頓して、完璧な調和を作り上げている事実を、参加者全員の心に思い起こさせた。

ケネディが見つけ出したコードは、ピュタゴラスの調和が持つ主な比率と一致している。「ギリシアの理論によると」と彼は、哲学と科学の雑誌『アペイロン』に掲載した記事の中で書いている。「一二音階の内で三番目（1対4）、四番目（1対3）、六番目（1対2）、八番目（2対3）、九番目（3対4）の音は、一二番目の音とよく調和する。このように比較的調和する音の近辺では、積極的に高い評価を受けた概念が主役となっているが、不協和の音（五番目、七番目、一〇番目、一二番目）の近くでは、もっぱら否定的な概念が多数を占めている」。ケネディによると『ティマイオス』の中でプラトンは、協和音の八番目と九番目に当たるところで、宇宙の制作者である神の、調和に満ちた創造について述べていたという。そして不協和音の一〇番目と一一番目の箇所では、プラトンも、身体の肉体的な衰えや魂の病について議論している。

明らかに私はかっかとしてきた。一度ならず私は、今にもダ・ヴィンチ・コードのような大発見をしようとしているかのような、楽しい空想に耽っている自分に、突如気がついて驚くことがあった。ロバート・ラングドン教授がフィボナッチ数列の数を解読し、真の殺人者を見つけたように、私もまたプラトンの数学的な鍵を追って、はるばるアトランティスの謎までたどり着けるような気がした。運転をしながら、ときおり「シックスティー・ミニッツ」（アメリカCBSテレビのドキュメンタリー番組）で、スティーブ・クロフトが番組のはじめに言っている言葉を、私は声には出さずに頭の中で繰り返した。「二〇〇〇年の間、アトランティスのミステリーは歴史上の偉大な人々を悩ませてきました。が、今、恐れを知らないリポーターが、かつては不可能と考えられていたことを見事にやりおおせた。……」

私は最後の仕上げをしようと思った。そして、その手助けをしてもらうために、無名の天才を見つけ出してさえいた。ワシントンDCへ向かう列車に飛び乗ると、九五歳になるアーネスト・マクレインの住むアパートメントへと向かった。マクレインは退職した音楽の教授で、『ピュタゴラス派の徒プラトン』というタイトルの本を書いた。その中で彼は、アトランティスの話を「ピュタゴラス派のためだけに語られる、洗練されたエンターテインメント」だと述べている。そして「音楽に無知な者たちにとってそれは不可解なことに、意味のない数のディテールがびっしりと詰まった、プラトンの単なるおとぎ話にすぎないし、それが変わることはないだろう」と加えていた。

マクレインの本は難解だった。ピュタゴラスの和声学を専門に研究している、あるアメリカのすぐれた音楽学者は、のちにそれが「まったく足を踏み込めないジャンル」だと私に語った。四時間にわたって、マクレインがシュメールのオクターブ、『リグ・ヴェーダ』、バビロニアの六〇進法などと、ピュタゴラスの「天球の音楽」との関係について、言葉のタピストリーを紡いでいる間、私はうなずきながら耳を傾けては、楽しい時間を過ごした。彼のテーブルに座り、マクレインや彼の在宅ケアをしている看護助手と軽く握手を交わして、私はチキンのスープを飲み、サンドイッチをつまんだ。そして、マクレインの所へやってきたときと変わらない、音楽的にはまったく無知の状態で、ユニオンステーションへ戻ってきた。それでも、ただ一つだけ理解ができたことは、マクレインが繰り返し言った励ましの言葉だ。「あなたが近道をしたがるのはよく分かります。しかし、自分の力で理解しないかぎりは、どんなにしても分からないことってあるんです」

数週間後、私はバーモント州のグリーン山脈へ向かった。そこではジョン・ブレーマーが待っていて、私のためにすべての難問を解決してやろうと申し出てくれた。ブレーマーは退職した教育の専門家で、プラトンのように各地を旅して回り、ボストンからちょっとはずれた所に、高等教育の機関、ケンブリッジ・カレッジを創設した。そして、プラトンについて言えば、彼は何十年もの間、そのための思索に費やしてきた。アーネスト・マクレインのことも個人的に知っていて、マクレインは聡明な人物だと考えていた。ジェイ・ケネディがコンピューターによって、韻律論（行分け法）上の分析をはじめた半世紀ほど前に、ブレーマーはすでにコンピューターを使わずに、古代ギリシア語の韻律を計算していた。そして、ケネディのように彼もまた、そこにパターンのあることに気づいていた。それがあまりにも印象的だったので、とても偶然に起きたものとは思えなかった。

ブレーマーはすでに八〇歳を越していたが、なおさっそうとしている。長い髪の毛、いかにも上流階級の出のようなイギリスなまりのアクセント、桃色のシャツはボタンをはずしていて、胸板が見えていた。ブレーマーは日々、プラトンと格闘を続けている。私たちが会ったのは季節外れの暑い日だった。そのために二人は、暑さを避けて地下室へと逃げ込んだ。大きな机が書棚の森の中に置かれている。書棚に詰め込まれた本はどれもがプラトンの関連本だ。ブレーマーは自分をソクラテス学派の哲学者だと言った。それは彼が真理に到達するためには、たくさんの質問を投げかけるという意味だろう、と私は推測した。彼が机の向こう側に座り、私はこちら側に座って、先生と生徒という、おなじみの位置取りになった。私は夢中になって講義ノートに走り書きをした。

「あなたはプラトンの『線分の比喩』をご存知ですか?」と彼は、パーティーで人を紹介をするような感じで尋ねてきた。

線分の比喩については、知り合いと言えば知り合いだったが、これまでに、友だちと言えるほど深い付き合いをしていない。ロバート・ブランバウがプラトンの線分の比喩は「おそらく、全哲学史の中でも、もっとも有名なもので、もっとも頻繁に描かれた図だろう」と言っていた。それは一見簡単そうに見えるが、実はなかなか難しい。幾何学的図形は、プラトンのもっとも重要な原理——知識は四つのタイプに分類されうる——の理解を手助けをしてくれる。線分の比喩に関する叙述はソクラテスによって(『国家』の中で)語られている。「では一つの線分を、等しくない二つの部分に二分して、さらにそれぞれの部分をふたたび、同じ比率で二つに割ってくれたまえ」。この各部分が、プラトンの四つの上昇する知識の段階を表わしている。線分を垂直に引いてみると、それは次頁のような図になる。

線分の上二つの部分は可知的な世界で、下二つの部分が可視的な世界だ。四つの部分の内、一番下にあるのがエイカシア(憶測)で、ブランバウが「そうみたいだね」のような推測に等しいとしたものだ。

線分の比喩

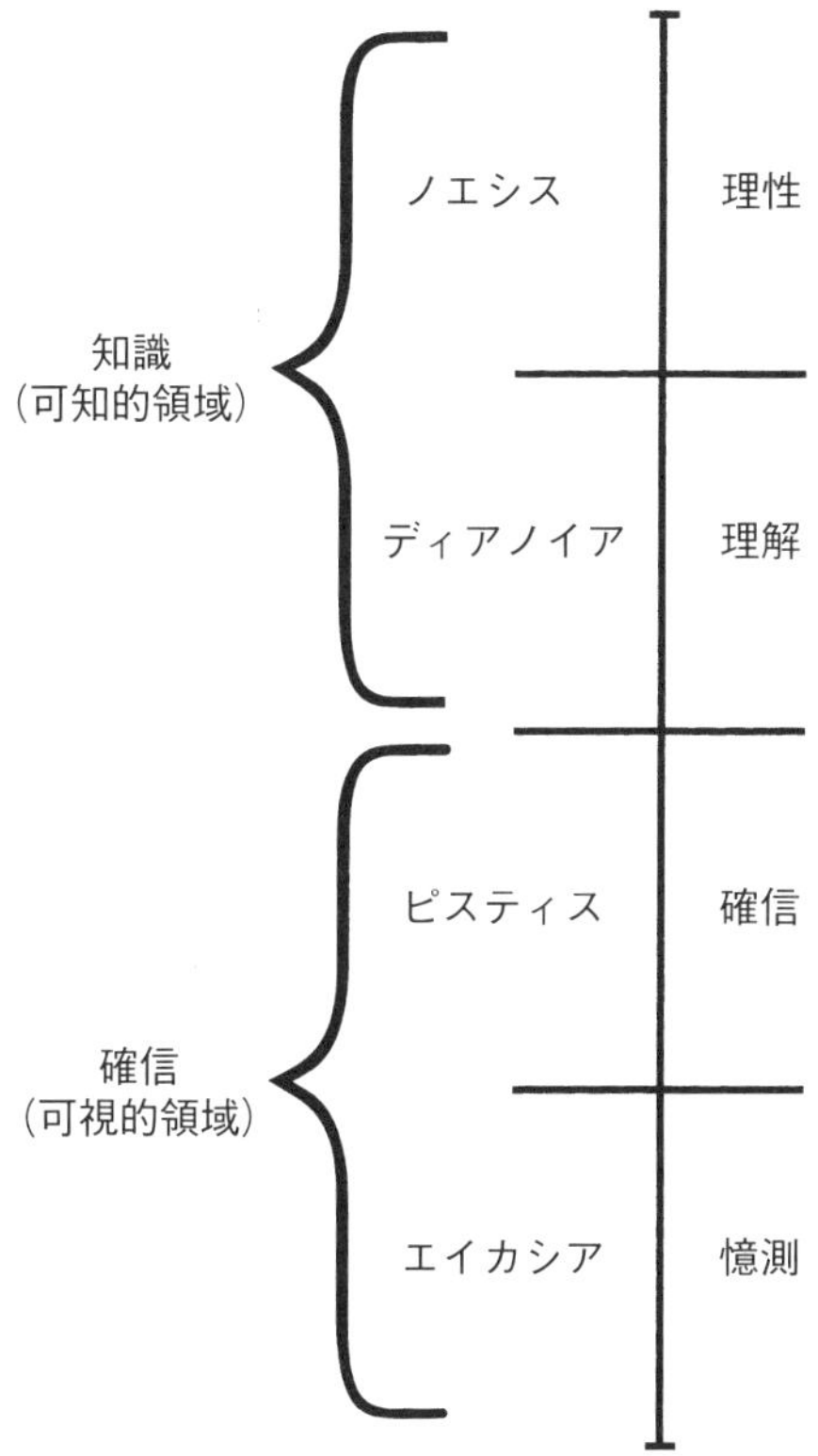

それは噂話や物語に基づいた意見だった。その上のレベルが、「直接した経験」に基づくピスティス（確信）だと書いている。その上がディアノイア（理解）で、論理的に考えて結論に達する。数学はこのカテゴリーに分類される。

一番上位のレベルがノエシス（理性）だ。永遠のイデア——それは時空を超越して存在する規範——の本質を理解するための正しい答え、そこに達するためにノエシスはルールに従うことを越えて動く。プラトンはこの第四の状態には、「対話《ディアレクティケ》の力（つまり厳格な哲学的会話）」によってのみ到達が可能だと言う。そして、この知識のレベルで到達可能な、最高位に存在するのが「善のイデア」だった。善のイデアの概念は非常に抽象的なために、十分に理解できる者は哲学王しかいないと言う。プラトンがそれをもっとも適切に説明しているのは、可視世界における太陽の役割と比較するときだ。太陽が目に見える世界に光を当てているように、善のイデアは真実を明るく照らしている。

みなさんお分かりになりましたか？　ブレーマーは非常に巧みに説明をしてくれたが、はじめは私も理解できなかった。が、ずっとあとになって、線分の比喩を理解することができた。そこでは、プラトンの世界とピュタゴラスと『ダ・ヴィンチ・コード』がぶつかり合っているのが分かった。

ブレーマーは大きな紙を一枚引っ張り出した。そこには手書きの小さな数字が、きちんと列を成している。ちょっと見にはビクトリア女王時代の、商売が繁盛している商人の台帳から引き破いたページのようだ。が、改めてよく見てみると、それは『国家』の行数を手で勘定した集計の数字だった。アイゼンハワーが二期目の大統領をしていたあるときに、ブレーマーは机に座っていて、次のような事実を見つけていた。プラトンが生きていた頃に、声を出して『国家』を読んだとしたら、それを読み終えるのに一二時間かかっただろう。そしてそれを二四〇の部分に解体する。一つの部分が三分間で読めるということだ。彼がこの裁断された部分の内容を個々に調べてみると、ソクラテスが線分の比喩を説明している箇所が、六一パーセントと六三パーセントの間にあることが判明した。この点については、五〇年後に、ジェイ・ケネディがコンピューターで分析をして、ブレーマーの仕事が正しかったことを裏付けている。二人の計算によって、線分の比喩について語ったプラトンの話が、ほぼ正確に、「黄金比」――通常ギリシア文字のフィー（Φ）で表わされる――として知られている位置に置かれていたことが明らかとなった。黄金比はおよそ1対1・618、あるいは（われわれのためには）61・8％とした方が分かりやすいか。プラトンの頭は、宇宙を統べる永遠の数学的法則を発見したい、という思いでいっぱいだったのだろう。そんな幾何学者のプラトンにとって、黄金比は神の制作者（デミウルゴス）の心中を、一瞬だが垣間見ることのできた瞬間だったにちがいない。

黄金比は一本の線を二つに分けることで、作ることができる。その際、長い部分（a）を短い部分（b）で割ったものが、全体の長さ（a＋b）を長い部分（a）で割ったものと等しいようにする（aとbの比率はおおよそ0・618対0・382となる）。さてここで、黄金長方形（次頁）と呼ばれるものを取り上げてみる。これは縦と横の長さが黄金比である長方形のことだ。この長方形から正方形（正方形の一辺は長方形の短い辺に接している）を取り去ってみる。すると、残った長方形がまた黄金長方形になっている。このプロセスは永遠に繰り返される。

黄金比に達する方法としてはもう一つ、フィボナッチの数列による方法がある。フィボナッチの数列は、二つの連続した数の和が、その次にくる数に等しくなるような数の並びのこと――0，1，1，2，3，5，8，13，21，34，55……以下無限に続く。数列は先に進むにしたがって、数はどんどん大きくなり、どの数を取ってみても、その数を先行する数で割った値が、少しずつ無理数（分数で表わせない数）の1・618……（黄金比）へ近づいていく（8÷5＝1.6；13÷8＝1.625；21÷13＝1.615...のように）。

ブレーマーが見つけたのは、『国家』全体のほぼ61・8％の位置に現れる線分の比喩が、はっきりとこ

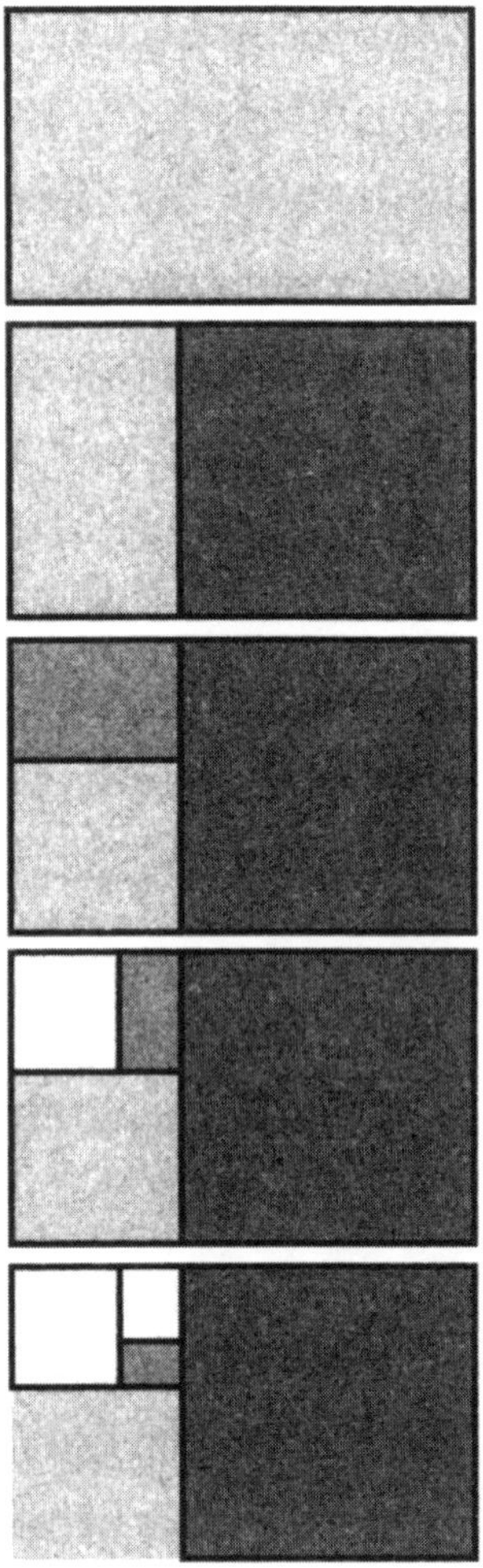

黄金長方形

の対話篇を二分していることだった。比喩を境にして、その前半ではおおむね可視の世界が取り上げられ、後半では可知の領域にだけ存在する知識が取り扱われている。

プラトンは作品の中で、黄金比という名前をはっきりと使っているわけではない。が、『ティマイオス』で空気、火、水、土の四大元素を紹介しているときに、その完璧な割合について言及している。ピュタゴラスの調和のように1対1・618の比率が、自然世界と数学が合流する宇宙の交点だと言う。この比率は自然界でもしばしば見られる。中でも有名なのがオウムガイだ。美的に見ても心地よい、このようなプロポーションは、人間の体のいたるところ――美しい顔の大きさから、指の骨の相対的な長さまで――で見られる。パルテノン神殿やアテナの巨大な像もおそらく、黄金比の法則を忠実に守って作られたものだろう。

プラトンは『ティマイオス』の中で、五つの基本的な多面体を挙げている。その内の四つは火（正四

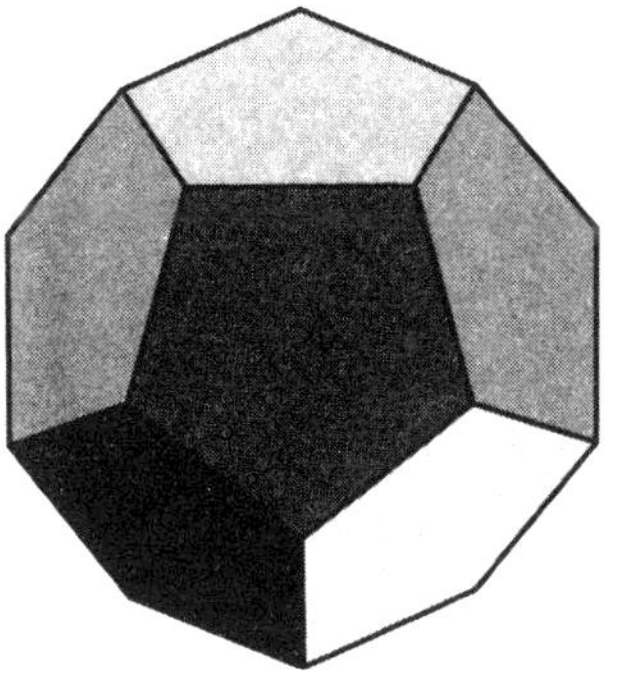

正十二面体

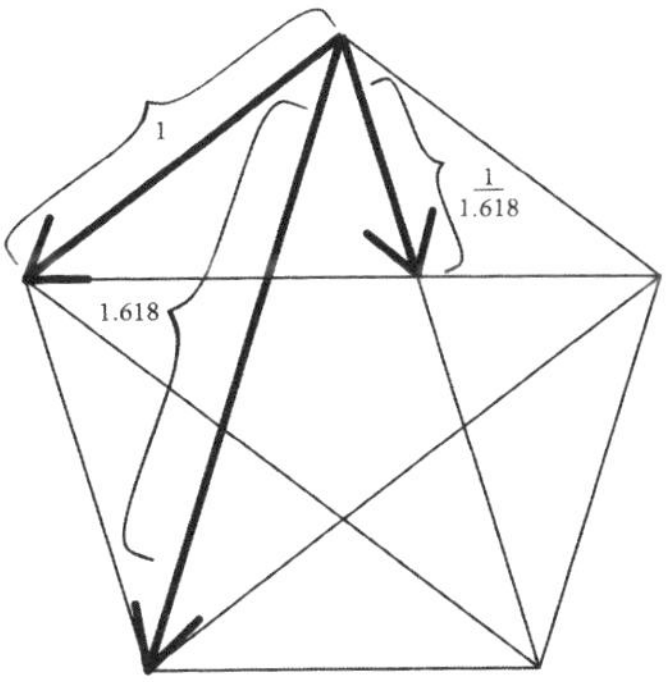

黄金比のある五角形

面体）、空気（正八面体）、土（正六面体）、水（正二十面体）の基本要素に適合していた。そして、彼は第五の多面体として正十二面体を選び出しているが、それは「神が天体の星座を描くために使った」と述べている。[15]

正十二面体の各面は五角形を成している。五角形の二つの内角の間に斜めの線を引くと、その斜線と五角形の各辺の長さの比率が黄金比（1対1・618）になる。

メフィストフェレスは、ピュタゴラスの星形五角形（五芒星形）に潜んでいる、さまざまな黄金比を数え上げるのにあきあきとしてしまったという。

プラトンの対話篇では、このことが大切なポイントになっているのかもしれない。ソクラテスが会話の中で重要な質問をしている——いったい、それがどうしたって言うんだ？ ブレーマーはすでにこの質問に対して、『プラトン、ピュタゴラス、行分け法』というタイトルのエッセーで、ちょっとした答えを出していた。プラトンの作品の中に、彼が発見した数学上のパターンは、「単なる装飾や対話の内容に加えた心楽しいおまけ、あるいは文学上の工夫」といったものではないと彼は書いている。そうではなくて、それは「本質的な要素だ。おそらく対話篇のもっとも重要な部分だろう」

このことが、われわれをふたたびブレーマーの地下室に、そしてアトランティスへと引き戻してくれた。

「『クリティアス』のことで、あなたにお話ししたいことがあったんです」と、ブレーマーは翻訳書のページをめくりながら言った。「ちょっとこの一節をご覧ください。そこには『では、まずはじめに、……をお忘れになってはいけません』と書いてあります」

私は実際、その間に挟まる言葉を覚えていた。それはアトランティス学では、もっとも重要とされた言葉だったからだ。「……戦争が起きてから、まる九〇〇〇年が経ったということ」

「このフレーズから『クリティアス』の最後まで、行数を数えてみると九〇〇〇行あったんです。世界中で――私を（そして今はあなたもですが）除けば――誰一人このことを知っている者はいません」

「それは、偶然という可能性はないのですか？」

「もちろん、それはありません。プラトンはとても注意深い作家ですから」

ブレーマーに言わせると、数字がない所にも秘密のコードが隠されていて、それが私をポセイドンの神殿へと連れていくと言う。つまり数字は単なる手段にすぎないと言うのだ。それを受け止める準備のできている人々に、重要な情報を伝えるためにプラトンが使う手段だった。

「見方によれば、『ティマイオス』は宇宙の本質を追究したいと思う人々にとって、一つの招待状のような役割を果たしていたのでしょう。『クリティアス』があなたに告げているのは、どれくらい遠くまで追究の手を伸ばせるのかということです。この対話篇は唐突な終わり方をしています。ゼウスが神々を集めて、彼らに話しかける。そこでピリオド。それでおしまいです。ここから先へ行こうとしてはいけない。これは未完の対話篇なんかではありません――そこまでが人間の知識なんです」

「ということは、そこにないものを、探してはいけないということなんですか？」

「その通りです。これは知識の限界を示しているんです。さらに遠くへ行くことはできない」

つまり私はすでに、私自身の線分の比喩にぶち当たっていたということだ。「先には何もない《ネク・プルス・ウルトラ》」。プラトンでさえ、この哲学的な探究の中で遭遇する不満足な瞬間について、ある名前をつけている――それは「アポリア」（難問）、つまり行き詰まりのことだ。『メノン』の中で、ソクラテスはアポリアの浄化効果を称賛している。誰でもひとたび袋小路に直面して、自分の無知を思い知らされると、そのときになって、はじめて前へと進みはじめることができる。

「もし今、ここに誰かが入ってきて、『クリティアス』に書かれた数字の通りに探索をして、プラトンのアトランティスを探し当てた者がいると言ったとしたら、あなたは何って答えますか？」

「あなたがおっしゃっていることは、私がつねに指導と学習の場面と見なしていることです」とブレーマーは言った。そして前かがみになり指を組んだ。「概して、そういう人々に『あなたは気が狂ったんじゃないですか？』などと言うことは、まったく意味がありません。が、私はその人々が深くまちがえていると思います」

ブレーマーの庭師が芝を刈り取るためにやってきた。われわれは階段を上がって、遅い午後の湿った空気の中に出た。そして私は、家へ戻る準備をした。するとそのとき、ブレーマーはソクラテスのように、私にある質問を残した。

「あなたがなさっていることに私が引かれるのは、あらゆる人々がアトランティスに引かれるのと同じです。なぜ人々は計り知れないエネルギーを、アトランティスへ向けているのか？ アトランティスが歴史上、存在したか否かを判明させようと躍起になって。彼らはいったい何をしようとしているのでしょう？ 自分たちはただ時間を浪費しているだけにすぎない、と非常に多くの人々が考えている。むろん人々はそれを理性的に知らなくてはならない。それなのに、彼らを追い立てて、アトランティスの場所を探索させるものは、はたして何なのでしょう?」

あるいは、彼らとはいったい何者なのか?

29

真実あるいは偽り──アトランティス

トニー・オコーネルがアイルランドから電話をかけてきた。ポールと二人で新しい家に引っ越したと言う。今度の家はリートリム郡の村のすぐ外側にある。「二軒のパブをはしごして、ふらふらとよろめきながら歩いてきたと思ってるんだろう。そうなんだよ、場所がいいんだ。また、ぜひこちらに出かけておいでよ」と彼は言った。

私のアトランティスの旅も、ようやく終わりに近づきつつあった。この旅で私は、アトランティス学の賢人たちを訪ねては、自分があらかじめ調査していたことについて、アドバイスを求めた。トニーにはいくぶん、ソクラテスのような趣があった。それはこの二年間、アトランティスについて話を聞いてきた人々とは違って、彼がもっぱら、プラトンの失われた都市について、自分がまだ知らないことに興味を持っていた点だ。

トニーはアトランティペディアに、すでに一〇〇〇件以上の、細かな情報をエントリーしている。そして、プラトンの物語については、「おおむね信用できる」としながらも、なお、その在所を一カ所に限定する仮説には加担しかねていた。

われわれは電話で短い時間だったが、ヘラクレスの柱について、そのさまざまな場所の可能性を議論し合った。が、数分後にトニーはぴたりと話をやめると、「マーク、あなたはまず自分の結論を出すことだよ。そうすればハッピーになれるよ。それが私の考えと同じでも、違っていても一向に構わない。このテーマに取り組む者で、憶測をしていない者なんて一人もいないんだから」と言った。

が、その憶測がエーリアンの訪問者や、スフィンクスの下にある秘密の部屋をもとにした説へと、一気に退化する必要はない。結局のところ『ティマイオス』にしてからが、もともとは不確かな情報に基づいた憶測の作品なんだから。そこで、トニーは次のような提案をする。アトランティス研究家は次々に証拠と出会わざるをえない。その証拠の重みを説明していくには、法的なイメージを使うのがいいと言う。アトランティスの証拠は「よくてもせいぜいが状況的なものだ」とトニー。したがってその証拠を、刑事事件で必要とされるような、合理的な疑問を残さない程度に証明する、というわけにはいかない。しかし民事裁判でなら、法的な基準は、真実ではないということより、より真実に近いかどうかということになる。この方法でいけば、大部分が状況証拠であっても、そこから「アトランティスの時代や場所について」、説得力のある主張を展開することは可能になるとトニーは言う。

トニーの助言に従って私は決心をした。アトランティスについて評決に到達するためには、まず五つの大まかなポイントの検討を順次行なうことだ。

- プラトンの使った数字。とくに九〇〇〇年。
- 島の物理的な特徴。同心円、山々、広い平原、水路。
- アトランティスとアテナイの争い。
- ヘラクレスの柱と航行不能の泥の浅瀬。

・アトランティスを破壊した大惨事。

プラトンの用いた数字は「証拠物件A」だ。それはほとんどすべての仮説にとって重要な要素となるからだ。もし誰か未来のハインリヒ・シュリーマンが現れて、三つの輪を持つ沿海都市を見つけたとする。そこには五スタディオンの中央島があり、縦横の寸法がプラトンが書いている通り、二対一の比率を持つポセイドンの神殿もある。そのような都市が発見されたとする。そうなれば、アトランティスの裁判は一件落着となるだろう。

が、そんなことはとても起こりそうにない。

『ティマイオス』と『クリティアス』はどっぷりとピュタゴラスの影響に浸っているからだ。『ティマイオス』では冒頭でソクラテスが聖なる数「10」(1, 2, 3, 4)について言及しているし、話し手のティマイオスはピュタゴラス学派の徒で、友人たちに、あらゆるものは極小の直角三角形に分解されうると説明している。宇宙論では、天体が数学的な調和に従って動いていると言う。それはピュタゴラスが鍛冶屋で発見した、数学的なハーモニーと同じものだった。しかし、『ティマイオス』や『クリティアス』を、より強くピュタゴラスの影響下に置くためには、ただ一つ、ポセイドンがアトランティスの平原に、三つ叉《トリアイナ》の矛で大きく「マメを食べるな」とでも書いた、という記載でもあれば決定的なのだが、それは望むべくもない。

プラトンのアトランティスで、数字が持っていた哲学的な意味となると、幾何学者でもなければ、それはもはや失われたも同然だった。かつてアカデメイアのあった、アテナイの公園のブランコの下から、『クリティアス』の講義ノートでも出てこないかぎり、おそらくそれは永遠に失われたものとなってしまうだろう。失われていないのは、アリストテレスの「ピュタゴラス学派にとって、数はただの数量ではなく、ものそのものだ」というメッセージだけだ。ロバート・ブランバウはプラトンの偶数と奇数が、悪人の黒い帽子のように、アトランティスの衰退を象徴していると言う。私には、このような特殊な数が延々と何千年の間、測量士のレポートのように伝達されてきたという考えより、ブランバウの推測の方がはるかに納得がいく。

三つの輪からなる都市は、ほぼ確実に、幾何学的な比喩として使用されることを目的としていたと思う。プラトンは円を愛していたからだ。円は彼の「永遠のイデア」を、想像上、完璧に表現できる典型的な例だった。『ティマイオス』では世界は球形をしていた。それは球形が理想の形だったからである。人間の魂と宇宙の魂――この二つは神の制作者が、鎖状のペーパーリングのような「世界の魂」から切り取ったもの――は円を描くように動くと言われている。しかし、それは必ずしもプラトンが、現実世界のモデルを心に描いていたわけではない。サントリーニ島の起伏の激しい標的のような形は、たしかにプラトンに、アトランティスの同心円のひらめきを与えたかもしれない。それに、ミヒャエル・ヒュブナーがモロッコで見た巨大な石のドーナツも、興味をかき立てる。が、古代の地中海では、さらにふさわしい場所が見つかっている。軍港は円形をした中央島を囲むようにして建設されていた。カルタゴは環状の軍港を持っていることで有名だった。軍港は円形をした中央島を囲むようにして建設されていた。そして港の入口はやはり、アトランティスのように一つしかない。プラトンはカルタゴにはとりわけ精通していた。それは彼の主人であった、シュラクサイのディオニュシオス二世が、カルタゴ人と敵対していたからだ。しかし、アトランティスの同心円について、もしみなさんが私の素直な意見を聞きたいとおっしゃるのなら――そして、この本を読まれた読者は、きっと私と同じ意見になると思う――、私はプラトンが、何にもまして円が大好きだったからだと思う。

プラトンの数や幾何学的な形を、生のデータではなくシンボルとしてとらえる見方は、私を解放してくれた。九〇〇〇年という重要な数字を、何とかして仮説の中にねじ込ませようとして、むりな説明をしないですむようになった。このおかげで、アトランティス学のもっとも大きな難問がいくつか、あっという間に消えていった。それは旧石器時代のアテナイを証明する証拠がないこと。エジプトの太陰暦への依存。[16]年を季節と読み変える、プラトンの言葉の文法的な説明。九〇〇〇年という数字を、マルタ島の紀元前二二〇〇年や、テラ島が噴火した紀元前一五〇〇年と一致させるために要求される、込み入った解釈も簡単に消え去った。それこそパッと消えてしまった。それではアトランティスはいつ水没したのか？ それはわれわれには分からない。あるいはむしろ、今までのところは分からない、と言った方がいいのか。

　数字を取り外すことによって、頭痛の種が一つ軽減した。それは、ネブラスカ州と同じくらい広い地域に、張り巡らされていたと言われている、市松模様の水路をどう説明したものかという悩みだった。が、にもかかわらず、アトランティスの物語における水路の目的について、これによって理解ができたのかと言えば、とてもそうはいかない。トニーが思い出させてくれたのだが、クリティアスは一息つくと、ソロンの言う寸法の数字が、どれほど非現実的なものなのかについて語り出す――これはちょっと、気違いじみたことだと私は思う。それに彼の懐疑主義は、この情報が本当にエジプトから来たものだということを示していた。さもなければ、このような疑問はプラトンの本を、より信頼のおけないものにしてしまうからだ。水路の周長は合計で一万スタディオン（約二一一〇キロメートル）だと言う。一万を表わすギリシア語の「ミュリアス」は、プラトンの生きていた時代に、文字で表記できるもっとも大きな数字だった。おそらくソロンのアシスタントは簡略な表記法を使ったのだろう。さもなければ、ライナー・キューネが正しかったかもしれない。つまり、数学おたくのプラトンが冗談を言ったということか。が、水路は今もなお「アポリア」であることに変わりはない。

水路と数字をひとまず問題点のリストからはずしてみると、春先の大掃除を済ませた気分になり、かなり気持ちが楽になった。しかしそうなると、他の基準もできれば除去したいと思うようになる。アトランティスの場所を特定した、さまざまな仮説にざっと目を通してみて、気がついたことは、プラトンの物語の中で見られる、アトランティスの身元を明らかにする材料の多くが、アテナイ人に知られていた世界では、あまりにありふれたものだったために、かえってアトランティスの場所を一つに限定するのが、ほとんど無益な行為になっているということだ。温泉、冷泉、三色から成る石、それに雄牛の儀式の古代遺跡などは、地中海沿岸地方では、どこにでも見られるものだった。それはスピード（体にぴたりとフィットしたスイミングパンツ）をはいた、どこにでも見かける中年男性のようだ（たしかにサントリーニ島は、この四つのカテゴリーすべてにおいて、量的に若干優位を保ってはいるが）。プラトンが使っている他の記述は、比較的重要度が低いように思われる。たとえば彼は、当時まだ洗練されていなかった兵器について叙述するのに、「三段櫂船」や「二輪の戦車」というような用語を使っていた。さらにアトランティスは「リビアとアジアを合わせたよりも大きい」と言っているが、これはあまりにも意味が不確かで、記録から外してもいいような情報だ。また「nesos」（ネソス）を、単独の島ではなく、水に接している土地だと定義しているが、これでは意味が広すぎて、無意味に等しい。

アトランティスをごしごしとこすり、その籾殻をいくつか削ぎ落としてみて、私は一瞬パニックに陥ってしまった。真実の実の部分が思いのほか大きく残っていたからだ。しかし、かなり大きな芯の部分の中身をつぶさに調べてみて、私はほっとした。

プラトンの物語の半分はアテナイに関する記述で、それは歴史的に見ても真実のように思われるからだ。そこには、青銅時代のアテナイの物理的な性質が記述されていた。アクロポリスの泉をふさいだ地震や、読み書きの能力の欠如など。これほど多くの正確なディティールを、プラトンがゼロから作り出すことはできなかっただろう。歴史家のエリック・クラインが、最近の著書『紀元前一一七七年――文明が崩壊した年』の中で、地中海東部における、後期青銅時代の終わりについて述べている。この時代は十分な記録が残されていて、その内容が、ほぼ同時に起こった災厄の「破滅的な状況」に一致していると言う――それは飢饉、干ばつ、気候の変化、それに五〇年の長きにわたって起こった群発地震。これは不安定な断層線がゆっくりと「ファスナーを開いた」ことで、圧力が解き放たれたのが原因だった。その結果、アテナイを含む全地域が、比喩的にもかき乱されたし、文字通り混乱状態に陥った。

紀元前一一七七年という年は、「海洋民族」が二度かそれ以上、エジプトへ破壊的な侵略を行なった時期でもあった。おそらくこの人々は、集中的に災厄に見舞われて、故郷を捨てざるをえなかったのだろう。東地中海の王国は、ウルブルンの難破船に積まれていた荷物からも分かる通り、たがいに交易によって結ばれていた。そのために、ラムセス二世によって撃退された、ミステリアスな海の攻撃者たちの群れが、交易相手の国々を壊滅させたというニュースは、エジプトにも知れ渡ったにちがいない。この情報は――プラトン、ソロン、サイスの神官、あるいはそれより以前の年代記作家たちによって――ゆがめられた形で、遠く離れた土地からやってきた、強力な海軍国家の物語の中へと、組み入れられたのかもしれない（ちょうどこれは、ギリシア人が神話をいじって、斬新な新しい情報技術――それは歴史の記録だ――へと移行させせはじめた時期だった）。ソロンが実際にサイスの神殿を訪れたと仮定すると――私には彼の訪問は真実だったように思われる――、尊敬すべき祖先によって記録された、興味をそそる戦争の物語が、世代を越えて伝えられたというのは十分理にかなっている。

ヘラクレスの柱にはさまざまな候補地があったが、これを改めてふるいにかけてみると、その場所はかなり焦点が絞られる。もしクリティアスが述べていたヘラクレスの柱が、既知の世界の果てを意味する比喩ではないとすると、それはほぼ確実に、ジブラルタル海峡を指していたのだろう。ヘロドトスは

『歴史』の中で数回、ジブラルタルの柱について述べている。クリティアスはこの柱をガディラの近くに置いた。それは地中海の封鎖口を越えた先にあるカルタゴ人の植民港だった（ギリシアのもっとも偉大な叙情詩人ピンダロスが、プラトンより一世紀前に書いている。「誰も通らないかもしれないガディラの西方／ヨーロッパの土地へ船のテークル（索具）を戻しに行こう」）。プラトンはおそらくシュラクサイで、カルタゴ人たちの宣伝活動を耳にしたのだろう。彼らはさかんにジブラルタルを越えて、航海することの危険性を言い立てていた。が、このような話が、アテナイのような大きな海港へ伝わらなかったということもまた、ありえないことのように思われる。

さて、プラトンとアリストテレスがともに言及していた、船の航行が不能な泥の浅瀬とはいったい何なのだろう？　もっとも可能性の高い候補は、ヘロドトスが航海の死角として述べていた西アフリカの海岸だ。ヘロドトスはこの情報源がカルタゴ人だと書いていた。未知の領域から東へと知れわたったこの物語は、アトランティスの王たちが着ていたブルーの式服（それは、モガドール島で採れるツロツブリから作った、インジゴの染料で染めたもの）の説明をしてくれる。さらに象についても。象は紀元前五〇〇年頃に、カルタゴ人がセネガル近くの海岸湿地ではじめて見つけた。

私のチェックリストの最後の項目は、リストの中ではもっとも有名なもので、アトランティスを破壊した大変動である。私が話を聞いた地質学者や神話学者は、テラ島の噴火こそが、サイスの神官が述べていた、地震や洪水を引き起こした原因だと見なした。が、私はこれは疑わしいと思う。テラ島の噴火——そしてミノア仮説——が専門家たちの心に訴えかけたのは、ドナルド・ラムズフェルドが言った「既知の未知」（問題の答えは分かっていないが、そういう問題があることは分かっている）のためだったと思う。恐ろしい何かが起こったという、物理的な証拠はたくさんある。しかし、災害の影響については、なおその大部分が謎のままだ。だが、それゆえに専門家たちは、ミノア人とプラトンの物語との間に、何かつながりがあるかもしれない、と推測をして安心感を得ている。ただしプラトンは、彼の天変地異説をかなり真剣に考えていた。それに、ヘシオドスの『神統記』と違って、『ティマイオス』や『クリティアス』には、火山に関する記述がまったくない――大爆発、海に落ちて沸騰するマグマ、火山灰の雲、火山雷など、どれ一つとして見当たらない。

もしエジプト人の側に取り違えがなかったとしたら――たしかに、その可能性はあるかもしれないが――、テラ島は十中八九、アトランティスの水没物語に関しては、犯人というよりむしろ従犯者だったと思う。おそらくそれは、神官が語った、三つの大洪水の一つを引き起こした原因だったかもしれない。それが意味しているのは、アトランティスについてミノア仮説を承認した専門家たちは、おそらくまちがっていたということだ。

ヘリケ（紀元前三七三年の冬に、津波によって水没した古代ギリシアの都市）の消失は、もう一つのアトランティスのモデルとして期待を抱かせる。それはスピリドン・マリナトスがアトランティスの「基本的事実」と呼んだ、「土地が水面下に沈んだ」事実による。出来事の経過がアトランティスとまったく同じだった――地震、洪水、水没。それにもしプラトンが当時、『国家』のアイディアを試すために、洞窟深く入っていなければ、ヘリケの天災を当然耳にしたにちがいない。私はさっそく、ドーラ・カツォノプーロにメールをして、ヘリケの発掘状況を聞いてみた。彼女が確認したところによると、発掘は順調に進んでいるようだ。だが、スロ－ペ－スで。たとえもし、そこに埋められている都市が、古代の報告で述べられていたものにくらべて、すばらしさが半分ほどしかなかったとしても、カツォノプーロはある日突然、シュリーマンのように有名となるだろう。そしてヘリケの地がサントリーニ島に取って代わって、誰もが認める、アトランティスの第一候補となることはほとんど確実だ（もちろんこれは推測にすぎない。唯一、絶対に確実なのは、この発見が、ケーブルテレビのドキュメンタリーを製作するクルーを載せた、千艘の船を出航させることだ）。しかし、ヘリケはアテナイと戦争をしていなかった。そして地中海地方のほとんどの王国を征服もしていない。さらに噂では、さまざまな所に特定されている、ヘラクレスの柱のどこかに対しても、ヘリケはその近くに位置していない。そして、ソロンがエジプトを訪問する前に、ヘリケは確実に存在していたし、消失はしていない。ヘリケの崩壊はおそらく、プラトンの物語に影響を与えたことだろう。それは確かなことだ。そしてたぶん、古いファミリー・ストーリーを彼の心に呼び起こしさえしたかもしれない。が、この出来事がプラトンの一次資料になっていたとは私には思えない。

もしアトランティスが、混じりけのない純粋な気持ちから発見されうるとすれば、アントン・ミフスドが主張したマルタ島説は、ややそうしたドキドキ感に欠ける。そうは思いませんか？　マルタ島説を考えれば考えるほど、ミフスドには不可欠な資料――キュレネのエウマロスの写本――が少し都合がよすぎて、とても真実のものとは思われないからだ。それは、シャギー（スクービーの飼い主）が悪漢のモンスターマスクをはぎ取ったときに、スクービー・ドゥー（アメリカの長寿番組「スクービー・ドゥー」の主人公。架空の犬の名前）がした告白のようだ。古典期の歴史家キュレネのエウマロスは次のように書いていた――大惨事が起きたときにアトランティスの王だったのはオギュゲである。そしてその甥はバビロン帝国のニヌス王だった。この王は紀元前三〇〇〇年紀の末に生きていたという。マルタ島には山がない。それに非常に長い年月、平原というものがあった試しがない。そして車輪の跡のようなものが、いったい何なのか、誰もそれをはっきりと言うことができない（荷物用のそりを引っ張ったためにできた溝という説が、もっとも可能性の高い説明のように思う）。マルタ島がまた、リリパット国の発祥の地でもないかぎり、このような溝が灌漑用の水路であったことは、まず考えられない。ミフスド医師には私の子供の盲腸を喜んで除去してもらうが、彼のアトランティスに関する結論には、何としても同意することはできない。

ミヒャエル・ヒュブナーのモロッコ仮説は、書類の上ではもっとも説得力がある――山々は完全に一致しているし、ペルシアの船乗りサタスペスの船が、海の中で止まり、動けなくなってしまった地点――これは泥の浅瀬を思い起こさせる――はモロッコの近くだ。もっとも可能性のあるヘラクレスの柱（ジブラルタル海峡）の南に位置しているが、それほど離れてはいない。「ガディール」という名前でさえ、ぴたりと合致しているように見える。しかし、ひとたび、プラトンの物語からピュタゴラス風の数字を差し引くと、とたんに彼の論理は説得力のないものになってしまう。オンラインデートで自分のプロフィールをだましてみても、実際に会ってみれば、一目見た瞬間にばれてしまう。それと同じことで、ヒュブナーのセブン・シグマの正確性も、現実世界の証拠を前にすると、合致しないものが出はじめる。彼が見つけた環状の土地もたしかに興味深いことはその通りだ。が、それは数マイルも内地にあったし、アトラス山脈の麓にあるために、ダラス・アボットの六〇〇フィートにも達する、マダガスカルの高波でさえ到達ができないほど、海抜の高い位置にあった。

が、結局のところ、ひとまず結論をつけないままに、この本を終わらせることはできそうにない。プラトンはかなりはっきりと、ソロンがアトランティスと呼んだ島が、どこにあったのかを述べていた。ポセイドンの二番目の息子が統治していたのは、「ヘラクレスの柱寄りの島の突端で、今日ガデイラと呼ばれている地方に面した地域」だった。ギリシア人はガデイラにあったアイランドシティをよく知っていた。それはタルテッソスで、貴重な金属が採れることで有名な交易港でもあった。

タルテッソスはたとえ不完全とは言え、アトランティスにきわめてよく合致している。プラトンの都市にあった、きらきらと輝くオレイカルコスは、この地方の有名な銅と錫に関わりがあるかもしれない。その銅と錫は混ぜ合わされてタルテッソスの青銅を作り上げた。シエラ・モレナ山脈はアンダルシアの平原を北風から守っている。たとえこのような条件が、ジグソーパズルのピースのように、ぴたりと一致することがなくても、スタヴロス・パパマリノプロスが言うように、タルテッソスの状況は非常によくプラトンの記述に似ている。アフリカにあった航行不能の泥の浅瀬や象にしても、タルテッソスには十分に近い距離にある。それはカルタゴ人の宣伝活動に取り入れられたほど近かったのだろう。その宣伝とは好奇心に駆られたギリシア人が、ヘラクレスの柱の彼方に広がる、奇妙で危険な世界へ探検することをやめさせようとしたものだった。タルテッソスには、アゾレス゠ジブラルタル断層帯と呼ばれる、長いトランスフォーム断層が通っていて、それが繰り返し地震や津波を引き起こした。そして、その大きさは一夜の内に都市を壊滅させうるほどだった。

アトランティスに見られた同心円の輪や神殿は、本当に、ドニャーナ国立公園の砂や粘土の下に埋もれているのだろうか? たとえヴェルナー・ヴィックボルトが、衛星写真でどんなものを見たにせよ、私は疑わしいと思っている。このようなディテールはプラトンの潤色にすぎない、と思えるからだ。パパマリノプロスの言う、自然に出来た円いクレーターもたしかに魅力的だが、これもドナルド・ラムズフェルドが「既知の未知」と呼んだものだと思う。たしかにそれは存在したかもしれない。もしそれが存在するのなら、それはアトランティスの輪を説明するのに役立つかもしれない。そしてもし、それが発見されるようなことがあれば、私は飛行機に乗り、セビリアに一番で駆けつけて、それを調査したいと思う。が、うまくいけばもちろんすばらしいことだが、成功の可能性はきわめて低い。

タルテッソスをアトランティスと見なすことに、もっとも大きな問題となるのは、その崩壊の日付だ。ソロンの時代にはこの都市はなお存在していたようだ。それが歴史上の記録から消えたのは紀元前五〇〇年頃だった。ヴィックボルトは、ギリシア人に知られていたタルテッソスは、その島がもともと、どんな名前で呼ばれていたかはともかく、破壊されたアトランティスの廃墟の上に建設されたものではないかと提言している。パパマリノプロスも同じような考えを持っていた。が、彼は先行したものがアトランティスではなく、「古い先史時代のタルテッソス」だったとしている点が、ヴィックボルトとは違っている。パパマリノプロスは、今も古いタルテッソスが、グアダルキビル川の泥と粘土の下に埋もれていると言う。アテナイとアトランティスの戦争についても、「今までのところは、科学的にも不明とされているが、騒然とした紀元前一二世紀の歴史と平行している」かもしれない、とパパマリノプロスは考えている。海洋民族の時代の全般的な混乱について、われわれの知っていることから考えてもそれは、さらなる証拠がなくても、期待することのできる説明に――そして日付に――近づいていると彼は思う。

　プラトンの失われた都市の物語は、たしかにエンターテインメントだし、彼の他の作品とは異なっている。そのためにそれはしばしば、他の才能にあふれたアーティストが作った、単発の目新しいものと同じように、往々にしてまちがえられて、さっさと片付けられてしまう。それがボブ・ディランのクリスマス・アルバムに対する哲学の答えだった。いくぶん、アテナイの政治理論をその上にばらまきはするが。プラトンは物語の力をよく知っていた。それがまた、彼がアトランティスの興亡の物語を、二つのもっとも野心的な作品（『国家』と『ティマイオス』）をつなぐ橋渡しとして使った理由でもあった。人間が直面するいくつかの、もっとも重い課題（知識とは何か？　人は幸せな人生をどのようにして送るのか？）と格闘しながら、『国家』は、ソクラテスが語る一人の戦士の話で終わる。戦士は人間の魂の非破壊性や、永遠の宇宙の円いデザインについて学ぶ。一方『ティマイオス』は、あらゆる存在――それは極小の三角形をしたアトムから、球体の音楽まで――にピュタゴラス的な説明を施そうとした試みだった。クリティアスが語るアトランティスの物語は、謎のような数と周期的な破壊で読む者を魅了する。この物語は、プラトンがある活動への参加を呼びかけた招待状だった。そしてそれは今もなお変わらない。ある活動とは何か？　それはこの物語をすべて解明したいと思わせるただ一つの活動――哲学である。

　アトランティスについて、誰もが答えてほしいと思うのは「はたしてそれは実在《リアル》するのか？」という疑問だ。ここでちょっとの間、私がプラトンの先導役を務めることになるのだが、この問いかけの答えはひとえに、「リアル」の定義にあると思う。プラトンはソロンがエジプトで聞いた、海洋民族の話からその要素を取り出す。そしてそれを、これまで口承で伝えられてきた古代アテナイの話に結びつけた。さらにそれと、ヘラクレスの柱の彼方にあるという、失われた都市について彼が耳にした話を混ぜ合わせた。

私の結論はライナー・キューネのそれによく似ている。キューネはかつて歴史上のアトランティスを信じていたが、『アンティクイティ』誌に記事を書いたあとで、考えを変えた。彼は実際に起きたいくつかの出来事に基づいて、プラトンの物語がフィクションだったと結論づけた。スタヴロス・パパマリノプロスは、キューネとほぼ同じ情報を使って、プラトンの物語が歴史をもとに作られた、真実の神話のブリコラージュ（寄せ集め）で、それにフィクションの素材と数学的コードが混入したという結論を出した。ヴェルナー・ヴィックボルトもまた、同じような思考過程を経て、アトランティスの物語はほぼ事実に基づいていたと考えた。一方が「プレイトン」と言えば、もう一方は「プラトン」と言うといった具合で、どちらも言っていることはほぼ変わらない。

「物語には二つの種類があるのではないでしょうか？　真実の物語と偽りの物語が」と、ソクラテスは『国家』の中で尋ねている。アトランティスについて議論を重ねているときに、つねに存在したのはこの二つの選択だったように思う――プラトンが作り話をしたのか、あるいは彼はそれをしていないのか。

プラトンは数学を愛した。数学が確かな答えを出してくれるからだ。が、彼の天才がはっきりと示していたのは、宇宙のすべてのことが、宇宙それ自体も含めて、推測する価値があるということだった。『国家』の中でソクラテスは、事実対フィクションという、物語の持つ二元的な性格を述べながら、そこには「概して偽りでありながら、何か真実がある」ことを認めていた。かつて存在した中で、もっとも偉大な哲学者である知的なヒーローを、修正するという危険を覚悟の上で、私は彼の言葉の順序を反転したい。つまり、そこには物語がある——ティマイオスは、彼の突飛な宇宙に関する思索を爆発させる前に、咳払いをして、自身の言葉で「ありそうな物語」と語っている。そして物語には若干、偽りの情報が含まれているかもしれない。が、物語はおおむね真実だ。

プラトンのアトランティスもまた、そのような物語の一つだった。

原注

（1）ここで問いかけるべきもっともな質問は、アカデメイアにいたプラトンの生徒たちが何を考えていたのか、それをはたしてわれわれは知ることができるのか、ということだ。答えはイエス——どちらかと言えば、アリストテレスは、失われた大陸を作り出したプラトンに向かって、のちに有名となった皮肉を投げ与えた。が、それに加えて『気象学』——おそらくプラトンが死ぬ前に書かれたものだろう——の中で、アトランティスの物語から、キーポイントとなる言葉を拝借してそのまま繰り返している。「ヘラクレイトスの柱の外側は、海が泥のために浅くなっている。が、海はくぼみの中にあるために静かだ」。アカデメイアの次世代に属するクラントールは、アリストテレスとは反対の見方をしていたようだ（古代の作家の著作の例に漏れず、彼の原作本は失われてしまい、わずかに後世の作家による引用の中でしか残されていない。そのために確かなことを知ることはできない）。紀元五世紀の作家プロクロスによると、クラントール——プラトンの著作にはじめて広汎な注釈を行なったと言われているが、学者としてのステータスについては論争中——は、使者をエジプトへ派遣して、プラトンの情報の出所を確かめさせたかもしれないという。

（2）しばしばHeraklesとも綴られるヘラクレス（Heracles）はギリシア神話に登場する英雄。ゼウスの息子で剛力の持ち主として有名。ローマ人は彼の名前をヘルクレス（Hercules 英語名はハーキュリーズ）と変えて、自分たちのパンテオンに組み入れた。プラトンが言及している「ヘラクレスの柱」について言うと、歴史家や古典学者たちはおおむね、それがスペインとモロッコ間にある、地中海入口のジブラルタル海峡を指すことに同意している。ウィキペディアでヘラクレスあるいはヘルクレスを調べてみると、「ジブラルタルの岩」の写真が出てくる。しかし、プラトンがヘラクレスの柱の在所としてどこを考えていたのか、アトランティス研究家の間ではいまだに論争が続いていて、解決したとは言いがたい。分かりやすくするために、本書で「ヘラクレスの柱」を使うときには（プラトンの文の引用時は別だが）、ジブラルタル海峡の岩について言及していることにする。

（3）『ティマイオス』と『クリティアス』はあきらかに、三部作の最初の二冊として立案されたものだ。が、プラトンも、ヘルモクラテスのためにはけっして対話篇を書かなかったようだ。現実の世界では、ヘルモクラテスはシュラクサイの将軍で、アテナイの侵略を撃退したことで有名。

(4) トニー・オコーネルのサイトは「atlantipedia.ie」。他にもいくつか、アトランティペディアと名のつくサイトがある。

(5) キューネの記事によると、二つの内、小さな方の建造物は、グーグル・アースのような衛星地図上で、36°57'25N 及び6°22'58W の座標値を入力して、Enter を押すことで見つけることができるという。第二の建造物の中心は、第一の建造物の中心から南西へ、五〇〇メートル行ったところにあると彼は書いている。

(6) 二〇一一年三月一二日、ロイター通信——「アメリカが率いる研究チームがついに、アトランティスの失われた都市の場所を探し当てたもよう……」

(7) ムーは一九世紀の古物研究家オーギュスト・ル・プロンジョンによって作り出された、仮説上の失われた大陸である。ル・プロンジョンはこの大陸をアトランティスと同一視した。彼はまた中でも、マヤのピラミッドに刻印された碑文が、フリーメーソンの教義の影響を示していること、そしてそれがアトランティスの破壊を物語っていることを信じていた。レムリアはもともと動物学者が、マダガスカルとインドで見つかったキツネザル (lemur) の化石を説明するために、考えついた大陸だった。この説はずっと以前にすでに信憑性を失っている。が、レムリアの概念はケイシーの著書のように、疑似科学的な作品の中では生きている。

(8) カディスはアトランティスを探す上で、一つの地理学上のヒントになっているが、それに加えて、ある皮肉を生み出した場所でもあった。エジプトのアレクサンドリアにあった図書館は、その昔、世界でもっとも大きな知識の集積所だった。これはプロとアマを問わず、すべての歴史家が認めていることだ。そこに収納された数多くの巻物の中には、プラトンのアトランティスについて、その真実性を今日でもなお支持している情報もあれば、それに異議を唱えている情報もある(コレクションの一部はおそらく、アテナイにあったアリストテレスの学校、リュケイオンの図書館から購入されたものだろう)。ある報告によると、カディスに赴任していた野心的な財務官ユリウス・カエサルは、ある日、神殿の中にたたずみ、アレクサンドロス大王の像を眺めていた。既知の世界の半分を征服した男の姿を見上げて、カエサルは自分も大王と同じほどの功業を成し遂げてみせると誓った。

それからわずか一〇年あまりのちに、カエサルは自らの軍を率いてルビコン川を渡り、アレクサンドリアを包囲した。アレクサンドリアはアレクサンドロス大王によって、古代ギリシアの学問と文化の中心として建造された都市である。カエサルは攻撃を通して、アレクサンドリアの港に停泊中の船に火を放った。炎は燃え広がり図書館へと達して、そのコレクションの大半を焼き尽くしたと言われている。

(9) この本のために、私は学者からいろいろ話を聞いたのだが、そのすべての学者が、おそらく意見の一致を見るだろうと思うことが一つある。それは彼らが、ドキュメンタリーのクルーからインタビューを受けたとき、クルーは往々にして、現在アトランティスのフィルムを撮っていることを、はっきりと言わないことだ。

(10) プラトンが作り出したものではないのに、プラトンの理想だと言われているものの一つに「プラトニック・ラブ」がある――これは性に関係のない友情のことだ。もともとこの言葉は、ルネサンス期の学者マルシリオ・フィチーノによって作られた用語で、プラトンの『饗宴』の中でソクラテスがした演説を、浄化して解釈したもの。レベッカ・ニューバーガー・ゴールドスタインが書いているように、『饗宴』の中でソクラテスは「彼らを促し、特別な少年たちに執着する性的な憧れを離れて、同じほどの情熱で抽象的な真理を求めるようにと強く勧めた」

(11) ここで公平を期して言っておくと、私はコービー・アンダーソンに銅について尋ねたことがある。アンダーソンはコロラド・スクール・オブ・マインズの冶金学及び材料工学の教授だ。重量のかさむ銅を大西洋を横断して運ぶことに、何か意味があるのでしょうか、と質問した。彼は次のように答えた。「意味はあったと思いますよ。純度の高い銅は溶かしやすいし、不純物を取り除くのにも手間がいりません。それに紀元前五〇〇年以前は、精錬技術もまだそれほど発達していませんでしたから」

(12) 一番最近のVEI6の爆発は、一九九一年に起きたフィリピンのピナトゥボ山の噴火だ。今からちょうど二〇〇年前の一八一五年には、インドネシアのタンボラ火山がVEI7で爆発し、頂上部分の岩を、ほとんど一マイルほど粉々に砕いた。そして大量の瓦礫を大気圏に噴き出し、そのために世界中の気温が、その後数カ月にわたって低下した。結果として、歴史家たちの言う一八一六年の「夏のない年」を招来した。そして、六月六日の吹雪はニューイングランドに半フィートの積雪をもたらした。次の年には、およそ一〇万人のアイルランド人が栄養失調で死んだ。このような噴火は数百年毎に起きている。イエローストーン国立公園の、絵のように美しい間欠泉は、今まで二一〇万年に三度、VEI8の噴火をしている、地下の大火山のはっきりと目に見える証拠だ。VEI8の噴火は一〇万年におよそ二度の割合で起きている。次にイエローストーンの大噴火が起きれば、アメリカ合衆国の西部はほとんど、深くて重い火山灰に埋もれ、太陽の光は数年間にわたって閉ざされてしまうだろう。

(13) 人間はいつの日にか、宇宙からやってくる歓迎されない飛行物体をそらすことで、自然のカタストロフィーのサイクルを中断させるかもしれない。こんな考えをプラトンはおそらく夢想だにしなかっただろう。NASAの「地球近傍天体(NEO)プログラム」が計算したところによると、地球を脅かす小惑星――一キロメートル(〇・六マイル)かそれ以上の大きさ――の九五パーセントの位置は、NASAが確認ずみで、それが物体として地球に落ちてくる確率は、さらに小さなものになるという(たとえば一九〇八年のツングースカの彗星は、直径がわずかに二〇〇フィートしかなかったと推測された)。B612財団と呼ばれている民間の財団――元宇宙飛行士などが参加している――は、小惑星の軌道を追跡する人工衛星を建造するために、基金を募っている。バークル・クレーターを研究するために、多数の助成金の要求が申請されたが、それがことごとく拒否されたのを目の当たりにしたマッセにとって、状況はけっして楽観的なものではない。

(14) ピアノで一二音階は、長音階(ABCDEFG)の七つの白鍵と、白鍵の間にはさまれた、半音階のシャープとフラットの五つの黒鍵で表わされる。

(15) あえて情報を重ねる危険を犯して書き留めると、二〇〇三年に、ある研究者のチームが論文を発表した。彼らが研究していたのは、ビッグ・バンの直後に作り出されたマイクロ波放射線だったが、その論文の中で、「宇宙は実際十二面体をしている」(イギリスの「ジ・エコノミスト」紙)と説得力のある主張をしていた。

(16) この結論に少し不安だった私は、ふたたび、シカゴ大学のエジプト学者ジャネット・ジョンソンにメールで訊いてみた。彼女は以前、九〇〇と九〇〇〇を表わす、ヒエログリフの筆記体がよく似ていると説明してくれた。今度の質問に対する彼女の答えは明解だった。「エジプト人は太陰暦と太陽暦の二つを使っていました。太陰暦は宗教的な祝祭の日にちを決めるのに使われたんです。エジプト人は太陰暦と太陽暦を使い分ける方法を熟知していました。したがって、エジプトの神官が九〇〇〇年と言ったら、それによって九〇〇〇カ月を意味していたというのは、まず考えられないと思います」

謝辞

この本を書いている間に、たくさんの人々から多大な援助をしてもらった。トニー・オコーネルには、リートリム郡やマルタで一宿一飯の恩義に預かった。おまけに私が彼のもとを訪れる前や滞在中、そしてそのあとでも、おびただしい数の質問に――必ずしも私の考えに同意しないときでも――彼は親切に答えてくれた（その歓待ぶりは、ポール・ゴードン、クレア・アームストロング、ダイ・コニエッツニーなどの助けによってさらに倍加した）。それぞれの土地で、忙しい中、専門家の方々がさまざまな助言をしてくれた――ニューヨークのブライアン・ジョンソン、セントポールのパトリック・コールマン、ハートフォードのリチャード・フロイント、マドリッドのホアン・ビリャリアス＝ロブレス、ドニャーナ公園のホセ・マリア・ガラン、ブラウシュヴァイクのライナー・キューネとヴェルナー・ヴィックボルト、マルタのアントン・ミフスド、ウッヅホール海洋研究所のデイヴィッド・ギャロとウィリアム・ランゲ、サントリーニのゲオルギオス・ノミコスとクリストス・ドゥマス、アテナイのドーラ・カツォノプーロ、パトラスのパパマリノプロス、そしてバーモントのジョン・ブレーマー。

ミヒャエル・ヒュブナーはボンとモロッコで、自分の時間を惜しみなく使って、私の調査につき合ってくれた。そのヒュブナーが二〇一三年一二月に、自転車に乗っていて事故に遭い死んだ。また二〇一四年四月には、アーネスト・マクレーンが九五歳で亡くなった。

貴重な知識と助言を与えてくれた人々の名前を、以下に挙げておきたい――ダラス・アボット、コービー・アンダーソン、エリザベス・バーバー、アンソニー・ビーヴァーズ、ロバート・ブランバウ・ジュニア、ランド・フレマス、ジョスリン・ゴドウィン、マイケル・ヒギンズ、ローラ・ホフ、ジャネット・ジョンソン、アリス・キホー、アレクサンダー・マクギリヴレイ、ブルース・マッセ、フロイド・マッコイ、トレバー・パーマー、デュアン・ローラー。

公私にわたって助力してくださった人々の名前を、不完全ではあるが、以下に掲げて深い感謝を念を表わしたいと思う――ライアン・ブラッドリー、スティーヴ・バイヤース、アレックス・チェプストウ＝ラスティ、キャリン・デイヴィッドソン、ジリアン・ファッセル、クリスティアン&ピーター・ヒュブナー、ジョイ・カールケー、ディミトリス・ハマリディス、チェロ・メディーナ、メアリー・アン・ポッツ、ロバート・サリヴァン、チャーリー&ジェン・ベイカー・ヴァネック、ドノヴァン・ウェブスター、ウェストチェスター図書館システムのみなさん、とくにクローディア・ギソルフィーとパトリシア・ペリトー。デイヴィッド・アダムス、メアリー・マッケナリー、フレッド&オーラ・トラスロー、ナティヴィダ・ヒュアマニ、ヴェロニカ・フランシスにはとりわけ感謝している。また遅ればせながら、ボルグストロームとクンケルの家族にも。

ジェイソン・アダムス、モーラ・フリッツ、ローラ・ホーンホルド、デイヴィッド・マカーニンチはいずれも才能のある編集者で、彼らは親切にも初稿を読んで、コメントを寄せてくれた。私のエージェントのダニエル・グリーンバーグはつねに、強い意志で私を支えてくれた。ダットン社のブライアン・タートとジェシカ・レンハイムには、ふたたび編集上必須のアドバイスをしてもらった。

妻のドクター・オーリタ・トラスローは、私がこの奇妙な冒険に出かけている間、一家の暮らしを何とか維持してくれている。が、それも私が彼女を心から愛している、たくさんの理由の一つでしかない。息子のアレックス、ルーカス、マグヌス、君たちは私の生活を喜びで取り囲んでくれる。それはプラトンの同心円のように完璧だ。

資料について

プラトンは、シュラクサイに行って、ディオニュシオス一世の宮廷に逗留したが、ギリシア人でこの宮廷にいたのは彼一人だけではなかった。キュテラの詩人フィロクセノスもまた招かれていた。ディオニュシオスが作った詩の数行を聞いたフィロクセノスは、主人に向かって正直な――そして手厳しい――感想を述べた。それが僭主の逆鱗に触れて、彼はシュラクサイの悪名高い鉱山で、重労働に従事するように命じられた。やがて、フィロクセノスは解放されて、自由の身となったのだが、ふたたび僭主の朗唱の席に呼ばれる。そのあとで僭主は、またフィロクセノスに意見を訊いた。

「私を鉱山へ戻してください」と彼は言った。

現代にフィロクセノスのような人がいたら、アトランティスの正典（カノン）がはたして、つるはしを振るって生涯を終える価値のあるものかどうか、しっかりと値踏みをした方がよいと求めていたにちがいない。プラトンの失われた都市については、これまでに何千という本が書かれてきた。が、そのほとんどはひどいものだ。アトランティスには何か、批判的な思考や、一般に認められている修辞上の基準を、停止させてしまうようなものがあるのかもしれない。アトランティスの仮説は、その多くがたがいによく似ている。この本は、特定のアイディアを誰が言いはじめたのか、それを判断するために書かれたものではない。が、もし事実上のあやまちや何か質問があれば、どうぞ遠慮なさらずにmmiatlantis@gmail.comまでメールをよこしてください。ただし、あなたが千里眼の読書やエーリアンの訪問、あるいは他にも、そのたぐいの「証拠」に基づいた説をお持ちの場合には、どうぞひとまずそれはあなたの胸に収めておいてください。

プラトンの作品については、刊行されているいくつかの翻訳の中から引用した。それぞれのケースで、もっとも明確にプラトンのメッセージや比喩を伝えている訳を選んだ。『ティマイオス』と『クリティアス』の訳で、もっともよく知られているのはベンジャミン・ジャウエット（無料のオンラインで利用できる）、R・G・ベリー、デズモンド・リーのものだ。最近出たジョン・M・クーパー編集による『プラトン全集』（Plato: Complete Works）では、プラトンの他の作品同様、『ティマイオス』（ドナルド・

J・ゼイル訳）と『クリティアス』（ディスキン・クレイ訳）でも、そのもっとも明解な訳文を読むことができる。
アトランティスやそれに関する話題について、興味を持たれて、さらに知りたいと思われる方には、以下の資料が役に立つだろう。

Atrantipedia.ie
トニー・オコーネルの包括的なウェブサイト。ハードカバーや電子書籍でも利用できる。

The Atlantis Hypothesis: Searching for a Lost Land: Proceedings of the 2005 International Conference, edited by Stavros Papamarinopoulos
パパマリノプロス、クリストス・ドゥマス、ドーラ・カツォノプーロ、ヴェルナー・ヴィックボルト、A・N・コンタラトス、フロイド・マッコイ、ダラス・アボットなどのエッセイがとくに興味深い。

The Atlantis Hypothesis: Proceedings of the 2008 International Conference, edited by Stavros Papamarinopoulos
パパマリノプロス、ヴィックボルト、コンタラトス、トールバルト・フランケなどのエッセイがとくに興味深い。
二〇一一年の会議の論文集が近々刊行される予定。

Los Continents: The Atlantis Theme in History, Science, and Literature, by L. Sprague de Camp

Imagining Atlantis, by Richard Ellis

The Sunken Kingdom: The Atlantis Mystery Solved, by Peter James
アトランティス探索のもっともすぐれた歴史的概説。スプラーグ・ド・キャンプとエリスは、プラトンの失われた大陸はフィ

クションだと結論づけている。ジェームズはそれがトルコにあると言う。

Plato's Mathematical Imagination: The Mathematical Passages in the Dialogues and Their Interpretation, by Robert Brumbaugh

プラトンの謎めいた数の使用を、驚くほど読みやすく説明している。

When They Severed Earth from Sky, by Elizabeth Wayland Barber and Paul T. Barber

神話の形成とその解釈のすばらしい入門書。

Lost Atlantis: New Light on an Old Legend, by John V. Luce

ミノア仮説のもっとも学術的で、もっとも魅力的な解説。

Some Words About the Legend of Atlantis, by Spyridon Marinatos

薄い本だが、アトランティス学（アトラントロジー）ではもっとも重要な本。

Atlantis: The Antediluvian World, by Ignatius Donnelly

アトランティス学をはじめて世に送り出した本。

Beyond the Pillars of Heracles: The Classical World Seen Through the Eyes of Its Discoverers, by Rhys Carpenter

Through the Pillars of Herakles: Greco-Roman Exploration of the Atlantic, by Duane W. Roller

著名な古典学者による魅力的な初期海洋探検史。

参考文献

Abrahams, Edward H. "Ignatius Donnelly and the Apocalyptic Style. *Minnesota History*, Fall 1978.

Amos, H. D., and A. G. P. Lang. *These Were the Greeks*. Chester Springs, PA: Dufour Editions, 1982.

Annas, Julia. "The Atlantis Story: The *Republic* and the *Timaeus*." In *Plato's Republic: A Critical Guide*, edited by Mark McPherran. New York: Cambridge University Press, 2011.

——. *Plato: A Very Short Introduction*. New York: Oxford University Press, 2003.

Aristotle. *Meteorology*. Translated by E. W. Webster. Accessed via classics.mit.edu.

Armstrong, Karen. *A Short History of Myth*. New York: Canongate, 2005.（邦訳『神話がわたしたちに語ること』角川書店　２００５年）

Barrientos, Gustavo, and W. Bruce Masse. "The Archaeology of Cosmic Impact: Lessons from Two Mid-Holocene Argentine Case Studies." *Journal of Archaeological Method and Theory* 21 (2014): 134-211.

Bellamy, Hans. *The Atlantis Myth*. New York: Faber and Faber, 1948.

Bonsor, Jorge Eduardo. *El Coto de Doñana*. Madrid, 1922.

Bremer, John. "Some Arithmetical Patterns in Plato's *Republic*." *Hermathena* 169 (Winter 2000).

Brumbaugh, Robert S. *The Philosophers of Greece*. Albany: State University of New York Press,1969.

——. *Plato for the Modern Age*. New York: Crowell-Collier Press, 1962

——. "Plato's Atlantis." *Yale Alumni Magazine*, January 1970.

Carpenter, Rhys. *Discontinuity in Greek Civilization*. Cambridge: Cambridge University Press, 1966.

Castleden, Rodney. *Atlantis Destroyed*. London: Routledge, 1998.

Cline, Eric. *1177 B.C.: The Year Civilization Collapsed*. Princeton, NJ: Princeton University Press, 2014.

Cohn, Norman. *Noah's Flood: The Genesis Story in Western Thought*. New Haven, CT: Yale University Press, 1996.（邦訳『ノアの大洪水——西洋思想の中の創世記の物語』大月書店　１９９７年）

Cornford, Francis. *Plato's Cosmology: The Timaeus of Plato*. New York, Harcourt, Brace, 1937.

DeMeules, Donald H. "Ignatius Donnelly: A Don Quixote in the World of Science." *Minnesota History* 37, no.6 (June 1961).

Donnelly, Ignatius. *Ragnarok: The Age of Fire and Gravel*. New York: D. Appleton and Company, 1883.

Feder, Kenneth. *Frauds, Myths, and Mysteries: Science and Pseudoscience in Archaeology*. New York: McGraw-Hill, 2013.

Flem-Ath, Rand, and Rose Flem-Ath. *Atlantis Beneath the Ice: The Fate of the Lost Continent*. Rochester, VT: Bear & Company, 2012.

Fox, Margaret. *The Riddle of the Labyrinth: The Quest to Crack an Ancient Code*. New York: Ecco, 2013.

Franke, Thorwald C. *Aristotle and Atrantis: What Did the Philosopher Really Think About Plato's Island Empire?* Norderstedt: Books on Demand, 2012.

Freund, Richard. *Digging Through History: Archaeology and Religion from Atlantis to the Holocaust*. Lanham, MD: Rowman and Littlefield, 2012.

Frost, K. T. "The *Critias* and Minoan Crete." *Journal of Hellenic Studies* 33, no.189 (1913).

Galanopoulos, Angelos G., and Edward Bacon. *Atlantis: The Truth Behind the Legend*. Indianapolis: Bobbs-Merrill, 1969.

Gill, Christopher. "The Genre of the Atlantis Story." *Classical Philology* 72, no.4 (October 1977).

Godwin, Joscelyn. *Atlantis and the Cycles of Time: Prophecies, Traditions, and Occult Revelations*. Rochester, VT: Inner Traditions, 2011.

Hapgood, Charles. *Maps of the Ancient Sea Kings: Evicence of Advanced Civilization in the Ice Age*. Philadelphia: Chilton Books, 1966.

Herodotus. *The Histories*. Translated by George Rawlinson. Accessed via classics.mit.edu.

Higgins, Michael Denis, and Reynold Higgins. *A Geological Companion to Greece and the Aegean*. Ithaca, NY: Cornell University Press, 1996.

Hübner, Michael. “Circumstantial Evidence for Plato’s Island Atlantis in the Souss-Massa Plain in Today’s South Morocco.” 2012. Accessed from Hübner’s website at asalas.org.

Hübner, Michael, and Sebastian Hübner. “New Evidence for a Large Prehistoric Settlement in Caldera-Like Geomorphological Structure in Southwest Morocco.” 2012. Accessed from Hübner’s website at asalas.org.

James, Jamie. *The Music of the Spheres: Music, Science, and the Natural Order of the Universe*. New York: Grove Press, 1993.（邦訳『天球の音楽——歴史の中の科学・音楽・神秘思想』白揚社　１９９８年）

Johnson, Janet H. *The Demotic Dictionary of the Oriental Institute of the University of Chicago*. Chicago: Oriental Institute, University of Chicago, 2001.

Joint Association of Classical Teachers. *The World of Athens: An Introduction to Classical Athenian Culture*. New York: Cambridge University Press, 1984.

Jordan, Paul. *The Atlantis Syndrome*. Stroud, England: Sutton, 2001.

Kehoe, Alice Beck. *Controversies in Archaeology*. Walnut Creek, CA: Left Coast Press, 2008.

Kennedy, J. B. “Plato’s Forms, Pythagorean Mathematics, and Stichometry.” *Apeiron* 43, no.1 (2010).

Kühne, Rainer. “A Location for ‘Atlantis’ ?” *Antiquity* 78, no.300 (June 2004).

MacGilivray, Joseph Alexander. *Minotaur: Sir Arthur Evans and the Archaeology of the Minoan Myth*. New York: Hill and Wang, 2000.

——. “Thera, Hatshepsut, and the Keftiu: Crisis and Response.” *In Time’s Up ! : Dating the Minoan Eruption of Santorini*, edited by D. Warburton. Athens: The Danish Institute at Athens, 2009.

Masse, W. Bruce. "The Archaeology and Anthropology of Quaternary Period Cosmic Impact." In *Comet/Asteroid Impacts and Human Society*, edited by P. Bobrowsky and H. Rickman. Berlin: Springer, 2007.

——, "Earth, Air, Fire, & Water: The Archaeology of Bronze Age Cosmic Catastrophes." In *Natural Catastrophes During Bronze Age Civilisations: Archaeological, Geological, Astronomical, and Cultural Perspectives*, edited by B. J. Peiser, T. Palmer, and M. E. Bailey. British Archaeological Reports International Series. Oxford, England: Archaeopress, 1998.

Masse, W. Bruce, Elizabeth W. Barber, Luigi Piccardi, and Paul T. Barber. "Exploring the Nature of Myth and Its Role in Science." In *Myth and Geology*, edited by L. Piccardi and W. B. Masse. London: Geological Society of London, 2007.

Mavor, James. *Voyage to Atlantis*. New York: Putnam, 1969.

McClain, Ernest. *The Pythagorean Plato: Prelude to the Song Itself*. York Beach, ME: Nicolas-Hays Inc., 1978.

McIntosh, Gregory. *The Piri Reis Map of 1513*. Athens: University of Georgia Press, 2000.

Mifsud, Anton, Simon Mifsud, Chris Agius Sultana, and Charles Savona Ventura. *Malta: Echoes of Plato's Island*. The Prehistoric Society of Malta, 2001.

Miles, Richard. *Carthage Must Be Destroyed: The Rise and Fall of an Ancient Civlization*. New York: Viking, 2011.

Montgomery, David R. *The Rocks Don't Lie: A Geologist Investigates Noah's Flood*. New York: W. W. Norton, 2012.

Muck, Otto. *The Secret of Atlantis*. New York: Times Books, 1978.

Nur, Amos, with Dawn Burgess. *Apocalypse: Earthquakes, Archaeology, and the Wrath of God*. Princeton, NJ : Princeton University Press, 2008.

Nur, Amos, and Eric Cline. "Poseidon's Horses: Plate Tectonics and Earthquake Storms in the Late Bronze Age Aegean and Eastern Mediterranean." *Journal of Archaeological Science* 27, no.1 (January 2000): 43-63.

Palmer, Trevor. *Perilous Planet Earth*. Cambridge: Cambridge University Press, 2003.

——. "Science and Catastrophism, from Velikovsky to the Present Day." Unpublished paper.

Papamarinopoulos, Stavros. "Atlantis in Spain: I-VI." *Bulletin of the Geological Society of Greece* 43, no1 (2010).
Pellegrino, Charles. *Unearthing Atlantis: An Archaeological Odyssey*. New York: Random House, 1991.
Pringle, Heather. *The Master Plan: Himmler's Scholars and the Holocaust*. New York: Hyperion, 2006.
Ramage, Edwin, et al. *Atlantis: Fact or Fiction?* Bloomington: Indiana University Press, 1978.
Ridge, Martin. *Ignatius Donnelly: The Portrait of a Politician*. Chicago: University of Chicago Press, 1962.
Rodríguez-Ramírez, Antonio, Enrique Flores, Carmen Contreras, Juan J. R. Villarias-Robles, Sebastián Celestino-Pérez, and Ángel León. "Indicadores de actividad neotectónica durante el Holoceno Reciente en el P. N. de Doñana (SO, España)." In *Avances de la geomorfología en España , 2010-2012 : Actas de la XII Reunión Nacional de Geomorfología, Santander, 17-20 Septiembre 2012*. Santander, Spain: PUbliCan, Ediciones de la Universidad de Cantabria, 2012.
Russell, Bertrand. *A History of Western Philosophy*. New York: Simon & Schuster, 1972.
Schulten, Adolf. *Tartessos* Madrid: Espasa-Calpe, 1945.
Spanuth, Jürgen. *Atlantis of the North*. New York: Van Nostrand Reinhold Co., 1980.
Taylor, A. E. *Plato: The Man and His Work*. London: Methuen, 1960.
——. *Ages in Caos*. Garden City, NY: Doubleday, 1952.
Velikovsky, Immanuel. *Worlds in Collision*. Garden City, NY: Doubleday, 1950.（邦訳『衝突する宇宙』新装版　法政大学出版局　２０１４年）
Vermeule, Emily. "The Promise of Thera." *The Atlantic*, December 1967.
Vidal-Naquet, Pierre, *The Atlantis Story: A Short History of Plato's Myth*. Exeter, England: University of Exeter Press, 2007.
Zangger, Eberhard. *The Flood from Heaven: Deciphering the Atlantis Legend*. New York: Morrow, 1992.

訳者あとがき

アトランティスと聞いてわれわれが思い浮かべるのは、ムー大陸やUFO、宇宙人、あるいはバーミューダ・トライアングルやナスカの地上絵、さらには有人潜水調査艇といったところかもしれない。しかし、アトランティスの出所を探ってみると、かなり小難しいところに行き着く。唯一の情報源とされているのは、古代ギリシアの哲学者プラトンが晩年に書いた対話篇『ティマイオス』と『クリティアス』だ。アトランティスの物語はこの二篇にまたがるようにして描かれている。

プラトンによると、ジブラルタル海峡の外に広がる大海に、大陸と見まごうほどの大きな島があったという。これがアトランティスと呼ばれた美しい国で、資源に恵まれ、地味は肥えて、整然とした体制を維持する豊かな王国だった。が、この王国は今から一万二〇〇〇年前、激しい地震と大洪水に突如見舞われ、一昼夜の内に海中に没した。

フリーランスのライター、マーク・アダムスはひょんなことから、このアトランティスに関わることになる。ある女性誌から風変わりな仕事を頼まれた。歴史上もっとも偉大な哲学者をリストアップして、アメリカで働く女性たちと哲学者たちの間に、どんな接点があるのか、それを探って書いてほしいと言う。大学の教授連にメールや電話で、リストアップすべき哲学者たちを訊いてみると、誰もが決まって、プラトンとアリストテレスの名をトップに挙げる。

プラトンの仕事を調べていて、アダムスが不思議に思ったのは、晩年に書かれたアトランティスの話だ。話の奇妙さが突出している。プラトンは紀元前四二七年から三四七年まで生きて、八〇歳で死んだ。六七歳の頃に『ティマイオス』を書いたが、すでに『国家』は書き終えていて、『ティマイオス』の続篇『クリティアス』を書くと、あとには『法律』を残すばかりだった。名実ともに大家となった老哲学者プラトンが、最晩年になぜ、アトランティスのような謎めいた話を書いたのか？

アダムスはしきりに気になった。前作の『マチュピチュ探検記』のときもそうだったが、気になりだすといても立ってもいられない。彼の中で、アトランティスはウイルスのように増殖するばかりだ。

アダムスが最初に訪ねた人物は「アトランティペディア」というサイトを立ち上げたアイルランド人だった。彼の手ほどきでアダムスは、アトラントロジー（アトランティス学）の世界へと足を踏み入れた。アトランティスの物語ははたして真実なのか？　真実だとしたら、いったいアトランティスはどこにあるのか？　プラトンは繰り返し何度も、この物語は真実だと書いていて、そこには確かに、長さや大きさを示す数多くの数字がまことしやかに並んでいる。

アダムスは謎をつきとめたいと思った。冒頭で彼は次のように述べている。「本書は探偵小説のような進め方をする。上質の探偵小説はどれもそうだが、この本もまた入手しうるかぎり、アトランティスの証拠をことごとく集め、その整理を手助けする」

失われた伝説の都市アトランティス、この都市を探し求める人の数はおびただしい。アダムスが訪ね歩いた国々は八カ国に及び、話を聞いたアトラントロジスト（アトランティスに取り憑かれた人）たちも、考古学者や歴史学者はもちろん、共和党議員、小児科医、ゲイ、霊能者、数秘術研究家、天変地異論者、海洋研究所員、音楽学者など多岐にわたっている。

考古学や古代史の専門家はおおむね、アトランティスには冷たい。根も葉もないおとぎ話だと一蹴する者もあれば、それを見つけ出そうとする衝動自体が一種の精神疾患だと言う者さえいる。いくらか鷹揚な学者でも、アトランティスの話は、自らの政治哲学を説明するために、プラトンがこしらえたフィクションにすぎないとお茶を濁した。しかし、それはないだろうとアダムスは思う。プラトンともあろう人が死ぬ間際に、いかに何でも、おどけた茶飲み話をするはずがない。

アトランティスの候補として挙げられた場所は、世界の各地に散らばっている。アイルランドや南極大陸、アメリカ大陸やマヤ文明などの突飛なものは別にして、アダムスはサントリーニ（テラ）島、クレタ島、マルタ島、スペイン南部のカディス、モロッコの五カ所に候補を絞り込んだ。そして、それぞれの場所を訪れ、現地のアトラントロジストたちに話を聞いた。

『ティマイオス』は、アテナイの賢人ソロンが、エジプトの都市サイスを訪問した話からはじまる。プラトンの時代から遡ること六〇〇年、ソロンはサイスで神官から古いアテナイの話を聞く。法律でも戦争でも、卓越した国家として知られていたアテナイが、九〇〇〇年前、洪水によって最大級の破壊に見舞われる。そしてその際、同時に、強大な海軍国家として威をふるっていたアトランティスも海中へと没した。

さて、物語がちょうど盛り上がりを見せたとき、ソロンの話をしていたクリティアスが、ここらで一休みして、もう一人の参加者ティマイオスに、全宇宙の創造について、話をしてもらってはどうかと提案する。それを受けて、ピュタゴラス派のティマイオスが、長々と万華鏡のような、プラトンの科学的推論を展開した。それは宇宙の秩序について述べたもので、分子レベルでは、万物が小さな三角形からできているという、すべてを数に結びつけようとする試みだった。

続篇の『クリティアス』では、タイトルとなった話し手のクリティアスが、ソロンに由来する物語をふたたび語りはじめる（宇宙の創造に関する理論が、アトランティスの話の合間に挟まれている構成は、どう考えても奇妙だ）。今度はプラトンも、失われた島の王国について、さらに詳細な情報を登場人物に語らせている。あたかも彼はアーバン・プランナーになったように、メトロポリスの様子を描き、平原や水路の寸法までこまごまとした数字を書き入れていく。

「アトランティス島の真ん中には大きな、地味の肥えた平原がある。平原の近くには、メトロポリスがあり、陸地と海水が、交互に同心円を描く環状帯を作っていた――二つの陸地と三つの海水。この王国が自給できないものはそれほど多くないが、それらの品々は交易によって手に入れた。果物、花、栽培化した穀類作物もよく育ち、島に繁茂する植物が、象をはじめ多くの野生動物の生息を助けた」

しかし、時代を経るにしたがって、アトランティスは堕落していく。「富への貪欲とよこしまな権力」が国中にはびこり、日ごとに美徳が衰えていくのを見て、アトランティスは処罰を受けるべきだとゼウスは考えた。「そこで彼は、世界を一望できるパンテオンに神々を呼び集めて、次のように言った……」。突如、ここで『クリティアス』の物語は中断する。この中断もきわめて異例だ。

アダムスは五つの候補地を訪ね、アトランティスの記述とそれぞれの土地の特徴が、はたして合致するかどうかをつぶさにチェックした。が、各候補地では、アトランティスの特徴に合致する点もあれば、合致しない点もある。満点を獲得できる場所はなかなか見つからない。プラトンの時代から九六〇〇年前という数字からして、史実とはまったく一致していない。平原の広さも途轍もない寸法で、とても現実のものとは思えない。が、冒頭でアダムスは、できうるかぎりデータを収集して、それを読者に提供したいと言っていた。

しかし最後になって、やはり自分も、何らかの結論を出さなくてはいけないかもしれない、とアダムスは言う。そしてひとまず、調査の結果、自分が探り当てた結果を述べた。が、われわれ読者は、アダムスに改めて言われなくても、すでにおおよその結論（それはアダムスのものより、さらに幅広い結論かもしれない）を読み取っている。この時点で、読者が十分に結論を読み取れるように、アダムスは工夫して書いていたからだ。アトラントロジストたちが投げかける、さまざまな光線が重なり合う中に、薄ぼんやりとではあるが、アトランティスの姿が浮かび上がってくる。それくらいアダムスが集めた情報は価値のあるものだった。

さてここで、アトランティスの謎解きに役に立つ、重要なキーを二つほど挙げておく（ネタばらしになるかもしれないが）。まず第一。紀元前三九九年に、アテナイ市民はソクラテスに死刑を宣告した。彼の死を受けてプラトンはアテナイを離れて、一〇年の間、広く各地を旅してまわる。滞在したのはリビア、イタリア、エジプトなど。紀元前三九〇年、彼は南イタリアとシチリアに長期間滞在した。そしてこの間に、重要な人物に会っている。その人物がプラトンの生き方や考え方に大きな影響を与えた。イタリア南部のタラス市（現在のタラント）で、彼はアルキュタスに会った。アルキュタスは政治家で、タラス市をピュタゴラス教団の原則に従って統治していた。ピュタゴラス教団は紀元前五三〇年頃に、ピュタゴラスによって設立されたもので、彼は数こそが万物のミステリーを解明する鍵になると唱えた。アルキュタスとの出会いが、プラトンをピュタゴラス風な数の崇拝者に変えた。

イタリアやシチリアの長逗留からギリシアに戻ったプラトンは、アテナイの郊外にアカデメイアを創建した。この学園では入口に「幾何学を知らざる者は、ここに入るべからず」という銘が掲げられ、ピュタゴラス風な四学科（算術、幾何、天文、和声）のカリキュラムに基づいて教育が行なわれた。大胆な推測だが、アトランティスの話は、プラトンがアカデメイアで教えるために作ったものかもしれない。それも、宇宙の創造理論を説明するイラスト代わりに――アダムスがインタビューをした中に、こんな推測をした者が何人かいた。

第二のキーは第一のキーと関連している。アダムスが言及しているのは、オクシデンタル大学の言語学及び考古学の名誉教授エリザベス・W・バーバーが掲げた「沈黙の原理」という基本教義だ。バーバーは次のように述べていた。アトランティス物語のさまざまなディテール（突飛な数）は、もしかしたら現代人の頭を混乱させたかもしれない。が、それに耳を傾けていたアカデメイアの生徒たちには、まったく説明の不要なものだったろう。このような「見過ごし（オミッション）」――彼らにとっては周知の事実なので、見過ごしは当然だ――が結果的には「忘却効果」を生み出した。「語られることの決してないことは、そのうちに、完全に忘れ去られてしまうかもしれない」

アダムスはたしかに、アトランティスのウイルスに犯された。が、アトラントロジストが、アトランティスに魅了されたように、アダムスは、アトランティスを探索するアトラントロジストに魅せられた。この視点が彼に、『マチュピチュ探検記』で花開く、新しいノンフィクションのスタイルをもたらしたのかもしれない。事実をどこまでも追い求めながら、その一方で、途上で巡り会う人々に、つねにアダムスは懐かしさを覚えて執着する。ものに取り憑かれた人々に目を留めずに、通り過ぎることができない――この本でも、アトランティス探しに取り憑かれた人々、世界を数で解明することに取り憑かれた晩年のプラトン、そして、取り憑かれた人々の姿を描くことに執着する、マーク・アダムス自身の姿が描かれている。

本書は Mark Adams, *Meet Me in Atlantis : My Obsessive Quest to Find the Sunken City* (Dutton, 2015) の全訳である。

著者はアメリカの作家、ジャーナリスト、編集者。『ナショナル・ジオグラフィック・アドヴェンチャー』の寄稿編集者。『GQ』『ESPN : The Magazine』『Men's Journal』『Outside』『The New York Times Magazine』『Fortune』などのライター。前作『Turn Right at Machu Picchu』（邦訳『マチュピチュ探検記』）はニューヨーク・タイムズ・ベストセラー。その他著書に、「ワシントン・ポスト」紙の「二〇〇九年ベストブック」に選ばれた『Mr. America: How Muscular Millionaire Bernarr Macfadden Transformed the Nation through Sex, Salad, and the Ultimate Starvation Diet』(2009) がある。本書は第三作目。

この本の企画を持ちかけて下さったのは、青土社編集部の篠原一平さんです。ていねいな、そして手際のいい編集で、楽しい仕事をさせていただきました。ここに感謝の意を表します。ありがとう。

二〇一五年一一月

森　夏樹

索　引

あ行

「オラ・マリティマ」（海岸）　95-98

か行

さ行

た行

な行

は行

ま行

や行

ら行

わ行

著者紹介

マーク・アダムス　Mark Adams (1967-)

アメリカの作家、ジャーナリスト、編集者。イリノイ州オークパーク出身。「ナショナル・ジオグラフィック・アドヴェンチャー」の寄稿編集者。「GQ」「ESPN: The Magazine」「Men's Journal」「Outside」「The New York Times Magazine」「Fortune」などのライター。雑誌「New York」の人気コラム「It happened Last Week」を担当。前作「Turn Right at Machu Picchu」（邦訳『マチュピチュ探検記』）はニューヨーク・タイムズ・ベストセラー。その他著書に、「ワシントン・ポスト」紙の「2009 年 Best Book」に選ばれた「Mr. America: How Muscular Millionaire Bernarr Macfadden Transformed the Nation through Sex, Salad, and the Ultimate Starvation Diet」（2009）がある。本書は第３作目。

訳者紹介

森夏樹（もりなつき）

翻訳家。訳書に T・ケイヒル『聖者と学僧の島』『ギリシア人が来た道』『中世の秘蹟』、R・L・フォックス『非公認版聖書』『アレクサンドロス大王』、G・J・ライリー『神の河　キリスト教起源史』、S・F・ブラウン＋ Kh・アナトリウス『カトリック』、Ch・ウッドワード『廃墟論』、P・ウィルソン『聖なる文字ヒエログリフ』、J・ターク『縄文人は太平洋を渡ったか』、W・クラッセン『ユダの謎解き』、D・C・A・ヒルマン『麻薬の文化史』、U・ダッドリー『数秘術大全』、R・タトロー『バッハの暗号』、S・C・グウィン『史上最強のインディアン　コマンチ族の興亡』、M・アダムス『マチュピチュ探検記』、S・ミズン『渇きの考古学』、M・ブラウディング『古地図に憑かれた男』（以上、青土社）、T・ジャット『記憶の山荘■私の戦後史』（みすず書房）、Ph・ジャカン『アメリカ・インディアン』（創元社）ほか。

アトランティスへの旅
失われた大陸を求めて

2015年11月25日　第一刷印刷
2015年12月10日　第一刷発行

著　者　マーク・アダムス
訳　者　森夏樹

発行者　清水一人
発行所　青土社
〒101-0051　東京都千代田区神田神保町1-29　市瀬ビル
［電話］03-3291-9831（編集）　03-3294-7929（営業）
［振替］00190-7-192955

印刷所　ディグ（本文）
　　　　方英社（カバー・扉・表紙）
製本所　小泉製本

装　丁　高麗隆彦

ISBN4-7917-6898-1　　Printed in Japan